LES ENFANTS DU CAP

Michèle Rowe

LES ENFANTS DU CAP

Une enquête de Persy Jonas

ROMAN

Traduit de l'anglais (Afrique du Sud)
par Esther Ménévis

Albin Michel

Toute ressemblance avec les postes de police de Fish Hoek et de Ocean View ou avec leur personnel est purement fortuite. Seuls les noms et les lieux sont réels, le reste de l'histoire est le fruit de l'imagination de l'auteur. Cela est également valable pour les habitants de la péninsule du Cap.

Édition originale parue sous le titre :
WHAT HIDDEN LIES

Chez Penguin Books (South Africa) (Pty) Ltd 2013

Pour Warrick

Maître de la petite phrase subversive,
dont la formule « Crime avec Vue »,
pour décrire Le Cap, a suggéré cette histoire

Il y a ce reste, la résurrection.
Puis-je expliquer les cieux ?
Que l'Énigme est muette !

Emily Dickinson[1]

1. Traduction de Patrick Reumaux, *in Lieu-dit l'éternité*, Points Seuil, 2007. (*Toutes les notes sont de la traductrice.*)

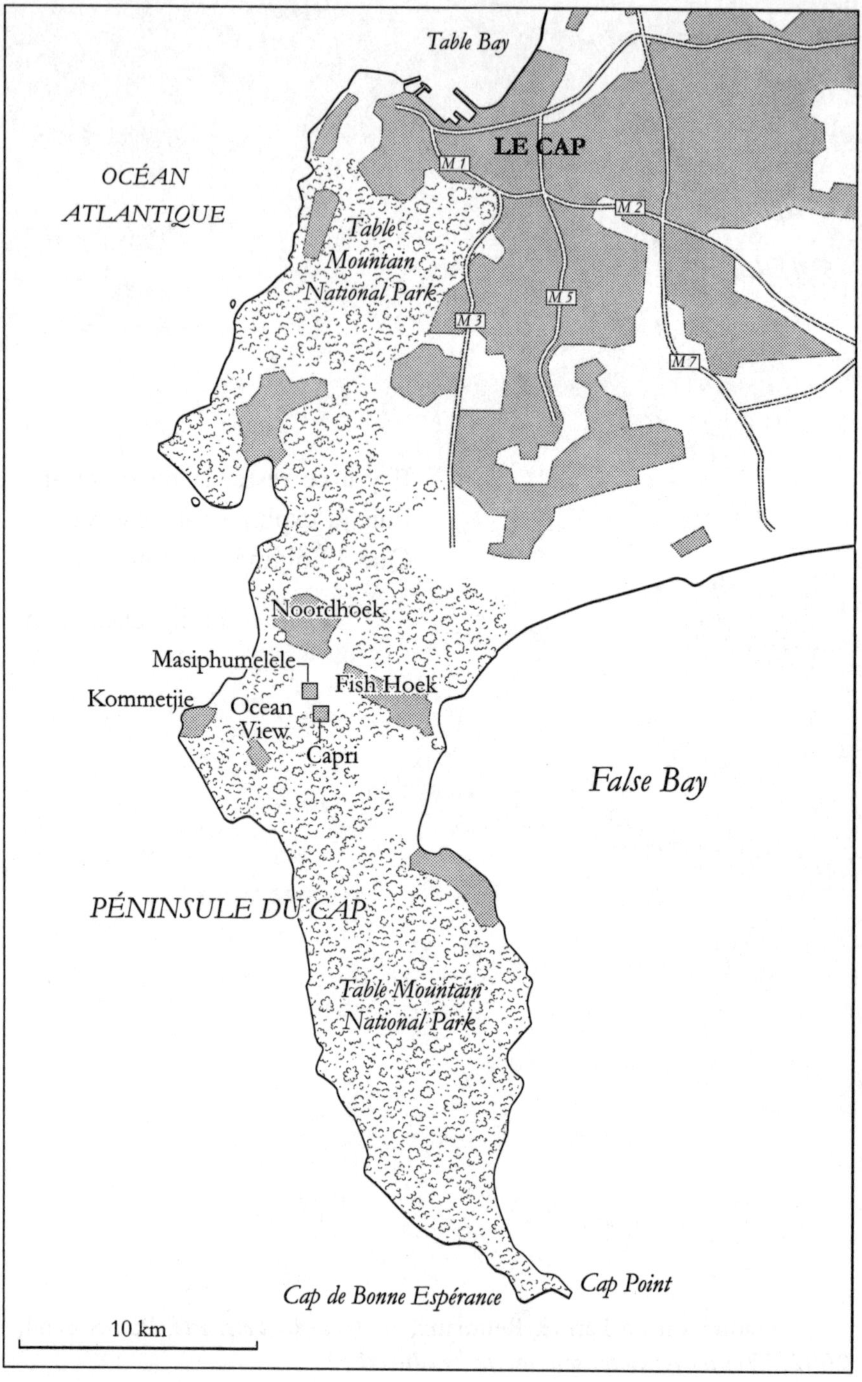
Table Bay
LE CAP
M 1
M 2
M 3
M 5
M 7
OCÉAN
ATLANTIQUE
Table
Mountain
National Park
Noordhoek
Masiphumelele
Fish Hoek
Kommetjie
Ocean
View
Capri
False Bay
PÉNINSULE DU CAP
Table Mountain
National Park
Cap Point
Cap de Bonne Espérance
10 km

Vingt ans plus tôt…

« *Attendez-moi !* »

La voix du gamin, fluette mais sonore, aussi perçante que celle d'un oiseau, se rapprochait. Ils s'arrêtèrent. Il vit qu'elle avait l'air furieuse, comme à chaque fois qu'*il* les suivait, qu'il essayait de pénétrer dans leur monde secret.

« Il nous suit ! »

Elle rebroussa chemin.

« Où est-ce que tu vas ? » lança-t-il, car il ne voulait pas se retrouver seul dans l'obscurité, avec les arbres qui se refermaient sur lui.

Elle cria par-dessus son épaule : « Continue, je te rattraperai ! »

Elle disparut. Il attendit deux minutes avant de se remettre en route, seul. Il les entendit chuchoter, puis elle cria d'une voix qui résonna à travers les bois : « *Voetsêk** ! Va-t'en ! »

---

* Les mots en italiques suivis d'un astérisque à la première occurrence sont définis dans le glossaire p. 441. La plupart sont des mots d'argot afrikaans, l'une des onze langues officielles de l'Afrique du Sud, parlée par les Afrikaners et les *coloureds*, c'est-à-dire les métis issus des mélanges entre les descendants des esclaves malais, les fermiers blancs et les populations khoï autochtones.

Il y eut un silence, ensuite un hurlement indigné, suivi d'un gémissement.

Elle ressurgit d'entre les arbres, au pas de course, et le dépassa en criant : « Viens, vite ! »

Il s'élança derrière elle, le regard fixé sur ses fines jambes brunes qui disparaissaient par intermittence. Derrière eux, le hurlement d'abandon et de colère faiblit. Il éprouva un brusque remords, mais très vite, les cris s'évanouirent dans la forêt et il n'entendit plus que le bruit rauque de sa propre respiration alors qu'il luttait pour la rattraper. Il était plus grand, mais c'était elle la plus rapide, pour tout.

Elle ralentit un peu, et il vint se placer à côté d'elle. Pas besoin de parler. Ça suffisait d'être avec elle, loin de son père, libre d'errer dans la forêt. Il avait peur ici, quelquefois, mais il n'était pas question qu'il le lui dise. Il ne voulait pas prendre son coude pointu dans les côtes, entendre sa voix moqueuse : « De quoi est-ce que t'as peur ? Hein ? »

Il ne voulait pas qu'elle sache qu'il avait peur des arbres noirs aux feuilles coriaces et luisantes, de la montagne qui se dressait comme une muraille au-dessus d'eux, du silence anormal qui régnait dans les *milkwoods**, où leurs pas ne faisaient aucun bruit. Il y avait longtemps qu'il avait appris à cacher sa peur, car il savait que son père le rouerait de coups au premier signe qu'il laisserait paraître. Elle, elle ne craignait rien : elle n'avait jamais tremblé avant une raclée, n'avait jamais senti la force de la fureur et du désespoir d'un autre. Elle ne voyait que ce qu'il y avait de léger et de lumineux dans le monde.

Ils sortirent du tunnel d'arbres, contournant la carrière où la grosse machine se reposait, immobile et silencieuse. Ils passèrent sans se faire remarquer des ouvriers qui déjeunaient sous un arbre, et dont leur parvenaient les brusques éclats de rire gutturaux.

Parvenus au sommet des terrasses raides qui s'effondraient petit à petit, ils regardèrent en contrebas la cime des palmiers et le toit en tôle ondulée. La mer s'étendait au-dessous, aveuglante masse argentée. Descendant les marches deux par deux, ils gagnèrent l'arrière de la maison. Il souleva la fenêtre à guillotine pourrie, elle se faufila à l'intérieur, puis la tint ouverte pour lui. Il la suivit jusque dans la cuisine. Il faisait chaud et lourd. De fines perles d'humidité scintillaient sur sa nuque, sous sa tresse. Ils traversèrent les pièces faiblement éclairées, vides, en direction de l'escalier en bois. Ils grimpèrent sous les combles et s'arrêtèrent sur le seuil de la pièce. Le grondement de l'océan était plus fort ici, il passait à travers le toit. Ils se regardèrent, puis se mirent à rigoler, à bout de souffle, aspirant les odeurs familières de poussière, de bois humide et de mer. Les grains de poussière tremblotaient comme une auréole autour de sa tête. Ils se dirigèrent vers la fenêtre qui donnait sur la route, pour vérifier qu'il ne les avait pas suivis.

Mais si.

Ils le virent, sa petite silhouette illuminée par un rayon de soleil, et alors un rugissement assourdissant leur parvint et la terre se mit à bouger…

Après, ils rentrèrent chez eux sans rien dire. Les arbres noirs les enveloppèrent comme un linceul. Quelque chose de dur et de douloureux lui restait en travers de la gorge, une chose qu'il ne faudrait jamais dire, de peur que les mots ne la rendent réelle. Alors qu'avec le silence, elle restait imaginaire, un cauchemar qu'on pouvait oublier à son réveil, un souvenir trop profondément enfoui pour qu'il affleure à la mémoire.

Chez eux, on leur poserait des questions. Il ne dirait jamais rien, et elle non plus. De cette manière, ils seraient liés l'un à l'autre, unis par un lien plus fort que l'amour.

1

Ocean View apparut au bout de Kommetjie Road, sur les vallons rocheux qui s'étalaient en direction de l'océan, vers Misty Cliffs et Scarborough. L'inspecteur Persy Jonas avait entendu qualifier le township de « méditerranéen », peut-être à cause des maisonnettes accrochées à la colline, dont les couleurs vives se découpaient sur le fond bleu de l'Atlantique.

Mais Ocean View n'avait rien d'exotique : c'était un township comme les autres, avec ses cabanes qui poussaient comme des champignons et ses rues jonchées de détritus, ses chiens squelettiques et ses carcasses de voitures rouillées. Elle tourna dans Protea Drive, vers le quartier connu sous le nom de « Lapland », à l'est, et s'arrêta en bas de Carnation Road. Quand elle sortit du Nissan climatisé, la chaleur sèche s'abattit sur elle d'un coup. Il était encore tôt dans la matinée ; la température grimperait jusqu'à trente tout à l'heure. La puanteur des ordures et du varech en décomposition amenés par la grande marée de printemps montait de la « Kom ». Ce mot, qui signifiait « bassine » en néerlandais, désignait la petite baie protégée d'où partaient les bateaux de pêche. Deux jeunes fumaient, debout dans l'ombre dérisoire d'un gommier dépenaillé ; le contraste entre la pénombre et la lumière blanche, éblouissante, faisait apparaître leurs yeux comme deux trous noirs. Des dealers de troisième ordre, des *hoekstaanders** qui attendaient leur livraison. Elle ne trouverait rien si elle les fouillait, la came devait être planquée quelque part dans un trou, ou cachée sous l'évier d'un complice. Elle sentit leur regard dans son dos tandis qu'elle montait le chemin défoncé menant à la maison de Sean Dollery. Dollery, qui se lançait dans le trafic à grande échelle de méthamphétamine en cristaux, ou *tik**, qu'il faisait vraisemblablement fabriquer dans l'une des maisons de Ghost Town, un peu plus haut. C'était la troisième fois cette semaine qu'elle venait à sa recherche. Il avait toujours été doué pour se cacher, depuis qu'il était gamin et qu'il voulait échapper aux raclées de son père, mais aujourd'hui, c'était dimanche, alors elle aurait peut-être plus de chance, il serait peut-être encore en train de cuver sa soirée du samedi. Elle n'aurait pas dû venir ici, elle en avait conscience ; d'abord parce qu'elle n'avait pas de renforts, mais aussi parce qu'Ocean View ne faisait pas à strictement parler partie de son territoire.

En règle générale, on ne renvoyait pas les flics dans leur communauté d'origine, de peur qu'ils ne se fassent soudoyer par les *skollies**, les criminels locaux. Mais elle avait tout à fait le droit de venir fouiner par ici, si c'était dans le cadre d'enquêtes sur des infractions commises à Fish Hoek qui trouvaient leur source à Ocean View. Ce qui arrivait très souvent. En ce moment, elle avait sur son bureau onze affaires de cambriolage, dont cinq relevaient du même *modus operandi*. Et même si aucun élément ne lui permettait d'établir un lien entre ces affaires et Dollery, ça l'arrangeait de prétendre le contraire. Elle voulait le boucler, le faire disparaître de son champ de vision, être débarrassée de ce petit bourdonnement d'angoisse qu'elle ressentait chaque fois qu'elle pensait à lui. Et s'il fallait pour ça qu'elle enfreigne quelques règles, eh bien, tant pis.

Elle avait aperçu Dollery plusieurs fois depuis qu'elle avait été affectée à Fish Hoek, généralement au tribunal avec un salopard d'avocat arborant un sourire narquois à ses côtés.

On n'arrivait jamais à prouver sa culpabilité. Des dossiers disparaissaient, des témoins faisaient faux bond, les conneries habituelles. Il arrosait tout le monde, y compris les flics. Pour le coincer, il fallait savoir comment son esprit fonctionnait, connaître ses faiblesses.

Le 20, Carnation Road était un bloc en parpaings avec deux fenêtres garnies de rideaux en dentelle, entre lesquelles une porte reposait de guingois sur ses gonds ; on aurait dit un visage boudeur, renfrogné. Le toit en tôle ondulée était surmonté d'une antenne parabolique, inclinée comme un chapeau porté avec désinvolture. Le chômage avait beau frôler les soixante pour cent dans le quartier, il n'y avait visiblement pas pénurie de télés par satellite. En tout cas pas chez les Dollery de ce monde, qui faisaient leur beurre sur le malheur des autres. La haine viscérale qu'elle éprouvait pour lui et tous ceux de son espèce transcendait les alliances d'autrefois. Dollery était une racaille qui tirait la communauté vers le bas. Gamins, ils avaient tous les deux traîné dans ces rues aux noms de fleurs incongrus – Marguerite, Pétunia, Œillet... –, ils avaient remué la poussière à la recherche de bouts de ferraille ou de tout ce qui pourrait leur fournir une distraction.

Le seul bel endroit qu'elle se rappelait de son enfance, c'était St Norbert, l'église sur la colline. Les fleurs de frangipanier dans les vases de la sacristie, sa robe blanche en dentelle rigide qui frottait contre l'arrière de ses cuisses. Sa première communion. Poppa, tout fier au premier rang, les cheveux lustrés, qui tendait le cou pour tenter d'apercevoir sa marche jusqu'à l'autel, les yeux luisants comme deux billes noires. De l'autre côté de l'allée, Charlene Dollery, qui contemplait le visage angélique de Sean, son fils unique, la prunelle de ses yeux. Puis le père de Sean avait écopé de dix ans de prison pour coups et blessures volontaires. Charlene s'était retrouvée seule à gérer son fils ;

tiraillée entre les hommes qui « l'entretenaient » et les petits boulots qu'elle arrivait à dégoter, elle avait perdu Sean de vue. Ils étaient partis habiter à Bonteheuwel et, à leur retour dans le quartier, les yeux de biche et les traits finement ciselés de Sean avaient laissé place au masque dur, fermé et méfiant des jeunes des Cape Flats[1]. Très vite, il s'était mis à travailler avec Pietchie aux *blokke**, à voler les gamins plus jeunes que lui, à accomplir des missions pour les caïds du coin. À s'attirer des ennuis avec les tribunaux pour enfants.

Quand Persy était revenue de l'école de police, Sean était devenu un délinquant, comme tant de ses semblables qui foutaient la merde dans la communauté métisse, qui entraînaient tout le monde dans leur chute.

Les pitbulls de Sean aboyèrent à son approche – enchaînés à l'arrière de la maison, hurlant à la mort. Ils ne feraient pas de vieux os, destinés qu'ils étaient à des combats de chiens illégaux. Autour de fosses tapissées de tôle ondulée, des hommes au regard vide, torse nu et couverts de sueur, les regarderaient s'arracher des lambeaux de chair sanguinolente. Pas moyen d'empêcher ça – ce n'était qu'une autre forme d'addiction à la violence, à la souffrance, à l'oubli.

Elle cogna sur la porte.

Pas de réponse. Ça ne l'étonnait pas plus que ça. Mais elle surprit le frémissement d'un rideau. Elle cogna plus fort.

« SAPS[2] ! Ouvrez ! »

Verrous et serrures furent ouverts à contrecœur. Une jeune femme apparut dans l'encadrement de la porte : pieds nus, les yeux gonflés, un logo Playboy sur sa nuisette, déformé par

1. Townships de la « plaine du Cap » réputés pour leur violence et leur forte criminalité.

2. South African Police Service, la police sud-africaine.

sa forte poitrine. Elle tenait un gros bébé à califourchon sur sa hanche, la figure nappée d'un glaçage de morve séchée, façon donut.

« Où est Sean ? demanda Persy en afrikaans.

– Au boulot. »

Persy absorba ce mensonge flagrant, prononcé sans un battement de cils. « *Ja*, et il est où, ce "boulot" ? »

La fille garda le silence, mais l'expression fermée de son visage abîmé disait clairement : « Va te faire foutre. » Le bébé tira sur sa poitrine. Elle écarta sa main potelée comme on chasse une mouche, tout en émettant un claquement de langue désapprobateur.

« Charlene est là ?

– Elle est à la maison de l'Allemand. »

La mère de Sean, Charlene Dollery, travaillait comme domestique pour Klaus Schneider, un riche Allemand qui faisait l'« hirondelle » en passant six mois à Kommetjie et six à Hambourg.

Un enfant plus âgé se mit à gémir dans la maison, une voix de femme lui ordonna de la fermer : Charlene, en congé dominical, donc, mais qui ne recevait pas de visite. Pas de visite de la police, en tout cas.

« Dis à Sean qu'il doit venir me parler. Ou alors on ira le chercher et on l'emmènera au commissariat. Compris ? »

La porte lui claqua au nez – bruit de verrous qu'on tourne.

Il était temps d'aller jeter un œil à la cabane en bois et en tôle derrière la maison. Elle posa la main sur son arme. Au cas où. Ocean View était un coin tranquille autrefois. Mais il était devenu aussi dangereux que n'importe quel township. Surtout pour un flic.

Les chiens repartirent dans leurs aboiements frénétiques ; elle les entendait se jeter contre la cloison en tôle et en fil barbelé. Sans doute à moitié morts de faim. Ou alors ils redescendaient d'un trip sous *tik*. Ça arrivait qu'on leur donne des amphétamines – pour les mettre en ébullition avant un combat. Un glapissement, puis le silence. Il y avait quelqu'un avec eux. Qui leur avait donné un coup bien ajusté.

La porte en contreplaqué de la cabane avait été forcée plusieurs fois et était solidement fermée par deux grosses chaînes munies de cadenas. Par les interstices entre le montant et le panneau, Persy aperçut un pistolet à peinture et l'arrière de la Golf de Dollery. Hors d'usage, apparemment. Elle se sentait exposée, la nuque hypertendue – comme si on l'observait ; elle était sans doute dans la ligne de mire de Sean. Entre elle et lui, ce n'était qu'une question de temps. Elle éprouva une sorte d'excitation nauséeuse, une décharge d'adrénaline. Elle l'imagina menotté sur le banc des accusés, condamné à de longues années de prison. Sorti de sa vie, sorti de sa tête.

Un bruit violent déchira l'air au-dessus d'elle – elle se laissa tomber comme une masse, dégaina son arme, le cœur tambourinant furieusement contre ses côtes. Quoi, on lui tirait dessus ? Sans se relever, elle fila se réfugier sous un étroit surplomb du toit. Ça lui offrait un peu de protection, mais son cul était toujours à découvert. Et elle n'avait pas de gilet. Quelle idiote, vraiment, de venir ici toute seule, Titus allait lui passer un de ces savons s'il l'apprenait ! Elle plaqua le dos contre le mur, tendant l'oreille au point d'en avoir des bourdonnements tandis que les chiens se déchaînaient de nouveau. Elle ne savait pas qui c'était, mais celui qui marchait sur le toit avait le pas lourd. Les clebs devenaient dingues, ils se jetaient contre le portail, gonflés à bloc pour le combat. Heureusement qu'ils étaient attachés, sinon elle aurait été réduite en charpie. Les bruits de pas s'arrêtèrent. Un gros grognement. Puis silence. Pire que le bruit.

Avait-on rentré les chiens ?

Ses cheveux se dressèrent sur sa nuque et sa bouche devint sèche. Plaquée contre la cloison en tôle ondulée, elle se dirigea tout doucement vers l'arrière de la cabane, dans l'espoir qu'elle pourrait foncer se mettre à l'abri de la maison d'à côté. Un bruit fracassant retentit sur le toit métallique, puis une masse sombre se laissa tomber par terre devant elle, brandissant une arme. Elle se retrouva nez à nez avec une paire d'yeux rouges rapprochés et des babines retroussées qui dévoilaient de longues canines jaunes.

Un babouin. Un mâle dominant, visiblement. Son arme, une courge musquée à moitié mangée. Le soulagement de Persy fut de courte durée. Un mâle solitaire pouvait être dangereux et imprévisible. Il avait senti son odeur de femelle : elle allait devoir se montrer agressive pour le tenir en respect. Elle agita les bras tout en hurlant et en lui montrant les dents à son tour. Il poussa un cri aigu, fit volte-face et disparut de l'autre côté de la cabane. Elle l'entendit ensuite escalader la cloison, puis atterrir sur la tôle dans un bruit de tonnerre. Il sauta sur le toit des Dollery et s'éloigna à grandes enjambées le long de la gouttière, sans la quitter des yeux, en la narguant.

Après avoir atteint l'antenne parabolique, il se pencha sur sa courge et la déchiqueta de ses dents capables d'égorger un homme en une seconde. Il avait dû fouiller dans les poubelles du township, au risque de se faire tirer dessus ou empoisonner par les habitants. Tout en le regardant, elle reprit son calme, sentit les battements de son cœur revenir à la normale. Il avait l'air si humain que c'en était déconcertant, même s'il n'avait aucun sens moral en dehors de son instinct de survie. Un peu comme le criminel moyen. Elle rengaina son arme. Mhlabeni aurait pissé de rire s'il avait vu ça : braquer une arme sur un singe ! Son collègue ne perdait pas une occasion de la dénigrer.

Au commissariat, elle raconterait ce qui s'était passé à Calata, mais à personne d'autre.

Ne jamais tendre le baton pour se faire battre.

Sean Dollery regarda Persy remonter dans le Nissan et redescendre la rue. Il avait vu la scène avec le babouin – il l'avait épiée depuis sa fenêtre, pas eu le temps de s'habiller, toujours en calbar, il était. Il avait dû se retenir de rire de peur qu'elle l'entende. Pauvre salope. Venir chez lui aussi tôt, le harceler, lui. Pour qui elle se prenait, bordel ? Qu'elle en sache autant sur lui l'enrageait : où il habitait, où travaillait sa mère, toute l'histoire de leur passé commun. Qu'elle aille se faire foutre, elle n'avait pas à venir traîner du côté des *blokke*, à utiliser ses contacts à Lapland et à Ghost Town ; elle entravait sa liberté de mouvement à lui, elle foutait la merde dans ses affaires ! Qu'elle le lâche au lieu de croire qu'elle pouvait aller et venir comme ça, que personne ne la toucherait, tout ça parce qu'elle avait été l'une des leurs ! Mais plus maintenant ! Cette vendue se donnait des grands airs depuis qu'elle était dans la police, elle avait tourné le dos au township, et à lui aussi, par la même occasion ! C'était Poppa qui lui avait fourré ces idées dans le crâne, qui avait trimé sur les bateaux pour pouvoir l'envoyer dans cette école de bonnes sœurs avec ces connasses de bêcheuses en kilt, pendant qu'eux, ils moisissaient dans l'immeuble en parpaings, avec ses fenêtres cassées et son terrain de jeux rempli de bouteilles brisées et de capotes usagées !

Ils avaient grandi dans des fermes voisines, ils avaient été déplacés vers Ocean View en même temps. Il avait joué avec elle dans la rue, l'avait accompagnée au catéchisme où on les gavait de Jésus, Marie, Joseph. Il repoussa le souvenir des moments où ils se réfugiaient tous les deux sous les *milkwoods* noirs, lui pleurant toutes les larmes de son corps après une des raclées de son père. Repoussa le souvenir du contact à la fois léger et puissant de son bras menu autour de ses épaules quand elle le consolait. Il ne voulait pas se laisser attendrir en se rappelant qu'elle avait eu son lot de deuil et de chagrin – restée seule à la maison avec Poppa après le départ de sa mère. Ils avaient une responsabilité commune dans la cause de ce chagrin, et le remords pesait sur lui, il le rongeait de l'intérieur comme un rat invisible.

La mère de Sean aimait Poppa ; tout le monde le respectait, même les voyous. Il avait été une institution, à Ocean View. Mais il était près de la sortie maintenant, il agonisait quelque part dans un hospice. Une nouvelle génération montait à Lapland, plus dure – des accros au *tik* et des caïds ambitieux s'installaient, et les loyautés passées mouraient en même temps que l'Ocean View d'autrefois. Il ne ressentait aucune nostalgie, il ne pouvait pas se le permettre. Il alluma la télé. MTV. Kanye West dans son manteau de fourrure, avec des salopes à demi nues à moitié couchées sur lui. Un de ses vieux morceaux préférés. *Heartless, how could you be so heartless ?* Il dévora des yeux la Mercedes et les diamants. Un jour.

2

Quatorze kilomètres séparent Ocean View de Noordhoek par la route, huit seulement si l'on opte pour une promenade pittoresque le long de la plage blanche immaculée qui se termine au pied de l'imposant Chapman's Peak. Pourtant, tout un monde séparait le 20, Carnation Road et le 39, Keurboom Road, où la matinée avait mal commencé pour Marge Labuschagne. À quelques minutes de marche de l'une des plages les plus belles et les mieux préservées de la planète, à moitié cachée par des *milkwoods*, sa modeste villa dans le style du Cap était blottie dans le petit quartier chic des classes moyennes de Noordhoek.

Marge s'était réveillée la bouche sèche et la tête dans le cirage pour avoir descendu le tiers d'une bouteille de scotch et regardé trop de conneries à la télé la veille. Sans routines familiales pour donner un rythme et un sens à ses week-ends, les samedis soir lui semblaient interminables. Bongo n'avait rien fait pour améliorer son humeur, en grattant à la porte à une heure impossible et en poussant des gémissements excités qui étaient allés crescendo à la perspective de sa promenade, la forçant à sortir de son lit, puis de chez elle.

Elle n'avait plus d'enfant à élever depuis que Will, son fils cadet, était parti vivre à Woodstock pour finir son master. Non sans lui avoir d'abord refilé la charge de Bongo, un jeune berger allemand hyperactif. Qu'est-ce qu'il avait dans la tête, quand il était arrivé avec le chiot dans les bras ?

« Mais il te protègera, Maman. Et puis il te tiendra compagnie. »

Le monde selon Will : l'intérêt personnel se faisant passer pour de la philanthropie. Elle se reprocha son manque d'indulgence envers lui. Il s'inquiétait sans doute pour elle, seule dans la maison, sans protection digne de ce nom. Mais ce qui l'attristait, ce qui la remplissait d'amertume, c'était de se dire que Bongo lui avait été offert pour compenser les absences prolongées de Will et l'irrégularité de ses coups de fil. Enfin, il arrivait aujourd'hui, il allait rester travailler quelques jours sur son mémoire, alors autant s'estimer heureuse et ne pas trop s'appesantir sur la rareté de ses appels ! Si elle réussissait à rentrer assez tôt de la promenade, elle aurait le temps de préparer à déjeuner et de faire le ménage avant son arrivée. Comme d'habitude, la maison avait l'air d'un dépotoir.

Elle suivit le chien qui sortait par le portail en bondissant, détournant les yeux du jardin envahi de mauvaises herbes et de la piscine laissée à l'abandon. Des images effrayantes de son eau verte et visqueuse où pullulaient des grenouilles avaient hanté son sommeil agité : le reflet des angoisses d'une femme d'âge mûr, isolée, qui avait du mal à sauver les apparences de son foyer. Elle ferait mieux de sortir son chlore et son aspirateur de feuilles et de se mettre au boulot ! Il fallait surmonter l'inertie de la vie pavillonnaire, continuer de faire comme si. Les voisins la trouvaient déjà, au mieux, excentrique, au pire, complètement givrée. Elle était l'objet de commérages dans le quartier, et pas seulement à cause de ses piètres compétences de ménagère. On spéculait beaucoup sur son ancien métier, avec ses connotations troubles liées à la criminalité, mais aussi sur son « amitié » avec Ivor Reitz et sur les difficultés qu'elle rencontrait depuis qu'elle s'était établie à son compte.

La vue du système d'arrosage poussé au maximum dans le jardin d'en face n'arrangea pas son humeur. Comme d'habitude, les Tinkler gaspillaient l'eau, malgré les restrictions municipales. Coincés derrière la clôture électrique, leurs ridgebacks, Gigi et Bella, grognèrent et montrèrent les dents en bavant comme des cinglés quand Bongo passa en trottinant devant eux. Les chiens les plus stupides de la planète, d'après elle. Comme leurs maîtres. George Tinkler n'était qu'un abruti, mais Fiona était une semeuse de trouble invétérée, et une colporteuse de ragots de la pire espèce. Elle faisait partie de ces gens obsédés par les faits divers sordides, qui se délectent de répandre des nouvelles où il n'est question que de crimes et de violence. En exhumant d'on ne sait où des informations sur Marge, elle avait découvert qu'elle avait été psychologue criminelle et s'était persuadée qu'il y avait chez elle quelque chose de foncièrement louche. Même si Marge ne s'occupait plus d'affaires criminelles depuis longtemps. Certaines enquêtes, une en particulier, lui avaient fait perdre ses illusions, et elle se méfiait aujourd'hui des méthodes réductrices de profilage auxquelles elle adhérait autrefois. Elle préférait désormais se consacrer exclusivement à sa clientèle privée et au nombrilisme angoissé des classes moyennes.

Même si ce n'était qu'une lente agonie.

Juste après le Red Herring, le bistrot du coin, elle tomba sur la Maserati d'Asha de Groot qui bloquait le passage : la voiture dépassait de l'allée menant à sa maison, une ancienne école du dix-neuvième siècle, d'une valeur de plusieurs millions de rands et baptisée « The Old School House ». De Groot était l'objet d'une certaine curiosité dans la vallée : il avait fait fortune, plutôt mystérieusement, dans le domaine des technologies de l'information ou du marché du carbone. Il avait dû rentrer chez lui au petit matin, hors d'état de manœuvrer le véhicule pour passer le portail sécurisé. Marge éprouva une certaine satisfaction en voyant Bongo lever la patte sur l'un des enjoliveurs hors de prix. June de Groot se trouvait dans le jardin avec ses deux enfants étrangement pâles et étiolés, à regarder leur tortue traverser laborieusement la pelouse. Marge l'avait surnommée « la Barjo » et cataloguée comme une « mangeuse de muesli », à savoir quelqu'un qui ne croyait pas dans les vertus d'un vrai repas. Elle habillait ses enfants avec des vêtements qu'on aurait dit faits maison et leur faisait porter des chapeaux de soleil ridiculement grands. Quand les De Groot avaient emménagé, Marge, dans un élan inhabituel d'amabilité provoqué par un mélange d'ennui et de curiosité, leur avait apporté un reste de gâteau au chocolat en guise de cadeau de bienvenue ; mais June avait réagi comme si le gâteau avait des épines, s'empressant de le lui rendre en bafouillant : « Oh, je suis désolée, mais nous ne mangeons pas de sucre ! » Puis elle avait aussi sec sorti de son tablier digne d'une Quaker ce qui ressemblait à des bâtonnets de carton vert, pour les donner à ses enfants au bord des larmes. « Des algues japonaises, avait-elle expliqué. Très riches en fer. »

Depuis ce jour, Marge avait toujours évité June.

Elle agita la main sans enthousiasme en guise de salut. La Barjo eut l'air surprise, mais Orlanda, sa petite fille, accourut à la clôture pour caresser Bongo.

Un peu plus loin, Marge se mit à jogger doucement avec Bongo en laisse haletant à ses côtés. L'air frais et le parfum pénétrant de l'océan lui éclaircirent les idées. Le crissement des cigales devenait plus fort à mesure qu'on approchait de la plage, atténuant le bruit des vagues. Elle vit qu'une autre maison avait été démolie sur Beach Road. Les maisonnettes en bois construites autrefois comme résidences secondaires étaient peu à peu transformées en constructions massives plus prétentieuses. Les nouveaux arrivants semblaient vouloir coûte que coûte détruire l'atmosphère paisible du lieu par leurs incessants travaux de rénovation. On assistait à une prolifération de clôtures électriques, de volets métalliques et de faux portiques – pour l'empêcher, il fallait en permanence faire valoir les arrêtés municipaux et lancer pétition sur pétition. Une corvée à laquelle elle ne pouvait pas échapper, même s'il fallait pour ça se farcir les interminables et assommantes réunions du Groupe pour l'Environnement de Noordhoek, et supporter les mille contrariétés infligées par ses voisins.

La masse imposante de Chapman's Peak se dressait devant elle, surplombant les épaisses broussailles sur le versant sud de la montagne, encore plongé dans l'ombre. Le cri staccato d'un épervier perça le rugissement de la mer. Elle scruta les pans les plus sablonneux de la montagne, tapissés de buchus vert jaune et vert olive en fleur, dans l'espoir d'apercevoir l'oiseau. Au-dessus de la lande se détachaient les fines silhouettes caractéristiques des neuf palmiers de Bellevue, la première maison de vacances à avoir été construite à Noordhoek. Elle était abandonnée et tombait en ruine, mais c'était de là qu'on avait la meilleure vue sur la vallée, depuis Long Beach jusqu'au phare de Slangkoppunt, au-delà de Kommetjie. À en croire l'agent immobilier du coin, Renuncia Campher, la maison appartenait à une imbécile d'aristocrate européenne. C'était le genre d'histoire à dormir debout qu'elle débitait quand elle avait un verre dans le nez, avec les compliments du Red Herring, pendant la Happy Hour.

Marge gagna la promenade en bois et détacha Bongo. Il fonça à toute blinde sur les planches décolorées qui couraient à travers les dunes en direction de la plage. Pas encore huit heures, et pourtant elle transpirait déjà sur la nuque et sous les bras. Le ciel blanc se confondait avec la masse miroitante de l'océan, d'une luminosité aveuglante. Les embruns et le parfum aromatique du fynbos[1] montagneux remplissaient ses narines, lui procurant un sentiment de plénitude grisant. Au sud de la péninsule, il n'y avait que l'océan, jusqu'au pôle Sud. Tous les jours du long hiver qui avait suivi son divorce, cinq ans plus tôt, elle s'était traînée le long de la plage entre Noordhoek et Kommetjie, aller puis retour, hurlant dans le vent glacial soufflant droit de l'Antarctique. Cela ne faisait que quelques mois qu'elle avait l'impression de revenir à la vie. Pourtant, elle devait chaque jour lutter contre un sentiment de solitude et d'inutilité. Ses deux garçons avaient quitté le foyer. Même les chats se suffisaient à eux-mêmes. Seul Bongo, qui n'était plus qu'un point à l'horizon, semblait avoir besoin d'elle. Elle siffla, mais à ce signal, le chien repartit dans l'autre sens, en direction des rochers, fonçant à travers les eaux peu profondes, s'éclaboussant, le pas léger, la langue pendante et le poil au vent. Il lui aurait fallu un jeune maître, quelqu'un qui aurait assez d'énergie pour jouer avec lui. Marge ralentit pour reprendre haleine. Cette saloperie de cigarette allait la tuer, si ce n'était pas son foie qui lâchait en premier. Elle s'abandonna au plaisir de la vue. Long Beach, couverte d'une légère brume d'embruns, scintillait sous la parabole chatoyante du ciel.

Surgis de la brume, deux cavaliers aux allures de fantômes apparurent, avançant vers les dunes et la piste du pré communal, où ils descendraient de leurs montures pour les laisser récupérer. Marge reconnut Ivor Reitz et son palefrenier, Petrus. Tous les matins, ils emmenaient leurs chevaux jusqu'au

1. Formation végétale buissonneuse caractéristique de la région du Cap.

Kakapo, l'épave rouillée d'un vieux bateau à vapeur à moitié enfouie dans le sable, à mi-chemin de Kommetjie.

Elle leur fit signe de la main. Petrus répondit à son salut avec sa réticence habituelle. Le soleil se refléta brièvement sur le métal de la bride de son cheval. Ivor continua d'avancer comme si de rien n'était. La gorge de Marge se serra. Non, elle était sans doute trop susceptible. Il ne l'avait pas vue, c'est tout. Il était bien trop poli pour l'ignorer.

Elle avait rencontré Ivor aux réunions du Groupe pour l'Environnement de Noordhoek. Il en était l'un des membres les plus efficaces et prenait en charge une bonne partie des corvées, comme rencontrer les promoteurs immobiliers ou les responsables des différents services municipaux. C'était, comme elle, un ardent défenseur de l'environnement, mais il avait appris à garder son calme face aux faux-fuyants bureaucratiques et accueillait l'afflux des nouveaux venus dans la vallée avec plus de patience qu'elle. Elle avait tendance à s'emporter et à se montrer agressive. À eux deux, ils formaient une bonne équipe.

Les chevaux se mirent au petit galop, envoyant voler le sable. Ivor en tête, Petrus un peu derrière, passant au trot, puis au pas.

La silhouette sombre de Bongo atteignit les rochers noirs à l'extrémité nord de la plage, avant de disparaître. Elle l'appela, même si elle savait que le fracas de l'océan couvrirait sans doute sa voix. Elle scruta l'horizon pour essayer de l'apercevoir, gagnée par une vague inquiétude. Même dans les vagues peu profondes, un chien pouvait facilement se retrouver en difficulté. Elle prit la direction des rochers en l'appelant et en sifflant. Le souvenir de la douceur de velours de ses grandes oreilles verticales et de son museau noir lui vint à l'esprit, et elle fut parcourue d'un frisson d'angoisse en imaginant la maison sans lui. Puis elle entendit l'écho de ses glapissements excités, plus loin sur la plage. Il surgit au milieu des rochers, les oreilles dressées, la queue en l'air, glissant sur la roche mouillée. Elle l'appela encore, mais il baissa la tête, absorbé par une découverte qu'il avait faite. Un cadavre de phoque ou de loutre, probablement. Un truc dégoûtant et puant, dont il traînerait l'odeur pendant des jours. Elle atteignit les flaques laissées par la marée et escalada les rochers, sans cesser d'appeler. Elle le trouva occupé à renifler un machin en plastique de couleur vive, un long falbala de bandelettes orange et vertes étalé sur l'eau et les rochers. Une queue de cerf-volant. Arrachée aux mains d'un gamin par la violence du vent. Ses frondes souples ondulaient avec les vagues, comme une anémone en plastique.

« Bongo ! Ici le chien ! »

Mais ce n'était pas le cerf-volant qui l'intéressait.

Une chaussure de course dansait sur l'eau, un morceau de denim froissé était coincé entre les rochers. Elle les inspecta attentivement de ses yeux de myope : elle avait laissé ses lunettes à la maison. On aurait dit qu'il y avait une chaussette mauve entre la chaussure et le jean. En essayant de s'approcher, elle glissa et s'érafla la cheville sur les barnaches. Mais elle ne sentit pas vraiment la douleur, parce qu'elle voyait maintenant que ce qu'elle avait pris pour une chaussette était en fait la chair d'une cheville nue, attachée aux rochers par la chaussure. Les vagues battaient dangereusement contre le rivage. La chair jaune des moules aux coquilles noires et luisantes qui tapissaient la roche se détachait avec une précision hallucinatoire. Elle fit lentement le tour pour mieux voir. Bongo, immobile comme une statue, l'observait.

De plus près, elle vit que la cheville appartenait à une jambe, et la jambe à une marionnette humaine horriblement gonflée qui flottait sur le dos, les membres écartés comme les branches d'une étoile de mer. Elle reposait dans une attitude d'abandon ridiculement paisible, comme si elle savourait d'être à jamais libérée des vicissitudes de la vie. Marge s'approcha encore. Une grosse blessure, blanche et béante telle une fleur exotique, défigurait un côté de la tête. Dans le visage gonflé et tuméfié, Marge reconnut pourtant tout de suite celui d'Andrew Sherwood.

3

À l'approche de la plage, George Tinkler se débattait avec ses ridgebacks tenus en laisse. Gigi s'arrêta pour chier au beau milieu du parking. Heureusement, il n'y avait personne pour les voir. Sur la poubelle verte, le panneau lui faisait face, accusateur : CROTTES DE CHIENS ICI, SVP !!!! Non mais, pourquoi se servir d'un ramasse-crottes alors que toute la plage était couverte de merde de chiens, bordel ? Il n'avait jamais vu personne les ramasser depuis quinze ans qu'il habitait à Noordhoek.

Morgana Reitz le dépassa en courant et continua son jogging sur la promenade en bois devant lui, son minuscule yorkshire coincé sous le bras comme un sac à main en fourrure. Elle ne se donna pas la peine de lui dire bonjour, mais au moins, il pouvait admirer le spectacle. Petite queue de cheval guillerette passée par le trou à l'arrière de sa casquette, qui semblait se trouver là précisément dans ce but. Corps superbe, cul ferme, et quelle paire de nibards ! Bien conservée, même si elle ne devait pas être loin de la quarantaine. Ivor était un sacré veinard ! Pourquoi est-ce qu'il avait l'air malheureux comme les pierres alors qu'il avait ça dans son pieu, c'était un mystère. OK, elle était gâtée et stupide. Elle horripilait la plupart des nanas du coin. À commencer par Fiona qui n'arrêtait pas de répéter qu'elle aussi, si elle dépensait des milliers de rands en Botox et en implants mammaires, elle pourrait ressembler à une star de porno. George préférait la boucler, mais il n'arrivait vraiment pas à se représenter sa femme, avec son flegme et ses tenues BC-BG, en actrice de films X – ou alors pour un public de voyeurs particulièrement pervers.

Il était perdu dans ses méditations oisives sur les charmes de Morgana, non sans en éprouver un certain émoi, quand il aperçut l'abruti de berger allemand qui appartenait à Marge Labuschagne, la psychologue. Ce qui voulait dire qu'elle n'était pas loin. Un drôle de numéro, celle-là, grossière et hautaine, autant dire qu'il n'avait pas envie de se retrouver nez à nez avec elle. Trop tard, elle avançait vers lui d'un pas plutôt rapide, courant presque, l'air dans tous ses états. Haletante, quelques kilos en trop, les cheveux grisonnants et mal coupés, tout ébouriffés. Lorsqu'il fut assez près, elle demanda d'une voix forte et entrecoupée :

« Vous avez un portable sur vous ? »

Avec une telle insistance qu'il lui tendit son portable sans poser de question. Nerveusement, elle appuya sur les touches, les mains tremblantes.

« Le commissariat de Fish Hoek ? aboya-t-elle dans le micro. Je vous appelle de la plage de Noordhoek. J'ai trouvé un cadavre. »

Comme il le raconta à Fiona pendant le déjeuner : « Marge Labuschagne avait l'air pas mal secouée, je dois dire.

– C'est probablement elle qui a fait le coup. Je la crois capable de tout, celle-là. »

Fiona se resservit une généreuse portion de gratin de macaroni.

« Allons, arrête un peu avec ça ! »

Fiona et leur voisine se faisaient continuellement la guerre parce que les clients de Marge se garaient devant le portail électronique des Tinkler. Fiona passait son temps à téléphoner ou à traverser la rue d'un pas furieux pour se plaindre. L'incident du club de lecture avait été la goutte d'eau qui avait fait déborder le vase. Le club organisait ce jour-là un déjeuner au Mount Nelson Hotel, dont l'invité d'honneur était un auteur à succès de romans féminins. Fiona, grande admiratrice, avait passé toute la matinée à se « bichonner », et elle était déjà en retard. Mais en s'ouvrant, le portail lui avait révélé un énorme 4×4 garé juste devant chez elle. Assise avec son portable dans sa voiture, elle avait écouté l'écho du téléphone qui sonnait dans le vide en face de chez elle. Finalement, avec une fureur croissante, elle avait traversé la rue d'un pas indigné et tambouriné à la porte. Pas de réponse. Elle avait fait le tour de la maison, remarquant au passage l'eau verte et visqueuse de la piscine et le jardin à l'abandon. Par la porte-fenêtre, elle avait repéré son ennemie mortelle affalée dans un fauteuil, un chat sur les genoux.

Fiona avait frappé quelques coups secs sur la vitre, tout en faisant signe rageusement qu'une fois de plus, on l'empêchait de sortir de chez elle ! Marge avait accouru, rouge comme une tomate, mais Fiona avait eu le temps d'entrevoir un homme, un adulte en costard, pelotonné comme un enfant sur le canapé, en train de « pleurer comme un veau ».

« Mais ça va pas la tête ? Je suis en pleine séance ! » avait sifflé la psy. Mais Fiona était momentanément resté muette, car elle avait reconnu dans le visage sillonné de larmes celui de leur propre courtier en assurances, un homme extrêmement convenable et conservateur.

« Dieu sait ce qu'elle était en train de lui faire ! avait-elle dit à George après l'incident. J'ai bien envie d'aller tout raconter à sa femme. »

Après cet épisode, Fiona avait accroché à leur portail de sombres mises en garde contre le stationnement illégal sous peine de mise à la fourrière. Voyant qu'ils restaient ignorés, elle avait fait installer des bornes en béton sur le trottoir. Une cliente qui ne se doutait de rien y avait arraché le pare-chocs de sa voiture flambant neuve. Marge avait invoqué un arrêté municipal quelconque, et Fiona avait dû enlever les bornes et rembourser les frais de réparation non pris en charge par l'assurance.

George se dit qu'il allait la faire bisquer un peu.

« Tout de même, ça a dû être un sacré choc, pour une femme seule. Tomber comme ça sur un macab. »

Fiona lui lança un regard perçant, une bouchée de macaronis en suspens au bout de sa fourchette.

« Et pourquoi elle est seule, hein ? Ce n'est certainement pas moi qui vais reprocher à ce type de l'avoir plaquée, il a déjà eu beaucoup de patience ! »

George ne releva pas : si sa femme avait su combien de fois il avait été tenté de la plaquer, elle ! Lui et Fiona n'avaient pas de gamins, alors il était mal placé pour juger, mais il lui semblait quand même qu'au bout du compte, un homme devait assumer ses responsabilités, et laisser tomber sa famille comme Louis Piper l'avait fait, c'était plutôt odieux. Il était désolé pour les deux garçons, surtout le plus jeune, Will. Il y a quelques années, il l'avait vu faire du stop à la gare de Fish Hoek, dans son uniforme de lycéen, et il s'était arrêté pour le prendre. Un garçon gentil, un peu fainéant sur les bords, mais assez poli. Il s'était avéré que, comme lui, Will adorait l'histoire. Par la suite, il s'arrêtait toujours quand il le voyait lever le pouce sur le bord de la route. Très vite, Will était entré à la fac, et leurs trajets avaient été l'occasion de débats enfiévrés sur les stratégies de combat engagées pendant la guerre des Boers.

Un jour, George, qui n'avait pas vu Louis Piper depuis un moment, avait demandé à Will des nouvelles de son père. Par politesse, rien de plus.

Le garçon n'avait pas répondu. Et en se tournant, George avait vu qu'il pleurait. Des larmes coulaient sur ses joues, sans un bruit. Peu après, George avait appris que ses voisins divorçaient. Puis Will avait acheté une moto et les trajets en auto-stop avaient cessé.

« Quoi qu'il en soit, ça m'a tout l'air d'un acte criminel », disait Fiona.

George mit quelques secondes à comprendre qu'elle parlait de Sherwood.

Fiona était obsédée par les crimes. Elle passait son temps à éplucher le journal à la recherche des dernières anecdotes sanglantes. D'accord, cette putain de ville était ultra-violente, mais c'était déjà dur de lire le journal et de regarder les infos tous les soirs, alors s'il fallait en plus se farcir en permanence les laïus de sa femme comme quoi Le Cap était la capitale mondiale du meurtre…

« Foutaises, il a sans doute été pris dans une turbulence.

– Crois-moi, c'est un assassinat. »

Il jugeait la chose peu probable, dans le coin. D'après ses calculs, il n'y avait pas plus d'un meurtre par an sur le territoire de Fish Hoek, heureusement. Il se félicita une fois de plus d'avoir eu la jugeote de racheter tout un tas de petits commerces en faillite dans la ville pour les remettre à flots. Pour Fiona, c'était la honte, bien sûr. Oh, financièrement, elle ne se plaignait pas, remarquez. Mais quand on avait fait sa scolarité à l'école pour filles Herschel, on était préparée depuis la naissance à épouser un putain d'expert-comptable, pas le proprio d'un *vetkoek paleis** et d'une entreprise de plomberie !

Le problème de Fiona, c'était qu'elle s'ennuyait. Il allait lui donner un peu de boulot cette semaine – en commençant par le vidéo-club. Histoire qu'elle ait de quoi s'occuper, au lieu de faire une fixette sur Marge Labuschagne.

4

Phumeza l'appela au moment où elle entrait dans Fish Hoek, à son retour d'Ocean View. Le capitaine, Paul Titus, et la plupart des enquêteurs et des policiers en uniforme avaient été appelés dans les Cape Flats pour lutter contre des incendies près de Monwabisi Beach. Dippenaar et Damoya étaient en congé. Quant à Mhlabeni, plus gradé qu'elle, il avait été de service tout le week-end et voulait rentrer chez lui.

Il ne restait donc que Persy, la moins expérimentée de tous, pour aller jeter un œil au cadavre retrouvé sur la plage de Noordhoek. Après avoir donné l'ordre aux secours et à l'équipe de la scientifique de la rejoindre là-bas, elle appela Titus à son numéro spécial, un numéro réservé aux membres de son équipe. Il répondit tout de suite. Persy se demanda s'il s'armait de courage chaque fois que ça sonnait. Sans doute pas. Après tout, il voyait dans son combat contre le crime une mission divine, alors rien n'était au-dessus de ses forces. Il trouvait plaisir à se mesurer à l'impossible, son esprit rapide adorait se colleter avec les problèmes logistiques.

« Une femme vient d'appeler, elle dit qu'elle a trouvé le corps d'un homme échoué sur la plage de Noordhoek.

– Saletés de randonneurs », grogna Titus.

Persy comprenait ce qu'il voulait dire. L'été, un nombre ahurissant de vacanciers et de touristes se blessaient ou se noyaient. Ils affluaient au Cap, prenaient à tort la ville pour un magnifique terrain de jeux, s'aventuraient dans les montagnes ou en mer sans avoir la moindre idée de la traîtrise de la météo, des brusques changements de température ou des courants meurtriers. Une vraie plaie pour les services de secours, déjà surmenés.

« Apparemment pas. La femme qui a appelé l'a reconnu, donc ça doit être un type du coin. Phumeza dit qu'elle est psy-quelque chose, il paraît qu'elle a déjà travaillé avec la police.

– Sans doute un témoin utile. »

Ce n'était pas l'avis de Persy. Elle avait horreur de toutes ces conneries psychologiques. Une pure perte de temps. Il arrivait trop souvent que des salauds soient libérés parce qu'un psy à la noix invoquait leur enfance de merde comme « circonstance atténuante ».

« Où est Mhlabeni ?

– Il vient de rentrer de son service de nuit. »

Persy perçut une hésitation chez Titus. Il s'agissait vraisemblablement d'une noyade, mais il pouvait y avoir des complications.

« Je peux me charger de l'enquête préliminaire, capitaine.

– D'accord. Mais tu prends Mhlabeni avec toi. »

Elle éprouva l'habituelle sensation de coup de poing à l'estomac en entendant le nom de son collègue.

« Et appelle les secours.

– C'est fait.

– Le service des empreintes, les photographes. Et la scientifique.

– Ils sont en chemin, capitaine.

– Bien. Ne laisse personne toucher à rien et recueille le maximum de témoignages. »

Persy raccrocha. Il s'agissait probablement d'une affaire banale. Mort par noyade.

Elle appela Phumeza : « Dis à Mhlabeni de se préparer. Le chef veut qu'il m'accompagne à Noordhoek. »

Mhlabeni. Maussade et intransigeant dans ses meilleurs jours, après toutes ces années où les promotions lui passaient sous le nez. Toujours actif malgré l'enquête interne qui pesait sur lui : un petit dealer de *tik*, l'un de ses indics attitrés, s'était fait poignarder dans les toilettes publiques du tribunal de Wynberg par un « agresseur inconnu », quelques minutes après avoir été libéré sous caution. On racontait que le trafiquant avait été arrêté lors d'une descente de police et s'apprêtait à parler, alors Mhlabeni l'avait liquidé pour rendre service aux grosses pointures. Les activités annexes du policier étant de notoriété publique, tout le monde pensait qu'il y avait du vrai dans cette histoire. Il était déjà d'un caractère difficile, mais depuis cette affaire il se sentait encore plus mal traité qu'avant, d'autant qu'il faisait partie des enquêteurs les plus expérimentés du commissariat de Fish Hoek. Persy avait entendu dire qu'il la soupçonnait d'être l'auteur des allégations à l'origine de l'enquête. Si on trouvait quelque chose, une autre enquête interne serait ouverte, dirigée par un policier d'un autre commissariat d'un rang égal ou supérieur à celui de Mhlabeni. Il enverrait son rapport au chef de la police du *cluster*[1] ou de la province. C'est seulement à ce moment-là que serait dévoilé le nom de l'auteur des allégations, et alors, Mhlabeni saurait qu'elle n'y était pour rien. En attendant, il l'avait cataloguée comme une traîtresse, une moucharde.

Quatorze heures qu'il était sur le pont. Il ne rêvait que d'une chose, filer retrouver sa grosse femme et son lit

1. Regroupement administratif de plusieurs commissariats.

douillet. Il allait la détester encore plus que d'habitude. Et merde, si seulement elle avait pu prendre Dizu avec elle plutôt que Mhlabeni... Mais l'agent Dizu Calata ne devait rentrer que le lendemain d'un *bosberaad**. Un séminaire destiné à regonfler le moral des troupes, où on apprenait comment répondre à la méfiance de la communauté noire envers le SAPS. Un beau moyen de gaspiller l'argent du contribuable, oui !

Persy se gara dans la cour derrière le commissariat de Fish Hoek, dont le secteur couvrait plus de trois mille kilomètres carrés de littoral, de montagnes et de vallées, pour la plupart protégés par le Parc national de la Table Mountain. Ce qui impliquait beaucoup de trajets en voiture. Les véhicules en déplacement pouvaient rester partis plusieurs heures. Heureusement qu'elle avait récupéré le *bakkie** Nissan pour aller à Ocean View tout à l'heure.

Mhlabeni hissa son énorme carcasse sur le siège passager, suant comme un bœuf et empestant l'alcool. Il était vraiment trop gros et mangeait sans discontinuer. Son addiction à lui, c'était le poulet frit. Un diabétique en sursis. Sa chemise en polyester collait à ses bourrelets de graisse, empêchant sa peau de respirer. Persy, elle, portait un fin tee-shirt en coton et un pantalon de treillis léger, ainsi que des baskets Puma héritées de Ferial, la copine de son cousin Donny, presque aussi petite qu'elle. Elle faisait du 36. La taille d'une gamine. C'était peut-être pour ça que personne ne la prenait au sérieux.

Mhlabeni écarta les jambes, le jean tendu à craquer sur ses cuisses. Il passa l'un de ses gros bras derrière son fauteuil, laissant sa main à quelques centimètres de la nuque de Persy.

« Alors, c'est quoi le topo ? » grommela-t-il. Il en avait ras le cul.

« Le corps d'un type s'est échoué sur Long Beach, du côté de Noordhoek. Ça ressemble à une noyade. »

Il se racla la gorge et cracha un mollard par la vitre ouverte.

« Et c'est pour ça que je dois faire une croix sur un bon roupillon et ma séance de baise dominicale avec ma femme ! Je te parie que c'est juste un *dronkgat** qui s'est noyé en allant faire trempette à poil ! »

Persy haussa les épaules.

« T'auras des jours de récup. Trois ou quatre. »

Du temps qu'il passerait certainement à boire dans les *shebeens** du coin.

« Pourquoi est-ce que je dois me déplacer pour une putain de noyade ? Y sont où, les collègues en tenue ?

– Tout le monde est sur l'incendie, ou alors déjà occupé. T'en fais pas, c'est mon enquête. Titus veut juste que tu m'accompagnes au cas où il y aurait des complications. »

Mhlabeni jura dans sa barbe tandis qu'elle démarrait le *bakkie*.

Quand Marge aperçut enfin les gilets orange des secours avancer sur la plage, un brancard tendu entre eux, suivis par deux flics en civil, elle avait franchement la nausée et son cœur battait si fort que c'en était inquiétant. Les quarante minutes qui s'étaient écoulées depuis qu'elle avait appelé la police lui paraissaient des heures. Elle était en train d'attraper un coup de soleil, craignait de rater Will, et sa gueule de bois ne faisait qu'empirer dans la chaleur torride. À leur approche, elle repéra ce qui ressemblait à un gros flic noir en tenue civile. Il soufflait et suait tant et plus, sérieusement mal en point. Son acolyte était un jeune métis minuscule affublé de petites dreadlocks et de lunettes.

Elle marcha péniblement à leur rencontre.

« Vous avez pris votre temps. »

Le gros avait les yeux mi-clos. Elle détecta un net relent d'alcool.

« Je suis Marge Labuschagne. C'est moi qui ai trouvé le corps. »

Le jeune flic fit un pas en avant et dit, plutôt grossièrement : « Vous pouvez vous adresser à moi, madame. »

Marge resta un instant déconcertée par l'effronterie du garçon dont la voix, à l'entendre, n'avait même pas encore mué ! « Et vous êtes… ? »

De grands yeux marron clignèrent derrière les verres sans monture des lunettes. « Sergent Persy Jonas. Et voici mon collègue, l'adjudant Mhlabeni. »

C'est à ce moment-là que Marge se rendit compte que l'inspecteur Jonas était une femme. Une jeune qui avait l'air tout juste assez vieille pour voter. L'impression d'androgynie qu'elle dégageait au premier abord était trompeuse : de près, ses traits apparaissaient nettement féminins. Un mince filet de sueur coulait de la naissance de ses cheveux jusque sur son nez, et ses lunettes n'arrêtaient pas de glisser. Elle les remit en place d'un geste nerveux, puis demanda : « Où est le corps, madame ? »

Le gros flic noir siffla entre ses dents en contemplant le cadavre.

« Il vaudrait mieux vous y mettre, dit Marge. La marée monte. »

La jeune flic leva la tête et scruta ostensiblement les rochers, comme si elle doutait de la sagesse de cet avertissement. Marge avait soif, la peau de son visage était tendue et irritée. Son agacement ne cessait de croître. « On vous a dit que je le connaissais, au commissariat ? Il s'appelle Andrew Sherwood, et il m'a tout l'air d'avoir été assassiné. »

L'inspectrice s'accroupit à côté du corps, sortit des gants en latex de sa poche et les enfila d'un geste sec. « Ça, c'est à nous d'en décider, madame. »

Regardez-moi cette petite conne avec ses airs supérieurs ! La traiter, elle, comme si elle était n'importe qui !

« Je ne sais pas si vous l'avez remarqué, mais il a une sacrée entaille à la tête…

– Vous l'avez touché, madame ?

– Ne soyez pas ridicule… Bien sûr que non ! Je connais les procédures policières. J'ai une formation de psychologue criminelle.

– Est-ce que vous êtes officiellement chargée de cette affaire, madame ?

– Non, mais…

– Alors j'aimerais que vous vous éloigniez de cette zone, s'il vous plaît. L'inspecteur Mhlabeni va prendre votre déposition dans une minute. »

Marge fixa la jeune femme, à court de mots. Une brusque sensation de chaleur lui brûla la nuque et les joues. Elle refusait de se laisser traiter comme un stupide badaud !

« Je me disais que je pourrais vous être utile… »

La jeune femme était occupée à donner des instructions à son malheureux collègue. « Allez, on installe le ruban. »

L'autre lui lança un regard noir. Tout ce que Jonas allait obtenir de cet imbécile, c'était sa rébellion, et elle l'aurait bien cherché !

« Qui est votre chef ? demanda Marge, d'un ton quelque peu impérieux qui ne lui échappa pas.

– Le capitaine Titus, répondit la jeune femme, sans quitter des yeux le gros flic noir, qui menaçait de se briser la nuque sur les rochers glissants.

– Je le connais. Je vais lui toucher un mot de cette affaire. »

Un masque de politesse figée apparut sur le visage de la policière. « Bien sûr, madame. En attendant, merci de vous éloigner pour nous laisser faire notre travail. »

Marge savait qu'il y avait pénurie chronique de flics, mais franchement, là, on avait raclé le fonds du tonneau ! Encore un coup de la discrimination positive. Sur ce chapitre, l'inspecteur Jonas satisfaisait certainement plusieurs critères à la fois.

C'était une noire. Enfin, presque.

C'était une femme. *Idem*.

L'apartheid à l'envers. Marge avait beau savoir qu'elle était en train de retomber dans ses préjugés héréditaires, elle était trop énervée pour s'en vouloir. Comment cette petite dinde avait-elle pu entrer dans la police ? Certainement en faisant jouer des appuis politiques, comme d'habitude. Un membre de sa famille haut placé dans le SAPS. Titus n'était pourtant pas du genre à se rendre complice de népotisme. À moins qu'il n'ait radicalement changé depuis la dernière fois qu'elle avait travaillé avec lui.

Marge et lui s'étaient connus à l'occasion de la tristement célèbre affaire Cupido. Elle fut assaillie par une image si nette qu'on n'aurait pas dit qu'il s'était écoulé vingt années depuis. Titus accroupi à ses côtés, dans l'atmosphère oppressante de la petite pièce sordide et basse de plafond, l'écoutant d'un air absorbé interroger la mère et le grand-père d'un garçonnet de quatre ans porté disparu, Clyde Cupido. Leur maison ne devait pas être loin, mais à l'époque, à part quelques fermes et habitations, Noordhoek se résumait à des dunes, des broussailles et de rares bicoques délabrées, louées à des métayers métis qui vivotaient en cultivant des légumes et des fleurs. En ce mois de juin glacial, Marge était une jeune profileuse criminelle en pleine ascension, et Paul Titus un inspecteur fraîchement diplômé à l'avenir prometteur.

Marge avait tenté d'assurer à Gloria Cupido qu'ils ne négligeaient aucune piste pour retrouver son fils. La femme écoutait, la mine défaite, abrutie par l'alcool. Derrière elle, sur un buffet bon marché, les photos encadrées représentaient toutes Clyde, un bambin à la bouille ronde qui souriait en louchant à l'objectif.

Le grand-père écoutait sans rien dire. Il était en tenue de travail, mais un air d'autorité se dégageait de son maintien. Il gardait ses gros poings plaqués contre ses cuisses, comme pour l'aider à se tenir droit. À un moment, la petite fille de Gloria s'était glissée dans la pièce telle une ombre et avait enroulé ses bras autour d'elle, mais sa mère l'avait brutalement repoussée. Le grand-père avait pris l'enfant par le bras en disant : « Viens, Maman ne se sent pas bien. » Puis il l'avait emmenée.

Quand Marge avait décrit le type de personne susceptible d'enlever un enfant, Gloria avait répondu qu'elle connaissait quelqu'un de ce genre. Un Blanc, jeune. Une sorte d'homme à tout faire qui effectuait des petits boulots du côté de Fish Hoek, Kommetjie et Noordhoek. Il avait justement travaillé à la construction d'un mur pour les Blancs de la propriété voisine, deux semaines plus tôt. C'était un tordu, un *moegoe**. Il aimait les gamins, et les gamins l'aimaient. Mais il ne pouvait pas parler aux adultes. Il traînait avec les enfants des rues dans Main Road, à Fish Hoek : il leur offrait des frites et du Coca, et elle avait entendu dire qu'il les emmenait chez lui. Il habitait avec sa mère au-dessus de « Chez Tex », le Fish and Chips. Quelquefois Gloria allait travailler là-bas, quand ils avaient besoin d'une paire de mains supplémentaire pour laver les friteuses ou nettoyer le poisson. Il lui arrivait de prendre Clyde avec elle pour pouvoir garder un œil sur lui. Le type était toujours aux petits soins pour son fils quand il venait acheter des *fish and chips*, mais il ne la regardait jamais dans les yeux. Oui, Clyde le connaissait ; il avait pu le suivre si l'autre lui avait promis des bonbons ou une boisson.

C'était la première fois que Marge entendait le nom qui n'avait cessé de la hanter depuis.

Theo Kruger.

Will fut surpris de trouver la maison vide, sans aucun signe de sa mère ni de Bongo. La petite berline d'occasion était garée dans la rue. Elle ne la rentrait jamais dans le garage. À ce rythme, la voiture serait bientôt mangée par la rouille. Quand il habitait encore ici, il laissait une fenêtre légèrement entrouverte au-dessus de son bureau pour aérer. Au bout de six mois, son ordi était tombé en panne. Le type des services d'assistance avait jeté un œil et recommandé un dépoussiérage, histoire de lui décrasser les tuyaux, comme il disait. Mais en l'ouvrant, il avait découvert que presque tous les composants étaient rongés par la rouille. « Voilà ce qui arrive avec l'air marin, mec, c'est salement toxique pour l'électronique. »

Will trouvait que l'air de la mer était tout aussi toxique pour les gens, ça leur bouffait la cervelle et ça les transformait en légumes. Il n'avait qu'une hâte à l'époque, c'était d'entrer à la fac et de se tirer de Noordhoek.

Il fit le tour de la maison, remarquant au passage les mauvaises herbes qui envahissaient le jardin. À chacune de ses visites, la maison avait l'air encore plus délaissée. Ses vieux plants de *dagga**, derrière le compost, s'étaient desséchés. Il se cueillit deux ou trois tomates-cerises, savoura la douceur chaude qui éclata dans sa bouche. Un téléphone sonnait quelque part à l'intérieur. Il scruta le bureau de sa mère par la porte-fenêtre : le fouillis habituel, des bouquins partout, des chats roupillant sur les canapés. Dieu sait ce qu'en pensaient ses clients ! Pendant des années, elle leur avait sans arrêt reproché de mettre le bazar, à lui, à Matt et à leur père, mais maintenant qu'elle vivait seule, on voyait clairement que c'était elle qui n'était pas organisée. Enfin. Il valait mieux qu'elle passe ses journées ici, avec ses chats, Bongo et son jardin. Plutôt que d'aller se frotter à de dangereux criminels.

Enfant, il entendait ses parents discuter du boulot de sa mère quand ils le croyaient hors de portée de voix. Certaines affaires lui donnaient encore des cauchemars. Il avait été soulagé qu'elle renonce à ses activités de profileuse pour s'installer à son compte à Noordhoek, du temps où il était encore au lycée. Même si ce travail l'ennuyait. Cette décision était venue trop tard pour Matt, son grand frère. Pendant toute sa petite enfance, leur mère s'était consacrée à des affaires criminelles : c'était lui qui avait supporté le gros de ses absences et de ses humeurs maussades. Il était parti étudier en Angleterre dès qu'il avait pu, n'était jamais rentré. Un jour, en parlant de leur mère, il avait déclaré à Will : « Elle se vautre dans les crimes et la violence. Pas question que je passe ma vie à faire pareil. »

Comme si elle était responsable de la criminalité effrayante, de la violence et de la barbarie insensée qui ravageaient le pays !

Mais c'était tout Matt, ça. Il ressemblait tellement à leur père ! Toujours à reprocher aux autres ce qui allait de travers dans leur vie. Will ne s'entendait pas avec son frère, il ne pouvait pas rester plus de dix minutes dans la même pièce sans que ça dégénère en engueulade. Quant à leur père… Eh bien, peut-être qu'un jour il pardonnerait à ce salaud de les avoir abandonnés.

Il remonta sur sa moto. Sa mère avait oublié leur rendez-vous, apparemment ; sa mémoire lui jouait des tours, ces derniers temps. Bon, il allait voir s'il pouvait retrouver quelqu'un au Red Herring, boire une bière, peut-être fumer un pétard, et ensuite, si elle n'était toujours pas rentrée, il retournerait chez lui, à Woodstock.

Une heure et demie plus tard, Marge, déshydratée, la peau en feu, attendait encore que Mhlabeni recueille sa déposition. La scientifique était arrivée, et un petit attroupement s'était formé autour du ruban délimitant la scène de crime. C'était toujours aussi stupéfiant de voir les gens se repaître du malheur des autres, même dans les circonstances les plus tragiques et brutales. Parmi les badauds elle reconnut Gregory Crane, juriste viré promoteur immobilier et gourou autoproclamé. Elle le connaissait par les réunions du Groupe pour l'Environnement de Noordhoek, auxquelles elle le soupçonnait de participer dans le seul but de les espionner au profit de son nouvel employeur, Asha de Groot. Il portait aujourd'hui l'un de ses « costumes » habituels : une chemise blanche bouffante rentrée dans un jean serré, les yeux abrités du soleil par un panama blanc. Les accessoires d'un de ses nombreux rôles. Celui-là évoquait un homme d'une grande mais lugubre sensibilité. Gustav von Aschenbach dans *Mort à Venise*, peut-être. Quel drôle de numéro, celui-là ! Elle mourait d'envie de rentrer chez elle se préparer un double-expresso et retrouver ses esprits. Elle était étourdie par le choc, plus secouée qu'elle n'avait cru. Et se tracassait à propos de Will. S'il ne la trouvait pas chez elle, il allait peut-être filer en prétextant qu'il pensait qu'elle avait oublié leur rendez-vous. Elle sentit sa gorge se nouer douloureusement. Will, son benjamin, son *laatlammetjie* qui avait quitté le nid, de retour au foyer maternel pour l'une de ses rares visites éclair. Un rapide repas, une nuit, si elle avait de la chance, puis il repartirait jouer des percussions sur la plage de Clifton ou dans une rave au milieu de nulle part. Ensuite, il retournerait chez lui, à Woodstock. À plus de trente kilomètres de Noordhoek, de l'autre côté de la péninsule. Aussi loin que possible de sa mère. Oh, ça aurait pu être pire ! Il aurait pu quitter le pays, comme son frère aîné.

Bongo gémissait et tirait sur sa laisse, haletant dans la chaleur, mort de soif. Elle lui avait donné les dernières gouttes de sa bouteille et il fallait qu'elle le ramène à la maison, ou du moins aux sanitaires équipés d'un robinet extérieur, près de la promenade en bois. Mais comment savoir quand la police trouverait enfin le temps de recueillir sa déposition ? Toujours avec son chien haletant à ses côtés, elle marcha jusqu'à l'endroit où Mhlabeni s'affairait maladroitement pour essayer de contenir la foule.

« Écoutez, je dois y aller. J'ai un rendez-vous important, et mon chien a besoin d'eau. »

Le flic fit mine de l'envoyer balader avec son pied. « Je n'ai pas le temps, là. Jonas s'occupera de votre problème plus tard. »

Quel culot ! S'imaginer qu'elle était à leur disposition ! Eh bien, rirait bien qui rirait le dernier ! Pas question qu'elle poireaute indéfiniment à griller au soleil, ni que Bongo fasse un malaise à cause de la déshydratation.

« Dans ce cas, vous feriez mieux de venir recueillir mon témoignage plus tard. Vous me trouverez au 39, Keurboom Road, à deux pas de Beach Road. »

Elle ignora le regard renfrogné du flic et partit sur le sable chaud. En se réverbérant sur la plage blanche, le soleil lui transperçait le crâne et écrasait tous les détails, ne laissant qu'une impression aveuglante de lumière et d'espace infinis. Aux sanitaires, un amoureux des chiens avait laissé une écuelle confectionnée à partir d'une boîte de peinture sous le robinet. Bongo fourra sa tête entière dans le récipient et but à grosses goulées assoiffées. Marge ouvrit le robinet et but dans ses mains. L'eau avait beau être tiède et saumâtre, quel soulagement ! Elle s'arrosa la figure, mais l'eau s'évapora rapidement, laissant sa peau tendue et brûlante.

Elle aperçut Gregory Crane qui passait sur la jetée en bois. Au moment où elle arrivait au parking, il partit dans un vrombissement de moteur au volant d'une Mercedes flambant neuve. Sans doute un cadeau de son bienfaiteur Asha de Groot. Ils formaient une drôle de paire, ces deux-là. Ils avaient l'air de faire affaire ensemble, mais elle ne voyait pas du tout ce qu'ils avaient en commun. Crane était un ancien avocat commis d'office miteux. On racontait qu'il avait sympathisé avec De Groot au cours d'une de ses « retraites spirituelles ». Depuis, ils s'étaient engagés ensemble dans différents projets immobiliers.

Marge accéléra le pas pour rentrer chez elle, en proie à la nausée, une douleur lancinante dans la tête, la gorge serrée à la pensée qu'elle avait peut-être manqué Will.

Bongo marchait à la traîne, la tête courbée, la langue pendante.

De retour à la maison, elle s'arrêta dans la pénombre fraîche de l'entrée, où elle resta un instant sans rien voir après la lumière éblouissante du dehors. Bongo s'effondra sur le carrelage.

Aucun signe de Will.

Elle alla se servir un verre d'eau à la cuisine, le but à grandes goulées tout en s'appuyant contre l'évier. Le choc causé par la découverte de Sherwood l'avait rendue toute molle, comme une poupée de chiffon vidée de sa bourre. Il lui avait aussi laissé un fâcheux sentiment de culpabilité.

Par une étrange coïncidence, elle avait parlé avec Sherwood récemment, après un silence de plusieurs années. Mieux valait le signaler à la police.

Le portail grinça. Bongo se précipita vers la porte, les pattes dérapant sur les carreaux glissants. Will ! Le ciel soit loué !

Elle ouvrit et se retrouva face à Ivor Reitz. Sa surprise dut se lire sur son visage.

« Désolé de passer à l'improviste. »

Encadrée par le chambranle, la silhouette d'Ivor était plus imposante que dans son souvenir. À quand remontait sa dernière visite ? Deux, trois mois ?

« J'ai appris par George Tinkler ce qui est arrivé à la plage… Je viens voir si tu vas bien.

– Oh, je croyais que c'était Will. Entre ! »

Ils passèrent dans le séjour. Elle ouvrit les volets, désagréablement consciente de la rougeur de son visage et des auréoles de transpiration sur ses vêtements. Vêtu d'une veste légère et d'un chino à pli, Ivor avait l'air frais comme un gardon malgré la chaleur. Il devait venir de l'écurie.

« Comment tu te sens ? demanda-t-il, d'une voix trahissant tout de même une certaine inquiétude.

– Pas super, mais j'ai vu pire comme scène de crime…

– Tout de même, ça a dû te faire un choc. »

Elle se rendit compte qu'elle lui avait peut-être paru désinvolte, mais l'inquiétude d'Ivor la mettait mal à l'aise.

« En effet. D'autant plus que je l'ai reconnu.

– George dit qu'il s'agit d'Andrew Sherwood.

– Oui… C'est vrai, tu le connaissais ! J'avais oublié que c'était un de tes locataires. »

Sherwood louait l'une des petites maisons d'Ivor à Kommetjie.

« Oh, je n'ai pas eu beaucoup affaire à lui. Tout a été traité par l'intermédiaire de Renuncia. »

La plupart des habitants de Noordhoek faisaient en effet appel aux services de Renuncia Campher, malgré son approche plutôt fantaisiste de la gestion immobilière.

De son côté, Marge ne voulait pas mentionner qu'elle avait rencontré Sherwood en tant que psychologue, dans le temps. Elle s'interdisait de discuter de ses clients avec des tiers.

« Assieds-toi ! Désolée, c'est un peu une porcherie... »

Ivor resta debout, les mains dans les poches. « Que s'est-il passé précisément ? »

Il l'écouta avec attention relater les événements de la matinée. Elle sentit qu'elle retrouvait petit à petit son sang-froid. Alors que la réserve d'Ivor l'avait souvent contrariée par le passé, aujourd'hui, sa réaction calme et rationnelle était un soulagement.

« Tu as parlé à la police ?

– Pas vraiment. Ils avaient l'air de s'en foutre royalement, en fait. C'est une inspectrice, quelqu'un de très grossier, qui s'occupe de l'affaire. »

Les yeux de Persy Jonas, brillants derrière ses lunettes, lui revinrent en mémoire. La jeune femme lui évoquait ses étudiantes lesbiennes, trotskistes et intellos de l'université du Cap-Occidental dans les années 1980. Elle avait du mal à imaginer enquêteur plus improbable.

« Ils s'affairaient sur la plage, Dieu sait à quoi.

– Est-ce que tu as une idée de ce qui est arrivé ?

– Non, mais ça m'a tout l'air d'un assassinat. »

Ivor eut l'air choqué.

« C'est ce que dit la police ?

– Alors ça, Dieu seul sait ce qu'ils pensent... Très franchement, à mon avis, ils n'ont pas la moindre idée de ce qui s'est passé. Je peux t'offrir quelque chose ? Un verre de vin, du thé ? Pour moi, ça sera un scotch, un grand.

– Bonne idée. Je vais me joindre à toi. »

Elle alla chercher des glaçons à la cuisine. Un mot était glissé sous la porte. Will lui écrivait : *Bonjour maman chérie, où es-tu ? Je suis passé à midi. Parti chercher de la compagnie.*

Elle fut douloureusement déçue. Il ne lui restait plus qu'à espérer qu'il repasserait plus tard. Quand elle revint dans le séjour, Ivor contemplait Chapman's Peak, debout à la fenêtre.

« La comète McNaught devrait être bientôt clairement visible », dit-elle en lui tendant son verre, avant de s'asseoir sur le canapé, délogeant les chats qui bondirent à terre avec des miaulements de protestation. « On va pouvoir la voir pendant une semaine environ, avec un peu de chance, avant qu'elle disparaisse pour quelques milliers d'années. Je veux y emmener Will. Mais il ira avec ses copains, j'imagine, ou alors une copine.

– Tu pourrais m'emmener, moi, à la place. »

Ivor lui sourit par-dessus son verre.

Marge sentit une légère condescendance dans cette maladroite tentative de flirt, et cela la mit mal à l'aise. Ivor et elle s'étaient rencontrés par le Groupe pour l'Environnement de Noordhoek, puis ils étaient devenus compagnons de marche quand ils avaient découvert leur passion commune pour la randonnée en montagne. Au fil de l'hiver précédent, il avait commencé à rester boire un ou deux verres de vin chez elle à leur retour. Un après-midi, après une vigoureuse ascension de Nursery Ravine, il s'était confortablement affalé sur son canapé et ils avaient vidé une bouteille. Elle avait allumé un feu et, à mesure que la nuit tombait, leur conversation avait pris une tournure plus intime. Ivor s'était confié à elle, lui avait raconté le départ de sa femme avec son plus vieil ami, puis l'erreur qu'il avait commise en épousant Morgana dans la précipitation.

À son tour, Marge avait parlé de la lente désintégration de son couple, qui avait abouti au départ de Louis. Comme on pouvait s'y attendre, tout ça s'était terminé au lit. Ils avaient convenus tous les deux que cela ne devait pas se reproduire et, peu de temps après, les randonnées avaient cessé. Marge s'était efforcée de rester lucide au sujet de cet épisode. Et si elle pensait plus souvent à Ivor qu'elle ne l'aurait voulu, c'était juste un fantasme qu'elle s'autorisait. Ni plus, ni moins.

« Bon, il faut que j'y aille. Je suis soulagé de voir que tu vas bien. » Ivor reposa son verre, auquel il avait à peine touché, et se prépara à partir.

« Tu as faim, peut-être ? J'ai acheté tout ce qu'il faut pour préparer le repas favori de Will, mais on dirait qu'il ne sera pas là pour déjeuner. De la bonne bouffe de mecs : filet avec sauce au poivre de Madagascar, pommes de terres rôties. Et une mousse au chocolat. »

Ivor eut une hésitation. « C'est tentant, Marge, mais malheureusement, je suis déjà pris. »

Elle cacha son dépit derrière un geste désinvolte. « Bien sûr… Et moi, je ferais mieux de me mettre au boulot. »

Il se dirigeait déjà vers la porte. « Mais merci pour l'invitation. Ce n'est que partie remise. »

Elle se leva et suivit son large dos dans le couloir, inexplicablement au bord des larmes. Quelle idiote ! Le contrecoup du choc, sans doute.

Sur le seuil, il se retourna, la peau assombrie par le contraste avec l'afflux soudain de lumière, alors que le bleu de ses yeux apparaissait presque blanc.

« Ça m'a fait plaisir de te voir, Marge. Ça faisait longtemps.

– Je n'ai pas bougé d'ici », répondit-elle sèchement. Elle changea de sujet. « Tu devrais vraiment dire à la police qu'Andy était ton locataire.

– Je n'y manquerai pas. »

En le regardant partir, elle se rappela les nombreuses fois où il était rentré chez lui à pied, flageolant sur ses jambes dans l'obscurité, et où il s'était retourné pour apercevoir sa silhouette dans l'encadrement de la porte et lui faire signe. Cette fois, il ne se retourna pas.

La figure de Mhlabeni dégoulinait de sueur. Persy sentait l'alcool qu'il avait ingurgité la veille suinter par tous les pores de sa peau.

« Donc, si je comprends bien, tu n'as pas recueilli son témoignage ? »

Il haussa les épaules, sans cesser de mastiquer son chewing-gum, contractant les mâchoires avec agacement.

« Je te l'ai dit : elle est partie. »

Persy serra les poings malgré elle. Elle aurait dû se douter que Mhlabeni chercherait à foutre en l'air son travail par tous les moyens. À mettre le pied dans la porte. Maintenant que la scientifique avait catalogué la mort comme suspecte, c'est sans doute à lui qu'on allait confier l'enquête. Au SAPS, tout était affaire de grade, pas de compétence.

Persy scruta la foule qui s'éclaircissait rapidement, se remémorant l'air intransigeant de Marge Labuschagne, son menton carré, son arrogance. Cette vieille peau était-elle partie en faisant la tête ? Persy sortit son téléphone. « C'est quoi, son numéro ? »

Mhlabeni haussa de nouveau les épaules. « J'sais pas. C'est toi qui lui as parlé. Et moi, j'ai six heures sup au compteur. »

Elle s'éloigna, ne voulant pas lui donner le plaisir de contempler sa rage, et vérifia sur son portable si la femme n'avait pas laissé de message via le commissariat.

Non.

Elle appela Phumeza, qui lui promit de la recontacter quand elle aurait retrouvé la trace de Labuschagne. Elle aurait aimé que Dizu soit là, à travailler à ses côtés avec son calme coutumier, à veiller sur elle. Elle n'arrêtait pas de revoir la face blême du cadavre en gros plan. La vision du corps l'avait secouée : les taches de vieillesse sur le front osseux, les petites touffes de cheveux clairs au niveau des tempes dégarnies, les cils sans couleur sur la peau grise. N'ayant jamais entendu le timbre de sa voix, son rire, ne l'ayant jamais vu marcher, manger ou sourire, elle n'aurait pas dû être émue par la mort de cet homme. Ce corps n'était qu'une pâle imitation d'être humain. C'était plus facile d'imaginer une statue en marbre prendre vie que ce cadavre. Et pourtant, elle se surprenait à éprouver de la colère et une profonde indignation devant cette mort révoltante. Comment la malveillance, la passion ou la peur pouvaient-elles pousser une personne à infliger ça à une autre ?

La plage s'était vidée ; le soleil était haut dans le ciel, la chaleur écrasante. Tout à l'heure, elle n'avait eu qu'une idée en tête : arriver au plus vite sur la scène de crime, alors elle n'avait pas remarqué le décor spectaculaire. Mais maintenant, elle était saisie d'une angoisse inexplicable : cet endroit était si grand, si vaste, si impersonnel. Elle s'y sentait insignifiante et désagréablement exposée sous la lumière trop vive. Elle leva les yeux vers Chapman's Peak. Sur les pentes inférieures, neuf palmiers se dressaient au-dessus des broussailles, anormalement immobiles, dominant le fynbos de leurs silhouettes imposantes. Un nuage passa devant le soleil, réduisant les arbres à des ombres chinoises. Les bruits se mirent à résonner avec une intensité surnaturelle : les stridulations des insectes, le grondement de l'océan, les battements de son propre sang surchauffé dans ses oreilles. Un inexplicable effroi, proche de la panique, s'empara brusquement d'elle. Une bouffée de chaleur parcourut son corps, laissant dans son sillage un voile de sueur glacé. Pourvu qu'elle ne tombe pas dans les pommes ! Depuis quand n'avait-elle pas mangé ? Ni bu, d'ailleurs ?

Son portable sonna. Phumeza. Elle n'avait pas retrouvé trace de Labuschagne. Le numéro depuis lequel elle avait signalé le corps renvoyait vers le répondeur d'une entreprise. Marge Labuschagne s'était donc évanouie dans la nature, et sa déposition avec elle.

« Et par Internet ? Les renseignements ? Il y a forcément quelqu'un qui sait comment la contacter !

– J'ai essayé. Elle n'est répertoriée nulle part. Ça va, toi ? »

Phumeza avait senti qu'elle était tendue.

« Ouais, je vais bien. » Elle raccrocha.

Les employés de la morgue passèrent à côté d'elle avec la housse mortuaire. Il fallait qu'elle rentre au commissariat. Qu'elle persuade Titus de lui confier l'affaire. À en juger par les lésions à la tête et l'état général du corps, Sherwood avait été attaqué avant d'atterrir dans l'eau, et il était mort de ses blessures. Ça faisait des mois qu'elle attendait une opportunité comme celle-là, des mois passés à s'occuper des habituels cambriolages, vols de voiture et cas de violence domestique. La réalité, c'était que dans une province qui connaissait un taux d'homicide effarant, la ville de Fish Hoek faisait doucement rigoler. Un meurtre par an, au mieux. Et tant qu'elle n'aurait pas une enquête pour assassinat à son actif, elle aurait du mal à obtenir le respect de ses collègues, ou à se faire remarquer par ses supérieurs. Mais pour l'instant, ses chances de se voir confier l'affaire diminuaient à vitesse grand v.

Tout ça, à cause de Marge Labuschagne.

5

Titus rentra au commissariat à sept heures du soir, crevant de chaud, irritable et couvert de fine cendre grise. Il venait de passer dix-neuf heures d'affilée à lutter contre les incendies à Gugulethu et New Crossroads, à encadrer policiers et bénévoles, à faire évacuer les habitants des townships, à assister les services de la protection civile. « L'incendie est sous contrôle pour le moment, mais si le vent soulève la braise, il va se rallumer. »

Il s'effondra à son bureau. « Alors Jonas, qu'est-ce que tu as pour moi ? »

Persy le mit au courant de l'affaire pendant qu'il feuilletait ses notes.

« Les types de la scientifique n'ont pas pu déterminer la date de la mort, mais selon eux, le cadavre était dans l'eau depuis deux jours. La tête présente une grande blessure provoquée par un choc. Il y a deux causes possibles : une chute, ou alors le corps a été projeté par la mer contre les rochers. On le saura après l'autopsie. La femme qui l'a trouvé a dit qu'elle reconnaissait la victime. Il s'appelle Andy Sherwood. »

Immobile, Titus l'observait attentivement. Cela faisait partie de ce qu'elle aimait chez lui. Ses manières calmes, posées. Il écoutait comme s'il avait une troisième oreille qui entendait des choses qu'elle n'avait même pas conscience de dire.

« Rien sur le corps qui permette de l'identifier, je suppose ? »

Persy secoua la tête. « Pas de montre ni de bijou. Rien dans les poches de son jean. Pas de poche sur sa chemise. Mais en faisant des recherches, j'ai trouvé une déclaration signalant sa disparition, remplie samedi par ses voisins. Il semblerait qu'il ait proposé de nourrir leur chien en leur absence, mais quand ils sont rentrés vendredi soir, il était introuvable, et le chien aussi. Ils ont remarqué que sa voiture avait disparu. Elle était en général garée devant sa maison. Ça les a suffisamment inquiétés pour qu'ils appellent la police. Même si c'est plus leur chien qui les préoccupe. Ils se souvenaient de la plaque de la voiture. On a lancé une alerte. »

Titus était content qu'elle ait agi vite, elle le voyait. Jusqu'ici, tout allait bien.

Il continua de parcourir le compte rendu tandis qu'elle reprenait son récit :

« Les empreintes de pas ont été effacées par les vagues, y compris celles de la femme qui a trouvé le cadavre. Les gars de la scientifique pensent que l'homme est mort avant de tomber à l'eau. Son corps a sans doute été rejeté par la marée de la nuit dernière et s'est retrouvé coincé dans les rochers. Aucune trace de violence à proximité du cadavre. Il a peut-être été tué à un tout autre endroit puis balancé dans l'océan.

– Où est la déposition de la femme qui l'a trouvé ? »

Ah, la question à un million de dollars ! « Elle a décampé, capitaine. »

Titus fronça les sourcils.

« Comment ça ?

– Mhlabeni était censé s'en charger…

– Tu veux dire qu'il y a eu négligence de sa part ? demanda-t-il d'une voix tranchante.

– Il était occupé à protéger la scène de crime. Il était censé recueillir son témoignage pendant que je traitais avec la scientifique. »

En disant ça, elle faisait porter le chapeau à Mhlabeni, mais elle n'allait pas ruiner ses chances d'obtenir sa première enquête pour meurtre en couvrant son collègue !

« La déposition d'un témoin est une priorité. Tu devrais le savoir, Jonas.

– Oui, capitaine. J'ai la situation en main. Je la retrouverai. »

Titus se leva et s'étira. « Je vais demander à Mhlabeni d'ouvrir une enquête en attendant qu'on reçoive le rapport préliminaire d'autopsie. »

Le découragement s'abattit sur Persy. Donc, il confiait l'affaire à Mhlabeni.

Titus enfila sa veste au prix de quelques contorsions. « Je rentre chez moi embrasser mes filles, prendre une douche et dormir. Avec un peu chance, ma charmante femme aura enregistré le cricket. »

Persy le suivit dans le couloir. Pas question qu'elle cède sans opposer aucune résistance. « Je suis prête pour travailler sur une affaire criminelle, capitaine. »

Titus ferma son bureau et mit la clé dans sa poche. « Concentre-toi sur les dossiers qui s'accumulent sur ton bureau, Jonas. Au fait, j'ai appris que tu étais à Ocean View, ce matin ? »

Merde ! Cette info n'avait pu remonter que par les mouchards de Mhlabeni. Elle suivit Titus dans le couloir.

« Je pense que Dollery est impliqué dans certains de mes cambriolages, capitaine. Il est en train de se glisser dans le vide créé par le gros coup de filet d'il y a quelques mois. Il met en place son propre réseau avec les *hoekstaanders* du coin.

– Les collègues d'Ocean View sont dessus. »

Ouais, bien sûr, se dit-elle. Ça faisait des mois que Dollery leur échappait.

« Les Renseignements ont placé des types à eux là-bas, dans le cadre d'une opération de l'Unité de lutte contre le crime organisé, poursuivit Titus.

– Oui, je sais, capitaine. »

Les triades chinoises s'étaient implantées dans la région : elles échangeaient les produits chimiques nécessaires à la fabrication du *tik* contre des ormeaux, des *perlemoen** comme on les appelait ici, récoltés illégalement dans les lits de varech.

« Alors, ne leur marche pas sur les pieds. »

Il s'arrêta en haut de l'escalier qui menait à l'accueil du commissariat.

« Mhlabeni affirme que Dollery est du menu fretin, mais certains collègues ont l'air de penser qu'il gère le trafic de *tik* pour les gangs d'Ocean View, dit-il. Qu'est-ce que tu crois, toi ? »

Il y avait des dizaines de gangs qui dealaient de la drogue dans les Cape Flats, et c'était le *tik* qui rapportait le plus : pas cher à fabriquer, avec des substances faiblement régulées. On l'appelait « tik » à cause du bruit que faisait l'amphétamine quand on la brûlait dans une ampoule électrique, avant de l'inhaler avec une paille.

« À mon avis, il n'appartient pas officiellement à un gang. C'est un loup solitaire, il aime former sa propre équipe pour chaque boulot différent. Il ne veut pas avoir à rendre des comptes. Mais ce n'est pas un petit voyou, et il est en train de monter. Il n'y a pas que le *tik.* Ces temps-ci, il trempe aussi dans des attaques à main armée, des cambriolages et des combats de chiens. Il aime l'excitation. Et la variété. »

Titus l'observa d'un air perspicace. Tout le monde au commissariat savait qu'elle avait un passé commun avec Dollery. Eh bien, elle n'allait pas éclairer la lanterne de son patron.

« Continue d'ouvrir les oreilles à Ocean View, mais ne t'en mêle pas directement… Au fait, c'est quoi cette nouvelle coiffure rastafari ? »

Elle sentit le rouge lui monter aux joues. Elle s'était fait faire les dreadlocks vendredi soir dans un salon de coiffure à domicile d'Ocean View.

« Ce n'est pas contraire au règlement du SAPS, capitaine. J'ai vérifié.

– C'est bon, alors. Bonsoir, Jonas. Et Dieu te bénisse. »

Elle le regarda descendre l'escalier. Le sommet de son crâne se dégarnissait. Ça lui donnait l'air plus vulnérable.

Elle fonça dans les toilettes pour dames, histoire de se laver avant d'entamer le pénible trajet qui la ramènerait chez elle, dans la banlieue nord. Elle se récura les mains sous l'eau chaude, car elle se sentait souillée par sa journée. Elle emportait partout sa trousse de toilette. Elle n'aurait jamais utilisé le savon mis à disposition dans ce genre d'endroit, et encore moins les serviettes dégoûtantes. La solution, c'étaient les lingettes. Elle en utilisait une, la jetait, puis une autre, juste au cas où ses mains auraient touché le bord de la poubelle.

En sortant des toilettes, elle heurta Mhlabeni. « T'as encore tes règles ? » L'air sur les nerfs. Éméché peut-être, ou alors sous l'emprise d'une autre substance illégale qui le mettait à cran. On sentait toujours une tension chez lui, une violence latente. Elle se demanda s'il avait écouté en cachette sa conversation avec Titus.

« Je croyais que tu mourais d'envie de rentrer chez toi.

– Pour que tu sois débarrassée de moi ? Pendant que tu tailles une pipe à Titus et que tu répands des conneries sur mon compte ? »

Il mastiquait du chewing-gum.

« Sois pas parano, putain ! » Elle essaya d'avancer, mais il lui barra le passage.

« Je t'ai entendue parler de ton vieux copain Dollery. »

Il savait qu'elle avait grandi avec Dollery à Ocean View. À vrai dire, il en savait beaucoup trop sur elle. Grâce aux indics du township qui étaient à sa solde. Ça la mettait mal à l'aise.

« Que ça t'empêche pas de dormir », rétorqua-t-elle.

Il la plaqua brutalement contre le mur en appuyant les mains de part et d'autre de sa tête. Il était si près qu'elle voyait les points noirs et les poils incarnés sur sa figure. L'odeur puissante du chewing-gum à la menthe ne suffisait pas à masquer les relents fétides de son haleine. « Vous autres, les métis, vous restez toujours groupés, hein, comme les mouches sur la merde ! »

Elle se sentit tout à coup très, très petite. Mhlabeni était deux fois plus épais qu'elle, alors il avait beau se laisser aller, il était aussi beaucoup plus fort. Et personne dans le commissariat ne pouvait les voir.

« Elle t'excite, hein, cette affaire à Noordhoek ? »

Elle savait que Mhlabeni ferait tout pour la virer de l'enquête. Pas parce qu'il voulait alourdir sa propre charge de travail, mais pour l'empêcher de saisir sa chance.

« Enlève tes sales pattes !

– Si tu me suces, je te ferai mettre sur l'affaire avec moi.

– J'aimerais mieux lécher le cul d'un singe. Connard. »

Il fit quelques mimiques dégoûtantes avec la langue et recula d'un pas. Puis, sa domination établie, il rit et remonta légèrement son pantalon.

Encore un babouin mâle solitaire.

Ça ne servait à rien d'aller se plaindre de ses menaces. Sa vie ne vaudrait pas la peine d'être vécue si elle courait pleurnicher dans les bras de Titus. Elle avait envie de se relaver les mains, pour faire disparaître Mhlabeni et Labuschagne. Mais il fallait qu'elle se contrôle. C'était tout ce qu'elle avait, sa capacité à paraître indifférente, quoi qu'il arrive.

Il était plus de sept heures du soir, mais le soleil était encore haut au-dessus de l'océan quand Persy monta comme d'habitude dans la voiture du sergent Cheswin April. Les transports publics étant ce qu'ils étaient, elle devait compter sur lui pour la raccompagner. Avec son salaire de sergent, elle aurait dû pouvoir se payer une voiture maintenant, mais les frais de santé de Poppa engloutissaient toutes ses économies. Cheswin venait de Malmesbury, à une soixantaine de kilomètres au nord du Cap, et parlait avec l'accent caractéristique du coin. Il avait la peau claire, couverte de taches de rousseur, les cheveux frisés et des yeux verts délavés. Dans sa jeunesse, il avait acquis une petite notoriété locale en jouant numéro huit dans l'équipe de rugby Boland des moins de vingt ans. Si on ne vivait pas que pour le rugby, il n'y avait aucune conversation possible avec Cheswin, et donc la plus grande partie du trajet se déroulait en silence. Il la déposait en général au Cash Crusaders de Voortrekker Road, à Milnerton, d'où son cousin Donny la ramenait à Parklands.

Quelquefois elle avait de la chance, et Donny était en train de fermer boutique à son arrivée. D'autres fois, il avait la visite de ses potes du garage, il était déjà bourré et une partie de poker était en cours dans l'arrière-salle. Il pouvait s'écouler deux heures avant que Ferial téléphone et lui hurle de rentrer son cul parce que son dîner allait refroidir. Un dimanche comme celui-ci, il l'attendait toujours avec impatience sur le trottoir. D'ailleurs, il était là, au coin de la rue, elle distinguait sa silhouette massive et sa tête ovale. Donny faisait du body-building pendant sa pause-déjeuner, et ça se voyait : son corps était un vrai bloc de muscles. Elle vit un sac plastique dans sa main : il avait certainement réussi à contourner les lois interdisant la vente d'alcool le dimanche en achetant du brandy et quelques bières sous le comptoir au bar du National Hotel. Ça faisait sans doute déjà plusieurs heures qu'il buvait, depuis qu'il avait fermé le magasin. Le cœur de Persy se serra. Donny avait l'alcool mauvais, il devenait brutal. Heureusement qu'on n'était pas vendredi – jour où Donny se soûlait à mort, rentrait chez lui à l'aube, foutait le mobilier en l'air, s'en prenait à Ferial. Chaque fois que Persy la voyait avec des bleus ou un cocard et qu'elle lui posait des questions, la femme de son cousin inventait un truc : elle était tombée dans les escaliers ; quelqu'un dans le train lui avait donné un coup de coude dans la figure… Persy restait en dehors de tout ça. Les affaires de violence domestique, ce n'était jamais une bonne nouvelle pour les flics. Quand il s'agissait de sa propre famille, ça devenait carrément dangereux.

Elle descendit de voiture, dit au revoir à Cheswin et suivit Donny jusqu'à sa nouvelle BMW. Comment il avait pu se la payer, mystère. Il avait sans doute claqué tout son salaire et puisé dans le porte-monnaie de Ferial, qui gagnait bien sa vie dans les « ressources humaines » (à faire quoi, c'était une autre histoire) avec un salaire cinq fois plus élevé que celui de Persy. Dès qu'elle fut installée dans la voiture, elle vit que Donny était sérieusement bourré. Conduite en état d'ivresse, le passe-temps national des Sud-Africains.

Il s'engagea à toute pompe dans Voortrekker Road, faisant un doigt d'honneur à un chauffeur de taxi collectif qui avait un autocollant « Tout homme noir est un suspect » et un autre avec une tête de berger allemand disant « Adoptez un chien policier » à l'arrière de son minibus.

Encore un amoureux de la police.

Ça lui fit penser à Mhlabeni. Dizu disait qu'il était « complètement allumé ». On racontait que Mhlabeni, originaire de la partie du Cap-Oriental jadis coincée entre les bantoustans du Ciskei et du Transkei, avait collaboré avec les dernières unités de la *Special Branch*[1] au tout début des années 1990. Il était raciste et s'y entendait pour attiser les doléances des policiers noirs. C'était la seule raison pour laquelle Titus prenait des gants avec lui. Il parlait couramment xhosa, zoulou, sotho et afrikaans, il avait le calibre d'un enquêteur de première, mais l'alcool et les manœuvres politiques l'avaient aigri. Une fois, il avait dit à Persy : « Les gens nous considèrent comme de la merde. Ils en ont rien à battre qu'on risque notre vie pour eux tous les jours. » Comment lui reprocher cette vision des choses, étant donné sa situation ? Surmené, sous-payé, après toute une vie au service de la police, il risquait d'être l'objet d'une enquête disciplinaire. Persy avait beau comprendre son amertume, elle ne pouvait pas compatir. Mhlabeni était aigri, mais il s'accrochait à son boulot comme une mouche à de la merde. Pour parler comme lui.

Donny slaloma entre les voitures et brûla deux feux rouges ; elle ne pouvait pas rester sans rien dire.

« Bon Dieu, Donny, ralentis !

– C'est toi qui me dis comment faut conduire ? »

Il eut un grand sourire, mais pas parce qu'il était heureux.

« Non, mais vas-y mollo.

– J'suis pressé, OK ? Ferial arrête pas de me casser les couilles parce que je suis en retard. Tu veux faire baisser les stats d'accidents de la route ? T'as qu'à dire à toutes les emmerdeuses de la boucler. C'est elles qui provoquent les accidents, toujours

1. Appelée aussi *Security Branch*, elle désignait la police politique du temps de l'apartheid, redoutée pour la violence de ses méthodes.

à faire des histoires. Elles qui nous foutent la pression pour qu'on rentre à la maison manger leur *kak**. »

Persy n'était pas assez bête pour répondre. Donny ne ferait que se buter et conduire encore plus mal. Elle avait beau être flic, elle se retrouvait dans la même merde que toutes les autres femmes au quotidien, à se faire harceler et intimider par des mecs qui utilisaient la bagnole comme instrument de terreur. Ça ne lui aurait fait ni chaud ni froid, à Donny, de la larguer ici, au milieu de Voortrekker Road, alors que la nuit tombait. Mieux valait la fermer et espérer arriver chez elle en un seul morceau.

6

Marge se réveilla avec une masse de cheveux mouillés collés à son cou et à son front, la bouche sèche, des battements sourds dans la tête. Insolation. Les antalgiques qu'elle avait pris pour son mal de crâne lui embrouillaient les idées. La pièce était plongée dans la pénombre. Quelle heure était-il ? Derrière la fenêtre de sa chambre, la silhouette compacte et sombre de Chapman's Peak se détachait sur la pâleur déclinante du ciel, et les premières étoiles étaient apparues. La matinée sur la plage lui revint à l'esprit : Ivor Reitz et son cheval surgis tels des fantômes de la brume, Bongo posé sur la ligne d'horizon, la queue aux couleurs vives du cerf-volant, les yeux aveugles de Sherwood. Leur première rencontre, sept ans plus tôt, l'avait laissée avec le sentiment d'avoir mal géré une situation difficile. Les circonstances pénibles dans lesquelles elle avait eu lieu lui avait remis en mémoire Theo Kruger et l'affaire Cupido. Ce souvenir la travaillait. Il fallait qu'elle signale à la police qu'elle avait déjà eu à faire à Sherwood. Pourtant, elle ne pouvait pas révéler le contenu de ses séances avec ses clients. Mais Sherwood en était-il un ?

Elle se leva à grand-peine et alla dans la salle de bains s'asperger la figure d'eau froide. Dans le miroir, sous l'éclairage électrique, elle avait les yeux brillants et les joues rouges.

En bas, la chaleur s'était accumulée dans le séjour mal aéré. Elle ouvrit la porte-fenêtre donnant sur le jardin. Le bourdonnement des insectes nocturnes s'engouffra dans la pièce. Un grand papillon de nuit passa près d'elle, voleta jusqu'à la lumière au-dessus de la porte et émit un grésillement.

Une odeur de cuisine lui parvint de la maison des Tinkler, de l'autre côté de la rue, et elle se rendit compte qu'elle n'avait rien mangé de la journée. Pas étonnant qu'elle se sente affreusement mal !

Dans la cuisine, elle réchauffa un minestrone tout prêt, fit griller des tartines de pain rassis et se versa un scotch. Double, tant qu'à faire. Puis elle emporta son plateau à côté. Elle s'assit seule au bout de la longue table. Quelle idée elle avait eue d'aménager une si grande partie du séjour pour les repas ! Elle avait beau avoir couvert tout un bout de la table de livres et de papiers, il était difficile d'ignorer les neuf places vides. Neuf chaises sur lesquelles Louis, les enfants et leurs nombreux amis avaient autrefois mangé et bu du vin sous les étoiles, lors des longues soirées d'été.

Ses habituelles idées noires menaçaient de l'assaillir. Toujours aucun signe de Will, et la petite inspectrice ne s'était pas donné la peine de venir recueillir sa déposition. Marge ayant laissé toutes ses coordonnées au gros flic avec la *babbelas**, ils auraient déjà dû passer s'ils en avaient l'intention. Sous l'effet combiné du whisky, de l'insolation et de la déception que lui avait causé le refus d'Igor de rester manger, le sentiment d'être victime d'une injustice grandissait en elle. On dédaignait son savoir-faire. Ce foutu pays se désagrégeait, il avait besoin des compétences de gens comme elle, ou alors il n'arriverait jamais à juguler l'épidémie de crimes qui le ravageait. Mais qui est-ce qui s'en souciait, hein ? Eh bien elle, en tout cas, et elle n'avait pas l'intention de rester les bras croisés !

Elle marcha jusqu'au téléphone d'un pas furieux. « Ils vont voir de quel bois je me chauffe ! » déclara-t-elle en composant le numéro. Bongo la regarda sans broncher, une oreille dressée.

« C'est Marge. Désolée d'appeler si tard un dimanche, Paul.

– Mais pas du tout ! C'est un plaisir de t'entendre. Ça fait combien de temps ?

– Cinq ans, non ?

– Trop longtemps. Comment ça va, Marge ? »

Titus avait l'air surpris, mais content. Ils s'acquittèrent des formalités, demandant des nouvelles de leurs familles respectives, tout en évitant le sujet de son divorce avec Louis. Elle aperçut son visage cramoisi et ses cheveux ébouriffés dans le miroir au-dessus du téléphone. Bon sang, elle avait l'air d'une *bergie** ! Heureusement que Titus ne pouvait pas la voir. D'un autre côté, ça faisait longtemps qu'il avait tombé la veste en cuir et perdu cet air avide qu'il avait quand ils s'étaient rencontrés. Il était capitaine, maintenant. Bien sûr, en toute justice, il aurait dû occuper un poste de commandement, mais il s'était grillé sur le plan politique. Trop indépendant. Pas un homme de parti. Et puis, il fallait compter avec la pression croissante des quotas ethniques.

« En quoi puis-je t'aider, Marge ? »

Elle raconta l'incident de la plage. Un long silence suivit.

« L'inspecteur Jonas m'a en effet dit qu'un témoin lui avait filé entre les doigts. Je ne me doutais pas que c'était toi. »

Marge éprouva un brusque agacement.

« Je ne lui ai pas filé entre les doigts, en réalité. Quand je suis partie, après être longtemps restée à cuire au soleil, j'ai laissé toutes mes coordonnées. »

Titus était vraiment confus.

« Je te demande pardon au nom de mon équipe, Marge. Je vais envoyer quelqu'un prendre ta déposition.

– Merci, mais Jonas me doit des excuses.

– Bien sûr, je vais m'assurer qu'elle te les présente. »

Après de chaleureux « au revoir », Marge raccrocha avec le sentiment désagréable qu'elle venait de faire un caprice.

Oh, et puis merde ! Ça n'avait rien à voir avec son amour-propre ; il était de son devoir d'aider la police. Elle orienterait Persy Jonas dans la bonne direction et, avec un peu de chance, la jeune femme saurait reconstituer le puzzle. Elle se rendit dans son bureau, éteignit son ordinateur, puis la lumière. Malgré tous ses efforts pour chasser l'image du cadavre gonflé d'Andrew Sherwood, elle n'arrêtait pas de ressurgir dans son esprit.

Elle ne l'avait pas vraiment revu, n'avait pas échangé un mot avec lui depuis un incident pénible survenu dans une école du quartier, il y avait sept ans de ça. Certes, elle l'apercevait de temps en temps, toujours de loin, au centre commercial : dans la file d'attente du cinéma, à la librairie, et une fois alors qu'il mangeait seul à l'Ocean Basket. Mais il se trouvait que, par une coïncidence, elle lui avait parlé deux semaines plus tôt, à la kermesse annuelle de Noordhoek.

Ce jour-là, elle tenait un petit stand d'information du Groupe pour l'Environnement de Noordhoek, le GEN. Elle avait plutôt perdu son temps, au final. La plupart des gens venaient à la kermesse pour passer un bon moment avec leurs voisins et leurs amis. Personne n'était particulièrement intéressé par la lutte contre les programmes de construction immobilière dans les marais, ni par la protection du « crapaud léopard ». Les femmes et les enfants se regroupaient autour des stands de nourriture et d'artisanat, tandis que les hommes gravitaient autour de la tente jaune vif de la buvette, installée juste en face d'elle, qui faisait des affaires en or en vendant des bières et des feuilletés aux *boerewors**, alors qu'il n'était même pas midi. L'odeur des saucisses sur le *braai** flottait dans les petits tourbillons du vent naissant.

La seule personne fascinée par les photos du crapaud léopard accrochées sur le tableau derrière Marge était la petite Orlanda de Groot. Les joues roses sous l'un de ses chapeaux de soleil ridicules. Une beauté anglaise au teint basané, quelque peu flétrie par le soleil d'Afrique.

« Tu aimes les grenouilles ? » demanda Marge.

Orlanda hocha la tête.

« Il est là, Bongo ?

– Non, il est à la maison. La foule ne lui réussit pas. Comme à sa maîtresse.

– Qu'est-ce que c'est, ça ? »

La fillette tendit une petite main moite vers un prospectus. Marge se dépêcha de le mettre hors de sa portée, avant qu'Orlanda ne tombe sur la photo d'un crapaud léopard écrabouillé par une voiture. Destinée à sensibiliser les automobilistes à la présence du crapaud sur les routes pendant la saison des amours.

« Tu t'amuses bien ?

– Je vais aller regarder le *poï* », répondit la gamine en hochant gravement la tête.

Marge se rappela vaguement qu'une démonstration de *poï* et un numéro de jonglerie avec des tronçonneuses étaient annoncés dans l'après-midi.

Les ravers et les hippies de la vallée étaient des amateurs enthousiastes de *swinging*, à savoir l'art de jongler avec des *fire poïs*, c'est-à-dire une paire de chaînes de la longueur d'un bras, équipées d'une poignée à une extrémité et d'une boule de matériau résistant aux flammes à l'autre. Les jongleurs imbibaient les boules de pétrole, les allumaient, puis les faisaient tourner autour d'eux pour créer des motifs lumineux. Tout ça, c'était bien joli pour un Maori couvert de tatouages dans une cérémonie tribale, se disait Marge, mais sinon, il n'y avait pas à tortiller, c'était complètement stupide.

« Orlanda ! » C'était la Barjo qui appelait sa fille depuis le stand de carillons à vent d'en face ; affublée d'une de ses robes en chanvre informes, elle secouait légèrement son petit garçon affolé, assis à califourchon sur sa hanche, tout en s'accrochant à sa poussette avec son bras libre, l'air complètement harassée. Dieu merci, les hurlements du bambin étaient emportés au loin par le vent du sud-est. Aucun signe d'Asha de Groot. Mais il faut dire que la kermesse annuelle de Noordhoek, ce n'était pas vraiment son trip.

Orlanda retourna auprès de sa mère, plutôt à contrecœur. C'est à ce moment-là que Marge prit conscience de la présence d'un homme rôdant en bordure de son stand.

« Bonjour, dit-il timidement. Vous vous souvenez de moi ? »

Il faisait écran à la lumière, et les yeux de Marge mirent un moment à s'adapter.

Quelques minutes de gêne s'écoulèrent pendant que Marge contemplait Andrew Sherwood. Il avait assez mal vieilli depuis la dernière fois qu'elle l'avait vu de près. Il flottait dans son blouson en jean. Il avait l'air négligé et à cran.

Elle se força à sourire. « Bien sûr. Comment allez-vous, Andrew ?

L'homme riva sur elle ses yeux aux cils clairs. « Vous avez un instant ? »

Elle hésita. Il regarda autour d'eux avec ostentation. Comme si elle avait besoin qu'on lui rappelle que son stand ne bourdonnait pas franchement d'activité.

« Je peux faire quelque chose pour vous ?

– Vous connaissez la réponse, je pense.»

Le regard d'Andrew avait pris une intensité désagréable.

« Eh bien, non.

– L'incident de l'école Logos…

– Je préférerais ne pas discuter de ça maintenant, si vous n'y voyez pas d'inconvénient, l'interrompit-elle.

– Colette était une femme très malade, vous ne l'avez pas *vu* ? Alors que vous vous prétendez psychothérapeute !

– Ce n'est guère le moment ni le lieu…

– Eh bien, navré de vous déranger, mais je ne la fermerai pas.

– Qu'est-ce que vous voulez, Andrew ?

– Que vous disiez à Colette qu'elle s'est fait des idées complètement fausses.

– Je ne peux pas ! » s'écria Marge, atterrée.

Le visage d'Andrew s'assombrit. « Vous, vous avez tourné le dos et vous êtes partie, hein ? Comme quelqu'un qui pose une bombe et qui ne reste pas pour constater les dégâts. Moi, ça fait des années que je dois vivre avec cette tache à ma réputation. On m'a chassé de mon travail, j'ai perdu des amis… »

Il s'étrangla sur ces mots et dut s'arrêter.

Marge sentait qu'elle était en train de perdre tout contrôle sur cette situation épouvantable.

« J'aimais profondément Colette, reprit Andrew d'une voix rauque, et elle m'aimait. »

À son grand soulagement, Marge aperçut alors deux femmes du groupe de défense du crapaud léopard qui avançaient vers son stand. « Vous feriez mieux de partir, je crois. »

Il la fixa de ses yeux rougis, l'air accusateur. « Honte à vous ! »

Puis il fit volte-face et s'éloigna.

Elle se demanda un instant s'il ne fallait pas essayer de le rattraper, mais les passionnées de grenouilles absorbèrent toute son attention, et Sherwood ne fut bientôt plus qu'une pensée dérangeante flottant à la limite de sa conscience.

Plus tard, elle repéra sa chevelure clairsemée aux reflets roux parmi la cohue des buveurs de bière ; le plastique jaune de la tente se reflétait sur son visage hagard et lui donnait un teint cireux.

Elle fit une pause à l'heure du déjeuner et demanda à Hamish McCormac, un autre membre du GEN, de surveiller le stand. Hamish était branché cosmos et strictement végétalien : la pureté incarnée. Il était aussi défoncé plus souvent qu'à son tour et avait la figure percée de tout un tas de clous et d'anneaux. Mieux valait ne pas le laisser trop longtemps livré à lui-même. Mais elle avait besoin d'une pause. L'incident avec Sherwood l'avait fortement perturbée. Elle mangea un kebab sur le pouce au stand de chawarma. Non loin de là, on avait empilé des bottes de foin deux par deux pour former un enclos où les enfants faisaient des tours de poney. L'espace circulaire accueillait maintenant, ce qui était plutôt inquiétant, la démonstration de *poï*. Un cercle d'enfants subjugués, petits pour la plupart, regardaient le jongleur tourbillonner et faire des moulinets avec ses bras, créant des figures de flammes compliquées avec un professionnalisme qui laissait à désirer, pensa Marge. À un moment, il fit même un faux-pas, et le *poï* passa dangereusement près des spectateurs. On entendit un « Oh ! », puis quelques gamins reculèrent, les yeux grands comme des soucoupes. Marge se rendit compte avec stupéfaction que le jongleur n'était autre qu'Andy Sherwood. Une vive appréhension s'empara d'elle quand elle se rappela l'état alarmant dans lequel il était tout à l'heure et les bières qu'il avait bues. Elle aperçut Orlanda qui regardait, assise sur l'une des bottes de foin.

À cet instant, tout se mit à aller de travers. Sherwood, penché sur le côté pour passer les *poï* enflammés d'une main à l'autre dans son dos, peinait à les maintenir en hauteur, et les boules de feu rasaient l'herbe de trop près. Il ne tarda pas à être cerné par un cercle de feu. Il se dégageait du pétrole en flammes une chaleur et une odeur oppressantes. Marge se dirigea vers la scène comme si elle était en pilotage automatique, enleva vivement Orlanda de sa botte de foin et la reposa à l'extérieur de l'enclos.

« Va chercher ta mère, dit-elle. Vite ! »

La fillette partit en courant. À présent, Sherwood faisait des moulinets furieux avec ses bras, répandant du pétrole autour de lui, mettant le feu à l'herbe. Une ligne de flammes avançait insidieusement vers une botte de foin. D'ici quelques secondes, toute la scène serait transformée en brasier, et avec le vent du sud qui soufflait de plus en plus fort, faisant battre les fanions, les auvents, les parasols, et soulevant des tourbillons d'herbe et de poussière, on allait droit à la catastrophe. Marge hurla en direction de la cohue grouillante : « Que quelqu'un aille l'arrêter, nom de Dieu ! »

D'un bond, deux hommes passèrent à l'action, criant et gesticulant, avançant sur Sherwood de deux côtés opposés. Marge reconnut deux habitants de Noordhoek, pères de jeunes enfants. En les voyant, Sherwood eut l'air de revenir brièvement à lui. Il s'arrêta et leur remit docilement le *poï* embrasé. Tout le monde fut ensuite trop absorbé par l'extinction du feu pour remarquer qu'il se dirigeait avec détermination vers une petite table où étaient posées deux tronçonneuses sans fil. Il en souleva une et tira plusieurs fois sur le starter.

La machine s'anima dans un hurlement de moteur. Dans une posture à la Rambo, Sherwood la hissa en l'air et terrifia l'assistance en laissant les lames tournoyer tout près de sa tête.

Une femme poussa un cri. L'espace d'un instant, tout le monde resta figé d'horreur.

Pour ajouter au côté surréaliste de la scène, Hamish se matérialisa brusquement à l'intérieur du cercle, comme par magie, et avança vers Sherwood avec précaution, les deux mains en l'air.

« Hé, *man* ! cria-t-il. Repose la tronçonneuse. Tu vois pas qu'y a des p'tits gamins ici ? »

Sherwood trouva la chose hilarante. Tout en riant avec frénésie, il fit mine de charger Hamish avec la tronçonneuse. Une exclamation monta des spectateurs. Sherwood posa la machine hurlante au sol, où elle continua de cracher de l'herbe et de la poussière dans l'air, puis tendit la main vers la seconde tronçonneuse. « C'est pas vrai ! » s'exclama l'adolescente à côté de Marge en se couvrant les yeux. La première machine crépita et s'éteignit. Hamish sauta sur l'occasion pour neutraliser Sherwood. Deux vigiles et les deux pères de famille de tout à l'heure accoururent pour lui prêter main-forte. Sherwood protesta mollement, puis le petit groupe réussit à l'éloigner *manu militari*.

Marge dut lutter contre une furieuse envie de rire, alors même que son cœur battait à tout rompre. Ça n'arrivait qu'à Noordhoek, ça !

« Psychose alcoolique, madame. » En se retournant, elle se trouva nez à nez avec un badaud barbu de forte carrure, vêtu d'un poncho péruvien. « Ce mec a descendu, genre, des litres de bière à la buvette. Il était en pétard à cause d'un truc. »

Les spectateurs qui restaient, l'air légèrement sous le choc, contemplaient le cercle vide d'herbe noircie et de fumée.

Marge apprit plus tard que les secouristes présents sur les lieux avaient conduit Sherwood à la clinique la plus proche, où on lui avait fait un lavage d'estomac et donné un tranquillisant avant de le renvoyer chez lui.

Depuis cet étrange incident, elle se sentait coupable et se demandait si elle n'en était pas un peu responsable ; et voilà que la découverte du cadavre de Sherwood avait ravivé sa culpabilité.

Elle ferma la porte-fenêtre et éteignit la lumière. Ça ne rimait à rien de veiller pour attendre Will. Mieux valait prendre un bain chaud et aller se coucher. Et pourquoi pas un autre scotch, pour effacer de son esprit ce qui s'était avéré une très pénible journée ?

7

Lundi matin. Une nouvelle semaine commençait. Aucun signe de pluie, ni de baisse de la température. Persy s'était levée à cinq heures, avait couru dix kilomètres, rempli quelques tâches administratives en souffrance, puis elle avait rejoint Cheswin April, qui était rentré chez lui la veille avec le Nissan pour suivre une piste et bravait maintenant la circulation des heures de pointe entre Parklands et la banlieue sud. Elle aimait bien Cheswin, mais c'était le petit flic classique, le type perplexe à lunettes, avec zéro ambition, qui se serait volontiers contenté d'un travail de bureau pour pouvoir payer le forfait mobile et les frais de garde-robe de sa copine xhosa beaucoup plus jeune que lui. Aux yeux de Persy, il était nul comme flic, ou à peu près. Il aurait dû être employé de bureau ou un truc du genre.

Le Nissan du commissariat n'était qu'un vulgaire *bakkie*, avec une pédale d'embrayage dure et une boîte de vitesses récalcitrante. Dans les ralentissements, la conduite saccadée de Cheswin était fatigante. Pendant tout le chemin, Persy n'arrêta pas de penser à l'affaire Sherwood et à la déposition manquante de Marge Labuschagne. Mais pourquoi se tracasser ? L'affaire revenait à Mhlabeni. Elle ferait mieux de retourner aux délits mineurs dont les dossiers encombraient son bureau. Notamment plusieurs cas de cambriolage à Capri, un quartier relativement récent jouxtant Masiphumelele. Ce qu'il y avait d'insolite dans ces affaires, c'était qu'une fois qu'il s'était introduit dans la maison, le cambrioleur prenait tout son temps pour savourer le confort domestique. Il mangeait, buvait un verre ou deux, écoutait de la musique, regardait la télé, prenait un bain et, apparemment, s'habillait avec les vêtements des résidants, rejetant ceux qui n'obtenaient pas son approbation. Cheswin avait récemment été envoyé sur deux cas similaires, et les techniciens qui avaient relevé les empreintes avaient établi que le coupable était le même. Ce genre de cambriolage, avec ses connotations de harcèlement et de violation de domicile, provoquait une sorte d'hystérie collective, que le journal local se plaisait à attiser. Inhabituel pour Fish Hoek. Pour les flics, une affectation dans cette ville, c'était une sinécure – pour ne pas dire des vacances. Une parenthèse pour un policier qui voulait faire carrière, ou alors une façon de remercier quelqu'un comme Titus, qui avait déjà donné de lui-même dans les plus gros commissariats des townships et méritait une pause de quelques mois. Si Persy ne faisait pas ses preuves en résolvant une affaire importante, un assassinat par exemple, elle risquait de rester coincée à Fish Hoek et de finir comme l'honnête et impassible Cheswin, sans jamais prendre aucun risque, sans jamais s'élever au-dessus du grade de sergent. Elle servirait à remplir les quotas de femmes, comme l'agent Louise Loggerenburg, la seule autre femme de son unité, qui voulait juste profiter de l'indemnité logement et du congé maternité pour se marier et se faire faire deux ou trois gosses, avant de se retirer de la police.

Quand ils arrivèrent à Fish Hoek, une bonne heure plus tard, la chaleur, le vent et la conduite hyper-frileuse de Cheswin avaient mis les nerfs de Persy en pelote. À travers la vitre trouble du pare-brise, elle regarda avec convoitise les petites maisons et les immeubles attaqués par le sel, à peine visibles derrière les magasins délabrés, que la route et la voie ferrée séparaient inexplicablement de la plage. On aurait cru une station balnéaire des années 1970, une ancienne enclave réservée aux Blancs, du temps de l'apartheid. Mais elle aurait tout donné pour vivre ici, en plein sur False Bay, où la large plage était caressée par les eaux chaudes de l'océan Indien, et d'où elle aurait pu aller bosser à pied.

Elle pouvait toujours rêver !

Phumeza était en train de travailler sur ordinateur à l'accueil du commissariat. D'habitude, elle se trouvait dans la salle de contrôle, à rédiger des rapports et à rassembler des données, à coordonner les infos et les analyses criminelles fournies par les agents des Renseignements avant de les transmettre aux enquêteurs et aux membres des unités spéciales. Même si elle ne faisait pas partie du SAPS, elle était indispensable à l'équipe. Et contrairement à Persy, elle savait comment s'y prendre avec les hommes. Au boulot, c'était une vraie pro, mais en dehors, elle avait la réputation d'être une « fêtarde ».

Aujourd'hui, ses cheveux avaient été lissés et noués en un beau chignon luisant, et un trait d'eye-liner bleu électrique bordait ses paupières.

« Est-ce que le corps de Sherwood a été formellement identifié ? demanda Persy en passant.

– *Ja*, répondit Phumeza en levant les yeux. Mhlabeni est à la morgue. »

C'était donc définitif. Titus avait confié l'affaire à Mhlabeni.

« Qui est-ce qui fait l'identification ?

– Une ancienne petite amie à Sherwood, Colette McKillian. J'ai retrouvé sa trace grâce à sa plaque d'immatriculation : elle lui avait vendu sa voiture, qui était toujours à son nom. Elle dit que Sherwood n'avait pas fait refaire la carte grise parce qu'il pensait qu'elle ne passerait pas le contrôle technique.

– Et la voiture, on sait où elle est ?

– Non... »

Phumeza la regarda d'un air interrogateur.

« C'est moi qui ai fait le rapport initial, expliqua Persy.

– Ah, d'accord. Au fait, je voulais te prévenir. Titus t'attend dans son bureau. Et il n'a pas l'air content. »

Titus arrosait ses larmes d'ange sur l'appui de fenêtre de son bureau. « Hier soir, j'ai reçu un appel de la femme qui a trouvé le corps sur la plage... Tu sais, la déposition manquante ? » Il reposa son petit arrosoir.

Persy pensa : *C'est parti !*

« Je m'apprêtais à envoyer Mhlabeni, mais elle a expressément demandé que ce soit toi. Elle a dit que tu lui devais des excuses.

– Capitaine... »

Il leva la main pour la faire taire. « Non, écoute-moi jusqu'au bout. Visiblement, tu ne sais pas grand-chose de Marguerite Labuschagne. »

Persy haussa les épaules.

« Une éminente psychologue criminelle ? Qui a été conseillère auprès de la Commission Vérité et Réconciliation ? » Il fit une pause. « Et qui, il se trouve, est aussi une ancienne collègue et une vieille amie à moi.

– Merde. »

Titus tressaillit. Chrétien pratiquant, il détestait les grossièretés, même les plus anodines. « Je veux que tu te rendes chez elle, que tu présentes tes excuses et que tu recueilles sa déposition. Calata est rentré de son séminaire, alors prends-le avec toi. Ça aidera peut-être à désamorcer la situation. »

Elle voyait ce qu'il voulait dire. Le charme de Dizu pouvait faire fondre la glace à dix mètres. Il allait devoir en faire bon usage.

« Capitaine…

– Allez, Jonas ! Marge n'aime pas qu'on la fasse attendre. »

L'agent Dizu Calata avait été muté du Cap-Oriental et affecté au commissariat de Fish Hoek un an après Persy. Il avait grandi dans le township de New Brighton, à Port Elizabeth, et, après avoir passé un diplôme de droit de la faculté de Rhodes, il avait décidé d'entrer dans la police. Suite à quoi son père, un prêtre connu et admiré pour sa participation à la lutte contre l'apartheid, l'avait pour ainsi dire renié. Dizu disait qu'il ne supportait pas l'idée de rester assis derrière un bureau à s'occuper de fusions d'entreprises ou de contentieux immobiliers. « Je veux être là où on fait appliquer la loi, sur le terrain. Pas rester à moisir dans un coin. »

Mais Persy savait que la hiérarchie faisait fortement pression pour le promouvoir à des postes d'encadrement, où il y avait pénurie de personnel noir qualifié. Un jeune policier noir, éloquent, avec un diplôme de droit et un pédigree anti-apartheid impeccable, ça faisait saliver les échelons supérieurs. Surtout dans la province du Cap-Occidental, que l'on accusait d'être trop blanche, trop métisse, voire réactionnaire.

Tout en les conduisant à Noordhoek, Dizu amusa Persy avec ses anecdotes à propos du *bosberaad*. Ce genre de séminaires se tenait dans des endroits perdus au milieu du bush. Cette fois-ci, c'était dans une petite réserve de chasse de la côte ouest, plus au nord. Ç'avait été une complète perte de temps, disait-il. Des cadres qui n'étaient jamais sortis de leurs bureaux, qui n'avaient *a fortiori* jamais été des membres actifs de la police, leur avaient raconté comment établir de bonnes relations avec la population ! « Ils devraient bouger leurs grosses fesses et venir voir le type de population auquel on a affaire tous les jours. Ces types, ils planent complètement, *man.* »

À le voir ce matin-là, calme et détendu dans sa chemise vert menthe déboutonnée au col, son chino et ses mocassins, personne n'aurait pris Dizu pour un flic. Il avait l'air du juriste qu'il avait autrefois entrepris de devenir.

« Ils essaient de t'amadouer, *boetie**, dit Persy.

– Je ne veux pas être bombardé au management dès le berceau ! Avoir quelque chose que je n'aurais pas mérité. Je vois ça chez tous mes copains de fac, qui passent sans arrêt d'un boulot à un autre, d'un conseil d'administration à un autre, qui courent après le pognon, sans jamais avoir l'occasion de découvrir ce pour quoi ils sont doués. »

Ils quittèrent Fish Hoek Main Road en direction de Kommetjie puis tournèrent à droite dans Ou Kaapse Weg, dépassèrent le centre commercial Long Beach, l'horrible église baptiste en brique sur leur gauche et le M géant en plastique jaune de McDonald. Le long de l'affreuse route de banlieue battue par les vents, des vendeurs proposaient des paniers, du bois de chauffage et du mobilier de jardin malawien. Le vent du sud-est continuait de faire rage par rafales, chaud et sec, secouant la voiture, répandant des détritus sur la chaussée et déposant sur tout une couche de poussière.

« Alors, Persephone, qu'est-ce que t'as contre Marge Labuschagne ? »

Seul Dizu avait le droit de l'appeler par son véritable prénom, et encore, uniquement quand ils étaient seuls. Dans sa bouche, il passait, il avait même l'air beau. Pour les autres flics du commissariat, c'était une plaisanterie prétentieuse et imprononçable. Poppa l'avait choisi. Il tirait fierté de sa connaissance de la mythologie grecque, qui faisait de lui un érudit, un autodidacte dans une famille d'illettrés.

Il s'avérait que Dizu connaissait Marge Labuschagne.

« Elle nous a donné deux ou trois cours de criminologie à la fac de Rhodes. Elle a beaucoup travaillé avec les enquêteurs de la Commission Vérité et Réconciliation. Elle connaît son sujet.

– Ouais, eh bien, je n'ai pas une très haute opinion de ses aptitudes relationnelles, répondit Persy d'un ton aigre.

– Tu ne l'aimes pas, hein ? fit Dizu avec un large sourire.

– J'avais de bonnes chances d'enquêter sur cette affaire, et elle a tout fait foirer. Alors, la réponse est non. »

Ils passèrent devant d'affreux complexes neufs, des propriétés entourées de murs pour la plupart, qui s'étalaient sur le versant de la vallée du côté de Belvedere.

« Un endroit aussi beau, remarqua Dizu, et ils foutent des murs partout. C'est une prison, *man.*

– Tu ne peux pas reprocher aux gens de vouloir être en sécurité.

– C'est une illusion. On n'est en sécurité nulle part. Tu sais ce qu'on dit : le riche ne peut pas dormir avec le pauvre à sa porte. »

Ils approchaient du versant oriental de Chapman's Peak, avec la balafre blanche de la carrière de kaolin sur ses pentes inférieures.

La vue du pic raviva le malaise que Persy avait ressenti la veille. Elle fut soulagée quand ils s'engagèrent dans Beach Road, longèrent le pré communal de Noordhoek dont les arbres cachaient la bouche béante de la mine. Des chevaux broutaient paisiblement dans la prairie, protégés du soleil par des rangées de chênes noueux, aux feuilles desséchées et brunies par la chaleur. Un souvenir, depuis longtemps oublié, ressurgit dans son esprit avec une étonnante clarté. « J'ai fait du cheval ici quand j'étais gamine.

– T'as monté ces bestioles ? Comment ça se fait ? »

Elle hésita, un peu perdue. Le souvenir l'avait rendue inexplicablement anxieuse.

« Eh bien, j'ai habité ici avec mon grand-père, alors ça doit remonter à cette époque… mais j'sais pas, en fait c'est un truc que j'avais oublié jusqu'à maintenant.

– Tu as vécu ici ?

– *Ja*, quand j'étais gamine. Ensuite, ils ont déplacé les métis… ils nous ont envoyés à Ocean View… pour faire de la place aux Blancs. » Elle se rappelait avoir aidé Poppa à emballer leurs affaires sous le regard vide de sa mère. « On a été parmi les derniers à partir. Ça doit faire près de vingt ans. »

Pourquoi racontait-elle ça à Dizu ? Ce n'est pas comme s'ils avaient l'habitude de se faire des confidences. Ils étaient deux outsiders unis par une sympathie réciproque. Ils avaient travaillé ensemble sur quelques affaires et formaient une bonne équipe. Elle voyait en lui un allié, et la seule personne du commissariat, à part Titus, en qui elle avait confiance. Pourtant, elle gardait ses distances avec lui, comme avec tout le monde. Sauf avec Poppa.

« Il est où ton grand-père, maintenant ?

– Poppa ? Dans une maison de retraite. Il a le cancer.

– Merde, je suis désolé. »

Sa compassion la mettait mal à l'aise. *Je ne veux pas de ta pitié.*

Elle haussa les épaules. « Il a plus de quatre-vingts ans. »

L'angoisse l'assaillait, ombre fantomatique d'une chose à moitié ressurgie de l'oubli.

« C'est magnifique par ici. » Dizu, qui avait perçu son malaise, changeait de sujet. « Ça me rappelle le Cap-Oriental. Mboyti. Près de Lusikisiki. Une mer chaude, des broussailles épaisses et des élands sur les plages. Magique, je te dis.

– Je ne suis jamais allée dans le Cap-Oriental. Jamais allée nulle part, en fait.

– Tu devrais venir visiter. Je te présenterai à ma famille, je te montrerai la véritable générosité des Xhosas. »

Ça n'arriverait sans doute jamais, mais la proposition lui faisait plaisir. « Ça me plairait bien. »

Il parut surpris par sa réponse. Plus que ça.

Touché.

8

Les mains de Colette McKillian tremblaient tellement qu'elle avait toutes les peines du monde à introduire la clé dans la serrure. Et si Andrew avait installé une alarme depuis la dernière fois qu'elle était venue, ou engagé une bonne ? La clé tourna, la porte s'ouvrit. Des tentures indiennes poussiéreuses couvraient les fenêtres, empêchant presque entièrement la lumière d'entrer. On étouffait, ça faisait des jours que la chaleur était emprisonnée ici. Des relents de légumes en décomposition et, en arrière-plan, une légère odeur de gaz. Elle alla jusqu'à la gazinière et resserra le bouchon de la bombonne, puis suspendit les clés à leur crochet et passa dans le séjour. Elle fut momentanément désorientée – la pièce était différente, quasiment vidée de ses meubles. La bouche sèche, elle entra dans la chambre. Pas de draps, juste un matelas. Elle regarda le bureau où se trouvait d'habitude l'ordinateur. Il avait disparu. Elle ouvrit tiroirs et placards, à la recherche de… quoi ? D'indices ? De photos, de lettres, de journaux intimes ? Mais tout avait été soigneusement vidé.

La maison donnait l'impression sinistre d'être inhabitée. Elle avait transpiré en venant de la morgue de Salt River, car elle voulait à tout prix arriver avant que la police procède à une fouille. Maintenant que la sueur avait séché sur sa peau, elle frissonnait malgré la chaleur.

Et si Andy était en train de l'observer ?

Andy était mort : elle l'avait vu de ses propres yeux.

Étendu sur la table d'autopsie.

Quand on avait fait rouler le corps hors de son compartiment, à la morgue, Colette avait jeté un coup d'œil au visage, puis aux tatouages celtiques familiers en haut des bras. Elle avait hoché la tête à l'intention du policier pour confirmer l'identité d'Andrew, incapable de dire un mot à cause de la nausée qui lui tordait l'estomac.

Au soleil, devant la morgue, elle s'était cachée derrière ses lunettes de mouche et avait fouillé dans son sac en tapisserie à la recherche d'une bouteille d'eau minérale. Elle avait bu de petites gorgées, les mains tremblantes. Mhlabeni, le gros policier noir, s'était assis à côté d'elle sur le petit banc en béton qui donnait sur le parking. Il puait l'alcool. Les voitures passaient en vrombissant sur la route à deux voies. Un pigeon ébouriffé avait atterri près d'eux et s'était mis à picorer les détritus jonchant le bitume. Elle s'était raidie, comme si elle craignait qu'une parcelle de sa chair entre en contact avec celle du policier. Il n'avait montré aucune curiosité, ne posant que des questions générales, sans attendre grand-chose en guise de réponse.

Colette alla dans la cuisine et but au robinet, puis se sécha les mains avec un torchon dégoûtant, avant d'essuyer l'évier où elle avait répandu quelques gouttes. Elle retourna dans la chambre. Une demi-douzaine de cintres étaient accrochés n'importe comment à la tringle du placard, comme si on avait enlevé des vêtements à la va-vite. Où étaient donc passés tous les habits et les effets personnels d'Andy ? Encore un mystère. Qui s'ajoutait à la liste des questions sans réponse à son sujet. Quoi qu'il soit arrivé, tous les soupçons qu'elle avait entretenus allaient être enterrés avec lui. Elle éprouvait un immense soulagement, accompagné d'un sentiment de culpabilité, mais, en filigrane, une colère profonde et persistante continuait de la ronger, encore et toujours.

Il l'avait trompée.

Une fois de plus !

Elle ne saurait jamais vraiment. En fin de compte, c'était lui qui avait ri le dernier. Son tourment à elle ne cesserait pas. Par le caractère définitif de sa mort, il avait emporté son secret dans la tombe, il la privait de la tranquillité qu'elle aurait pu retrouver en découvrant si, oui ou non, elle avait eu raison. Sa tromperie lui survivait ; elle ne serait jamais libérée des doutes qui subsistaient dans son esprit.

9

Marge Labuschagne habitait une petite villa dans le style du Cap qui donnait au nord sur Chapman's Peak, à deux rues de la sinueuse Beach Road. Une maison sans prétention dans un décor spectaculaire. Persy eut un frisson en descendant de voiture. Le vent avait tourné, apportant une forte odeur de mer ainsi qu'un léger rafraîchissement en provenance de l'Atlantique. Comme elle s'attendait à une nouvelle journée caniculaire, elle n'avait pas emporté de pull. Elle aurait dû se méfier. La météo du Cap réservait toujours des surprises. Un berger allemand à l'air idiot accourut au portail. C'était le chien qui avait découvert le corps. Ses aboiements frénétiques firent venir à la porte un jeune dégingandé, les cheveux en bataille. Il s'appelait Will, leur dit-il. Sans doute le fils de la vieille bique : il y avait un air de ressemblance au niveau des yeux, bleus et très espacés.

Persy montra rapidement sa carte et fit les présentations. Le garçon jeta un coup d'œil à Dizu, puis la jaugea d'un long regard somnolent et intrigué.

« Qu'est-ce qu'elle a encore fait ? demanda-t-il avec un grand sourire.

– Nous sommes venus recueillir sa déposition, répondit Persy.

– Ah, quel soulagement ! Entrez, alors. »

Ils traversèrent un salon-salle à manger meublé d'une longue table de réfectoire et entrèrent dans un bureau adjacent.

La pièce était grande, avec un plafond à poutres apparentes et une porte-fenêtre donnant sur un jardin à moitié sauvage. Des étagères bourrées de livres, de photos et de bibelots tapissaient les murs. Il y avait des chats partout. Mollement étalés sur le divan, roulés en boule sur le bureau. Un gros chat roux couché sur un appui de fenêtre fixa Persy d'un regard malveillant. Ses yeux se mirent immédiatement à larmoyer et son palais à gratter.

Will disparut et ils l'entendirent hurler : « Maman ! Y a des flics qui veulent te voir ! »

La voix de Marge Labuschagne tonna dans le salon.

« Où est-ce que tu les as mis ? »

Elle entra dans la pièce, l'air harassé, passant une main dans ses cheveux coupés au carré, une cigarette allumée dans l'autre. Dizu se leva. Persy l'imita à contrecœur. La psychologue portait une chemise d'homme kaki et un jean large, accompagnés de sandales étrangement moches. Un collier de perles africain pendait à son cou.

« Bonjour madame, dit Persy avec raideur. Je vous présente mon collègue, l'agent Calata. Nous venons prendre votre déposition.

– C'est pas trop tôt ! Asseyez-vous donc. Les gens qui tournent en rond, ça me rend nerveuse. »

Persy lança un regard dégoûté à la couverture ensevelie sous les touffes de poils sur le fauteuil le plus proche. Elle ne voulait surtout pas que son jean noir au toucher peau de pêche soit couvert de poils de chat. Elle prit donc place sur une drôle de chaise en bois. Le plus agaçant, c'était qu'elle se retrouvait dans une position beaucoup plus basse que les autres, ce qui, vu sa petite taille, la désavantageait nettement.

Dizu dévoila à Marge son sourire ravageur. « Vous ne vous souvenez sûrement pas de moi, madame. J'ai assisté à vos cours à l'université de Rhodes. En psychologie criminelle, psychologie légale et profilage. Des cours fascinants. C'est grâce à vous que j'ai décidé d'abandonner le droit pour entrer dans la police. »

Tout en jaugeant le charme électrique de Dizu, Persy remarqua ses canines pointues, qui lui faisaient presque un sourire de loup. Elle avait entendu dire que des canines acérées étaient le signe d'une forte libido. Elle essaya de chasser cette pensée et de se concentrer sur Marge Labuschagne.

La quinquagénaire s'était clairement radoucie devant l'offensive de charme de Dizu et la perfection de sa dentition. « Ne m'en tenez pas rigueur, s'il vous plaît, répondit-elle avec un rire, manifestement flattée. Il aurait été beaucoup plus lucratif pour vous de rester dans le droit. »

Flirtait-elle avec lui ? Pour de bon ? Incroyable !

« J'aime mieux faire respecter la loi qu'en débattre. Je suis un homme de terrain, moi.

– Le SAPS a bien de la chance. Ce n'est pas souvent que des personnes de votre calibre rejoignent ses rangs », dit Labuschagne en lançant un regard appuyé à Persy.

Bien, le moment était venu de faire ce à quoi elle ne pouvait pas couper.

« Je vous présente mes excuses pour le contretemps d'hier, madame. Votre numéro de téléphone et votre adresse n'étaient pas enregistrés au commissariat, et vous n'êtes pas dans l'annuaire. »

Une lueur d'agacement passa sur le visage de Marge.

« Mon nom d'épouse est Piper, ce que vous auriez dû savoir, inspecteur Jonas, si vous vous étiez donné la peine de demander mes coordonnées à votre collègue, dit-elle en fronçant les sourcils. Pourquoi est-ce que vous êtes assise sur le tabouret d'accouchement dogon, nom d'un chien, et pas sur le fauteuil ?

– Allergie aux chats, madame. Aux poils.

– Comme vous voudrez. »

Marge tira sur sa cigarette avec irritation. La pièce se remplissait de fumée.

Est-ce qu'elle l'avalait vraiment ? Persy avait du mal à respirer. Elle marcha jusqu'à la porte-fenêtre.

« Ça vous dérange si je… Je suis allergique à la cigarette.

– Eh bien, allez-y, s'il le faut. »

Elle ouvrit à grand-peine la porte-fenêtre, consciente du regard de Marge posé sur elle.

« Vous êtes quelqu'un de très allergique, inspecteur », fit la psychologue d'un ton sec.

Ça devait être l'enfer de vivre avec elle.

Persy s'assit sur le bord du fauteuil et sortit son carnet.

« Est-ce que vous avez remarqué quelque chose d'insolite hier à la plage ?

– À part le cadavre, vous voulez dire ? » demanda l'autre. Puis elle partit d'un rire court et saccadé qui se transforma en longue quinte de toux de fumeuse. « Non, juste deux cavaliers. Des gens de Noordhoek, mon ami Ivor et son palefrenier, Petrus. Ils revenaient du *Kakapo.* Ils ont pris par les dunes pour rentrer chez eux.

– Vous pourriez nous dire comment contacter votre ami ? » Persy ouvrit son carnet d'un geste vif, cherchant à se donner une allure officielle. « Il a peut-être vu quelque chose. »

Marge écrasa sa cigarette. « Ça m'étonnerait beaucoup, il allait dans la direction opposée. »

Le ton exagérément désinvolte de la réponse n'échappa pas à Persy.

« Mais il vous appellera, j'en suis sûre. C'était le propriétaire de Sherwood. »

Will apparut avec une cafetière, trois mugs en poterie grossière et une assiette de biscuits sur un grand plateau. « Merci, *skat**. Pose ça là », lui dit Marge avec un sourire rayonnant.

Le jeune homme s'exécuta, puis passa une main dans sa crinière blond foncé en bataille. Les mugs ne parurent pas très nets à Persy.

« Je monte. Je vais bosser », annonça le fils, lançant un dernier regard à Persy avant de quitter la pièce.

« Will ne supporte pas les cadavres, expliqua Marge avec un haussement d'épaules. Voilà ce que ça fait, d'avoir une mère criminologue. »

Persy était d'avis que le garçon ne semblait pas capable de supporter grand-chose.

« Enfin, à moins que la mort soit plus ancienne. Il est historien. Il écrit un livre en ce moment. Sur Noordhoek, justement. » Elle servit le café. « Quelle est votre conclusion à propos de Sherwood ?

– L'enquête est toujours en cours, répondit Persy.

– Voyons ! Il avait une énorme entaille à la tête ! Il s'est fait dérouiller. »

Persy ne dit rien. Pourquoi cette vieille peau supposait-elle d'emblée qu'ils allaient discuter de l'affaire avec elle ? Elle était d'une arrogance à couper le souffle !

Marge lança un regard à Dizu. « Et qu'est-ce que vous pensez, vous ? »

Il éluda habilement la question, acceptant le mug qu'elle lui tendait comme s'il s'agissait d'un calumet de la paix.

« Comment connaissiez-vous Andrew Sherwood ? »

Persy but une petite gorgée de café. Noir comme du goudron et tiède.

« Il traînait à Noordhoek et Kommetjie. Un genre de hippie, toujours à zoner sur la plage. Y a beaucoup de types comme lui par ici. C'est l'air marin, ça ramollit la cervelle.

– Quand l'avez-vous vu vivant pour la dernière fois ?

– Euh, au marché de Noordhoek, ici, sur le pré communal, il y a environ deux semaines. Un truc pathétique, avec des foutus mangeurs de muesli et des gens qui jouent du didgeridoo. Noordhoek est une petite communauté. Tout le monde se connaît, tout le monde est au courant des affaires des autres. Et ce que les gens ignorent, ils l'inventent. »

Elle émit un rire bref.

« Vous lui avez parlé ?

– Oui, un peu. Il y a eu un mini-drame. Andrew faisait un numéro de jonglage avec du feu, mais il était ivre. Au point d'en devenir dangereux, en fait. La sécurité a dû mettre un terme au spectacle.

– Que s'est-il passé ? »

Marge eut l'air mal à l'aise pour la première fois.

« Il a failli déclencher un incendie. Les secouristes l'ont embarqué pour lui faire un lavage d'estomac, apparemment.

– Est-ce que ce comportement était habituel chez lui ?

– Aucune idée. Je n'ai jamais fraternisé avec lui.

– Vous connaissez quelqu'un qui aurait eu des raisons de le tuer ?

– D'après mon expérience, on a tous des raisons de se faire tuer », répliqua Marge d'un ton tranchant.

Surtout vous, pensa Persy.

« C'était un de vos patients ?

– Nous utilisons le mot “clients”. Mais en effet, je l'ai vu dans un cadre professionnel. Une fois. Il y a sept ou huit ans. On a fait appel à moi pour une… une situation délicate.

– Une affaire criminelle ? insista Persy.

– Je ne m'occupe plus d'affaires criminelles. Seulement de vulgaires névroses, rétorqua Marge avec impatience. Mais allez voir Yoliswa Xolele. Elle enseigne à l'école Logos. Elle vous mettra au courant. » La psychologue attrapa ses cigarettes sur le bureau, délogeant d'un brusque cou de coude un gros chat gris. Le matou atterrit lourdement par terre en crachant. « Ne faites pas attention à lui, dit-elle en allumant sa cigarette. Saleté de vieux grincheux. Il est presque aussi vieux que moi. » Elle souffla, fixant Persy à travers la fumée, de ses yeux bleus plissés semblables à des éclats de verre. « Je ne peux rien vous dire de plus, désolée. Un thérapeute ne peut pas révéler des informations confidentielles. »

Persy n'avait toujours pas bu son café.

« Même quand le patient est mort ?

– Une autre personne était présente à la séance. Qui est toujours en vie. Aux dernières nouvelles. » Marge tira une longue bouffée de sa cigarette, puis l'écrasa sauvagement. « Bien, c'est fini ? J'ai une réunion du GEN. » Elle se leva, prit une veste toute froissée sur le dossier de son fauteuil et l'enfila. Elle se débattit pour fermer les boutons du vêtement trop serré. « Le Groupe pour l'Environnement de Noordhoek. Un acronyme particulièrement pertinent.

– Merci de nous avoir reçus, madame », fit Dizu en se levant.

Persy l'imita, et Marge les reconduisit à la porte.

« Bon, vous avez ma déposition. » Son regard transperça celui de Persy. « Enfin. »

Pas question qu'elle réagisse à la provocation. Qu'elle donne cette satisfaction à cette vieille peau.

Marge rabattit le panneau inférieur de la porte, les enfermant dehors. La lumière et le vent s'abattirent sur eux comme une massue après le temps passé dans la pénombre et la fraîcheur du bureau.

« J'ai été enchanté de vous rencontrer, madame, fit Dizu.

– Moi de même », répondit-elle. Elle fixa sur Persy un regard lourd de sens. « N'oubliez pas, inspecteur. Yoliswa Xolele. À l'école Logos. »

Persy lui adressa un sourire contraint. « Je transmettrai l'information à l'inspecteur Mhlabeni, madame. »

Marge, qui s'apprêtait à refermer la partie supérieure de la porte, s'arrêta net. « Je croyais que vous étiez chargée de cette affaire ? »

Persy ne put résister à la tentation d'afficher un petit sourire satisfait, cette fois. « Le capitaine Titus l'a confiée à un enquêteur plus expérimenté. Si d'autres éléments importants vous reviennent en mémoire, vous pouvez les lui transmettre. »

Elle allait voir comment c'était, d'avoir affaire à Mhlabeni !

Dizu regarda Marge Labuschagne disparaître dans le rétroviseur latéral du Nissan.

« Elle n'est pas contente, pour Mhlabeni.

– Elle est juste furax parce qu'elle ne pourra plus passer ses nerfs sur moi.

– Je dois dire qu'elle me plaît bien. C'est un personnage.

– Des goûts et des couleurs… »

La situation amusait Dizu. Persy se sentait-elle menacée par Marge Labuschagne ? Il ouvrit sa vitre. Il se remettait à faire chaud. Le vent venu de l'océan s'engouffrait par le goulet entre les montagnes de Fish Hoek et de Noordhoek. Deux océans, deux vents différents. L'un soufflait en provenance du chaud océan Indien, l'autre de l'Atlantique glacial. Impossible de prédire le temps qu'il allait faire, ici. Après deux ans au

Cap, il avait toujours le sentiment d'être un étranger, et pas seulement à cause de la météo capricieuse. Le racisme était tellement enraciné dans le coin que seuls les gens de l'extérieur pouvaient le voir. Ce n'était pas une attitude consciente ; juste une sorte de condescendance vaniteuse de la part des Blancs, et parfois de franches manifestations d'hostilité de la part des métis.

« Elle en sait beaucoup plus que ce qu'elle veut bien dire, crois-moi, reprit Persy.

– Soyons juste avec elle : elle ne peut rien révéler sur Sherwood si elle l'a traité en tant que psychologue. »

Persy s'affaissa sur son siège, fronçant les sourcils et faisant la moue. Comme une petite gamine.

« Elle fait de la rétention d'information. »

Les yeux de Dizu s'égarèrent sur le bouton prêt à craquer de la chemise amidonnée de Persy. Pas mal, comme silhouette. Un peu masculine, peut-être, mais il préférait les femmes cérébrales, pas les nanas du genre Pamela Anderson. Il se laissa aller à un fantasme. Persy, en bikini, courant à la rencontre des vagues avec David Hasselhoff à ses côtés. Un sourire dut lui échapper.

« Tu me racontes ce qu'il y a de drôle ? »

Il secoua la tête, chassa l'image de son esprit. Et merde, c'était humain, après tout. Même pour lui, l'élève modèle de l'école missionnaire.

Elle regarda par la vitre. « Tu crois que Mhlabeni accepterait que je travaille avec lui sur cette affaire ?

– Dans tes rêves, peut-être. »

Elle lui décocha un grand sourire. Dizu, comme leurs collègues du commissariat, savait que Mhlabeni la soupçonnait d'être à l'origine de l'enquête dont il était l'objet.

Le téléphone de Persy sonna.

« Oui, Phumeza ? »

Elle écouta, puis se tourna vers lui. « Vol à main armée dans un vidéoclub de Fish Hoek Main Road, il y a une dizaine de minutes. »

10

La jolie métisse du vidéoclub Fanatix pleurnichait dans un kleenex tout en donnant sa déposition. Mais Persy se faisait plus de souci pour la blonde d'âge mûr, une femme trapue qui répondait au nom de Fiona Tinkler, dont les mains jointes posées sur le comptoir étaient blanchies aux jointures. Sous le meuble, une de ses jambes tremblait de façon incontrôlable. C'était la femme du propriétaire, George Tinkler. Elle était passée au magasin pour récupérer les recettes de la semaine, à la demande de son mari, et s'était retrouvée prise dans l'attaque.

« J'espère que vous n'allez pas m'interroger en afrikaans, déclara-t-elle. Je ne parle pas un mot. »

Autrement dit : *« Je veux un flic blanc, aussi éduqué que moi, qui comprendra ce que je raconte. »*

« Nous parlons tous les deux anglais », répondit Dizu.

Une fois que Fiona Tinkler fut lancée, Persy crut qu'elle ne s'arrêterait jamais. Elle fournit une bonne description des coupables : deux hommes jeunes, un Noir et un métis. Le métis commandait et il était armé. Il avait le visage dissimulé sous une casquette de baseball et des lunettes de soleil, et il portait des gants. Il connaissait l'existence du coffre, devait savoir qu'ils déposaient l'argent à la banque le lundi. Fiona Tinkler expliqua que George, son époux, le propriétaire de la boutique, avait embauché des travailleurs saisonniers pour la période de Noël, et qu'elle pensait avoir identifié le jeune Noir comme l'un d'eux.

George assistait à une réunion. Son portable était donc éteint. Il gérait plusieurs petits commerces à Fish Hoek. Elle parut réticente à leur en révéler la nature : une entreprise de plomberie, le *vetkoek paleis* où s'approvisionnaient les banlieusards en sortant de la gare, ainsi qu'un pub avec jardin doublé d'une salle de sport très fréquenté sur Main Road. Persy connaissait l'endroit : des Blancs d'un certain âge, inemployables pour la plupart, s'y retrouvaient pour échanger des histoires d'horreur sur la nouvelle Afrique du Sud avec les expatriés du Zimbabwe qui avaient afflué dans le sillage des confiscations de terres du président Mugabe. Fiona Tinkler ne savait pas comment s'appelaient les employés temporaires de son mari et n'avait aucune idée de l'endroit où ils habitaient. Il les avait ramassés « au coin d'une rue ».

Dizu prenait des notes d'un air vaguement amusé. Même si la criminalité rendait les Blancs complètement paranos, ils se donnaient rarement la peine de se procurer le nom et les références des Noirs qu'ils employaient, ou de se renseigner sur leur adresse. Tout ce qui les intéressait, c'était de trouver quelqu'un qui travaille pour une misère, point barre.

Ça lui faisait mal de penser ça, mais il y avait vraiment des Blancs qui cherchaient les ennuis.

Les spécialistes des empreintes inspectèrent les lieux pendant que Persy et Dizu allaient interroger les commerçants alentour, mais personne n'avait rien remarqué. C'était le schéma habituel de l'attaque-éclair opportuniste, quasiment impossible à résoudre quand on n'avait pas le moindre embryon de piste.

11

Le Groupe pour l'Environnement de Noordhoek se réunissait le premier lundi du mois en fin de journée, à l'église baptiste de Fish Hoek. Un des bâtiments les plus affreux du monde selon Marge. Et ce, dans un pays où la construction d'horreurs architecturales était pourtant devenue un art. Noordhoek regorgeait de chrétiens évangéliques, un groupe dont Marge se méfiait particulièrement. À vrai dire, elle se méfiait de toutes les religions, mais cette bande d'illuminés béats l'irritait plus que tout. Son métier lui avait appris à considérer d'un mauvais œil la religion en général, alors ces idées de parler en langues et ces soi-disant miracles… Elle connaissait trop le pouvoir de l'autosuggestion, elle savait trop combien il était facile de provoquer l'hypnose pour faire gober ces idées saugrenues d'intervention surnaturelle.

Dans la grande salle, des chaises en plastique blanches étaient disposées autour d'une table en formica. Du fait de l'aménagement basique – sol en béton et charpente du toit apparente –, il faisait insupportablement chaud, mais on laissait les fenêtres hermétiquement closes pour se protéger du vent du sud-est qui soufflait à en décorner les bœufs en charriant le sable fin de la plage.

Le même groupe que d'habitude était rassemblé autour de la table. Ivor, Morgana Reitz et George Tinkler étaient assis d'un côté, tandis que Marge avait échoué en face, entre Hamish McCormac, le jardinier bio, et Gregory Crane. La réunion avait démarré laborieusement : il n'était question que de la mort d'Andrew Sherwood.

« Il était peut-être en train de surfer ? Parce que moi, j'ai failli me faire ratatiner au Dungeon, *bru**. » Hamish, passionné de surf, s'entraînait tous les matins dans la partie extrêmement dangereuse de la plage de Noordhoek qu'on appelait le « Dungeon », en quête de la vague parfaite.

« C'était peut-être un suicide, intervint Morgana Reitz. Il a eu une sorte de crise à la kermesse, non ? »

Elle se renversa langoureusement sur sa chaise, dans une position plus à même de mettre en valeur son jodhpur et son tee-shirt moulants. Au premier coup d'œil et à une certaine distance, on aurait pu lui donner trente ans, mais de près, elle faisait la quarantaine bien tassée. La peau de son menton avait été retendue, et sa figure présentait l'aspect incolore et lisse du plastique, provoqué par les peelings chimiques à répétition. Un excès de Botox entre les sourcils lui donnait une expression d'imperturbabilité figée.

Une fois que les bavardages au sujet d'Andrew s'apaisèrent, Hamish, qui présidait, ouvrit la séance. En général, les autres l'ignoraient, même si c'était lui qui avait fondé le groupe, dans un élan de ferveur hippie aussi naïve qu'éphémère. Un spécimen très représentatif de la faune de la péninsule, celui-là, pensait Marge. Mieux valait ne pas le contrarier : il avait l'art, par sa passivité, de vous rendre la vie très difficile. Vu la rapidité avec laquelle il avait réagi au fiasco des tronçonneuses, Marge avait bien été obligée de réviser son jugement sur lui, mais elle se demandait maintenant s'il n'était pas tout simplement défoncé au moment des faits.

« Salut à tous, c'est sympa de vous retrouver. » Hamish se frotta le nez. Du moins la petite partie qui n'était pas couverte de quincaillerie. Marge réprima un soupir. Avec Hamish à la barre, la séance promettait d'être longue. Il se pouvait même que le navire n'arrive jamais à quai, qu'il dépasse sa destination avant d'aller se perdre dans des eaux inconnues.

« Euh, d'abord… Ah, *ja*, Renuncia nous prie de l'excuser. »

Renuncia Campher manquait pas mal de réunions, en général pour cause de gueule de bois. Marge la voyait régulièrement à la terrasse du Red Herring, en train de rire à gorge déployée en compagnie d'un jeune homme ou d'un autre. En tant qu'agent immobilier, elle se retrouvait souvent prise dans des conflits d'intérêt lors des réunions. Certains trouvaient qu'elle aurait dû démissionner. Mais elle aimait Noordhoek, et elle avait assez de bon sens pour savoir que de nouvelles constructions en détruiraient le charme. En somme, elle essayait de gagner honnêtement sa vie dans un métier de crapules. Toujours est-il que l'ingrédient « Renuncia » n'améliorait pas franchement la composition du groupe. Seuls deux membres étaient vraiment efficaces : Marge et Ivor Reitz. Quant aux autres, d'après elle, c'était une bande de chiffes molles.

Le premier point à l'ordre du jour concernait de nouveaux projets immobiliers. Un sujet toujours litigieux. Gregory Crane se leva et sortit des plans d'architecte d'un rouleau en carton. Il lui arrivait d'assister aux réunions en qualité d'« observateur intéressé ». C'était parfaitement dans son droit. Mais Marge le soupçonnait d'être la taupe d'Asha de Groot et de son consortium de copains promoteurs joueurs de golf.

« Voici les plans révisés de notre nouveau projet. » Crane déroula les papiers sur la table, calant les coins recourbés à l'aide de son porte-documents et de verres d'eau. Aujourd'hui il portait une veste d'équitation avec des empiècements en cuir et un chapeau vaguement tyrolien. Pour jouer les architectes bohèmes. Quel drôle d'oiseau ! Elle le revit sur la plage, qui regardait la zone délimitée par du ruban où la police examinait le corps d'Andrew, au milieu des autres badauds avides de sang. La fascination morbide de la population pour la mort était inexplicable.

Marge étudia minutieusement les plans. Ils lui semblaient familiers. En fait, ils ressemblaient beaucoup à ceux d'un complexe résidentiel que Crane et De Groot avaient tenté de faire construire sur le terrain de l'école Logos, il y avait quelques années de cela. Ils avaient essayé d'acheter plusieurs hectares, mais les dissensions au sein du conseil d'administration avaient fait capoter l'opération. Peu après, un incendie plutôt suspect avait détruit les bâtiments.

Marge se tourna vers Crane d'un air interrogateur.

« Je croyais que l'école avait décidé de ne pas vendre le terrain ?

– Mêmes plans, site différent, répondit Crane en souriant mollement.

– Quel site ? demanda Marge, toutes antennes dehors.

– Sur la montagne, sous Chapman's Peak Drive. »

Elle fronça les sourcils : la montagne, couverte d'un tapis de fynbos intact, était soumise à une stricte réglementation.

« Mais elle est protégée par la nouvelle législation sur l'impact environnemental !

– Ce n'est pas un terrain vierge. Il a déjà été divisé en plusieurs parcelles, et il y a une construction dessus.

– Laquelle ?

– Bellevue.

– Bellevue est à vendre ? demanda Marge, sous le choc.

– Oui. Nous sommes en train de soumettre une nouvelle offre d'achat qui, nous l'espérons, sera acceptée. »

Marge sentit son estomac se nouer. Elle lança un regard à Ivor, dont l'expression ne trahissait rien de la consternation qu'il devait éprouver. Si Crane et De Groot avaient réussi à mettre la main sur cette magnifique propriété, ils ne tarderaient pas à construire juste à la porte des Reitz. Comment Crane avait-il pu conclure une affaire comme celle-ci tout seul, et sans que personne en sache rien ? C'était inconcevable. D'après ce que Renuncia avait dit à Marge, la question de la propriété du domaine Bellevue était un vrai sac de nœuds juridique, notamment parce que la propriétaire actuelle, la soi-disant « comtesse Szabó », habitait à l'étranger. Mais ça, Marge s'en occuperait plus tard. Pour l'instant, il fallait que le GEN bloque le projet immobilier de Crane.

« Qu'est-ce que c'est, ça, des murs ?

– De petits murets, oui.

– Si l'on s'en tient aux instructions de l'Association des Propriétaires Fonciers, les domaines fermés sont inenvisageables.

– On peut couvrir les murs de palissades, répondit Crane en se tournant vers le groupe avec un sourire aimable.

– La question n'est pas de savoir quel type de mur est acceptable. Nous ne voulons aucun village protégé sur la montagne.

– On peut installer des palissades autour, argumenta Morgana. Il y en a de très jolies, en fait. »

Marge réprima un mouvement d'irritation. Elle détestait Morgana pour des raisons évidentes : en plus d'être la femme d'Ivor, c'était une imbécile. Une imbécile cupide. Mais Marge avait depuis bien longtemps tiré une amère leçon de son engagement pour la cause écologique : l'intérêt personnel financier l'emportait toujours sur les préoccupations environnementales.

Hamish la contraria encore plus en y allant de son avis à deux balles : « Hé, moi, ce que je préfère, c'est les espèces de lattes, là, dit-il avec ses airs de fumeur de *dagga*. Et puis une jolie plantation de fynbos. Ça fait un super effet, mec. C'est vrai quoi, les aloès, c'est genre aussi efficace que des clôtures électrifiées.

– Le truc, Marge, intervint Crane avec sérieux, c'est qu'il y a un énorme besoin de logements bon marché dans la province du Cap-Occidental.

– Comme tu as raison, Gregory ! renchérit Morgana. Il est temps qu'il y ait plus de mixité au Cap. Si les projets sont menés à bien avec sensibilité, et je suis sûre que celui-là le sera, je ne vois pas du tout où est le problème. »

George Tinkler, qui n'avait pas quitté Morgana des yeux une seconde, approuvait d'un large sourire cette manifestation éhontée d'intérêt personnel travesti en conscience sociale. Marge surprit l'expression douloureuse qui passa sur le visage d'Ivor. Sa propre épouse prenait parti pour un projet auquel tout le monde savait qu'il s'opposerait. Pourquoi ne disait-il rien ? Eh bien elle, elle n'allait pas la fermer !

« Oh, pitié, n'essaie pas de faire passer ça pour un projet bon marché à forte densité de population, destiné à reloger les habitants des bidonvilles ! À quel prix ils vont se vendre, ces logements ? »

Son mouvement de colère parut mettre Ivor mal à l'aise. Il faisait partie de ces gens bien élevés qui parlaient plus ouvertement de leur vie sexuelle que de leur porte-monnaie. Oh, et puis qu'il aille se faire foutre, avec son flegme à la con !

« Nous bénéficions du soutien du gouvernement, au niveau national et provincial, répondit Crane. Nos dirigeants veulent voir une densification des zones résidentielles.

– Il n'est pas question d'habitat social, j'espère ? demanda George Tinkler, conscient d'une menace potentielle.

– Bien sûr que non ! répliqua Marge. Les petits copains de l'administration vont toucher leurs pots-de-vin, tout en faisant passer ça pour une initiative locale en faveur du logement ; les promoteurs vont s'en mettre plein les poches, et les riches acquéreurs se sentiront à l'abri dans leurs boîtes à chaussures électrifiées. C'est du gagnant-gagnant. »

Un silence embarrassé suivit. Ils pensent tous que je m'acharne contre Crane, se dit Marge.

« Moi, tout ce qui m'inquiète, c'est la présence de maçons sur notre propriété, reprit Morgana en minaudant. J'aime me promener nue chez moi. »

Suite à cette révélation, tous les hommes présents dans la pièce la fixèrent avec fascination.

« Pourquoi priver le travailleur des plaisirs simples ? » fit Tinkler en lui lançant un clin d'œil lubrique. Morgana fit mine de s'offenser et lui donna une petite tape réprobatrice.

Ivor eut l'air peiné.

« Il faut vraiment qu'on regarde les plans à la lumière de la législation sur la protection de l'environnement, Gregory, dit-il.

– Mais tu n'es pas une partie désintéressée dans cette affaire, Ivor, rétorqua l'autre.

– Pourquoi ça ? demanda Marge.

– Ivor a fait une offre pour la même propriété.

– Ça n'a pas vraiment de rapport avec la discussion, répondit Ivor en évitant le regard de Marge.

– On pourrait voir ça comme un conflit d'intérêts, argua Crane d'un ton poli.

– J'ai le droit de me prononcer, étant donné que les nouvelles constructions seraient contiguës à ma propriété, répliqua

Ivor avec irritation. Je suis farouchement opposé à la présence d'une communauté fermée sur le pas de ma porte !

– Ça va augmenter la valeur de notre propriété, chéri, remarqua Morgana.

– Elle a raison, intervint George Tinkler. Mieux vaut un domaine clos qu'un développement immobilier incontrôlé.

– Foutaises ! s'exclama Marge. Construire ces conneries de grandes communautés fermées partout dans la vallée va en détruire le caractère unique !

– Faisons une pause pour le thé, les amis ! » dit Hamish. Il évitait les conflits comme la peste et sentait qu'il y avait de la dispute dans l'air. « Oh, et juste un dernier petit point : comme vous le savez tous, je m'en vais quelques mois à Jeffreys Bay pour surfer. Est-ce que l'un de vous connaîtrait quelqu'un pour venir garder ma chatte chez moi ? La pension, ça la fait flipper. »

Hamish habitant une caravane dans un camping miteux, il était peu probable qu'il trouve un volontaire. « Je vais demander autour de moi », proposa Marge, en se disant qu'il fallait qu'elle s'assure de son opposition au projet avant son départ.

À la pause, Ivor la rejoignit tandis qu'elle sirotait du rooibos tiède dans un gobelet en polystyrène. « Bonjour, Marge. »

Sa silhouette massive et voûtée, l'intensité de sa présence firent écran au sifflement de la bouilloire électrique et à l'enjouement forcé des autres participants qui s'agitaient autour de la table.

« Salut », fit Marge, gênée d'être surprise avec une grande part de gâteau au chocolat en équilibre précaire sur son assiette en carton. « Je ne savais pas que tu projetais de racheter Bellevue, dit-elle avec légèreté.

– C'était mon intention, oui. Mais il y a eu des… complications. »

Ivor paraissait nerveux ; ce n'était pas l'homme calme et posé de d'habitude.

« Tu aurais dû m'en parler... J'ai été prise au dépourvu tout à l'heure avec Crane.

– Désolé, ça fait un moment que je voulais te le dire.

– Oui, enfin, à part ta visite éclair de dimanche, je ne t'ai pas beaucoup vu, ces derniers temps », rétorqua-t-elle sur un ton accusateur qui l'étonna.

Après les longues marches et les soirées intimes de cet hiver, elle s'était imaginé qu'elle avait des droits sur le cœur d'Ivor, et il apparaissait maintenant que c'était stupide.

Il avait l'air distrait. « Je sais. On devrait refaire une randonnée du côté de Silvermine un de ces jours. » Cette invitation peu enthousiaste et légèrement hésitante ne fit qu'ajouter à l'indignation de Marge. Faisait-il exprès de ne pas comprendre ou ne se rendait-il sincèrement pas compte de ses sentiments ? Mais après tout, malgré ce qui était arrivé cette nuit-là, il ne lui avait jamais laissé entendre qu'il cherchait plus qu'une compagne de marche. Il dut remarquer sa contrariété, car il s'empressa de donner le change : « Pardon, Marge. C'est juste que j'ai eu beaucoup de soucis. Cette histoire de Bellevue me préoccupe énormément. »

Crane, à côté de la bouilloire, ne ratait rien de la scène. Elle répondit d'une voix forte, se moquant bien qu'il l'entende :

« Ne t'en fais pas. Pour que ce projet voie le jour, il faudra me passer sur le corps. Ça, je peux te le dire. »

12

Persy bossa tard, ne quittant le commissariat qu'après avoir retranscrit l'entretien de Marge Labuschagne et fait son rapport sur le vol du vidéoclub. Elle savait d'expérience que la paperasse augmentait exponentiellement avec le temps passé à l'ignorer. Il fallait consigner scrupuleusement tous les délits mineurs, même si c'était d'un ennui mortel : les vols dans des voitures en stationnement, les vols de portable avec agression, les vols de robinet de jardin pour prélever le cuivre, le vandalisme dont les biens publics et privés étaient l'objet en permanence. Les enquêteurs devaient résoudre cinquante pour cent des affaires pour satisfaire les objectifs de performance qui étaient transmis au gouvernement. Et donc, tout le monde manipulait les statistiques, question politiquement épineuse sur laquelle tous les échelons de la hiérarchie se renvoyaient la balle, depuis les petits commissariats jusqu'au directeur national de la police. Cet exercice ne servait strictement à rien, si ce n'est à amadouer la population, qui voulait être assurée que les statistiques de la criminalité diminuaient. Ce que la population ne savait pas, c'est que la moitié des dossiers serait comptabilisée dans les stats du mois suivant. Certaines affaires, jamais résolues, étaient vouées aux limbes des archives : des vols de voiture jamais rendues à leur propriétaire, des personnes disparues jamais retrouvées.

Quant aux affaires soi-disant classées, on en laissait tomber une partie : des déclarations sous serment étaient retirées, une mère découvrait que c'était son fils adolescent qui avait pris la voiture, une jeune fille violée par son petit ami ivre retirait sa plainte sous la contrainte, un rapt d'enfant s'avérait être une fugue.

Ou alors un enquêteur se crevait à la tâche pour clore une affaire et la porter en justice, tout ça pour qu'elle soit rejetée par le tribunal ; ou bien un accord était passé avec l'accusation, et un malfrat de plus se retrouvait en liberté. C'était décourageant et exténuant. Les bons flics y perdaient la santé et recherchaient des cieux plus cléments, les mauvais devenaient aussi pourris que le système. Persy se demandait de quel côté elle serait dans cinq ans.

George Tinkler avait eu son message concernant l'attaque du vidéoclub en sortant de sa réunion et la rappela immédiatement. Il s'échauffa pas mal, se répandit en invectives contre l'inefficacité de la police, la criminalité et la corruption. Elle en avait sa claque d'être le souffre-douleur des gens ! Ils n'hésitaient pas à décharger leur peur et leur haine sur les flics à la moindre occasion. Le problème, c'est qu'ils n'avaient pas tout à fait tort. L'image du SAPS s'était tellement dégradée, sous une succession de chefs corrompus, qu'il était quasi impossible de trouver un citoyen qui ait quelque chose de positif à dire sur la police. Ça minait les flics, autant que la criminalité, ou l'inefficacité de leurs supérieurs.

« Ce n'est pas nous qui provoquons les crimes, monsieur, rétorqua-t-elle quand il eut fini sa diatribe. Nous essayons seulement de faire respecter la loi. »

Tinkler n'avait rien de nouveau à apporter, il se souvenait à peine des employés qu'il avait embauchés pour Noël, se rappelait juste qu'il les avait trouvés à côté de Masiphumelele.

Après lui avoir communiqué le numéro de sa plainte pour les questions d'assurance, elle déposa les rapports complétés sur le bureau de Titus pour qu'il les ait le lendemain matin. Il arrivait toujours au moins une demi-heure avant son équipe.

Avant de partir, elle appela Phumeza dans la salle de contrôle.

« Du neuf sur Sherwood ? »

Phumeza eut un rire rauque.

« Pourquoi tu ne demandes pas à Mhlabeni ?

– Allez, Phumi ! Qu'est-ce que tu sais ?

– L'autopsie est terminée. Ils ont restitué le corps. Une crémation privée est prévue demain. Un parent éloigné à lui doit venir de Port Elizabeth. C'est tout ce que je sais. »

Persy se fit raccompagner par Cheswin jusqu'à Voortrekker Road. Elle poireauta pendant que Donny faisait l'inventaire au magasin, tout en le regardant boire de grandes lampées de vodka-Coca à même la bouteille. Il était déjà huit heures quand ils rentrèrent à Dorchester Place, à Parklands. Elle se demandait quel petit plaisantin de promoteur avait bien pu donner à ces maisons le nom d'un hôtel londonien super chic. Enfin, on ne pouvait pas demander aux spéculateurs qui engloutissaient la moindre parcelle de nature vierge de trouver des noms appropriés pour toutes leurs monstruosités. Et peut-être que ça aurait été pire si elles avaient porté le nom de ce dont elles avaient pris la place : Domaine des Protées, Ruelle des Aloès… De toute façon, c'était une profanation pure et simple. Persy avait pitié des gamins d'aujourd'hui. Elle voyait disparaître la nature, un projet immobilier après l'autre. Elle savait qu'ils ne gambaderaient jamais dans le veld, qu'ils n'exploreraient jamais la nature. Tout ce magnifique pays couvert de murs, bétonné et lacéré par des clôtures électrifiées…

Elle, elle avait passé son enfance dans la montagne au-dessus de Slangkop, à pêcher dans les marais, ou sur le bateau avec Poppa, à respirer le parfum de l'océan.

Les constructions en carton-pâte de Dorchester Place étaient d'une uniformité si totale qu'on aurait pu les croire sorties d'une machine à découper. Vue panoramique sur les murs en parpaings du nouveau complexe d'en face. Le rêve de Ferial, c'était d'aller habiter de l'autre côté de ces murs, là où les yuppies métis mieux lotis se frayaient péniblement un chemin vers la respectabilité en s'endettant à vie pour acheter leur baraque et leurs meubles à crédit chez Mr Price Home. C'était pas près d'arriver si elle restait avec Donny.

Le cousin de Persy n'avait pas ouvert la bouche de tout le trajet. Il s'assombrissait à mesure que les effets de l'alcool se dissipaient pour faire place à un vide existentiel. Humeur noire qui ne présageait rien de bon pour la soirée. Il déposa Persy chez lui avec un message pour sa femme : il avait une affaire à régler, et si ça ne lui plaisait pas, elle pouvait balancer son dîner à la poubelle.

Persy croisa Sayeed, l'étudiant qui partageait l'appartement avec eux. Il la salua avec réserve, emportant avec lui le léger relent de mouton halal de son repas réchauffé au micro-ondes. Sayeed dormait dans le salon, derrière un paravent. Il était pieux, ne buvait pas et allait régulièrement à la mosquée. Choqué par le penchant de Donny pour la boisson et la pornographie, il passait le plus de temps possible dehors, à étudier l'informatique au Technikon et à prendre des cours d'arts martiaux. Il allait bientôt emménager dans le petit studio que sa sœur lui faisait construire dans sa cour, à Athlone ; ce n'était plus qu'une question de temps.

Ferial était aux fourneaux. Donny attendait des femmes qu'elles fassent la cuisine et le ménage. Autre raison pour laquelle Persy voulait se tirer : elle en avait sa claque d'être traitée comme une bonniche, de devoir passer après lui et ses potes pour nettoyer.

Ferial n'était pas méchante, mais elle faisait très bien comprendre à Persy qu'elle les gênait, qu'on la tolérait seulement parce qu'elle faisait partie de la famille de Donny.

Le problème, c'est que Persy était coincée. Avec son salaire minable, impossible de se rapprocher de Fish Hoek, ni même de se trouver un logement à peu près correct dans la banlieue sud. Elle avait déjà de la chance d'avoir une chambre correcte dans un quartier correct – même s'il fallait pour ça qu'elle supporte son cousin.

Elle se dirigea vers la salle de bains, se récura les mains une première fois, puis une seconde, pour se débarrasser de toute la crasse du trajet. Ensuite, elle alla se réfugier dans sa chambre monacale. À peine la place d'ouvrir les placards en formica, mais au moins elle pouvait s'y isoler et le lit était confortable. Plus tard, quand Donny serait rentré, que lui et Ferial auraient fini de manger et qu'ils auraient mis la télé à fond, elle irait dans la kitchenette se préparer un sandwich grillé et un mug de thé. Regarderait un peu la télé pour se montrer sociable. Puis, quand la mascarade serait finie, elle aurait peut-être une chance d'avoir la salle de bains, voire de prendre un bain si Ferial ne traînait pas trop avec ses pommades et ses lotions, et si Sayeed n'avait pas vidé le ballon d'eau chaude avec ses nombreuses douches. Pour Persy, la salle de bains était aussi l'endroit le plus sûr où planquer son arme, au fond du placard bourré de tampons et de crèmes dépilatoires de Ferial. Derrière des carreaux descellés, là où Donny, un vrai danger public, ne la chercherait pas.

Puis elle irait se coucher. C'était le moment de la journée qu'elle redoutait, quand elle se retrouvait seule avec sa peur.

Elle arrivait à la tenir en respect grâce aux somnifères qui lui vidaient complètement la tête. La plupart du temps. Ce soir, elle savait qu'elle allait ressasser le fait que l'affaire Sherwood avait été confiée à Mhlabeni. Ça la contrariait que Titus n'ait pas voulu parier sur elle. Et elle n'arrêterait pas non plus de penser à Marge Labuschagne et au jeu qu'elle jouait avec elle. De façon générale, elle ne faisait pas confiance aux femmes. La faute à sa propre mère, une ivrogne qui avait disparu du jour au lendemain. Elle n'aimait pas penser à elle, et ça lui arrivait rarement.

Il y avait quelque chose qui la déstabilisait et l'angoissait chez Marge Labuschagne. Elle aurait aimé pouvoir l'accuser d'obstruction à la justice, ou autre, histoire d'effacer ce sourire supérieur de sa figure ! Mais une part de Persy accueillait la colère avec joie : peut-être que ce soir, elle l'emporterait sur la peur. Tiendrait les cauchemars à distance.

Will rentra à Keurboom Road en titubant vers deux heures du matin en compagnie de Fleur Brident, une jolie étudiante de dernière année à la fac des Beaux-Arts du Cap. Ils avaient passé le plus clair de la soirée à se bourrer d'ecstasy en faisant vigoureusement l'amour dans la Toyota Auris flambant neuve de la jeune fille, cadeau d'anniversaire de son papa.

Arrivés dans la chambre de Will, elle se laissa déshabiller en gloussant jusqu'à ce qu'il ne lui reste plus que son soutien-gorge et son slip de designer. Elle avait un bronzage intégral.

« C'est fait à l'airbrush », confessa-t-elle quand il s'étonna de l'uniformité stupéfiante de la teinte. Il s'amusa avec délectation à rechercher une tache plus claire qu'on aurait laissé passer.

Ensuite, il mit le dernier album des Kalahari Surfers. Doucement, pour ne pas réveiller sa mère qui avait le sommeil léger.

Corrugated iron won't protect you from the storm
Won't protect you from extended families[1].

Fleur roula un joint et examina le montage de photos qu'il avait agrandies et accrochées au-dessus de son bureau.

« C'est où, ça ?

– À Noordhoek, il y a vingt ans.

– Il n'y a rien.

– Justement. »

Le regard de Fleur s'arrêta sur une photo de famille décolorée. Un mariage de Malais du Cap dans les années 1940, les hommes coiffés de fez blancs, les femmes de coiffes de dentelle compliquées couvertes de fleurs.

« C'est qui, ces gens ?

– La famille Manuel.

– Pas des parents à toi, j'espère », gloussa-t-elle.

Will éprouva un élan pénible de ce qu'il mit un moment à reconnaître comme de l'antipathie. Il était fasciné par cette photo, dont l'original se trouvait au centre socioculturel d'Ocean View.

« C'était une famille plutôt importante dans cette partie du Cap, à l'époque. Des descendants d'esclaves indonésiens. » Il fut atterré de s'entendre parler sur ce ton pontifiant et politiquement correct : « Ils ont vécu deux cents ans à Simon's Town. Des tas de métis ont participé à la construction de bateaux et défendu le port pendant la guerre. Pour les payer

1. « La tôle ondulée ne te protègera pas de la tempête / Elle ne te protègera pas des familles élargies. »

de leur peine, on les a expulsés pour les installer à Ocean View, en vertu du Group Areas Act[1]. »

Fleur se pencha et lui serra le bras. « Oh, s'il te plaît, mon beau, ne recommence pas avec l'apartheid… c'est trop chiant. Je ne vais pas commencer à culpabiliser pour des merdes qui sont arrivées quand je n'étais même pas née. »

Il prit brusquement conscience de son indolence de blonde stupide et de l'accent british bidon qu'elle avait pris dans son école privée pour filles. Une bimbo pourrie gâtée, comme tant d'autres nanas du Cap de son milieu. Lui arriverait-il de faire une seule honnête journée de travail dans sa vie ? Sans qu'il sache pourquoi, l'image des yeux en amande et du petit menton volontaire de Persy Jonas lui vint à l'esprit.

Fleur coupa court à sa rêverie. « Désoléééée ! Je sais bien que t'es étudiant en histoire et tout.

– C'est rien. »

Et c'était vrai, parce qu'elle était belle à croquer dans son soutif transparent et son slip brésilien bordé de dentelle. Il nicha sa tête contre son cou, mais l'attention de Fleur avait été attirée par l'agrandissement d'une photo de Bellevue prise en 1910.

« Ouah ! Intéressante, la maison. J'adore ces palmiers.

– Moui, répondit-il en promenant les doigts le long de son dos. C'est Bellevue. Première maison de vacances construite à Noordhoek. Avant l'ouverture de la mine de kaolin.

– C'est un nom français, "belle vue" », expliqua-t-elle. Elle avait passé une année sabbatique à Paris avant la fac. Évidemment. « Qui est-ce qui habite là, maintenant ?

1. L'une des premières lois d'apartheid (1950), qui institue des zones de résidence et d'activité distinctes selon l'appartenance « raciale ».

– Personne. La maison tombe en ruine. Elle appartient à Eva Szabó, une vieille fille timbrée. Je crois qu'elle vit en Hongrie.

– Exotique. » Fleur tendit le joint. « T'as du feu ? »

Will lui donna son briquet puis s'affala sur son lit. C'était étonnamment agréable d'être rentré chez lui. La maison lui avait manqué, la montagne, la plage. Même sa mère. Peut-être qu'il allait rester un petit peu. « Va fumer à la fenêtre, dit-il. Ma mère est super coincée, rapport au shit. »

13

Un vent chaud s'engouffrait par les vitres baissées du Nissan et soulevait la poussière et les détritus jonchant Kommetjie Road, une route emblématique des contradictions de l'apartheid, avec son township et sa banlieue résidentielle qui se faisaient face de part et d'autre. Persy et Mhlabeni se dirigeaient vers le phare de Slangkop, envoyés par Phumeza, qui avait annoncé à Persy à son arrivée : « La voiture de Sherwood a été retrouvée sur le parking du phare de Slangkop, mais Cheswin a été appelé sur les lieux d'un nouveau cambriolage avec effraction à Capri : le capitaine veut que t'ailles jeter un œil avec Mhlabeni. »

Tout à l'heure, quand Persy avait repris avec lui le témoignage de Marge, il s'était déjà montré désagréable. Être obligé de l'emmener avec lui à Slangkop n'avait pas arrangé son humeur.

Ils passèrent devant le township en pleine croissance de Masiphumelele, créé dix ans plus tôt pour loger les squatters de la vallée qu'on avait expulsés pour laisser la place aux nouveaux quartiers des classes moyennes.

Persy essaya d'adoucir la colère de son collègue, qui était penché sur le volant avec la même mine renfrognée que d'habitude. « Comment ça va au township, ces temps-ci ? »

Ça faisait cinq ans que Mhlabeni avait quitté Langa pour vivre à Masiphumelele, et il appréciait visiblement le rythme tranquille de la vie au township, avec son atmosphère de village, assez petit pour qu'il puisse jouer les seigneurs, tout en étant commodément situé à proximité des magasins et du travail.

« Ça va, répondit-il, à part les *kwerekwere**. »

Kwerekwere. Terme désobligeant pour désigner les étrangers : les Zimbabwéens, Somaliens, Zambiens et Malawiens qui arrivaient en flux continu dans la région ; des réfugiés traumatisés, pour certains, qui avaient fui des zones déchirées par la guerre. Le problème, c'était que les familles et les entreprises dirigées par les Blancs préféraient cette main d'œuvre-là à la main d'œuvre locale. Les étrangers coûtaient moins cher, et on trouvait qu'ils créaient moins de « problèmes ». Beaucoup faisaient preuve d'initiative, ils montaient des ateliers de mécanique ou de cordonnerie dans leur cour, ouvraient des petits magasins, des *spazas** ou des échoppes de téléphones portables. Cet esprit d'entreprise, combiné à l'idée qu'ils leur volaient leur travail, excitait la jalousie et le ressentiment des autochtones. L'attitude de Mhlabeni reflétait plutôt bien les préjugés dont les *kwerekwere* étaient victimes. Il y avait deux ou trois ans, Masiphumelele avait été emporté par la vague de violences xénophobes qui avait balayé le pays. Des commerces avaient été pillés et brûlés, des étrangers sauvagement battus, assassinés, même. On les avait mis en sécurité dans un campement temporaire près du phare de Slangkop, où ils avaient vécu pendant des mois dans des conditions inhumaines. Certains avaient été réintégrés dans le township, mais ils étaient nombreux à ne pas y être retournés. Malgré les tentatives de réconciliation, la peur et la méfiance étaient toujours palpables. La situation restait explosive. Persy se replia sur un terrain neutre. « Et ta femme, ça va ? »

L'épouse de Mhlabeni, Barbara, était un peu sorcière sur les bords. Au propre comme au figuré. La plupart des gens du coin évitaient de la contrarier : on racontait qu'elle avait envoyé plusieurs de ses ennemis à l'hôpital pour des maux inconnus.

« Elle me pompe l'air, mais qu'est-ce que je peux faire, hein ? Elle gagne plus que moi. »

Barbara Mhlabeni dirigeait un grand *shebeen**, près du terminal de bus, pour lequel elle avait mystérieusement obtenu une licence, ce qui conférait à l'établissement le statut respectable de « taverne ». Il y avait dans cette histoire quelque chose de louche, du point de vue juridique, que Persy n'avait pas particulièrement envie de creuser. Toujours est-il que Mhlabeni habitait une grande maison neuve, en bordure de Masiphumelele, que lui et sa femme possédaient chacun un modèle récent de voiture de luxe et que Barbara exhibait des sacs à main et des chaussures de designer importés.

Ils arrivèrent à Imhoff Farm, au carrefour d'Ocean View. Imhoff Farm était tout ce qui restait des terres qui avaient été allouées à la construction du township. La ferme au toit de chaume abritait aujourd'hui un assortiment hétéroclite de restaurants et de boutiques proposant des tours en dromadaire, des bibelots pour touristes, ainsi que des rangées de figurines africaines kitsch en stéatite. De l'autre côté du croisement, des eucalyptus en lambeaux signalaient le croisement avec Milky Way, la grande artère qui traversait Ocean View, de part et d'autre de laquelle les maisons en parpaings et les cabanes construites à la hâte grimpaient les pentes des basses collines rocailleuses.

Mhlabeni inclina la tête. « Ton pays natal, hein ? Le paradis des gangsters.

– En fait, je suis née à Noordhoek. Mon grand-père habitait là-bas, jusqu'à ce qu'on nous expulse. »

Avec le Group Areas Act, l'apartheid avait trouvé un procédé ingénieux pour faire en sorte que les coins les plus attractifs restent blancs comme neige, en reléguant les Noirs, les métis et les Indiens dans les zones jonchées de sable ou les marécages, les terres poussiéreuses et battues par les vents. Dans des cités-dortoirs peuplées de travailleurs qui se rendaient le jour dans les zones blanches puis rentraient dans leurs trous à rats le soir. Les choses n'avaient pas beaucoup changé, même si la loi avait été abolie plus de vingt ans auparavant.

Persy, sa mère et Poppa avaient été largués à Ocean View, parmi la population métisse qui habitait autrefois Simon's Town, Glencairn et Noordhoek. Poppa avait été forcé de renoncer à son bail à long terme sur la petite ferme où il cultivait des légumes qu'il allait ensuite vendre à Simon's Town.

« À t'écouter, on croirait pas que tu viens du township », commenta Mhlabeni. Il se racla la gorge et cracha par la portière. Il avait raison. Grâce à l'éducation qu'elle avait reçue au couvent, elle parlait comme un « modèle C », une gamine noire qui serait allée dans une institution socialement mixte d'une banlieue huppée. De l'endroit où ils se trouvaient, on pouvait apercevoir St Norbert en haut de Rubbi Road, sur la colline, et Persy remercia intérieurement son grand-père. Fervent catholique, il avait usé de son influence à St Norbert pour la faire admettre à l'école religieuse Star of the Sea, dans la banlieue blanche de St James. Elle avait été soulagée de pouvoir se plonger dans ses études, ne rentrant que tard le soir à Ocean View. Soulagée de fréquenter un établissement convenable. Après son bac, quand elle avait décidé d'entrer dans la police, Poppa avait eu du mal à cacher sa déception.

« Intelligente comme tu es, tu pourrais être médecin. Ou avocate. » Mais comme toujours, il l'avait soutenue. Il avait été si fier quand elle était devenue inspecteur.

Ils roulèrent quelques kilomètres après Ocean View, dans l'ombre clairsemée de pins rabougris et d'eucalyptus aux troncs pelés, puis entrèrent dans le village de Kommetjie, construit le long d'un bout de côte qui s'enroulait autour d'un promontoire rocheux surplombant des paysages majestueux : Chapman's Peak et, au-delà, le Sentinel, un imposant pic de granit montant la garde à l'entrée de Hout Bay. À l'extrémité du village se dressait le phare de Slangkop.

Mhlabeni s'arrêta sur le parking parfaitement goudronné, devant la structure d'acier peinte en blanc. Autour du phare s'élevaient plusieurs bâtiments clôturés appartenant sans doute à la mairie. La vieille Honda Ballade rouge décoloré de Sherwood se trouvait au nord du parking, seule et délaissée, près de la promenade en bois. Le pare-choc de travers et le coffre légèrement cabossé lui donnaient encore plus un air de vieille bagnole déglinguée.

Le gardien du phare, un homme râblé en uniforme kaki, affligé d'un strabisme déconcertant, ne fut pas particulièrement utile. « Je l'ai remarquée quand j'ai pris mon service vendredi vers six heures du soir. J'ai pensé qu'elle appartenait à deux jeunes que j'ai vus surfer près de Misty Cliffs. Je me suis dit qu'il valait mieux que je la signale, vu qu'on est mardi et qu'elle n'a pas bougé. » *Cela fait cinq jours*, pensa Perry.

Les portières n'étaient pas verrouillées. Elle enfila des gants et passa au peigne fin chaque centimètre-carré ; Mhlabeni fit de même d'une façon plus décousue. Il y avait les restes d'un joint sur le plancher, quelques graines et de la poussière de *dagga* un peu partout. Une bouteille vide de whisky Black Label traînait sur la banquette arrière, ainsi qu'un bonnet tricoté en synthétique, noir et élimé, avec un drapeau de l'Afrique du Sud cousu dessus. Persy ouvrit le coffre. Il ne contenait rien d'autre qu'une serviette à la couleur passée, un tube de crème solaire vide et une paire de chaussons de surf usés enveloppés dans un numéro froissé du *Cape Argus* datant d'un mois.

La voiture possédait une radio et un vieux lecteur de cassettes. Dans la boîte à gants se trouvaient un assortiment de cassettes et une publicité pour le Boma Bar à Kommetjie, où on lisait : « Duncan le Rasta Intègre. Viens te la couler douce avec le légendaire sold'jah des grooves du coin ! » Persy la montra à son collègue.

« C'est un bar du village. »

Elle éjecta la cassette du lecteur. « Bob Marley et les Wailers. Exodus. Il avait excellent goût, ce type.

– De la musique pour fumeurs de *zol**, ouais », marmonna Mhlabeni.

Persy rassembla toutes leurs découvertes dans des sacs pour pièces à conviction qu'elle étiqueta soigneusement. Mhlabeni la suivit sur la promenade en bois, au départ d'un sentier qui permettait aux marcheurs de remonter tranquillement jusqu'à la Kom. Deux bateaux de pêche avaient été hissés sur le sable de la petite baie. Un peu à l'écart du chemin, un banc en bois offrait une vue ininterrompue jusqu'au Sentinel. Une brise légère apportait une forte odeur d'œufs pourris.

Mhlabeni se boucha le nez. « Putain, ça schlingue ! » La puanteur était due aux lits de varech qui pullulaient dans l'eau froide de l'Atlantique : les algues rejetées sur la plage par les tempêtes se décomposaient au soleil. Persy huma l'air avec plaisir. Sous la note de souffre prédominante du varech, on sentait le parfum d'herbes et de sel du fynbos. Un souvenir ressurgit brusquement, des matins où elle sortait en bateau avec Poppa, à l'heure où la lumière déposait juste une touche d'argent sur les flots lisses et luisants.

« Mon grand-père m'a dit que la Kom avait été le terrain de chasse de mes ancêtres, les Bushmen Strandlopers, pendant des siècles, déclara-t-elle tout en scrutant le sol à la recherche de la moindre trace de passage. Ils plaçaient de gros rochers à son embouchure pour piéger le poisson à marée basse. »

Mhlabeni fixa le large, l'air de s'ennuyer ferme. Il avait un problème avec les métis. Une fois, elle l'avait entendu plaisanter avec un autre flic noir en la traitant de « *township special* », comme on appelait ici les chiens d'ascendance incertaine qui faisaient les poubelles pour se nourrir.

Elle récupéra une autre bouteille de whisky vide et deux sachets de chips écrasés dans les buissons au bord du chemin. Sous le banc, elle repéra deux mégots de pétard et des cigarettes à moitié vidées qui avaient dû servir au mélange. Deux marques différentes. Elle plaça soigneusement le tout dans des sacs spéciaux.

« Il est venu ici se rincer la dalle et fumer un coup, commenta Mhlabeni.

– *Ja*, et on dirait qu'il avait de la compagnie. Vaudrait mieux faire remorquer la voiture jusqu'au commissariat et rechercher les empreintes. Ensuite, direction le Boma Bar. »

14

Après avoir passé la matinée à dispenser ses conseils spirituels à deux ou trois clients, Crane, penché sur un ordinateur dans un café internet, cherchait des ragots sur Marge Labuschagne à se mettre sous la dent. Jusqu'à présent son histoire avait l'air plutôt simple : des liens renvoyant à son cabinet de psychologue détaillaient ses diplômes et sa formation. Il perdait très certainement son temps. Mais il n'arrivait pas à effacer de sa mémoire le regard malveillant qu'elle lui avait lancé à la réunion du GEN, ni la menace qu'elle avait faite à haute voix en s'adressant à Ivor Reitz au moment de la pause. Elle cherchait la bagarre. Les femmes devenaient irrationnelles et butées après un certain âge. Une fois libérées des chaînes conjugales et maternelles, elles se mettaient en avant avec agressivité. Comme les hommes. Il fallait qu'il agisse. Il ne pouvait pas permettre à sa petite croisade de prendre de l'ampleur. Il était allé trop loin, il avait pris trop de risques pour accepter que la récompense lui passe sous le nez maintenant. Et il savait où habitait Labuschagne.

Il s'était rendu chez Asha de Groot pour leur réunion hebdomadaire du lundi matin. Il avait horreur de ces petits déjeuners d'affaires : la nourriture insipide de June de Groot, Asha qui dormait à moitié, les chiards qui vous restaient dans les pattes à la cuisine, la gamine qui pleurnichait pour ne pas aller à l'école, le petit frère barbouillé de céréales évoquant à du vomi ! Crane avait une aversion particulière pour Orlanda : la petite le fixait craintivement de ses yeux noirs, brillants comme des olives, comme s'il était une sorte de monstre. Heureusement, ce matin, la réunion s'était déroulée dans le bureau d'Asha, pour changer. Sa tanière ressemblait à une chambre d'adolescent, avec son immense télé à écran plat dominant un mur de la pièce. Les étagères pleines de jeux vidéo donnaient une bonne indication de ce à quoi il occupait la majeure partie de ses journées. Espèce de connard stupide et gâté ! Il s'étranglait avec sa cuillère en argent. Enfin, ça ne rimait à rien de s'en offusquer, puisque c'était la cuillère qui donnait à manger à Crane. Le ton de la réunion avait été très positif. Pas étonnant. Après tout, jusqu'ici, tout semblait jouer en leur faveur. Plus rien ne les arrêtait puisqu'ils n'avaient plus à gérer des crétins intransigeants comme Andrew Sherwood.

Toujours est-il qu'après avoir tranquillement descendu Oak Road au volant de sa Mercedes, savourant la climatisation qui conservait la fraîcheur des somptueux fauteuils en cuir, il avait pris par Keurboom Road pour contourner les travaux sur Beach Road. C'est alors qu'il avait vu la petite inspectrice et un jeune Noir sortir de la ruine envahie de mauvaises herbes qu'était la maison de Marge Labuschagne. Un jour où la salle de l'église baptiste n'était pas disponible, il avait assisté à une réunion du GEN dans son séjour. Encore aujourd'hui, il frissonnait au souvenir de tous ces chats sur les meubles et de la pagaille générale. Évidemment, vu son passé de collaboratrice avec la police, il était inévitable qu'elle fourre son nez dans cette enquête. En voyant son énorme berger allemand le lorgner à travers le portail, il s'était éloigné d'un coup d'accélérateur. Quelle affreuse bestiole ! Comme beaucoup de femmes seules, Labuschagne était anormalement attachée à son chien. Une info à retenir : ça pourrait toujours servir. L'antipathie qu'il éprouvait pour elle l'étonnait parfois. Mais elle s'expliquait par le mépris que la psychologue affichait à son égard, son *manque de respect.* Une fois, dans une petite fête de voisinage, il l'avait entendue répondre à quelqu'un qui venait de mentionner son nom : *« Un foutu charlatan, oui ! »*

Il fut ramené au moment présent par les bavardages des clients du café : un assortiment de Nigériens, de Somaliens et de Malawiens, auxquels s'ajoutaient quelques retraités blancs. Des gens qui n'avaient pas les moyens de s'acheter un ordinateur, et ça le vexait d'être mélangé à eux. Mais il avait besoin des imprimantes et des scanners du café.

Il réservait son ordinateur portable à un usage strictement personnel. Il avait déjà plusieurs fois demandé à Asha de lui fournir un ordinateur pour le travail, en pure perte ; le salaud était radin comme pas deux. De Groot savourait le pouvoir qu'il avait de lui refuser certaines choses. D'un côté, il prêtait à Crane la maison de Misty Cliffs, il lui louait la Mercedes, de l'autre il ne lui donnait pas d'ordinateur ni de salaire régulier. Crane éprouva une bouffée de rage. Ces pensées le renvoyaient à des souvenirs insupportables de Lance, son « frère adoptif », qui devait soi-disant s'occuper de lui. Et qui, lui aussi, prenait plaisir à refuser certaines choses à son jeune « protégé ». La nourriture, par exemple. Des vêtements propres. Ou encore de l'affection. Même s'il avait des substituts pour ça. Oh oui, Lance s'était bien occupé de lui ! Mais pas comme les services sociaux l'imaginaient. C'étaient ces souvenirs qui lui donnaient l'énergie d'aider ceux qui avaient connu, comme lui, la souffrance et l'humiliation.

Crane était sur le point de se déconnecter pour laisser l'ordinateur à une grosse femme (elle manifestait son impatience depuis un moment en poussant des soupirs et en se balançant lourdement d'un pied sur l'autre), lorsqu'il se souvint que Labuschagne s'appelait Piper avant de se faire larguer par son mari. Il tapa le nom sur le clavier. Apparurent des pages contenant toujours le même genre d'infos, des liens vers des sites sur la criminologie sud-africaine, des cours qu'elle avait donnés, des articles qu'elle avait signés, son travail pour la Commission Vérité et Réconciliation. Le seul nouveau lien renvoyait à des archives d'articles de journaux en rapport avec elle. Il cliqua dessus et fit défiler les textes. Il ne lui fallut que quelques minutes pour décrocher le gros lot. Un article du *Cape Times* daté du 28 septembre, vingt ans plus tôt.

LE SUICIDÉ AVAIT ÉTÉ « PRIS POUR CIBLE »
PAR UNE ÉMINENTE PROFILEUSE

Le docteur Marguerite Piper pourrait avoir à se défendre devant les tribunaux, si la mère du jeune suicidé Theo Kruger, qui a accusé la célèbre psychologue criminelle d'avoir causé la mort de son fils, porte plainte pour homicide volontaire…

Il poursuivit sa lecture. Il avait du mal à croire à sa chance. Cela prouvait, une fois plus, que l'univers tout entier concourait à lui fournir l'aide dont il avait besoin. Et en effet, toutes les étoiles étaient alignées ; une comète visible une fois tous les mille ans arrivait, signe que l'avenir était écrit. Il avait commencé sa vie avec un sérieux handicap, mais enfin, oui, enfin, on allait assister au triomphe de la persévérance et de la résilience !

Il imprima l'article et se déconnecta. Il n'avait pas perdu son temps. Maintenant il allait rentrer chez lui, se préparer du thé chai et réfléchir à la meilleure façon d'exploiter sa découverte.

15

Il y a quelques années, Kommetjie se réduisait à une poignée éparse de maisonnettes en brique des années 1950, un petit village de vacanciers et de retraités, mais depuis peu, les spéculateurs étaient entrés en scène en construisant des villas modernes à étage près de la plage. Si les plus jolies rendaient hommage à l'architecture traditionnelle du Cap ou au style des maisons de Cape Cod, les constructions affreuses et prétentieuses proliféraient, comme partout ailleurs sur le littoral. Le village possédait désormais plusieurs restaurants, et le centre commercial Long Beach était rapidement accessible en voiture. Des travailleurs blancs qualifiés emménageaient à Kommetjie, emballés par la possibilité de vivre leur passion du surf et de la plage, et rassurés de savoir que leurs gamins pouvaient se déplacer à pied ou en vélo sans trop de danger. L'essor du village avait provoqué un afflux de travailleurs noirs et métis venus offrir leurs services, mais le chômage restait élevé et alimentait la hausse de la criminalité. Malgré tous ces changements, Kommetjie conservait une atmosphère villageoise, avec sa rue principale bordée de magasins, sa pizzeria, son café du coin, sa pharmacie et son inéluctable agence immobilière.

Le Boma Bar se trouvait juste en face des magasins, à côté d'un hôtel de style années 1940 reconverti en clinique de désintoxication, le Centre Phoenix. Persy se demanda comment les patients vivaient le fait que des gens fassent la noce sur le pas de leur porte pendant qu'eux s'efforçaient de combattre le démon de l'alcool et de la drogue. Les dealers d'Ocean View étaient impudemment perchés sur les murets entourant le bâtiment, certains que tôt ou tard, un des pensionnaires allait craquer.

Le Boma Bar, doublé d'un restaurant de fruits de mer, n'était pas sans charme. C'était une structure ouverte au toit de chaume, entourée de bougainvilliers et de larges *milkwoods* qui lui donnaient un air exotique, caribéen.

« Joli », dit Persy.

Un peu trop tôt pour le déjeuner : il n'y avait pas grand-monde. Elle envoya chercher le propriétaire pendant qu'elle et Mhlabeni s'installaient à une table autour de deux Coca. Elle aurait aimé partager quelques frites *slaps**, mais elle n'avait pas envie d'être de bonne compagnie avec Mhlabeni. Le propriétaire les rejoignit, nouant sa chevelure clairsemée avec un élastique, révélant ainsi un visage bienveillant et parsemé de taches de rousseur, aux lèvres molles, et veiné de couperose. Un vieux poivrot, apparemment. Un tricot de corps sale rentré dans son short kaki effiloché retenait sa panse proéminente. « Salut ! Charl Human. Vous vouliez me voir ? »

Persy fit les présentations.

« Nous enquêtons sur la mort d'Andrew Sherwood », annonça Mhlabeni.

La figure de Charl se tordit en une grimace consternée.

« J'ai appris la nouvelle. C'est terrible, vraiment terrible…

– Quand l'avez-vous vu pour la dernière fois ? demanda Persy.

– Je pourrais pas vous dire, j'ai la mémoire comme une passoire. Mais je ne crois pas qu'il soit passé ce week-end. C'est inhabituel, vu qu'Andy aimait boire quelques pintes en déjeunant et, en général, il mangeait ici. Il appréciait l'atmosphère relax de la maison. Et la musique, bien sûr. »

Un peu plus loin, un guitariste rastafari solitaire installait un micro.

« Tiens, Duncan a peut-être vu Andy, lui. Hé, Duncan ! »

L'autre leva les yeux. Ses dreadlocks étaient retenues par un long bonnet en tricot évoquant une chaussette, et il portait un tee-shirt tie-dye au-dessus d'un pantalon orné d'un imprimé artisanal. Il avança tranquillement vers eux, pieds nus, l'air affable. De près, on voyait qu'il était beaucoup plus vieux que ne le suggérait sa tenue, dans les cinquante-cinq ans, la peau tannée, très brune, usée par le soleil, la mer et le vent comme un fin morceau de bois rejeté par les vagues. Persy se souvint de l'avoir déjà vu du côté d'Ocean View. C'était l'un des rastas « pieux » qui vivaient pratiquement retirés du monde dans les montagnes au-dessus de Ghost Town. Elle fit mine de ne pas remarquer les effluves de *dagga* qui émanaient de ses vêtements et de tous les pores de sa peau. La plupart des rastas d'Ocean View étaient de bons citoyens – si on fermait les yeux sur leur consommation prodigieuse de chanvre pour des « motifs religieux », ils comptaient en général parmi les habitants les plus pacifiques et respectueux de la loi. Mais récemment, des « rastas malfaisants », comme on les appelait, étaient entrés en scène : ils vendaient du *tik* et de la *dagga*, mais aussi de l'héroïne bon marché, ce qui créait des tensions et des guerres de territoire avec les dealers établis. Human présenta Persy et Mhlabeni à Duncan.

Il montrait une certaine insouciance, n'avait pas l'air trop inquiet à l'idée de bavarder avec des flics. Aucune préoccupation, aucune angoisse ne troublait son expression de béatitude, en tout cas. Il était sans doute trop défoncé pour se faire de la bile.

« Ils veulent savoir quand tu as vu Andy pour la dernière fois », expliqua Human.

Duncan ouvrit grands les yeux. « Andy ! Affreux, affreux, ce qui est arrivé. » Il secoua la tête plusieurs fois, avant d'arborer la mimique grotesque de celui qui fouille dans ses souvenirs, yeux plissés et lèvres retroussées sur ses dents maculées de brun. « Je l'ai vu vendredi midi. Il a pris le plat du jour : *snoek**, beignets de calamar et frites. *Lekker**.

– À quelle heure c'était ? demanda Mhlabeni.

– Entre une heure et... je crois qu'il est parti vers trois heures et demie, quatre heures, environ.

– Il a dit où il allait ? demanda Persy.

– Non, répondit Duncan en secouant la tête d'un air douloureux. J'aimerais savoir. J'aimerais que justice soit faite à Andy.

– Y a quelqu'un d'autre à qui on pourrait parler ? l'interrompit Mhlabeni. Des amis, de la famille ?

– Je vois personne, non », répondit l'autre. Une vague prise de conscience du caractère tragique des événements commençait à se frayer un chemin dans son esprit à travers les brumes de *dagga*. « Pfff ! C'est horrible, ce meurtre. C'est les vendeurs de *tik*, mecs. Ils apportent le crime et la violence dans le township. »

Persy ne put s'empêcher de demander : « À propos de criminels, vous avez vu Dollery récemment ? »

Le visage de Duncan se durcit. « Je ne parle pas de Dollery. Je ne veux pas de problèmes avec les dealers et les toqués du *tik*. » Là-dessus, il s'éclipsa pour régler la balance de sa sono. Quelques minutes plus tard, les accords de *A Change is Gonna Come* percèrent à travers le larsen.

Au moment où ils allaient sortir, Human les arrêta.

« Juste une chose. Y a bien un truc qu'Andy m'a dit, c'est qu'il avait trouvé un super endroit pour observer la comète.

– La comète ? répéta Persy.

– *Ja*, vous savez, la comète McNaught ? Elle passe très près de la Terre en ce moment, à quatre-vingt-cinq kilomètres par seconde. Andy disait que Le Cap était l'un des rares coins de la planète d'où on pouvait la voir. Fallait la guetter, vu qu'elle allait rester visible seulement deux semaines environ. "Si tu vas pas l'observer ce coup-ci, il avait dit, Andy, faudra attendre quatre-vingt-cinq mille ans pour qu'elle revienne." C'était Andy tout craché, ça. »

Marge se regarda dans le miroir des cabines d'essayage du grand magasin AP Jones. L'éclairage cru dispensé par les néons au plafond ne faisait rien pour atténuer le choc. Le deux-pièces lilas et turquoise, si aguicheur sur le cintre, mettait en évidence toutes les protubérances de son corps. Son dos couvert de gros bourrelets, ses cuisses énormes et ses fesses en voie de désintégration se reflétaient dans la glace derrière elle. De face, le spectacle lui fit l'effet d'un coup de poing dans le ventre, et le tatouage anarchiste décoloré sur son épaule, vestige des années 1980, n'arrangeait rien. « Bon Dieu ! s'exclama-t-elle.

– Je veux vous aider, madame ? »

Marge soupçonna la vendeuse maigre comme un clou d'être tapie derrière le rideau, à ricaner. « Non, ça va ! » rétorqua-t-elle grossièrement, histoire de la dissuader de toute intrusion téméraire. Marge avait horreur de faire les magasins et ne se serait jamais exposée à cette humiliation si son vieux maillot de bain n'était pas en train de tomber en loques. Elle allait nager à Fish Hoek au moins trois fois par semaine. Avec un soupir, elle attrapa le maillot une-pièce qu'elle avait trouvé sur le présentoir « femmes rondes ». Il avait été un temps, pas si éloigné que ça, où elle aurait paru à son avantage dans le deux-pièces, mais maintenant, il fallait voir la réalité en face. Elle enfila le Speedo tristounet tout en se reprochant vertement sa consommation incontrôlée de scotch ; ça ou du sucre pur, c'était du pareil au même. Et voilà qu'elle s'imaginait capable de raviver l'intérêt d'Ivor Reitz ! « Tu rêves, ma chérie ! » marmonna-t-elle.

Elle acheta le maillot ainsi qu'un bonnet de bain orange criard, la seule couleur disponible en magasin. Pendant qu'elle faisait la queue, elle lut attentivement les petites annonces sur le panneau accroché derrière les caisses : landaus d'occasion, demandes d'emploi, offres d'heures de jardinage ou de ménage pitoyablement griffonnées sur des bouts de papier. Dans la section « À louer », elle repéra l'annonce suivante : « Caravane. Disponible de suite, deux couchages, super emplacement, sécurisé, avec sanitaires. » Suivaient un numéro de portable, le nom « Hamish » et un symbole de la paix. Alors comme ça, Hamish espérait toujours trouver quelqu'un pour garder son chat.

En ressortant dans la chaleur torride et la lumière blanche du début d'après-midi, elle remarqua avec consternation les vitrines « modernisées » du magasin. AP Jones se trouvait sur Fish Hoek Main Road depuis 1963, et la décoration n'avait guère changé pendant des décennies. Mais malheureusement, dans une tentative pour concurrencer les grandes chaînes de magasins, les propriétaires étaient en passe de détruire son image délicieusement ringarde en exposant méli-mélo dans le hall des produits incongrus, comme de l'artisanat africain et des vêtements de marque de surf. Ce faisant, ils s'aliénaient la clientèle qui leur était restée fidèle malgré les nombreux aléas de la mode. À savoir, le groupe des quinquas et des retraités traditionalistes : les vieux Blancs de Rhodésie, et les chrétiens conservateurs qui avaient réussi à bannir l'alcool de Fish Hoek pendant des décennies en résistant aux campagnes des forces progressistes pour l'ouverture d'un magasin de vins et spiritueux. Une telle concession à la grossièreté de la modernité, de la part d'une institution que Marge chérissait secrètement, ne fit que la démoraliser davantage. Elle abominait le « progrès » : le changement l'angoissait ; il représentait rarement une amélioration, de toute façon. On venait tout juste de s'habituer au nouvel état des choses, et voilà qu'elles changeaient à nouveau ! C'était comme avancer sur des sables mouvants : les maris disparaissaient à la crise de la quarantaine, puis les enfants grandissaient, ils quittaient le foyer, et la solitude poursuivait son avancée impitoyable.

Elle décida de couper court à la mélancolie en allant déjeuner au Bohemian Rhapsody, un ancien cinéma récemment reconverti en restaurant-cabaret, dirigé par l'un de ses clients, Julian Duval. Habituellement, elle évitait scrupuleusement ses clients en dehors des séances de thérapie, mais Julian se montrait toujours accueillant, elle aimait l'atmosphère conviviale du lieu, et puis les homosexuels qui formaient la majeure partie de la clientèle avaient moins tendance à la juger parce qu'elle était seule.

Au début, les habitants de Fish Hoek étaient venus dans le nouvel établissement par curiosité, mais ils n'avaient pas tardé à se lasser de payer des prix exorbitants pour une cuisine brouillonne et insipide. Ils avaient donc reflué vers leurs bons vieux repaires, comme le Pizza Romano, la pizzeria familiale de la rue principale, ou le Black Marlin, plus haut sur la côte, réputé pour ses fruits de mer. En l'espace de quelques mois, le restaurant avait fait naufrage. Heureusement, au moment où Julian s'apprêtait à mettre la clé sous la porte, Cupidon avait frappé : il était tombé amoureux de Mustafa, un riche Mauritanien tatoué, aux dents noircies, qui, sous ses airs de motard, était délicieusement cultivé et lisait Djuna Barnes et Rimbaud. C'était aussi un amant généreux, dont les poches bien remplies maintenaient le Rhapsody à flots.

Mais Marge trouva le restau fermé. Elle reprit donc sans se presser la direction du Pizza Romano, en se racontant qu'elle allait prendre une part de pizza accompagnée d'un verre de sangria, alors qu'elle savait très bien où ses pas la menaient et pourquoi elle traînait à Fish Hoek au lieu d'aller classer sa paperasse et accomplir ses nombreuses tâches ménagères.

L'entrée du modeste immeuble était prise en sandwich entre un magasin de fournitures pour la restauration et le Fish and Chip « Chez Tex ». Elle scruta le hall miteux, à peine visible à travers le verre graisseux de la porte à double battant. Elle pouvait encore sentir l'odeur de *snoek* frit qui les avait suivis, elle et Titus, quand ils avaient monté l'escalier jusqu'à l'appartement de Theo Kruger, par cette journée pluvieuse, il y avait vingt ans de ça.

Des pièces petites et misérables. La télé beuglait dans celle d'à côté où était assise une vieille femme aux jambes gonflées qui dégageait une odeur rance.

« Qu'est-ce que c'est ? Qu'est-ce qui se passe ?

– Rien, m'man... Je te dirai plus tard », et Kruger avait fermé la porte pour qu'elle ne puisse pas les entendre.

Il avait les cheveux blonds oxygénés et l'air de ne jamais sortir au soleil. Il n'arrêtait pas de passer et de repasser son pouce dans un petit trou à l'un des poignets de son pull. De temps à autre, il se frottait nerveusement la joue avec sa manche, comme un petit enfant avec son doudou. Comportement infantile et régressif provoqué par le stress, s'était dit Marge. Jusque-là, il avait parfaitement le profil. Asociabilité, difficultés à nouer des relations, troubles psycho-sexuels. Il reconnut qu'il avait discuté avec Clyde au Fish and Chip un certain nombre de fois, quand Gloria Cupido l'emmenait avec elle au travail, mais il ajouta qu'il ne l'avait pas vu récemment.

Marge suggéra que Titus le conduise au commissariat pour l'interroger.

Kruger commença à s'agiter. « Je vais venir avec vous. Mais ne dites rien à ma mère, s'il vous plaît. »

Au cours de l'interrogatoire, il reconnut qu'il travaillait sur une propriété non loin de chez les Cupido, à Noordhoek, mais ne put préciser où il se trouvait au moment où Clyde avait disparu de la petite ferme de son grand-père.

Titus ne l'épargna pas, et Kruger se montra de plus en plus troublé et craintif. C'est seulement plus tard qu'il comprit qu'on le suspectait d'avoir enlevé le garçon, et alors il devint très agité. « Je ne ferais jamais de mal à un enfant ! »

Marge lui fit remarquer qu'on le voyait souvent en compagnie d'enfants.

« Et alors, j'aime les enfants… Est-ce que c'est un crime ? »

À la fin de l'interrogatoire, elle dit à Titus : « Il a le profil, et il nous cache quelque chose. En plus, il n'a pas d'alibi pour l'heure où Clyde a disparu, ni pour les quelques heures qui ont suivi. »

À quoi Titus répondit qu'il n'avait aucun motif pour demander une garde à vue. Marge argua que, s'ils le laissaient repartir, ils ne retrouveraient pas Clyde Cupido vivant. Titus prit Kruger à part et le plaqua contre le mur, contenant sa rage. Tout juste. Se contrôlant. Un jeune policier métis devait faire attention quand il malmenait un Blanc.

Kruger se laissa faire avec une passivité, un stoïcisme étrange. C'est la pointe mesquine lancée par Marge au moment de son départ qui l'avait achevé.

« Est-ce que ta mère est au courant de tes vilains petits secrets, Theo ? Qu'est-ce qu'elle va dire quand on va lui raconter ? »

La figure de Kruger parut s'aplatir, se brouiller, perdre toutes ses couleurs. Après des heures dans la chaleur de la pièce, il exhalait une odeur âcre de peur et de sueur. « S'il vous plaît, je vous en supplie, laissez-la en dehors de ça. »

Ne pouvant rien retenir contre lui, ils finirent par le relâcher.

Marge rentra chez elle sous les bourrasques d'une pluie diluvienne, venue de False Bay, qui voilait les cyprès et les araucarias le long de Boyes Drive. Le téléphone sonnait quand elle franchit la porte de sa maison, soulagée d'être de retour, de voir Louis et les enfants en sécurité, installés en pyjama devant la télé, à l'abri de gens comme Theo Kruger.

Elle décrocha le combiné. À l'autre bout de la ligne, Titus avait une toute petite voix, comme s'il se trouvait très loin. Elle écouta tandis que la pluie battait contre les fenêtres. Theo Kruger s'était jeté sous le train de seize heures trente en direction de Simon's Town et s'était fait déchiqueter sous les yeux de toute une cargaison de passagers.

« Quand j'ai appris la nouvelle, j'étais en train de recueillir les déclarations sous serment de deux témoins qui se sont présentés après ton départ. »

La nausée et la lassitude perçaient dans la voix de Titus. Marge ne voulait pas entendre la suite, mais elle n'avait pas le choix.

« Ils ont dit qu'ils étaient avec Theo Kruger toute la journée de mercredi, dans un bar de Muizenberg, de midi à dix heures du soir. »

De là, ils étaient allés ensemble draguer dans les toilettes publiques du pavillon de la plage jusqu'après minuit.

À moins que les deux témoins ne mentent sous serment, celui qui avait enlevé Clyde Cupido ne pouvait pas être Theo Kruger.

À présent, deux décennies plus tard, Marge levait les yeux vers l'appartement du deuxième étage dont les larges fenêtres donnaient sur la rue. Et vit Gwen Kruger. Cheveux gris et dos voûté, des os fins perçant sa peau parcheminée. Qui la regardait les yeux fixes dans son visage ravagé. Un visage que Marge avait vu pour la dernière fois dans les ténèbres de l'appartement où régnait une atmosphère oppressante, sur fond de la lueur tremblotante répandue par la télévision, les yeux accusateurs rivés sur elle : *« Qu'est-ce que c'est ? Qu'est-ce qui se passe ? »* Et puis Theo Kruger avait fermé la porte, la faisant disparaître de leur vue, et avait dit : *« Je vais venir avec vous. Mais ne dites rien à ma mère, s'il vous plaît. »*

Alors que Marge fixait la fenêtre, un trou noir apparut sur la figure de la femme et elle laissa échapper un hurlement silencieux. Marge eut l'impression de se retrouver aspirée dans un abîme de chagrin inconsolable. Elle s'apprêtait à se détourner, horrifiée, quand elle s'aperçut que ce n'était pas Gwen Kruger, ni personne qui ait la moindre ressemblance avec elle. Non, c'était une jeune femme qui faisait passer sa longue masse de cheveux noirs devant son visage avant de la nouer sur sa tête. Ses jambes se mirent à trembler de soulagement. Bien sûr que ça ne pouvait pas être Gwen Kruger ! Elle aurait dans les quatre-vingt-dix ans maintenant, pour peu qu'elle soit encore en vie. Elle avait eu une illusion perceptive, comme ces dessins en noir et blanc où le cerveau croit alternativement reconnaître une affreuse vieille sorcière coiffée d'un capuchon et une jolie jeune fille avec un bonnet. Bouleversée par l'hallucination que son subconscient avait fait apparaître, malade de remords, elle se dépêcha de regagner sa voiture.

Sean se rappela qu'on était mardi, ce qui voulait dire que Schneider, le patron de sa mère, était à Durbanville, où il jouait les bonnes âmes en employant des gens « issus des milieux défavorisés » pour assembler du matos électronique de merde dont personne ne voulait. Ce qui voulait dire aussi que Charlene était seule chez l'Allemand, donc il avait accès à la maison et aux clés de la voiture. Et puis qu'il aille se faire foutre, Schneider, de toute façon ! Il avait peur de lui à en chier dans son froc, et il avait bien raison, le salaud, ce gros porc de Blanc qui n'en avait qu'après sa mère, pour commencer ! Sean se dit qu'il allait lui emprunter son 4×4 twin-cam Toyota. Rouler avec pendant deux ou trois heures. Des *hoekstaanders* postés à côté du Phoenix avaient vu Persy Jonas rôder en voiture avec Mhlabeni. Peut-être qu'il était temps de lui donner une leçon, à celle-là.

Sur le chemin du retour au commissariat, Persy aperçut le nom. *Afrikander Street.*

« C'est là qu'habitait Sherwood, dit-elle.

– *Ja* ? Et alors ?

– Alors, on devrait peut-être aller faire un tour ?

– *Nee, man*..., répondit Mhlabeni en donnant un coup d'accélérateur. Pour quoi faire ? Une équipe a déjà fouillé la maison, il n'y a rien.

– Sa voiture a peut-être été volée devant chez lui ou dans son garage. Ça vaut le coup de creuser, contra Persy tandis qu'ils sortaient de Kommetjie sur les chapeaux de roues.

– Ça fait dix putains de jours d'affilée que je suis sur le pont, minette, et je quitte mon service maintenant. »

Il se racla la gorge et cracha par la portière. Que ce soit pour s'éclaircir la voix ou manifester sa désapprobation, elle s'en fichait. C'était répugnant, dans un cas comme dans l'autre.

« Je ne suis pas ta minette, bordel ! Et ça ne t'intéresse pas de résoudre ta putain d'enquête ? »

Mhlabeni vira tout à coup à droite au niveau de la seule et unique station-service de Kommetjie, s'attirant un long coup de klaxon rageur et un chapelet d'injures de la part d'un *bakkie* chargé de matériel, qui dut faire une embardée pour l'éviter. Persy garda le silence ; mieux valait ne pas continuer à l'énerver. Il arrêta le pick-up devant la station et se hissa dehors, avant de claquer la portière en laissant les clés se balancer sur le contact. Puis il rentra brusquement la tête par la vitre baissée côté conducteur, ombre noire faisant obstacle à la lumière.

« Je récupère ma putain de bagnole chez le garagiste et ensuite je rentre chez moi. Et ne t'avise plus jamais de remettre mon boulot en question, espère de petite salope. Je retirais des cadavres de pneus en flammes[1] quand t'étais encore en couche-culotte. »

Persy attendit qu'il ait disparu dans l'atelier. Elle se sentit un instant toute penaude, mais un instant seulement. Peu importe ce que Mhlabeni avait été autrefois, aujourd'hui ce n'était plus qu'un fainéant et un salaud. Elle s'installa derrière le volant, démarra et s'en alla. Quand elle vit Afrikander Street, elle tourna à gauche et s'arrêta devant le numéro sept.

C'était une maisonnette en brique des années 1960, dotée d'un conduit de cheminée extérieur couvert d'ardoise et d'une

1. Le « supplice du pneu » est une technique de lynchage apparue dans les townships dans les dernières années de l'apartheid, consistant à mettre le feu à un pneu passé autour du corps de la victime.

charpente en A. Dans le jardin battu par les vents, un faux-poivrier tordu s'accrochait à la vie. Persy poussa le portail, qui pendait d'un air désolé sur ses gonds mangés par la rouille, et remonta une allée de briques, à moitié recouverte de sable de l'océan et de mauvaises herbes en train de crever ou de roussir dans la chaleur estivale.

Un attrape-rêves poussiéreux était suspendu au chambranle déformé de la porte d'entrée. Elle frappa deux ou trois coups, durs et secs. Une tenture indienne pendouillait à la fenêtre en guise de rideau. Elle scruta l'intérieur de la maison, protégeant ses yeux du soleil éblouissant de la fin d'après-midi. L'air de la mer avait rendu les vitres poisseuses. Elle put discerner les contours d'une bibliothèque, apparemment vide, et une table en pin bon marché. La mer, à deux ou trois rues de là, était réduite à un grondement sourd.

Un petit paillasson répugnant était placé devant la porte. Elle jeta un coup d'œil autour d'elle puis se pencha et chercha dessous à tâtons. Rien. Elle repéra un pot d'argile en forme d'oiseau contenant des fougères à moitié crevées. Plongea la main au milieu des tiges desséchées et des feuilles mortes jusqu'à ce qu'elle sente un bout de ficelle. Tira dessus d'un coup sec. Une clé pendait à son extrémité. Incroyable, le nombre de gens qui planquaient leur clé près de l'entrée !

Elle ouvrit et pénétra dans le séjour. Il y faisait sombre à cause des tissus recouvrant les fenêtres. Il n'y avait quasiment pas d'autre mobilier que celui qu'elle avait aperçu depuis l'extérieur, à part une lampe surmontée d'un abat-jour déchiré, renversée dans un coin.

La maison comprenait deux chambres, une cuisine et une salle de bains, ainsi qu'une pièce à vivre. L'une des chambres était meublée d'un petit lit double en pin couvert d'un matelas en mousse, sans aucun drap. Persy ouvrit l'armoire. Des cintres métalliques vides cliquetèrent dans l'obscurité.

Elle se rendit dans la cuisine-couloir et ouvrit le frigo. Deux packs de six bières Castle auxquels manquaient cinq canettes. Un morceau de fromage ratatiné et différents flacons de sauces pimentées entamés.

Elle claqua la porte du frigo. La cuisine ouvrait sur une petite arrière-cour. Par la fenêtre au-dessus de l'évier, Persy vit une corde à linge à laquelle pendaient un maillot de bain et un tissu africain dont le soleil avait effacé les couleurs. Une planche de surf éraflée, très usée, était posée contre l'arrière de ce qui semblait être un garage. Elle tourna le robinet et se lava les mains pour essayer de se débarrasser d'une partie de la crasse ambiante. Le rebord de la fenêtre était couvert d'une épaisse couche de poussière et parsemé de mouches mortes. Un torchon raidi par la saleté pendait à un clou. Elle ne voulut pas l'utiliser. Elle agita les mains pour les faire sécher. C'est à cet instant qu'elle remarqua la paillasse de l'évier. Aucune trace de poussière. Elle avait été essuyée, sans doute par l'équipe de Mhlabeni qui avait fouillé la maison. Son attention fut alors attirée par une porte verrouillée dans le cellier. Elle repéra un jeu de clés marquées par des étiquettes en plastique, accroché à côté de la porte de la cuisine. Elle le décrocha. L'une des étiquettes portait le mot « Garage ». Persy ouvrit la porte du cellier et pénétra dans un garage rempli de cartons pleins.

Elle jeta un coup d'œil. Les cartons portaient des inscriptions au marqueur noir : Livres ; Vêtements ; Vaisselle ; Divers.

« Il allait se faire la malle », dit Persy à voix haute.

L'ami de Marge Labuschagne, Ivor Reitz, était le propriétaire de Sherwood. Savait-il où il allait, et pourquoi ?

Elle ferma les portes à clé et quitta la maison.

Elle venait de rejoindre Kommetjie Main Road et roulait en direction du commissariat, vitre baissée, savourant la fraîcheur de l'air, quand elle entendit le rugissement à l'arrière, un bruit de moteur qui ronfle et s'emballe. Dans le rétroviseur, elle aperçut un luxueux 4×4 double-cabine blanc qui fonçait droit sur elle en faisant des appels de phares. Son cerveau enregistra rapidement : vitres teintées, pas de plaque d'immatriculation. Quelques secondes, et le 4×4 était contre son pare-chocs, lui collait au train. Elle mit le pied au plancher, s'élança, monta à cent quarante kilomètres-heure et au-delà. Son poursuivant se laissa distancer un instant, perdit du terrain, puis, dans un rugissement furieux du moteur, revint tout contre elle. Elle comprit tout de suite que malgré sa tenue civile et son *bakkie* banalisé, elle avait été identifiée et prise pour cible en tant que membre du SAPS. Les flics tombaient sans arrêt dans ce genre d'embuscade, même en plein jour, en général pour se faire voler leurs armes de service. Elle roulait à fond sur une section de route idéale pour une attaque : à sa droite défilaient des gommiers bleus et des clôtures constellées de détritus, tandis que, du côté gauche, elle approchait rapidement d'une voie de service en terre s'enfonçant dans Masiphumelele. C'est là qu'ils voulaient qu'elle aille, sur cette petite route, ils essayaient de l'envoyer dans cette direction en déboîtant et en la serrant sur la gauche, en la poussant sur le gravier pour l'obliger à prendre la piste. Le commissariat d'Ocean View était sur la droite, à deux ou trois kilomètres. Elle fonçait à cent soixante maintenant, le Nissan commençait à cahoter, la route ne lui plaisait pas. Si elle ne ralentissait pas, elle risquait de mordre le bord du bitume et de faire un tonneau.

Le 4×4 s'était mis à sa hauteur : une vitre s'ouvrit et le canon d'une arme surgit, braqué sur elle. Le crétin ! Organiser une putain de fusillade ici, au beau milieu de la route !

Le moteur de son assaillant grinçait à chaque changement de vitesse, un bruit assourdissant, il accélérait, ralentissait, encore et encore, le moteur s'emballait – il se laissa distancer, mais revint sur elle, la chargeant comme un animal. Elle allait péter les plombs avec ce grincement, cet *horrible grincement*, elle sentait qu'elle perdait son sang-froid, la panique montait, la submergeait. Il fallait qu'elle tienne. Si elle arrivait à dépasser la voie de service en tête, elle avait peut-être une chance. Le pare-buffles du 4×4 lui rentra dedans. Ses dents s'entrechoquèrent sous l'impact, une douleur fulgurante traversa sa mâchoire et elle fut projetée vers l'avant, son poignet s'écrasant contre le tableau de bord, sa tête s'arrêtant à quelques millimètres du pare-brise. La ceinture la ramena brutalement en arrière ; le volant lui échappa des mains, le Nissan dérapant dangereusement. La roue avant gauche toucha le bas-côté, la voiture fit une embardée. Non, elle n'allait pas mourir comme ça ! Elle agrippa le volant et donna plusieurs coups de freins, les mâchoires serrées. Elle reprit le contrôle du Nissan par la seule force de sa volonté, mais compensa trop et fut déportée de l'autre côté de la chaussée – encore un coup comme ça et ce serait la collision avec les voitures arrivant en face. Un car Golden Arrow arriva, un tas de rouille aux freins pourris qui sortait lentement d'une rue secondaire à quelques mètres seulement. Elle l'évita de quelques centimètres, vit le « O » d'horreur formé par la bouche du chauffeur tandis qu'elle le dépassait en trombe, entendit le klaxon retentir en un hurlement de protestation.

Le commissariat d'Ocean View apparut ; elle n'aurait jamais cru qu'elle serait un jour si contente de voir son atroce façade en brique et son drapeau déchiqueté par le vent !

Le 4×4 la doubla dans un rugissement de moteur, franchissant la double ligne blanche au milieu de la chaussée et évitant de justesse un minibus plein, avant de dépasser en trombe un fourgon de police qui sortait du parking, sans que ses occupants s'aperçoivent du drame en train de se jouer. Elle ralentit, l'adrénaline à bloc, et regarda son agresseur zigzaguer à toute blinde entre les voitures en direction du croisement avec Ou Kaapse Weg, d'où il aurait le choix entre trois directions.

Elle tourna dans la cour du commissariat et coupa le moteur. Là, elle appela Fish Hoek par radio, la voix anormalement aiguë bien qu'elle se sente étrangement calme. Le commissariat mit du temps à répondre – puis les retours des différentes patrouilles commencèrent à arriver dans un bruit de friture. Elles avaient perdu le 4×4. Persy se mit à trembler de tous ses membres. Le grincement entendu tout à l'heure lui remplit à nouveau la tête. La salive afflua dans sa bouche. Elle se demanda si elle n'allait pas vomir. La radio crépita. « Ça va, Jonas ? » La voix de Dizu, tendue par l'inquiétude. Elle n'arrivait pas à parler. Elle resta assise sans rien dire, le cœur battant la chamade, à écouter sa respiration saccadée, la gorge obstruée par la puanteur âcre de l'essence et du caoutchouc brûlé.

« T'es là ? »

Elle retrouva enfin sa voix. « Ouais, j'suis là.

– Qui c'était ? »

Concentrée sur ses jambes pour essayer de les garder immobiles.

« Les vitres étaient teintées. Pas de plaques d'immatriculation.

– Un chauffard fou furieux ? »

Furieux, son assaillant l'était, mais il n'était pas fou du tout. « Il a braqué une arme sur moi.

– Bon Dieu ! Attends une seconde. Titus veut te dire un mot. »

Titus avait l'air soucieux et lui demanda de prendre le reste de la journée, de se faire raccompagner par un des flics d'Ocean View. Elle n'avait pas envie de parler ni de répondre à tout un tas de questions, alors elle répondit qu'elle pouvait conduire, mais promit de rentrer chez elle. Elle embraya puis sortit lentement de la cour. Le problème, c'est qu'elle ne savait jamais comment s'occuper pendant son temps libre.

Ses pensées la ramenèrent à la maison d'Afrikander Street. Mhlabeni savait-il que Sherwood avait mis toutes ses affaires dans des cartons ? Le conducteur du 4×4 l'avait-il suivie depuis la maison ? Qui avait bien pu l'attaquer avec autant d'animosité ? Et dans quel but ? L'effrayer ou la tuer ?

16

Colette écrasa sa troisième cigarette. Sa voiture s'était remplie de fumée, mais le vent du sud-est soufflait trop fort pour qu'elle puisse baisser la vitre. Gregory Crane était en retard. Où était-il donc ? Ne savait-il pas combien elle avait besoin de lui en des moments pareils ? Même s'il avait montré de la compassion au téléphone, il avait dit qu'il n'avait pas vraiment le temps de prendre un café, mais qu'il pouvait la voir brièvement dans sa voiture à Fish Hoek, entre deux rendez-vous. Elle s'apprêtait à allumer sa quatrième cigarette lorsqu'il arriva au volant de sa Mercedes, cadeau de son nouvel associé, Asha de Groot. Elle sortit de sa voiture alors qu'il coupait le moteur. Il actionna l'ouverture des portières, et elle monta dans le siège passager. Un léger parfum d'after-shave de luxe emplissait la voiture, une odeur agréable de bois de santal. Une musique New Age apaisante sortait des haut-parleurs. Gregory Crane avait belle allure dans un merveilleux *dashiki** brodé. Il se tourna vers elle pour la regarder, se concentrant sur son visage. Il était toujours si merveilleusement attentif et gentil ! Elle se sentit tout de suite plus détendue.

« Oh, Greg ! Merci, merci d'être venu ! Je suis dans tous mes états ! »

Elle n'avait décidément aucune retenue, et elle eut honte. Il était si occupé, il avait un travail si important à accomplir, avec sa nouvelle affaire et, bien sûr, ses séances où il venait en aide aux autres.

« Tu te souviens de ce que je dis toujours ?

– Oui. » Elle sentit les larmes lui monter aux yeux. « Que tout ce qui arrive arrive pour le mieux.

– C'est ça.

– J'ai dû l'identifier à la morgue. » À ce souvenir, elle crut qu'elle allait s'évanouir. Elle eut un frisson. « C'était affreux. De le voir comme ça. »

Elle ferma les yeux. La main chaude de Gregory se referma doucement sur la sienne.

« Pauvre Colette. Quelle épreuve atroce. »

Elle ne voulait pas se mettre à pleurer comme un veau, mais la voix apaisante de Crane l'affecta profondément. Ce n'était pas un homme ordinaire. C'était quelqu'un de très spirituel. Qui évoluait à un niveau de conscience supérieur.

« Son cousin m'a téléphoné pour m'inviter à la cérémonie. Mais je n'ai pas le courage. Je suis trop anxieuse à propos de Jasper. »

Il serra sa main dans un geste de réconfort. « Je t'ai déjà dit de ne pas te laisser emporter par ton imagination.

– Tu jures que tu ne diras rien ? » s'écria-t-elle.

L'espace d'un instant, elle eut l'impression qu'elle se brisait en mille morceaux. Elle reprit tant bien que mal le contrôle d'elle-même. Il fallait qu'elle soit forte. Pour Jasper. Qu'elle se répète sans arrêt qu'elle était saine d'esprit, qu'elle finirait par surmonter cette épreuve, qu'elle ne se retrouverait pas enfermée une fois de plus dans l'une de ces horribles « maisons de santé ».

« Bien sûr que non, ma chère.

– La police t'a contacté ? » demanda-t-elle d'une voix inquiète qui lui fit honte.

Il ôta sa main de la sienne. « Non, pourquoi le ferait-elle ? À moins que tu lui donnes des raisons de le faire.

– Oh, non ! bien sûr que non, tu le sais ! »

À travers le pare-brise, il contempla les gens qui passaient avec leurs sacs de courses de chez Shoprite, Woolworths et AP Jones. Ses yeux passaient sans arrêt de l'un à l'autre.

Lorsqu'il parla, ce fut d'un ton glacial : « Oublie un peu ce que je pourrais raconter aux flics, moi, et va donc te mettre à la merci de Marge Labuschagne. Après tout, elle est au courant de toute cette affaire. Et elle est revenue dans les petits papiers de la police. »

Colette fondit en larmes, incapable de s'arrêter. « Greg… Ce n'est pas que je n'ai pas confiance en toi. Je suis désolée, je sais que je ne t'ai pas apprécié à ta juste… »

Il leva la main. « Ne sois pas ridicule.

– On pourrait… se donner une seconde chance… toi et moi. »

Ses paroles, réduites en milliers de petits éclats quand elle vit une lueur indéfinissable – déplaisir ou dégoût – passer sur le visage de Crane.

« Oh, je suis désolée ! Je ne voulais pas…

– Je comprends, répondit-il d'une voix plus douce. Tu traverses une période difficile, et nous avons eu de bons moments autrefois. Mais maintenant, nous sommes amis, c'est tout. »

Elle hocha la tête, le rouge aux joues.

« Je suis désolé, Colette, mais j'ai rendez-vous avec un client à mon studio. » Il se pencha pour lui ouvrir la portière, ne lui laissant d'autre choix que de sortir.

« Mais souviens-toi, si tu as besoin de quoi que ce soit, tu m'appelles.

– Oui, bien sûr, merci beaucoup de m'avoir donné de ton temps. »

Elle descendit de la Mercedes et ferma la portière. Il tourna la clé dans le contact, lui fit signe de la main, recula avec précaution, puis s'en alla sans lui accorder un regard.

Colette remonta dans sa voiture, toute tremblante. Elle posa la tête sur le volant, respirant l'odeur âcre de ses cheveux moites de sueur. *Ressaisis-toi, pense à Jasper.* Il fallait qu'elle garde les idées claires, pour lui. Mais Greg avait suggéré l'existence d'une menace qu'elle avait jusque-là négligée. Marge Labuschagne. Elle regrettait de ne pas mieux connaître les aspects juridiques de l'obligation de confidentialité qui liait le médecin à son patient. Elle sentait déjà ses vieux démons l'assaillir, elle savait qu'ils n'étaient jamais vraiment partis, qu'ils attendaient seulement leur heure, masqués par les médicaments, qu'ils ressurgiraient à la première catastrophe. Et alors ils apporteraient confusion, dissociation, et cette sensation familière qu'elle flottait au-dessus de son corps, qu'elle se regardait de haut, comme si elle était complètement étrangère à elle-même. Les derniers mots qu'Andy lui avait dits lui revinrent en mémoire, comme d'outre-tombe : *« Tu es folle ! Complètement folle ! Ils auraient dû t'enfermer à l'asile et jeter la clé ! »*

Persy envisagea d'aller voir Poppa à St Francis, mais renonça. Il n'échapperait pas à son regard acéré qu'elle avait reçu un choc, et cela le tourmenterait. Elle se gara dans le parking situé derrière la galerie marchande de Fish Hoek Main Road. Elle pouvait toujours appeler Mhlabeni à propos des cartons dans le garage de Sherwood, même s'il serait furieux d'apprendre qu'elle y était allée. Elle tomba sur le signal de refus d'appel – il était sans doute en train de picoler et ne voulait pas avoir affaire à elle. Elle laissa donc un message au sujet des cartons et de l'attaque dont elle avait été victime. Dans une voiture en face, un couple était absorbé dans une discussion intense. Une femme usée à l'allure de hippie s'agrippait au bras d'un homme vêtu d'une chemise africaine à la Madiba[1]. Le visage de l'homme lui était familier – Persy se souvint de l'avoir vu parmi les badauds sur la plage de Noordhoek. Encore un cinglé ; la péninsule du Cap en regorgeait.

Elle se dirigea vers les boutiques bordant Fish Hoek Main Road. Comme le commissariat se trouvait à l'extrémité nord de la rue, c'était pratique pour elle d'aller à la banque et de faire toutes ses courses dans le coin. Bizarrement, elle n'avait aucun souvenir d'être venue ici enfant, alors que Fish Hoek Main Road avait dû être le seul quartier commerçant près de Noordhoek et d'Ocean View, avant la construction du centre commercial de Long Beach, plusieurs années plus tard. À dire vrai, Persy avait beau s'enorgueillir d'avoir une mémoire d'éléphant, sa mémoire à long terme était plutôt mauvaise. Par exemple, elle ne se rappelait quasiment rien de la maison où ils avaient habité à Noordhoek. De temps à autre, de minces brèches s'ouvraient dans son esprit, par lesquelles des bribes de souvenirs s'insinuaient à la manière d'une eau s'écoulant au ralenti, ou alors, certaines fois, elle avait des flashes déconcertants qui s'évanouissaient aussitôt, la laissant en proie au désespoir et à une peur panique. Comme l'impression de déjà-vu qu'elle avait ressentie à la vue des chevaux sur le pré communal, ou la frayeur que Chapman's Peak lui avait inspirée sur la plage. Elle se demandait si ces flashes étaient réellement des souvenirs. On aurait dit les traces d'un cauchemar, plutôt que les réminiscences d'expériences réelles.

À cet instant, surgi de nulle part, l'un de ces « souvenirs » lui revint.

1. Surnom affectueux donné à Nelson Mandela.

Elle se trouvait dans le grand magasin AP Jones. Vu à travers ses yeux d'enfant, c'était un imposant étalage de trésors scintillants protégés par des barricades de comptoirs en bois et gardés par des femmes blanches à la mine sévère, dont la coiffure laquée évoquait de la barbe à papa. Les vitres et les miroirs renvoyaient des éclats de lumière, le col rêche de son manteau frottait contre son cou. Elle prenait conscience de la chaleur poisseuse de la petite main qu'elle tenait dans la sienne. Le souvenir s'évanouit brusquement, la laissant toute tremblante sur le trottoir, au milieu des piétons indifférents.

Elle se dépêcha de traverser. Le bruit de la circulation était devenu anormalement fort. Elle dut résister de toutes ses forces à la tentation soudaine de se jeter sous les roues d'un camion ou d'un car, de faire n'importe quoi pour stopper cet accès de terreur. Elle chercha tant bien que mal une explication rationnelle à ce qui se passait. Peut-être qu'elle faisait une crise d'hypoglycémie : le contrecoup de l'attaque du 4×4.

Elle acheta un roulé à la saucisse au *deli* allemand à côté de Woolworths, en mangea une bouchée puis, incapable d'avaler le reste, le mit à la poubelle. En retournant à la voiture, elle jeta un coup d'œil au magasin de meubles d'occasion. Au milieu du bric-à-brac exposé sur le trottoir, elle repéra le genre de table basse qu'elle aimait. Si elle la nettoyait à fond, si elle enlevait bien toute la peinture et les microbes, ça ferait une table « sensass », comme aurait dit Poppa. Elle aurait aimé avoir un endroit bien à elle à meubler avec plein de trucs originaux. Pas comme le mobilier passe-partout de Donny et Ferial. Passé directement du magasin à l'appartement. Aucune imagination, aucune trace d'individualité. On suivait le troupeau, on marchait dans les lignes.

De retour au parking, elle démarra avec une certaine réticence. Retourner à Parklands était bien la dernière chose dont elle avait envie.

Au moment où elle faisait marche arrière, une Toyota Tazz déboîta, conduite par une femme qui ne regardait pas où elle allait, et fonça droit vers elle. Persy klaxonna. La Tazz pila dans un crissement de pneus. Son regard rencontra un instant le regard fixe et effrayé de la conductrice, et elle entrevit son visage blanc. C'était la femme hippie qu'elle avait vue tout à l'heure dans la Mercedes avec l'homme en chemise africaine. Ébranlée, elle regarda la voiture tourner à gauche dans Fish Hoek Main Road puis disparaître dans le rétroviseur. Bon Dieu ! Elle l'avait échappé belle, une fois de plus ! Mieux valait arrêter là pour aujourd'hui et rentrer chez elle avant que la chance ne tourne.

Orlanda de Groot marchait quelques pas derrière sa mère, qui poussait Dashiell dans sa poussette. Ils avaient dû attendre que le soleil se couche parce que sinon il les brûlerait et ils mourraient tous d'un cancer. Orlanda n'aimait pas la plage. Elle détestait le sable, la lumière éclatante et le bruit trop fort de la mer. Ça lui faisait peur. Les grands espaces étaient trop dégagés, les gens ressemblaient à des petits bonshommes bâtons éparpillés un peu partout. L'Angleterre lui manquait, les rangées de maisons toutes pareilles, la lumière douce et grise, et les nuages, les rues pleines de monde. Ils passèrent devant la maison de la dame grincheuse. On voyait son jardin à l'abandon entre les feuilles sombres et luisantes des arbres. Orlanda aimait bien la dame qui s'appelait March et qui l'avait sauvée du jongleur fou à la kermesse. Elle ne l'avait jamais dit à sa mère, mais deux ou trois fois, elle était allée au portail, et March l'avait vue et lui avait donné des biscuits, et même un jour du chocolat. En fait, elle, elle y était allée pour voir Bongo. Elle n'avait pas le droit d'avoir des animaux, à part la tortue, parce que sa mère disait qu'elle « présentait un risque d'allergie ». Aujourd'hui, elle entendait le chien gémir, il n'arrêtait pas. Il faisait ça des fois quand March partait avec sa voiture et le laissait tout seul dans le jardin, mais il arrêtait vite. Il allait se mettre contre le portail et il restait couché là, avec son gros museau noir tout mouillé qui dépassait, à regarder les gens passer. Si le facteur venait, il aboyait et il grognait et il sautait contre le portail. Mais c'était rien qu'un jeu, parce qu'un jour la dame avait laissé ouvert, et quand le facteur était arrivé, Bongo était sorti doucement en remuant la queue, et le facteur l'avait caressé. Mais le lendemain, c'était fermé, et quand le facteur était venu, Bongo s'était remis à aboyer et à sauter contre le portail. Orlanda l'entendait maintenant, il grattait contre la porte d'entrée. Elle entendit la porte s'ouvrir et March dire : « Bon, entre alors ! Espèce de gros ballot », mais d'une voix gentille, comme si elle ne voulait pas vraiment être méchante. Voilà ce qu'il y avait avec elle : elle avait l'air grincheuse mais elle était gentille. Orlanda préférait ce genre d'adulte à ceux qui faisaient semblant d'être bons, mais qui en vrai étaient mauvais, tout au fond. Comme le dentiste qui souriait quand il vous faisait mal, ou l'ami de papa, M. Crane, dont les yeux ressemblaient à des petites billes dures quand il la fixait.

« Ouh, là, là ! qu'est-ce qu'il fait froid !

– La température descend en leur présence. Restez calme si vous voulez établir un contact. »

Gregory Crane avait mis la climatisation au maximum pour Julian Duval : les clients s'attendaient à ce que les visiteurs de l'autre monde soient accompagnés d'un froid spectral. La clim de son ancien logement craignait un peu, un truc d'occasion qui faisait un raffut de tous les diables, mais maintenant il avait un appareil ultramoderne, à l'image de tout le reste de l'appartement, et complètement silencieux. Il était assis face à Julian sur le grand tapis tibétain, en tailleur, dans une position décontractée.

« Fermez les yeux, s'il vous plaît. Êtes-vous bien concentré sur votre visualisation ?

– Je crois, oui, mais je ne sais pas trop à quoi ressemble un lotus, en fait. Est-ce que je ne peux pas plutôt penser à un chrysanthème, la fleur emblématique des tatas afrikaans ? »

Crane serra les dents. Il n'était pas d'humeur à écouter des sottises. Toute cette mise en scène avait beau être nécessaire pour ses clients, elle se situait aux antipodes de ses pratiques occultes plus sérieuses. Il se demanda, et ce n'était pas la première fois, comment ses clients arrivaient à supporter les « vraies » voix. Celles qui s'étaient d'abord manifestées à lui dans des circonstances funestes de son enfance, quand il était tombé, complètement impuissant, entre les griffes de Lance et des autres garçons plus âgés du foyer. Dans ces instants les voix lui parlaient – surtout des jeunes garçons comme lui, les fantômes de ceux qui avaient souffert avant lui. C'est cette expérience partagée qui avait fait de lui un être « sensible », capable de deviner intuitivement et d'interpréter les énergies laissées par de violentes émotions, telles des traînées de vapeur dans l'atmosphère. Il remarqua l'anneau qui était apparu à la main gauche de Julian depuis sa dernière consultation. Une fine bande d'argent ornementée d'une sorte de gravure orientale. Sans doute un cadeau de son petit ami arabe. En tout cas, ce n'était pas dans le goût habituel de Julian. Lui, il préférait les chemises BC-BG et les pantalons chinos. Il ne renonçait à son image d'Afrikaner conservateur que lorsqu'il s'habillait pour la scène, qu'il revêtait toute sa panoplie de travesti pour incarner « Juliana ».

« Comment vous sentez-vous ?

– On dirait ma thérapeute, remarqua Julian avec un rire, sans ouvrir les yeux.

– Comment trouvez-vous votre thérapeute ? Marge Labuschagne, c'est ça ? demanda Crane, toujours d'un ton neutre.

– Oui.

– Pour ma part, je n'ai jamais trouvé les thérapies conventionnelles efficaces.

– Ça dépend du thérapeute, je pense.

– Tout à fait. Bien, on commence ? »

La première fois, Julian était venu demander conseil à Crane pour l'ouverture du Bohemian Rhapsody, mais Crane avait compris que ce n'était qu'un prétexte. Et ça n'avait pas manqué : après quelques murmures de compassion adéquats, la vérité était apparue. Julian avait récemment annoncé à sa famille qu'il était gay. Une semaine plus tard, son père était mort, foudroyé par un infarctus. Crane avait saisi cette occasion pour présenter Julian à Shamil, le Maître Ascensionné, l'intermédiaire entre les vivants et les morts. Depuis, Julian était revenu trois fois dans l'espoir de recevoir un message de son père. À un moment ou à un autre, Crane accéderait à sa requête en lui transmettant le pardon du patriarche, libérant ainsi Julian de la culpabilité qui le paralysait. Il éprouvait parfois un certain malaise à exploiter sa connaissance des mondes supérieurs de cette manière, mais il avait une responsabilité vis-à-vis de Julian, comme de tous ses autres clients perdus et brisés. Par ses actions, il apportait espoir et réconfort. Plus que n'en seraient jamais capables les deux fléaux jumeaux qu'étaient la psychiatrie et la psychologie. Et puis, il fallait bien qu'il gagne sa vie.

« Vous pouvez prendre des notes », dit-il.

Julian sortit un carnet et un crayon.

Crane fixa son regard légèrement à gauche de la tête de son client. Plusieurs minutes s'écoulèrent avant qu'il parle.

« Shamil vous envoie ses salutations. Il dit : “Soyez en paix, car l'être qui vous est cher se trouve tout près de vous.” »

Il fit une pause. La suite du message exigeait du doigté. Julian était devenu tout à fait immobile, prêt à l'écouter.

Il adopta un ton circonspect : « Cette fois, il veut vous faire part d'un avertissement. » Frémissement de paupières chez Julian. « Inutile de vous alarmer, vous serez protégé. Shamil vous rappelle qu'une comète survole le monde en ce moment-même. C'est un présage des forces obscures à l'œuvre chez une personne qui vous est proche.

– Qui ça ?

– Il me fait signe que c'est une personne du sexe féminin.

– Une femme ? s'étonna Julian. Je ne dirais pas qu'il y a beaucoup de femmes dont je suis extrêmement proche…

– Il me fait signe que c'est une confidente. »

Julian fronça les sourcils. « Eh bien, il y a ma psychothérapeute, Marge Labuschagne, je suppose. C'est la seule femme à qui je me confie. »

Crane fit une nouvelle pause. « A-t-elle été à l'origine d'une mort tragique ?

– Je n'en ai aucune idée ! Pourquoi ? » demanda Julian.

Crane lui toucha le bras pour le faire taire. « Attendez… Shamil me montre quelque chose… Oh, non ! »

Il fit une pause. Tout était dans le timing.

« Quoi ? Qu'est-ce qu'il y a ?

– C'est… une image. D'un homme. Oh, c'est terrible, terrible ! Il est coupé en deux par un train !

– Mais c'est épouvantable ! »

Crane s'autorisa un nouveau silence.

« Maintenant il me montre un journal. » Il ferma les yeux. « Le *Cape Times.* Je distingue à peine la date. » Il chercha autour de lui à tâtons. « De quoi écrire, vite ! »

Julian lui fourra un papier et un crayon dans la main, et Crane se dépêcha de noter les chiffres. Ensuite, il attendit, comme s'il essayait de capter quelque chose. Plusieurs minutes passèrent, puis il secoua la tête. « Je suis désolé, c'était trop perturbant. J'ai dû couper la communication. »

Julian fixa la date écrite sur le papier.

« Cette image… l'homme coupé en deux, dit-il en frémissant… Pourquoi Shamil me mettait-il en garde à ce propos ?

– La réponse doit se trouver dans ce journal.

– Est-ce que ça a un rapport avec Marge Labuschagne ? demanda Julian, blême d'inquiétude.

– Je n'en ai aucune idée. »

Julian partit précipitamment, sourcils froncés. L'anxiété et sa curiosité naturelle le pousseraient sans aucun doute à rechercher dès que possible l'article de journal. Les relents homophobes du scandale, et le fait qu'il adorait se retrouver au centre de l'attention feraient le reste. Les clients du Bohemian Rhapsody allaient répandre la rumeur dans la vallée. Tout le monde comprendrait enfin que c'était Marge Labuschagne, le charlatan, que c'était elle qui était inapte à psychanalyser qui que ce soit, *a fortiori* les gens instables ou perturbés.

Elle allait perdre des clients. Et de la crédibilité au sein du Groupe pour l'Environnement de Noordhoek. Le GEN. Crane ne put s'empêcher de rire en pensant à l'acronyme du groupe. On n'aurait pu rêver plus pertinent. Voilà ce qu'était Marge : une gêne. Une vieille bique, une empêcheuse de tourner en rond. Eh bien, elle allait voir ce que ça faisait, de se faire prendre à son propre jeu !

17

Marge avait gardé les goûts musicaux de sa jeunesse et, tout en épluchant les pommes de terre pour le souper, elle écoutait un pot-pourri de tubes des années 1980 édités par Shifty Records[1] : les Happy Ships, les Cherry-faced Lurchers, les Kalahari Surfers. Will était à l'étage, et il avait tout l'air de vouloir rester quelques jours de plus. Elle ne ferait aucun commentaire, bien sûr. Il apparut dans l'embrasure de la porte, approuva son choix musical d'un rapide signe de tête. Il était particulièrement fan de Warrick Sony, le fondateur des Kalahari Surfers, qu'il considérait comme un « génie ». Il jeta un coup d'œil par-dessus son épaule pour voir ce qu'elle faisait.

« Il y a un autre épluche-légumes dans le tiroir », dit-elle.

Il piqua une olive dans le saladier.

Elle lui donna une tape sur la main. « Ne pioche pas. »

Il se contenta de fourrer l'olive dans la bouche et s'affala sur une chaise à la table de la cuisine. « J'ai la dalle, maman chérie. Quand est-ce qu'on mange ?

– Bientôt. Je pensais qu'on pourrait dîner sur la terrasse. Même si on dirait que ce foutu vent est en train de se lever. »

Il bondit sur ses pieds. « J'ai le temps de me doucher ?

1. Maison de disques sud-africaine « anti-apartheid » fondée en 1982 et active jusqu'au début des années 1990.

– Non ! »

Mais il était déjà sorti de la pièce.

Elle l'appela. « J'ai bientôt fini ! »

Il cria une réponse inintelligible.

Elle mettait la table, avec des bougies et une bonne bouteille de pinotage, quand quelque chose dans le jardin attira son regard. Une pâle et frêle silhouette se tenait devant le portail. Elle scruta la pénombre à travers la porte-fenêtre, maudissant sa mauvaise vue, mais le mystérieux inconnu resta immobile. Alors elle baissa la musique et alla ouvrir la porte d'entrée, accompagnée par Bongo.

La silhouette avait disparu.

Même s'il en fallait beaucoup pour l'effrayer, elle fut parcourue d'un frisson d'angoisse. Après avoir fait venir Bongo à ses pieds, elle sortit dans le jardin en repensant à la vision de Gwen Kruger qu'elle avait eue tout à l'heure.

Le vent du sud-est s'était levé et les nuages couraient à toute allure dans le ciel de plus en plus sombre. Aucun signe de la comète. Le sable et la poussière fouettaient la chaussée, faisaient bruire les *milkwoods* en un murmure précipité. Les feuilles, rendues cassantes et décolorées par les vents chauds et secs, crépitaient comme des guirlandes de Noël en se balançant légèrement.

C'est alors qu'elle vit Bongo.

Il avait gagné le portail où il se tenait immobile comme une statue, le poil du cou hérissé, la queue raide. Un grognement grave surgit des profondeurs de sa gorge. Une forme pâle apparut.

« Qui est là ? » demanda Marge, la voix cassante sous l'effet de la peur.

La forme s'avança. Il s'agissait d'une femme. Ses lèvres bougeaient, mais Marge n'entendait rien, à cause du bruit des arbres et du vent.

Elle marcha jusqu'au portail. Les traits de sa visiteuse se précisèrent petit à petit.

« Docteur Labuschagne ? Je suis désolée. Je ne voulais pas vous effrayer. »

Colette McKillian. Tellement frêle dans son accoutrement de vêtements vaporeux qu'un coup de vent aurait pu l'emporter. « Je suis désolée de passer comme ça sans prévenir, mais il faut que je vous parle. »

Marge eut le pressentiment que ses ennuis allaient commencer. Une seule raison avait pu pousser Colette à venir.

« Vous feriez mieux d'entrer. »

À la vue de la table dressée pour deux et des chandelles allumées, Colette eut l'air embarrassée. « Oh, mon Dieu, vous étiez en train de dîner.

– Ce n'est rien. Asseyez-vous. »

Mais le fait est que c'était vraiment agaçant ! Et gênant. Qu'une ancienne cliente puisse voir sa grande cuisine en pagaille, son salon encombré de livres, de papiers et de chats, le bouquet de fleurs plus toutes fraîches posées sur la table de l'entrée. C'était le genre de situation que redoutaient tous les thérapeutes : l'intrusion dans leur intimité d'un client affolé. Marge avait croisé Colette de temps en temps au cours des dernières années, comme Sherwood ; elle était aussi allée une ou deux fois à ses récitals de piano, mais elles n'avaient guère poussé la conversation plus loin que des salutations polies.

Colette se percha avec raideur sur le bord d'un fauteuil dans le séjour. Elle avait tellement maigri qu'elle déformait à peine l'assise rembourrée. Sa délicate beauté préraphaélite d'autrefois s'était fanée. Ses longs cheveux bouclés, auburn, étaient hirsutes et striés de mèches grises, et elle avait des cernes violacés sous les yeux.

« Je suis venue à propos d'Andy », expliqua-t-elle en se tordant les mains. Des bracelets indiens tintèrent à ses maigres poignets. « Je crois que c'est vous qui l'avez trouvé. Sur la plage.

– Oui, c'est vrai. »

Marge avait une furieuse envie de fumer.

« C'est moi qui ai identifié le corps, poursuivit Colette. Aucun membre de sa famille n'était disponible. C'était horrible. Vraiment.

– Je suis désolée », répondit Marge, atterrée. Colette était bien la dernière personne qui aurait dû identifier le corps gonflé de Sherwood sur une table d'autopsie.

« Et moi, je suis désolée de m'imposer comme ça, mais je me demandais si vous aviez dit à la police… que… que vous nous aviez vus en consultation… Andy et moi ? » Colette avait toutes les peines du monde à parler. Son angoisse était palpable.

« Je leur ai dit qu'Andrew m'avait consultée il y a quelques années. Mais ce qui est dit en séance est confidentiel. Je n'ai pas mentionné votre présence, ni le sujet de notre entretien. »

Colette s'essuya nerveusement la bouche.

« Merci. Je veux protéger Jasper. Il n'est pas du tout au courant de mes… soupçons.

– Je comprends. Mais son cas n'a peut-être pas été unique. Il a pu y en avoir d'autres. Ce qui suggère un mobile possible.

– Un mobile ! s'écria Colette, le visage blême.

– Eh bien, on dirait qu'il a été assassiné. »

Colette frissonna et enroula ses bras autour de ses épaules.

« Ça doit être un coup des dealers.

– Des dealers ?

– Andy se droguait à une époque…, expliqua Colette avec agitation. Ces dealers sont des gens dangereux.

– Vous devriez dire à la police tout ce que vous savez.

– Je ne peux pas, répondit Colette en secouant la tête avec véhémence. Je ne veux pas mêler Jasper à ça.

– Mieux vaut que la police l'apprenne de votre bouche à vous, plutôt que par des bruits de trottoirs, de la bouche d'un autre parent. »

Colette eut une grimace d'angoisse et se couvrit la figure avec les mains. Marge éprouva une brusque inquiétude pour sa santé mentale. Elle avait l'air si maigre et débraillée. Avait-elle interrompu son traitement ?

Will apparut sur le pas de la porte, fraîchement douché, les joues roses et les cheveux en bataille, embaumant le savon. Marge réalisa subitement et douloureusement à quel point il était libre.

« Tu restes manger ? » La voix plus cassante qu'elle ne le voulait, craignant qu'il n'ait changé de projet sur un coup de tête.

Colette se leva brusquement. « Je vous empêche de dîner. Je ferais mieux d'y aller. »

Marge la raccompagna jusqu'au portail. Le vent était soudain tombé, comme souvent avec l'arrivée de la nuit. Une petite voiture était garée dans la rue, sous les arbres. Les *milkwoods* emplissaient l'obscurité de leur odeur de sève chimique. Heureusement qu'ils ne l'exhalaient qu'à la fin de l'été. Elle était parfois entêtante.

Marge dit : « Si vous avez besoin de consulter, je peux vous recommander quelqu'un de bien.

– Non, non, ça va. Vraiment. »

Colette introduisit à grand peine la clé dans la serrure de sa portière, impatiente de partir.

Retour à la maison, où Will rongeait son frein, crevait d'envie de sortir. Envolé, l'espoir d'échanger tranquillement les dernières nouvelles autour d'un repas ! Au lieu de ça, elle regarda son fils engloutir son *steak au poivre* et ses *pommes au gratin*[1] entre deux SMS ou deux sorties furtives dans le jardin pour répondre à des appels privés, sous prétexte que la réception y était « meilleure ». La bise insouciante dont il la gratifia en quittant la maison l'apaisa légèrement. « C'était génial, m'man. Tu fais le meilleur steak du monde. »

Elle était habituée à son manque d'égards et à sa désinvolture. Il faisait partie de sa vie, au moins, même si c'était par intermittence. Pour la énième fois de la journée, les pensées de Marge se tournèrent vers Gwen Kruger.

L'épisode troublant de cet après-midi, où Marge s'était imaginé voir le visage de cette femme à la fenêtre, lui avait rappelé la conséquence tragique d'une erreur professionnelle qu'elle avait commise autrefois. La peur qu'elle avait essayé d'enfouir au fond d'elle-même depuis la découverte du corps de Sherwood ressurgit tel un spectre. Andrew Sherwood avait-il été accusé à tort, comme Theo Kruger ? Elle n'arrivait pas à chasser l'idée que ces deux affaires la renvoyaient à ses propres défaillances.

Tout en rangeant la table, elle se remit à penser à Colette McKillian. Elle s'inquiétait pour son fils, le jeune Jasper, et c'était compréhensible. Ou alors elle craignait qu'on ne la suspecte… Comme si la police, ou qui que ce soit d'autre, pouvait soupçonner cette femme nerveuse, à peine audible, d'être capable de violence ! Bien sûr, au vu de ses antécédents médicaux, on pouvait se poser des questions sur sa santé mentale. Mais là encore, beaucoup de gens auraient pu vouloir la mort de Sherwood pour les mêmes raisons qu'elle. De toute façon, Marge n'était pas libre de transmettre ces

1. En français dans le texte.

informations à la police. Ce qu'il lui fallait, c'était les transmettre par l'intermédiaire de quelqu'un d'autre. À cet instant, de but en blanc, les yeux de myope marron et l'expression impassible de Persy Jonas lui revinrent à l'esprit.

Titus eut l'air surpris ; rien d'étonnant à cela, étant donné qu'elle l'appelait pour la seconde fois en deux jours après de nombreux mois de silence. « Je ne suis pas sûr de te comprendre, Marge.

– Je fais seulement remarquer que je possède des informations sensibles qui pourraient faciliter ton enquête. Mais je ne peux pas dévoiler ce qui se passe pendant une séance. »

En arrière-fond, elle entendait les filles de Titus rire et parler à tue-tête, puis se mettre à chanter en même temps que le candidat d'une émission de télé. Elle avait interrompu un précieux moment en famille. Elle ressentit un petit pincement de jalousie.

« Je vais dire à l'inspecteur Mhlabeni de t'appeler. »

Mhlabeni, l'incompétent, le gros flic en sueur avec la *babbelas.* Pas question !

« Pourquoi pas Jonas ?

– Je croyais que ça ne collait pas entre vous.

– Elle est un peu arrogante, mais je pense qu'on pourrait travailler ensemble, répondit Marge à contrecœur.

– Je vois, fit Titus avec circonspection.

– Enfin, si tu penses que je peux être utile à l'enquête…

– Il ne s'agit pas de… »

Elle perçut une légère réticence dans sa voix.

« Je ne compte pas travailler officiellement sur l'affaire, bien sûr, mais si je pouvais aider… »

Long silence à l'autre bout de la ligne, puis : « Sherwood a été ton patient… »

Le sujet en filigrane de cette conversation était-il Theo Kruger ? Ou Titus ne faisait-il qu'exprimer une inquiétude légitime ?

« Mon client.

– Désolé. Client. »

Voilà que brusquement, elle tenait plus que tout à le convaincre.

« Je suis capable de séparer ma vie privée de ma vie professionnelle, si c'est ça qui t'inquiète.

– Il fallait que je demande, Marge.

– Je comprends. »

Elle entendit la voix de Letitia qui appelait Titus.

« Je dois te laisser. Je vais voir ce que je peux faire. »

Il raccrocha. Marge était surprise de voir à quel point, tout à coup, elle voulait travailler sur cette affaire. Elle se sentait gonflée à bloc, excitée comme ça ne lui était pas arrivé depuis des années. Elle voulait se remettre à faire ce pour quoi elle était le plus douée.

Comprendre le fonctionnement de l'esprit d'un assassin jusque dans ses moindres détails.

18

Elle court en tête, toujours plus leste que lui, plus rapide à penser et à agir. Il est toujours plus prudent, plus lent à saisir les choses, se tourne vers elle pour trouver des réponses. Au-dessus de leurs têtes, la voûte noire des milkwoods *absorbe la pluie fine et assourdit le grondement puissant de l'océan.*

Elle ne doit pas s'arrêter.

L'effroi monte, alourdit ses pieds.

Elle sait ce qui est sur le point de se passer, mais elle est impuissante à l'empêcher.

Il fait plus sombre et les arbres ont tout envahi, mais le chemin lui est familier. Un tracé gravé sur sa rétine. Maintenant la peur la submerge – elle sait ce qui l'attend. Dieu merci ils sont cachés par les arbres noirs, cachés du ciel terrible enflammé par un présage venu d'un autre monde. Un phénomène de mauvais augure, avec une queue de gaz et de glace brûlant dans son sillage… Et alors, surgi du sous-bois, le grincement monstrueux avance sur eux…

Persy se força à ouvrir les yeux, et sa chambre lui apparut dans une sorte de brouillard. L'image s'estompa, puis revint tandis qu'elle luttait pour lever ses paupières trop lourdes, pour distinguer le rêve de la réalité. Elle discerna les contours flous du petit bureau encastré, de la chaise. Les rideaux tirés, éclairés par le faible halo de sa lampe de chevet. Elle s'était endormie avec la lumière allumée. Elle s'extirpa de la chaleur suffocante de la couette. Sa peau était moite. Elle reprenait ses esprits, mais la terreur était toujours tapie en elle. Une terreur qui trouvait ses racines dans ce cauchemar d'enfance récurrent. Il pouvait se passer des semaines, des mois sans qu'elle le fasse, mais il finissait toujours par revenir. Elle n'en serait jamais débarrassée. Des éléments de sa vie présente se mêlaient souvent au rêve ; cette fois, c'étaient le 4×4 blanc fonçant sur elle et la comète dont le patron du Boma Bar avait parlé. Parfois, elle arrivait à se réveiller au début du cauchemar ; d'autres fois elle en restait prisonnière jusqu'à la fin. Peu importait le scénario, l'horrible grincement faisait toujours partie de la bande-son. Étendue raide comme un piquet, elle attendit que les battements à tout rompre de son cœur se calment. Sa peau devenait glacée à mesure que la sueur refroidissait. Un souvenir d'enfance lui revint en mémoire. Allongée dans un lit étroit de la petite ferme de Poppa, elle écoutait le cri d'une chouette effraie dans les arbres. Elle avait vu le rapace à deux reprises. La première au crépuscule : l'oiseau descendait en piqué, rasait le sol, plongeait puis s'envolait à nouveau, avec un mulot paralysé dans ses serres. La seconde, vision étrange et inquiétante, en plein jour : la chouette la fixait sans la voir de ses yeux ronds et jaunes depuis la plus basse branche de l'arbre qui formait une voûte au-dessus de la maisonnette. Son hululement s'élevait à nouveau ; jamais elle n'avait entendu de son plus désolé et désespéré.

Elle resta étendue une heure dans cette position, puis elle dut s'assoupir car, quand elle regarda l'horloge, il était sept heures. Elle aurait déjà dû être debout.

Elle marcha en titubant jusqu'à la salle de bains, se frotta les mains sans pitié sous l'eau chaude et se lava la figure. Ensuite elle récupéra son arme dans sa cachette. Elle passa voir Ferial. Une petite forme allongée sous la couette, un flacon de paracétamol à côté de la lampe de chevet.

« Ça va ? »

Grognement.

Ferial, qui ne manquait jamais une journée de travail, toujours au lit ? Persy s'approcha d'elle. « Ferial, ça va ? »

La femme de son cousin jeta un œil hors de la couette, laissant paraître la moitié de son visage. C'était bien assez.

« Qu'est-ce qui s'est passé ?

– *Ag*... Donny, tu sais. »

Pas besoin de développer. Ses yeux gonflés et violacés parlaient pour elle.

Persy éprouva un élan de haine et de pitié, un goût âcre lui remplit la bouche, une masse de plomb lui oppressa la poitrine. Elle dormait dans la pièce voisine quand ça s'était passé !

« Merde ! Pourquoi tu ne m'as pas réveillée ? »

Ferial lui lança un regard de défiance à travers les fentes de ses yeux au beurre noir. Ses cheveux, qu'elle défrisait d'habitude avec acharnement, étaient emmêlés et hirsutes.

« *Ag*, c'est rien. Je lui ai rendu la monnaie de sa pièce. »

Persy en doutait. Ferial était d'une constitution aussi légère qu'elle, cinquante kilos à tout casser. Elle s'assit lourdement sur le lit. Ferial bougea un peu pour lui faire de la place. Un gémissement de douleur lui échappa.

« Bon Dieu, Ferial !

– Et qu'est-ce que je dois faire, hein ? s'exclama l'autre avec irritation.

– Je te l'ai déjà dit. Demander une ordonnance restrictive.

– Ça le rendra encore plus furieux, répondit Ferial avec un rire amer.

– Si tu ne fais rien, il finira par te tuer.

– S'il te plaît. Ne t'en mêle pas, tu vas me mettre encore plus dans la merde. »

Persy se leva, impuissante. À cet instant, Ferial éclata en sanglots, son corps d'enfant secoué de tremblements sous la couette. « J'en peux plus ! »

C'était la première fois que Persy voyait sa cuirasse se lézarder. Elle fut soulagée. La femme de son cousin allait-elle enfin entendre raison ?

« Retrouve-moi tout à l'heure au commissariat de Caledon Square. Je t'aiderai à remplir la demande d'ordonnance. Qu'on en finisse. »

Un murmure d'approbation étouffé monta de l'oreiller.

Persy se pencha et tapota doucement le dos de Ferial.

« Ne t'inquiète pas, je t'aiderai. Ça va aller. »

Le premier client de Marge, Julian Duval, ne se présenta pas à sa séance de sept heures le mercredi, et c'était tant mieux, finalement, car sans ça elle n'aurait pas pu accepter l'invitation inattendue d'Ivor à une promenade matinale. Le malaise qui s'était installé entre eux à la réunion du GEN se dissipa dans l'air embaumé.

Ils s'engagèrent sur le sentier menant au site escarpé d'où l'on avait vue sur Hout Bay. La réserve naturelle de Silvermine était couverte d'une fine brume qui s'évaporait rapidement sous le soleil.

À neuf heures, il faudrait être redescendu : la végétation basse du fynbos offrait peu d'ombre. Et puis c'était plus facile de repérer les minuscules fleurs sauvages dans la lumière douce du petit matin. Quand l'un d'eux apercevait une *erica* ou un buchu intéressants, il appelait l'autre, et il s'ensuivait une discussion passionnée sur l'odeur, la forme ou la couleur de la plante.

« Alors, tu n'es pas contente d'être venue ? » Ivor sourit. Ses dents étincelaient d'un blanc éclatant dans son visage hâlé, à l'ombre de son chapeau.

« Si, bien sûr. » Mais le lapin que lui avait posé Julian la tarabustait. Elle savait qu'il résistait à une avancée importante dans sa thérapie. Il n'était pas rare que le client batte en retraite, dans un effort désespéré pour s'accrocher aux mécanismes de défense qui lui avaient très longtemps permis de retarder les prises de conscience et de garder les souvenirs douloureux profondément enfouis dans son inconscient.

Julian, qui se définissait comme un « pédé boer », était le fils unique d'une famille profondément croyante et conservatrice de Potchefstroom. Sa thérapie devait lui permettre de surmonter le chagrin et la culpabilité causés par le décès de son père homophobe. Il en était à une étape délicate : la période critique au cours de laquelle le patient trouve des excuses pour ne pas venir aux séances, remettant parfois en cause l'intégrité de son thérapeute ou jetant le doute sur ses motivations. Il fallait que Marge évite tout recours à la contrainte, même le plus infime qui soit.

Heureusement, Julian avait le soutien de son compagnon, son petit ami Mustafa.

« Il y a Mustafa, Dieu merci. C'est tout ce que je peux dire », avait-il déclaré à sa dernière séance. « Je pense à lui comme à mon ange gardien. Mais ne lui dites pas, s'il vous plaît ! Il a horreur de mon charabia. »

Julian avait un faible pour les charlatans et les devins de tout poil qui exploitaient son manque d'assurance. Dans ses moments les plus sombres, Marge se demandait si elle valait vraiment mieux qu'eux. La psychanalyse pouvait apparaître comme un simple travail de conjecture surdéterminé, comme la théorisation d'une intuition. Son activité de psychologue criminelle lui avait toujours paru plus tangible, plus satisfaisante, parce que ses résultats étaient quantifiables.

Marge et Ivor marchèrent une bonne heure et demie, la plupart du temps dans un silence complice. Ils arrivèrent à un petit ruisseau et s'arrêtèrent pour laisser boire Bongo. Marge prit dans ses mains un peu d'eau teintée d'ocre rouge et la porta à sa bouche. Une eau tout droit sortie de la montagne, douce et pure.

« Merci d'avoir proposé cette marche, dit-elle. Bongo en avait sérieusement besoin, mais je ne supportais pas l'idée de retourner à Long Beach après ce qui s'est passé dimanche.

– J'imagine, oui. » Ivor avait parlé avec compassion, mais sous son chapeau, son regard était aussi impénétrable que d'habitude. « Tu as eu des nouvelles de la police ?

– Eh bien, en fait, je vais les assister sur cette affaire. Officieusement, bien sûr.

– Je croyais que tu en avais bel et bien fini avec ça, fit-il, étonné.

– C'est vrai, mais bon... Je me suis dit que ce serait bien d'offrir mon aide. Dieu sait qu'ils ont besoin de toutes les compétences disponibles. »

Occasion de rappeler à Ivor qu'elle avait de précieuses compétences, qu'on avait toujours besoin d'elle.

« Tu seras prudente, j'espère. » Une certaine tension perçait dans sa mise en garde. S'inquiétait-il pour elle ? Elle se sentait toute joyeuse à cette pensée. Ce qui était stupide.

« Il s'agit uniquement d'apporter un soutien. Rien de dangereux. »

Bien sûr, ce n'était pas tout à fait vrai de dire qu'elle était sur cette affaire, pour l'instant. Elle attendait toujours la réponse de Titus. Ils avaient atteint le sommet du plateau d'où on avait vue sur le pic noble et déchiqueté du Sentinel, surgi de l'océan, à l'entrée de Hout Bay. Le vent du

Sud s'était levé, chaud et soufflant par rafales. Les bateaux de pêche remontaient leurs lignes et leurs filets, reprenaient le chemin du port. Il était déjà trop tard pour attraper quoi que ce soit, les poissons s'enfonçant à cette heure dans les profondeurs plus fraîches de l'océan.

Ivor indiqua les phoques regroupés en une masse noir d'encre sur les rochers de Duiker Island, puis Hout Bay, avec ses bidonvilles, ses horribles centres commerciaux et ses lotissements qui poussaient comme des champignons. « Quelle profanation ! dit-il d'une voix tendue. Quand j'étais petit, tout ça était couvert de conifères et d'arbres d'argent. Une seule route menait à la plage.

– Je me souviens.

– Voilà à quoi ressemblera Noordhoek, si nous ne sommes pas vigilants, ajouta-t-il avec amertume.

– C'est pour ça que le GEN est si important.

– Quelquefois, je me dis que c'est un véritable raz-de-marée, poursuivit Ivor comme s'il n'avait pas entendu. Personne ne connaît l'ampleur du désastre qui est en train de se produire ici, et de toute façon, tout le monde s'en contrefiche. »

Il était très remonté. Elle essaya de détendre l'atmosphère en changeant de sujet. « Will a parlé de la découverte de Hout Bay dans un séminaire d'histoire, il y a deux mois. Ça faisait partie des conditions d'obtention de la bourse prestigieuse qu'on lui a attribuée. »

Il avait montré une telle assurance sur l'estrade, il avait été si divertissant, si éloquent, avec ses cheveux qui brillaient sous les projecteurs ! Il avait fait revivre à l'auditoire l'arrivée des premiers explorateurs portugais, à bord de leurs navires grinçants en bois, quand, après avoir contourné le *Cabo das Tormentas*, le « Cap des Tempêtes », ils avaient découvert la baie avec ses forêts grouillantes d'animaux.

Que ce soit de tristesse à la pensée de la distance qui grandissait entre elle et son benjamin, ou de mélancolie à la vue de la baie dévastée, elle n'aurait su le dire, mais Marge fut brusquement assaillie par un sentiment de vide désespérant.

« Est-ce que ça va ? » demanda Ivor avec sollicitude.

Elle se détourna en refoulant ses larmes : la pitié lui faisait horreur.

« Allergies. C'est ce satané vent qui soulève le pollen et m'irrite les yeux. Il vaudrait mieux que je rentre, j'ai un client. » Elle regretta, à cet instant, sa sensibilité à fleur de peau. Elle aurait pu saisir cette opportunité pour se rapprocher d'Ivor, mais elle l'avait repoussé.

Ils prirent le chemin du retour à vive allure, Bongo ouvrant la marche, Marge s'arrangeant pour rester toujours quelques mètres devant Ivor. Lorsqu'il la rattrapa enfin, elle avait retrouvé son calme, et lui, inconscient du remords qui la rongeait, continua de marcher sans rien dire à ses côtés.

Le vent du sud-est avait repris. Il soufflait sans cesse depuis le mois d'octobre. Les détritus voletaient tous azimuts, oiseaux de plastique et de papier fonçant çà et là, un instant pris au piège contre les murs avant d'être arrachés et aspirés par les tourbillons d'air. Les trottoirs et les vitrines maculées de sel étaient couverts de sable fin et crissant venu de la plage. Persy traversa Fish Hoek Main Road, la tête courbée contre le vent, l'esprit absorbé par l'affaire Sherwood. Dizu la comparait à un chien à qui on a retiré son os, mais qui continue à renifler partout dans l'espoir de le retrouver. De l'« ambition contrariée », il appelait ça. Elle ne pouvait pas lui parler de la peur d'une catastrophe imminente qui la tenaillait. Comme si quelque chose d'affreux était sur le point d'arriver, qu'elle seule pouvait empêcher.

Ce puissant pressentiment était apparu quand elle avait vu le corps de Sherwood dansant sur l'eau, et il avait été exacerbé par ses cauchemars qui la laissaient en proie à un effroi dont elle n'arrivait pas à se libérer dans la journée. Elle avait l'impression que des forces extérieures la poussaient à enquêter sur la mort de Sherwood.

C'était dingue.

Elle acheta le *Cape Times* au vendeur installé près des feux de signalisation et se dirigea vers le Wishing Well, où elle avait donné rendez-vous à Dizu pour le petit déjeuner. Leur café à volonté était mauvais, mais pas cher ; et puis, à deux pas du commissariat, c'était un bon endroit pour échanger des informations, hors de portée de voix des collègues.

L'incident du 4×4 avait inquiété Dizu : il lui avait téléphoné après qu'elle avait quitté le commissariat, la veille. Même si elle lui avait reproché de faire « trop d'histoires », c'était rassurant. Depuis la maladie de Poppa, elle se sentait très seule.

Dizu était assis à leur table habituelle, près de la fenêtre, l'air content de lui, souriant de toutes ses dents.

« Qu'est-ce qu'il y a ? demanda-t-elle.

– Je reviens du commissariat. »

Le café de Persy l'attendait déjà. Elle se glissa en face de lui, le visage tout à coup très proche du sien. Des yeux d'une couleur chaude, marron foncé. Comment faisait-il pour avoir des sourcils aussi bien dessinés ? « T'es arrivé tôt.

– Tu sais ce qu'on dit : l'avenir appartient..., etc. »

Le serveur apporta un sandwich au thon pour Dizu.

« Et alors, résultat des courses ?

– On a reçu les résultats des relevés d'empreintes. Il y avait celles de Dollery dans la voiture de Sherwood. »

Persy se figea, sa tasse à mi-chemin de sa bouche. « Menteur !

– Sérieux ! répondit Dizu en déballant joyeusement son sandwich. Il y a, comme on dit, convergence. »

Sur ces mots, il ne fit qu'une bouchée de la moitié de son sandwich.

« Je le savais ! Dollery est mouillé jusqu'au cou dans toutes les saloperies qui se passent dans le coin. Mhlabeni est au courant ?

– Ouais. Il est en ce moment même en opération spéciale à Ocean View. Pour trouver Dollery. Il peut toujours courir. Personne ne voudra lui parler, avec l'autre petit voyou qui s'est fait buter.

– Les histoires de ripoux, ça ne m'intéresse pas », répondit Persy.

Elle luttait déjà sur assez de fronts à la fois sans avoir à s'inquiéter de ce que ses collègues trafiquaient.

« Le système judiciaire va s'écrouler si on ferme l'œil sur la corruption de la police.

– Oh, arrête un peu avec ta justice à la con, Calata ! T'as renoncé à bosser dans le droit, tu te souviens ?

– Ouais. Et rappelle-moi pourquoi ? »

Elle se contenta de hausser les épaules et ouvrit le journal à la page des petites annonces de location.

« Pourquoi les petites annonces ?

– Faut que je trouve un endroit où habiter.

– Ça ne va pas, Parklands ?

– C'est Donny, tu sais, mon cousin ? Un vrai connard. »

Elle lui raconta ce qui était arrivé à Ferial, et qu'elles avaient prévu de se retrouver plus tard pour obtenir une ordonnance restrictive. « Donny et moi, ça se terminera par un affrontement, ce n'est qu'une question de temps, alors vaudrait mieux que je me tire.

– Quand j'entends ça, j'ai honte d'être un homme, je te jure. Il ne se passe pas une minute sans qu'un taré passe ses nerfs sur sa meuf et ses gamins. Fais attention à toi, Persy. Promets-moi de m'appeler s'il s'approche trop près de toi. »

Il était contrarié, elle le voyait. Dizu avait horreur des petites brutes. Des forts qui s'en prenaient systématiquement aux faibles.

Il lui prit les pages d'actualités du journal et parcourut les titres. Il s'intéressait toujours aux magouilles des hommes politiques. Il n'en avait jamais assez des ragots. Persy s'en fichait royalement, elle. S'ils avaient eu à cœur les intérêts des métis, encore. Mais ils étaient écartelés entre ceux des Blancs et ceux des Noirs, comme depuis toujours.

« Bon Dieu ! Regarde-moi ces loyers !

– Dans quel coin tu cherches ?

– Avec ce que je gagne, je ne peux pas faire la difficile. Disons une chambre dans une maison en colocation ? À Retreat ou à Muizenberg, ce serait commode. Pas loin d'ici. Comme ça je pourrais garder un œil sur mon grand-père à Grassy Park. Mais ce n'est pas demain la veille que je trouverai quelque chose dans mes prix, dans ces quartiers. »

Dizu lui montra la page qu'il était en train de lire. « Regarde un peu ça. »

Persy se pencha pour voir de plus près. Il s'agissait d'un article dans les pages « Justice et affaires criminelles ». KOMMETJIE : LE CORPS D'UN HOMME ÉCHOUÉ SUR LA PLAGE. On voyait une photo de Sherwood en chemise hawaïenne, le visage bizarrement lisse. D'après la rangée de palmiers caractéristiques et les silhouettes des Douze Apôtres s'enfonçant dans le lointain, Persy sut que la photo avait été prise à Camps Bay.

« Je n'aurais pas accroché son portrait chez moi, dit Persy.

– Moi, je trouve qu'il a l'air doux comme un agneau.

– Pas si doux que ça. Il y avait bien quelqu'un qui avait une raison de le tuer. »

19

Sean Dollery rangeait la came de la maison Schneider dans son abri. Belle télé neuve à écran panoramique, bon appareil photo numérique, ordinateur portable, d'autres bricoles.

Sans oublier le Luger.

Ça faisait un moment que Gregory Crane demandait une arme. Le type était un passionné. Ce pistolet flatterait sa vanité, et puis ce n'était pas un truc que Dollery pouvait mettre sur le marché. Trop facile d'en retrouver l'origine. Mais c'était un bel objet. Peut-être qu'il le garderait. Il avait vraiment cherché les emmerdes avec ce cambriolage, mais la tentation avait été trop forte, et en plus, quels que soient ses soupçons, Klaus ne lui tomberait pas dessus, pas tant que Charlene lui donnait ce qu'il attendait d'elle. En plus, l'Allemand avait trop la trouille pour faire quoi que ce soit, Charlene ou pas Charlene. Il appellerait les flics, bien sûr, il fallait bien s'il voulait faire marcher l'assurance, mais qu'est-ce qu'ils pouvaient faire, hein ? C'était son second boulot de la semaine : l'attaque éclair du vidéoclub lui avait rapporté du cash, il se sentait agréablement en fonds. Dès qu'il aurait fini ici, il irait s'entraîner à la salle de gym du centre Pick n Pay de Sun Valley, histoire de rester gonflé à bloc, il irait chercher des croquettes de poisson chez sa mère – d'ici-là elle se serait fatiguée de lui dire le fond de sa pensée – et ensuite il irait jeter un œil aux nouveaux chiens chez Pietchie. Les combats de chiens étaient devenus presque aussi lucratifs que le deal. En fait, sa journée avait été impec jusqu'au coup de fil de Mhlabeni qui se plaignait que Persy fourrait son nez dans ses affaires, ou plutôt dans *leurs* affaires. Sean essayait de toutes ses forces de la chasser de ses pensées, celle-là, mais toute la merde de ces derniers jours lui tapait sur les nerfs, ça le faisait flipper. Il ne voulait pas se souvenir du passé, être hanté par ses vieux démons. Le problème, c'est qu'à Ocean View, tout lui rappelait le passé : les montagnes au-dessus de Kommetjie, où ils s'éclipsaient pour échapper aux *blokke* et aux maisons « boîtes d'allumettes » battues par les vents ; le marais, ou *vlei**, scintillant avec Chapman's Peak au loin, qui leur rappelait d'où ils venaient, ce qu'ils voulaient justement oublier.

Quand elle était une *laaitie**, Persy pouvait mettre KO des garçons deux fois plus grands qu'elle. Elle avait toujours été plus rapide que lui. Et plus robuste. Elle lui avait montré comment construire une cachette dans le *vlei*, au milieu de l'eau et des roseaux, d'où ils allaient pêcher et tuer des petits oiseaux avec des lance-pierre. Ils allumaient un feu pour les faire cuire, et rien ne lui avait jamais paru aussi bon que la chair dépiautée de ces petites bêtes, ni aussi délicieusement acide que les fruits et les baies sauvages qu'ils trouvaient dans la montagne ou le long du *vlei*.

Le dernier été où ils avaient été élèves à la Marine Primary, il avait commencé à remarquer ses jambes brunes et l'ombre de ses petits seins. Ça lui serrait la gorge et ça l'empêchait d'avaler, mais il ne pouvait pas arrêter de regarder. Ç'avait été la même chose pour elle. Ils avaient commencé à se parler sur un ton de blague à la con, comme les gamins plus âgés, tout *skaam**, tout gênés qu'ils étaient, mais incapables de se tenir à l'écart l'un de l'autre. L'année suivante, ils étaient entrés au collège. Dans le couloir aux murs de brique, on avait exposé les photos du bal de promo dans le meuble-vitrine. Sean les avait longuement regardées pendant que tout le monde poussait des « Ah ! » et des « Oh ! ». Les garçons se moquaient, mais ils admiraient aussi les *ouens** dans leurs costumes chic et les filles avec leur maquillage luisant et leurs longues robes confectionnées par Gadija la couturière, ou alors les tenues de soirée louées à Claremont pour l'équivalent de trois mois de salaire et plus. Tout ça si *lekker*, si chouette, une grande fête, un orchestre même, et tout le monde un verre de mousseux à la main.

Ces photos lui avaient donné une idée de ce que pourrait être sa vie. Persy en robe longue, lui en costume chic, les bras enroulés autour de sa taille, tous deux souriant à l'objectif. Une image qu'il avait gardée toute la journée dans la tête, la dernière qu'il avait vue avant de s'endormir. Une image d'où son père était absent. Quelque chose de propre et de bon à quoi il pouvait se raccrocher, sans souillure, sans peur et sans douleur.

Puis Persy était partie à l'école des bonnes sœurs. Star of the Sea, « L'étoile des mers », ça s'appelait. Comme si elle était quelqu'un de spécial. En rentrant chez lui, il lançait des cailloux sur sa fenêtre, et elle, elle sortait la tête et disait : « Je ne peux pas sortir. Je travaille. »

On aurait cru entendre une *laanie**, une salope de Blanche, on aurait cru voir quelqu'un d'autre avec sa jupe écossaise et ses nattes serrées. Les filles du coin se moquaient d'elle quand il passait.

Des fois il se joignait à elles.

Il commença à travailler pour Samodien, le boucher, après les cours. Il balayait la sciure, rinçait le sang dans les grands éviers en pierre à l'arrière. Quand il avait fini, il allait voir chez Poppa. Il sifflait et elle sortait. Tous les gens rentraient du travail au crépuscule. Dans la pénombre, ses yeux étaient immenses. Il aurait voulu la toucher, ressentait la douleur familière d'autrefois. Il essayait de plaisanter avec elle comme avant, mais son parler des rues était trop grossier, et il était *skaam*, il se demandait s'il sentait la boucherie.

Puis son père se fit boucler. Pour coups et blessures volontaires. Les raclées cessèrent, mais de l'argent, il y en avait *fokkol**, maintenant. Sa mère se mit à coucher avec Jansen, le dealer de Mandrax, et emmena Sean avec elle dans son trou à rats merdique de Bonteheuwel, dans les Cape Flats. Le paradis des gangsters. Plus de bouquins ni de profs, rien que l'école de la vie. Quand Jansen changea de nana, Charlene et Sean retournèrent à Ocean View. Mais tout avait changé pendant leurs années d'absence. Ses anciens copains de Marine Primary allaient passer le bac. Il avait raté sa chance ; impossible de revenir en arrière. S'il voulait arriver à quelque chose dans la vie, il faudrait que ce soit dans la rue, en devenant un caïd. Sinon, il finirait comme un *moegoe*, un loser, camé à mort ou aux mains d'un autre malfrat.

Il se mit à fréquenter Pietchie, Junaid et Bandiet, des racailles comme lui qui avaient abandonné l'école et n'avaient rien à perdre. Il chercha à se faire bien voir des bandits expérimentés, il évita ses amis et ses connaissances d'autrefois.

Il se tint longtemps à l'écart, mais à la fin, ce fut plus fort que lui.

Un soir, il retourna voir chez Poppa.

Persy se tenait dans l'embrasure de la porte d'entrée, dans une longue robe claire. Encadrée comme si la photo de ses rêves d'autrefois s'était animée. Il aurait voulu marcher droit jusqu'à elle et lui prendre la main, mais il se sentait nase avec son jean élimé, son blouson voyant de gangster, sa honte de *skollie.*

Une berline s'arrêta, et un gars en costume de pingouin et nœud pap' en descendit. Un métis des banlieues résidentielles qui se prenait pour un Blanc, ça se voyait à sa façon de marcher, le genou raide. Il s'y prit comme un manche pour attacher la fleur au poignet de Persy.

Elle allait au bal de promo. Et ce *moegoe* était son partenaire !

Quelque chose vola en éclats dans sa poitrine, comme quand son père lui avait cassé les côtes. Il avait envie de l'appeler, crut qu'il l'avait fait, parce qu'elle regarda dans sa direction, scrutant l'obscurité. Puis elle monta dans la voiture. Qui passa devant lui sans s'arrêter.

Il ne retourna plus du côté de chez Poppa.

Quand il apprit qu'elle était entrée à l'école de police, il sut que leurs trajectoires finiraient par se télescoper, et qu'il n'en sortirait rien de bon.

Il retrouva Mhlabeni derrière la boucherie de Samodien, dans la cour, où personne ne pourrait les voir à part Samodien lui-même qui remballait sa viande et n'avait pas plus de cervelle qu'un *snoek*, de toute façon.

« Alors ? Qu'est-ce qui s'est passé hier ? demanda le flic en fronçant les sourcils.

– Je lui ai foutu la trouille de sa vie. Qu'est-ce que tu voulais de plus ?

– Et tes empreintes ? Partout dans la Mazda de Sherwood.

– Merde ! C'est à cause des *laaities*, mec…

– Bordel, tout le commissariat est à tes trousses, Dollery, ça va chauffer. Il y a une descente en cours, alors tire-toi. Qu'est-ce que t'as pour moi ? »

Sean lui tendit le rouleau et Mhlabeni compta les billets d'une main experte : dix-huit pour cent sur les chiens et la drogue. Un joli petit pactole pour le flic, et qui lui tombait tout cuit dans le bec. Ça faisait des mois qu'il pompait du fric à Sean. Et depuis quelque temps, il essayait de lui soutirer deux pour cent de rab. Pour ses tuyaux minables et d'autres conneries du genre. Tu parles d'une protection !

« Tu ferais mieux de neutraliser Jonas : elle a une dent contre moi », dit Sean. Que Mhlabeni s'y colle pour une fois, bordel ! Il en avait marre de trimer pour les autres. Au moins, Crane payait bien. Du moment qu'il n'y avait pas de retour de manivelle de ce côté-là. Et si ça arrivait, eh bien, Mhlabeni devrait mériter son salaire et régler le problème.

« Crane veut que tu mettes un peu la pression sur une salope, une Blanche de Noordhoek. Elle cherche à nuire à ses affaires. »

Gregory Crane. Quel enculé. Il était trop bizarre. Il faisait flipper Sean avec ses conneries de vaudou, comme les Noirs avec leur *muti**, les bouts de ficelle et les oreilles découpées. Sean avait conservé assez de vestiges de son éducation catholique pour ne jamais rejeter d'emblée la possibilité qu'il avait affaire au diable et à ses œuvres. Crane avait un tas de choses à cacher. Il s'était servi plusieurs fois de Sean pour faire son sale boulot. Il devait le regretter maintenant.

« Je m'occupe de la Blanche », répondit-il à Mhlabeni.

Quant à Persy, il avait eu besoin d'elle quand il était petit et faible. Plus maintenant. Il n'était plus un pitoyable *snotneus**. Cette époque était révolue. Persy l'avait trahi, c'était devenue son ennemie jurée.

Plus jamais il ne se sentirait petit et sans défense devant quelqu'un.

Jamais.

20

Les unités spéciales auraient dû être basées à Muizenberg. À savoir la FCS, alias la « brigade couches-culottes », chargée de la violence conjugale, de la maltraitance aux enfants et des délits sexuels ; la répression du crime organisé ; et l'unité de lutte contre les crimes violents. Mais on avait mis au placard les projets de construction d'un nouveau grand commissariat, et comme le commissariat actuel était grand comme un mouchoir de poche, ces trois unités avaient été installées dans le bâtiment D du complexe aux murs couverts de briques qui constituait le commissariat de Fish Hoek.

Du coup, les services « motus et bouche cousue » des renseignements étaient forcés de partager le bâtiment B, plus petit, avec l'équipe de Titus, d'où une pénurie d'espace, de tables, de chaises et d'ordinateurs.

En attendant le briefing du milieu de semaine, les enquêteurs tournaient en rond dans le bureau du capitaine. Il n'y avait jamais assez de chaises : elles étaient toujours emportées dans la salle de conférences, et là, souvent, elles disparaissaient. Tout ce qui n'était pas cloué au sol avait tendance à s'envoler. Dizu disait pour plaisanter qu'il y avait plus de filous à l'intérieur d'un commissariat lambda qu'à l'extérieur.

Cheswin April posa son large postérieur sur la dernière chaise libre, ce qui obligea Persy et Dizu à rester debout contre le mur du fond.

Les accessoires religieux accrochés aux murs de son bureau indiquaient clairement qui était le patron dans la vie du capitaine.

« Si ses fils abandonnent ma loi et ne marchent pas selon ses ordonnances ; S'ils violent mes préceptes et n'observent pas mes commandements ; Je punirai de la verge leurs transgressions, et par des coups leurs iniquités. »

Titus était un chrétien évangélique et ne s'en cachait pas ; il officiait à temps partiel comme pasteur de sa paroisse.

L'air détendu et sûr de lui, il enleva sa veste pour la suspendre au dos de sa chaise. Puis il se frotta les mains. « Bien, c'est l'heure des rapports, les gars. »

Aujourd'hui, six des neufs membres de son équipe répondaient à l'appel. Chacun rendit compte des progrès de ses enquêtes. L'agent Louise Loggerenburg, de deux ans plus âgée que Persy et seule autre femme de l'unité, était enceinte de six mois. Persy la trouvait geignarde et l'évitait. Le sergent Zama, un flic noir plus âgé, le type fiable par excellence, restait dans son coin. Welwyn McClaren, un agent métis récemment muté de Langa, représentait encore une inconnue. Il manquait « Lappies » Dippenaar, seul enquêteur blanc du groupe et rigolo de service. Il était en congé, de même que le capitaine Damoya, le champion noir de l'unité, promu depuis peu. Ensuite, il y avait Cheswin, Dizu et Persy. Mhlabeni participait à une descente à Ocean View.

Ils passèrent laborieusement en revue les dossiers en attente et les affaires de délits mineurs. Titus était dur avec son équipe. Il exigeait du bon boulot. Il n'était pas avare de ses éloges et leur offrait un soutien sans faille, mais il avait horreur des fainéants. Pendant ces briefings, quelqu'un se faisait immanquablement remonter les bretelles. Aujourd'hui ce fut Zama. Titus n'était pas convaincu par le travail de renseignements qu'il avait effectué sur la série de courses de voitures sauvages qui semaient la terreur dans le quartier de Fish Hoek Main Road.

Persy et Dizu firent le point sur le braquage du vidéoclub, puis Cheswin et Persy le mirent au courant des derniers développements dans l'affaire des cambriolages avec effraction à Capri. Cheswin avait reçu une nouvelle plainte, déposée par une habitante d'Ocean View. Elle avait surpris un intrus chez elle, qui avait aussitôt disparu sans toucher à ses objets de valeur, mais en emportant un sac de courses. Il y avait des traces de vandalisme dans la maison : des éclats de verre, et de la nourriture qui avait dû tomber du sac pendant sa fuite.

Là encore, Titus n'était pas convaincu par le travail de son équipe. « Ce *skollie* est en train de nous couvrir de ridicule. Il est entré par effraction dans une demi-douzaine de maisons du secteur au cours des dix derniers jours. Je veux des résultats, les gars. »

À son tour, il briefa le groupe sur l'affaire Sherwood.

« Une enquête pour meurtre a été ouverte. L'autopsie confirme que Sherwood est décédé d'une blessure à la tête provoquée par un objet contondant. Aucun indice de l'endroit où il a été tué. Son portable, ses clés et son portefeuille n'ont pas été retrouvés, et on attend toujours ses relevés de téléphone portable. »

Il regarda Persy.

« Jonas, quoi de neuf sur sa voiture ?

– Pas fermée à clé, rien n'indique qu'elle a été forcée, le contact est intact. On dirait qu'elle est tombée en panne d'essence. On a trouvé des traces de *dagga* et une bouteille d'alcool vide dedans. Vendredi, Sherwood a déjeuné au Boma Bar, à Kommetjie, d'où il est parti vers trois heures.

– En plus des empreintes de Dollery, la scientifique en a relevé trois autres jeux dans la voiture, en comptant celui de Sherwood, ajouta Titus. Mhlabeni fait en ce moment même une descente à Ocean View pour retrouver Dollery, mais on dirait qu'il a disparu de la circulation. »

Persy et Dizu échangèrent un regard. Ça n'avait rien de surprenant. Dollery avait certainement été tuyauté. Par un flic corrompu de Fish Hoek ou d'Ocean View. Les recherches n'avaient toujours pas permis d'identifier la source des fuites.

Titus écouta ensuite les rapports des autres enquêteurs. Deux affaires bouclées, peu de progrès sur le reste.

« Jonas et Calata, je veux voir des avancées sur le braquage du vidéoclub, s'il vous plaît, et je veux des résultats sur l'affaire de ce "cambrioleur culotté" d'ici vendredi. En attendant, je vais envoyer plus de patrouilles à Capri. Et pour les courses de voitures, je vais contacter la direction du *cluster* pour demander la mise en place d'un barrage routier. »

Fish Hoek faisait en effet partie d'un *cluster* regroupant plusieurs commissariats de la péninsule du Cap : Ocean View, Fish Hoek, Simon's Town et Muizenberg. Si Titus voulait lancer ou planifier des opérations comme des barrages routiers, des rafles, ou encore des campagnes de relations publiques pour gagner le soutien de la population, il était obligé de passer par le chef du *cluster*. Ou comment perdre son temps en tracasseries administratives…

L'heure de la prière était venue. Quand on appartenait à l'équipe de Titus, ça faisait partie du boulot. Persy avait gardé assez de traces de son éducation catholique pour que le rituel suscite une certaine résonance en elle. Ceux qui ne croyaient pas à ces fadaises commençaient toujours par refuser de fermer les yeux ou de dire *amen*, mais leur résistance ne durait jamais plus de trois ou quatre semaines. Les prières du capitaine avaient revêtu un caractère quasi magique : sous sa responsabilité, personne n'avait jamais été tué et, même s'ils ne l'auraient jamais admis à haute voix, les membres de l'unité partageaient la même croyance superstitieuse en ses prières. Quand ils formaient une ronde et que, main dans la main, ils écoutaient sa voix forte et ferme, même les plus sceptiques ressentaient quelque chose. Peut-être parce que, l'espace d'un instant, ils mettaient de côté leurs différences et sentaient qu'ils formaient une équipe.

« Seigneur Dieu, je te prie de protéger et d'assister ces êtres bons dans leur lutte quotidienne contre le mal. *Amen.* »

Un chœur de *amen* enthousiastes se fit entendre.

« Bien, retournez à votre mission, les gars. Et Dieu vous bénisse. »

Au moment où les inspecteurs sortaient, Titus rappela Persy. Il ferma la porte. « Mhlabeni m'a dit que tu étais retournée fouiller la maison de Sherwood, malgré ses objections. »

Ça, on pouvait faire confiance à Mhlabeni pour qu'il courre tout raconter à Titus ! Elle n'avait pas d'autre choix que d'y aller au culot.

« Capitaine, vous nous avez envoyés enquêter sur le vol de la voiture de Sherwood. Je voulais fouiller le garage à la recherche d'indices. Pour y entrer, il a fallu que je passe par la maison. »

C'était tiré par les cheveux, et Titus le savait. « Comment es-tu entrée ? demanda-t-il.

– Les clés étaient en évidence », mentit-elle.

Il tapota son stylo en signe d'agacement.

« Ne pousse pas le bouchon trop loin, Jonas, je ne suis pas idiot.

– Non, capitaine. Mais ça m'a permis de trouver des éléments indiquant que Sherwood s'apprêtaient à quitter les lieux. J'ai transmis l'information à l'adjudant Mhlabeni.

– Je sais que tu cherches à travailler sur cette affaire avec Mhlabeni, mais il ne peut pas te supporter, et je suppose que c'est réciproque. Donc ça ne se passera pas comme ça.

– Je m'excuse d'avoir désobéi à ses ordres. Ça ne se reproduira pas.

– J'espère bien que non, fit-il en s'asseyant derrière son bureau. Assieds-toi, Jonas. »

Elle obéit.

« Pourquoi est-ce que tu veux cette enquête ? »

Pour une raison ou une autre, cette question la remplit d'un effroi inexplicable. *Je ne sais pas.* « Je veux avoir une chance de faire mes preuves.

– Eh bien, heureusement pour toi, tu as reçu un soutien inattendu : Marge Labuschagne. »

Elle en resta bouchée bée.

« Un problème ?

– Non, capitaine. »

Il scruta son visage avec attention. « Tant mieux. Parce que je veux bien te confier cette enquête à condition que tu collabores avec elle. Elle est sur l'affaire, quoique à titre officieux. »

Persy n'en croyait pas ses oreilles. Ça ne rimait à rien. Pourquoi la vieille peau voudrait-elle travailler avec elle ?

« Mhlabeni sera toujours là pour t'aider et te conseiller en cas de besoin. Par souci de continuité. »

Tu parles d'un cadeau empoisonné ! Marge Labuschagne *et* Mhlabeni ! Mais si c'était le prix à payer pour obtenir l'enquête, elle n'avait plus qu'à encaisser.

« Sois prudente, tu sais que Dollery est très dangereux. Calata travaillera avec toi.

– Merci, capitaine, dit-elle en se levant. Vous ne le regretterez pas.

– J'espère que non. Va voir Mhlabeni, il te briefera. »

Au moment où elle franchissait la porte, il lui cria : « Il vaut mieux que je te prévienne : il n'a pas bien pris la nouvelle. »

Mhlabeni lui jeta le dossier Sherwood à la figure, puis se cala sur sa chaise et se gratta les couilles d'un geste obscène. « T'as dû tailler une sacrée pipe à Titus, bordel. »

Elle ne releva pas.

« La descente à Ocean View a donné des pistes ?

– J'ai fait dix fois l'aller-retour entre les *blokke* et Ghost Town aujourd'hui pour trouver cette salope de Dollery, putain ! »

Mhlabeni parlait cinq langues différentes, mais ne pouvait pas ouvrir la bouche sans proférer une grossièreté, et ne disait jamais s'il te plaît ni merci. Persy ouvrit le dossier. Elle reconnut ses propres jambes coupées au niveau de la taille, ses nouvelles Puma et le cadavre au premier plan, gonflé jusqu'à paraître obscène, un bonhomme Michelin en jean et chemise à carreaux déchirée. Il y avait aussi le rapport d'autopsie préliminaire avec des gros plans de détails. La pornographie de la mort violente.

« Bonne chance avec ce putain de *moffie** à la morgue ! S'il a trouvé le temps de faire l'autopsie complète ! Il a tellement de macchab' que, la moitié du temps, il ne sait plus reconnaître son coude de son cul. »

Mhlabeni détestait Coombes, le médecin légiste du secteur. D'abord parce que Mhlabeni était homophobe. Et puis il éprouvait une répugnance pour la police scientifique en général, à qui il reprochait de plus en plus souvent d'échouer à lui fournir des preuves.

Le dossier Sherwood comprenait deux dépositions en plus de celles que Persy avait déjà vues.

« McKillian est l'ex-petite amie qui a identifié le corps, expliqua Mhlabeni. Complètement dérangée. Elle sait *fokkol* et n'a pas vu Sherwood depuis des années.

– Et les voisins qui ont signalé sa disparition ?

– Des vieux retraités séniles qui viennent d'emménager à côté de chez lui. Ils disent qu'ils ne le connaissaient pas.

– Ils se souvenaient avec précision de sa plaque d'immatriculation.

– C'est le genre à passer leur journée à la fenêtre à épier les voisins. Rien d'autre à foutre à Kommetjie. »

Il ferma les yeux. Il avait brusquement l'air vieux et fatigué. Persy réalisa avec surprise qu'il devait approcher de la retraite.

« Écoute, ce n'était pas mon idée… »

Il rouvrit les yeux et la fusilla du regard. « Tu sais, ça fait trente ans que je suis enquêteur, et on ne m'avait jamais retiré une affaire. »

Elle entrevit une lueur inattendue dans son regard. De la peur.

« Comme j'ai dit…

– J'ai entendu. Maintenant va te faire foutre ! »

Elle quitta le bureau en emportant le dossier. C'était ce qu'elle voulait, ce pour quoi elle s'était battue pendant ces longs mois au commissariat. Alors pourquoi ce sombre pressentiment ? Avant d'apporter le dossier à Calata, elle irait se nettoyer les mains aux toilettes. Histoire d'apaiser un peu l'inexplicable angoisse qui planait sur elle depuis qu'elle avait vu le corps de Sherwood sur la plage de Noordhoek.

21

Persy suivit Henry Coombes dans le couloir de la morgue. Néons tremblotants, la plupart grillés, murs carrelés, et une odeur omniprésente de désinfectant. Le légiste, sur les nerfs par manque de sommeil, avait des cernes fripés et violacés sous les yeux. Il se mit à parler à n'en plus finir du visa qu'il attendait pour l'Australie : il avait accepté un boulot à Brisbane. Encore un des meilleurs médecins légistes qui s'apprêtait à émigrer.

La morgue de Salt River était l'une des plus sollicitées du monde. Toute la métropole du Cap, jusqu'à Atlantis au nord sur la côte ouest, en dépendait. Les laboratoires médico-légaux, qui procédaient à quelque trois mille cinq cents autopsies par an, étaient au bord de l'effondrement du fait de la pénurie de personnel expérimenté, héritage des politiques désastreuses du précédent ministre de la Santé. Au cours de la seule année écoulée, cinq mille prélèvements avaient dû être jetés parce qu'on n'avait pas pu les analyser avant leur date limite de conservation.

« Je ne peux plus travailler dans ces conditions. Impossible de faire mon boulot quand j'ai autant de corps à examiner chaque jour. »

Persy le suivit dans son bureau. Une pièce aseptisée, sans aucune chaleur humaine. L'environnement spartiate du scientifique. Elle étala le dossier sur la table. Même s'il avait déjà tout examiné avec Mhlabeni pendant l'autopsie préliminaire, il s'était libéré pour revoir les photos avec elle. Avec l'assurance d'un expert, il passa ses doigts potelés sur les agrandissements en couleurs, le temps de se remémorer les résultats. Étant donné le manque criant de personnel, ils avaient eu de la chance qu'il puisse s'en charger. Blond-roux, la peau claire, brillant dans son travail, il passait comme Persy son temps à combattre les préjugés des flics, qui ne rataient jamais une occasion de se moquer de lui parce qu'il était « pédé comme un phoque ». Pour citer Mhlabeni.

« Nous avons affaire à une immersion de deux jours au plus, à en juger par le gonflement du corps. »

Il indiqua un gros plan de la bouche béante de Sherwood, à l'aspect étrangement flasque et informe.

« Le corps s'est décomposé assez vite à cause de la chaleur. »

La scène de la plage revint à l'esprit de Persy avec une clarté saisissante : la puanteur de la chair en décomposition mêlée à l'odeur sulfureuse du varech échoué sur le sable – les épaisses ramures ambre, les rubans plus sombres déchirés par le courant. La vermine grouillant sur la tête de Sherwood, dans ses habits, sur ses mains boursouflées. L'eau avait remonté sa chemise jusqu'aux aisselles, dévoilant un ventre ballonné au-dessus d'un jean Mr Price. Pas de montre ni de bijou. Rien dans les poches non plus. Tout avait été emporté par la mer.

« On n'a pas pu réaliser d'identification dentaire, malheureusement. Le gars n'avait plus une seule de ses dents d'origine. Le dentier a dû être aspiré par la mer. »

Il montra la chair boursouflée de la nuque. « Il s'est un peu fait tabasser. Blessure à l'arrière du crâne. À en juger par l'état des tissus et ses poumons, il était mort avant d'être plongé dans l'eau. »

Persy frissonna.

Il le remarqua et eut un sourire sans joie.

« C'est le seul avantage à bosser à la morgue. La clim est bonne. »

Il lui donnait une échappatoire, savait que c'était son premier homicide.

« On a un individu masculin de type caucasien, dont on sait maintenant qu'il était âgé de quarante-cinq ans. Poids : soixante-treize kilos. Heure approximative de la mort : entre vingt et une heures et minuit dans la soirée de vendredi. Cause de la mort : hémorragie cérébrale provoquée par plusieurs coups à la tête portés avec un objet lourd. On a retrouvé des fragments de ce qui ressemble à du ciment et de la brique dans le crâne. Mais ne comptez pas obtenir prochainement l'identification des matériaux. »

Coombes parcourut avec attention la série de photos suivantes. Il en retint deux montrant les mains gonflées de Sherwood. Des ecchymoses sombres s'étalaient sur les paumes.

« Écorchures sur les mains et les genoux antérieures à la mort, comme si la victime avait trébuché, avant de tomber. Blessures post-mortem : jambe gauche, six côtes et une clavicule cassées. Fracture du fémur droit, poignet gauche brisé. C'est le genre de blessure qu'on observe en général sur les personnes dont la mort a été causée par un accident d'escalade, ou un saut s'il s'agit d'un suicide. Certains signes indiquent aussi que le corps a été manipulé, peut-être traîné sur une surface rugueuse. On a trouvé des éclats de métal rouillé dans certaines plaies, et des particules de bitume. »

Coombes se frotta les yeux d'un air fatigué. Il avait la peau grasse. Persy ayant passé quelque temps dans son service au moment de sa formation, elle se faisait une bonne idée de son régime alimentaire : café, Coca, fast-food. Pareil qu'elle.

Et elle n'aurait pas été surprise qu'il ait recours à d'autres stimulants, illégaux ceux-là. À en croire les rumeurs, il mettait la même énergie à faire la fête qu'à travailler. Brûlait la chandelle par les deux bouts.

« Foie en mauvais état, poursuivit-il. Le cœur n'est pas en grande forme non plus. Je dirais qu'il a pas mal abusé d'alcool et de drogues. Il a consommé une grande quantité d'alcool avant sa mort, vraisemblablement sur une période de plusieurs heures. L'estomac contenait les restes d'un repas, datant de huit à neuf heures avant son décès. Le déjeuner, j'imagine. »

Persy se rappela ce que Duncan le rasta lui avait dit : Sherwood avait pris le plat du jour au Boma Bar, vendredi.

« Quand est-ce que je pourrai avoir le rapport toxicologique ?

– Dans trois ou quatre semaines, au plus tôt. Je travaille sous une pression incroyable ici, avec tous les retards. Mais je ferai de mon mieux. »

Quand Marge apprit par Titus qu'il avait confié l'enquête à Persy Jonas, elle appela tout de suite le commissariat pour lui parler. Elle dut supporter les habituels transferts d'appel et déclics sur la ligne, suivis par une version électronique d'une chanson traditionnelle anglaise. Une femme du nom de Phumeza finit par lui répondre que Jonas se trouvait à la morgue et lui donna son numéro de portable. Persy répondit à la première sonnerie.

« Alors, inspecteur ! Impossible de vous débarrasser de moi, on dirait.

– Apparemment. »

Marge trouva qu'un peu de gratitude n'aurait pas été superflue. Mais l'heure était venue de faire taire leur amour-propre. Elle avait besoin de mettre Persy de son côté. « Alors ne perdons plus de temps. Je vous ai organisé un entretien avec Yoliswa Xolele à deux heures. Elle est institutrice à l'école Logos. Elle pourra vous parler de la période où Sherwood y travaillait. Je vous envoie ses coordonnées. »

Il y eut un silence si long que Marge se demanda si Persy n'avait pas raccroché. Quand la jeune femme répondit, l'hostilité perçait dans toutes les inflexions de sa voix :

« Il faut que je vous dise, madame. On a un suspect, et il devrait bientôt être mis en garde à vue.

– Vraiment ! Qui ça ?

– Un dealer du nom de Sean Dollery. On a trouvé ses empreintes partout dans la voiture de Sherwood. C'est sans doute une affaire de drogue ou un car-jacking qui a mal tourné.

– Mais ce ne sont que des présomptions. » Marge ne pouvait pas dissimuler son scepticisme. « Yoliswa Xolele a pris ses dispositions, inspecteur, et je pense que vous trouverez ce qu'elle a à dire instructif.

– Dans l'état actuel des choses, je pense que c'est du temps perdu. »

Cette fille avait donc décidé de faire de l'obstruction ! Mieux valait mettre tout de suite les points sur les i.

« Inspecteur, si je comprends bien, nous sommes partenaires dans cette affaire. Alors, puisque c'est moi qui vous ai obtenu l'enquête, vous me devez bien de suivre mes pistes, non ? »

C'est ça, énerve-la, pensa Marge. Toi, une thérapeute diplômée ! Elle s'était toujours demandé à quoi ressemblait un silence « lourd de sens ». Maintenant elle savait.

« Je vous entends, madame », finit par répondre Persy.

Cette fichue flic n'avait aucun défaut dans sa cuirasse, décidément. Marge se rappela ses yeux marron plissés, imperturbables, derrière les lunettes. Toujours attentive aux signes de pathologies cachées, elle savait que le cas de Persy Jonas était loin d'être aussi simple qu'il y paraissait. Le plus agaçant, c'était que la jeune femme faisait ressortir ce qu'il y avait de pire chez Marge.

Sur le terrain de la dignité, le score était de un à zéro en faveur de la policière.

L'école Logos était composée d'une douzaine de salles de classe en préfabriqué, disposées en cercle autour d'une pelouse qui évoquait un pré communal ombragé par de grands chênes. Persy se demanda comment une si petite école indépendante avait réussi à acquérir un terrain d'une aussi grande valeur immobilière. Son portable sonna, et le nom de Dizu apparut sur l'écran.

« On vient de nous signaler un cambriolage à Kommetjie. Chez Klaus Schneider.

– L'employeur de Charlene Dollery ?

– Lui-même. Ça ressemble à un coup monté par quelqu'un de la maison, alors devine qui est suspect ?

– Qu'est-ce qui a été volé ?

– Comme d'hab. Télé neuve, appareil photo, ordinateur portable, vêtements. Et le pistolet de Schneider. Un Luger.

– Qui est-ce qui t'accompagne ?

– Mhlabeni.

– Merde. C'est là-bas que je devrais être. »

Pour suivre la piste de Dollery, leur suspect principal, au lieu d'obéir à un caprice de Marge Labuschagne. Sa première affaire de meurtre, compromise par une fouineuse autoritaire qui cherchait à revivre ses heures de gloire !

Dans le petit hall d'accueil, une métisse boulotte avec un foulard sur la tête parlait au téléphone, décrivant avec beaucoup de verve et de détails sordides la maladie d'un parent en phase terminale. Persy jeta un œil aux photos et aux dessins d'enfants exposés sur les murs derrière des vitrines. Il y avait notamment une série de photos d'incendie spectaculaires. Bâtiments en feu sur fond de ciel nocturne, silhouettes de pompiers combattant les flammes, ruines noircies.

« Désolée de vous avoir fait attendre. »

La réceptionniste avait raccroché.

« Terrible incendie ! dit Persy en indiquant les photos.

– Oui. L'école a été complètement détruite. C'était il y a sept ans. »

La femme rejoignit Persy près des vitrines. « Et nous n'avions pas d'assurance. »

Elle se présenta comme Mme Yasmin Fortuin, réceptionniste et épouse du directeur. Persy lui annonça qu'elle venait voir Yoliswa Xolele.

« Elle est encore en classe. Il n'y en a plus que pour quelques minutes.

– On ne devinerait jamais qu'il y a eu un incendie ici, dit Persy en faisant un geste à la ronde.

– On a tout reconstruit. En partant de rien. » Yasmin Fortuin marcha jusqu'à son bureau et prit une enveloppe. Elle en sortit une liasse de photos qu'elle tendit une par une à Persy. Elles représentaient un chantier : des gens avec des brouettes, des pelles et des truelles. « Ce sont les enseignants et les parents de l'école. Des habitants de Masiphumelele, d'Ocean View, de Kommetjie, de partout. Des Noirs, des Blancs, des métis. C'est si beau de voir toute la communauté se serrer les coudes. »

Persy essayait de manifester de l'intérêt, mais elle se demandait combien de temps elle allait devoir attendre l'institutrice.

« Je suppose que vous venez à propos d'Andy ? demanda Mme Fortuin en lui passant une photo. C'est lui, là. » Persy scruta le visage absolument quelconque de Sherwood. Souriant au milieu des autres bénévoles, les yeux clairs et les sourcils blonds-roux gommés par la lumière. Dans la tête de Persy, le gros plan de sa figure boursouflée, à la morgue, se superposa le temps d'un éclair à cette photo. Une vie arrachée en un instant. Son front et sa nuque se couvrirent d'une sueur froide, accompagnée de l'habituelle sensation d'angoisse. Elle passa à la photo suivante. Deux hommes. L'un, jeune et très élégant, avec de délicats traits indiens et des cheveux noirs et raides, était vêtu d'une veste bien coupée et d'une chemise blanche au col ouvert. Il détonnait nettement au milieu des autres participants au chantier.

« C'est un enseignant ? demanda Persy.

– Oh, non ! C'est Asha de Groot. Un homme très chic. Très distingué quand il parle. Un Anglais. C'est notre plus généreux donateur. Il a commencé à s'impliquer dans notre école une fois qu'il était en vacances ici. Il a tellement aimé qu'il est revenu habiter au Cap avec sa femme et ses enfants. »

L'attention de Persy fut attirée par l'homme plus âgé et plus petit à côté de lui. On aurait dit qu'il portait un costume, celui d'un paysan dans une pièce de théâtre, peut-être : pantalon ample et bottes. Son visage rusé, sous le chapeau cabossé, lui parut familier. C'était l'homme qu'elle avait vu parmi les badauds sur la plage, puis revu sur le parking en pleine discussion avec la hippie. Le monde était petit. Ou alors il y avait trop de coïncidences.

« Qui est-ce ? demanda-t-elle.

– Oh, ça, c'est Gregory Crane, répondit la femme du directeur. Il a été notre conseiller juridique. Il a fait partie de notre conseil d'administration pendant un moment. » Elle fut interrompue par le bruit perçant de la sonnerie électrique de l'école. « C'est l'heure de la récréation. Vous pouvez aller voir Yoliswa. »

Un groupe d'enfants de tous âges et de toutes races était occupé à creuser, planter et arroser avec grand sérieux un carré de légumes florissant. Des papillons blancs voletaient au milieu de la *dagga* sauvage et des romarins en fleur. La lumière douce donnait à la scène un caractère pastoral empreint de nostalgie : on aurait dit un instantané d'une enfance idyllique. Les chants d'oiseau résonnaient par-dessus le grondement lointain de l'océan. Aucun instituteur en vue. Persy perdait son temps dans les couloirs d'une école primaire ! Comme si elle n'avait rien de mieux à faire !

Une fille gracieuse et plus âgée, accroupie au milieu des enfants, se leva pour la rejoindre. Elle portait la robe et la coiffe traditionnelles des Xhosas. Quand elle s'approcha, Persy se rendit compte que ce n'était pas une enfant, mais une femme élégante d'une petite trentaine d'années. Sa peau foncée luisait sous un léger voile de sueur dû à ses exercices de jardinage. De toutes petites boucles d'argent en forme de protées scintillaient à ses oreilles. Elle tendit la main.

« Bonjour, je suis Yoliswa Xolele.

– Inspecteur Jonas.

– Ma classe est juste là. »

Persy suivit la maîtresse dans une petite cabane en bois. Un auvent en toile protégeait la véranda du soleil. On voyait clairement les enfants par la porte ouverte à deux battants. À l'intérieur, il faisait chaud et sombre, on manquait d'air. Des chaises en bois pour enfants entouraient des tables basses sur lesquelles était éparpillé un assortiment de crayons de couleur, de puzzles et de jouets. « Mettez-vous à l'aise, si vous y arrivez, dit Yoliswa avec un grand sourire qui dévoila ses dents du bonheur. Il y a moins de chances que les enfants nous interrompent ici. »

Elle remplit une bouilloire à un petit évier encombré de pots en verre remplis de pinceaux. « Marge a dit que vous vouliez me parler d'Andrew. J'essaierai de répondre à vos questions, mais je ne le connaissais pas bien. »

Yoliswa parvenait à montrer un visage à la fois avenant et impénétrable. *Exactement comme Dizu*, se dit Persy. Lui aussi donnait parfois l'impression d'être inaccessible. Drapé dans sa dignité. Et puis l'instant d'après, il vous lançait son sourire irrésistible et redevenait le charmeur qu'il était. Elle sentit son impatience s'apaiser tandis que l'institutrice versait le thé odorant et coupait des parts de gâteau à la carotte pour l'accompagner.

« Puis-je vous demander que le contenu de notre conversation reste entre vous et moi ? » demanda Yoliswa après lui avoir servi une tasse de thé et une assiette de gâteau.

Faire des promesses en l'air ne dérangeait pas Persy d'habitude, mais le regard direct de la jeune maîtresse exigeait la franchise.

« Si ça n'a aucun rapport avec l'enquête, ça ne sortira pas d'ici. C'est tout ce que je peux vous promettre. »

Sur ses genoux, les mains délicates de Yoliswa se crispèrent. Elle avait dû espérer une réponse plus rassurante. « Il ne s'agit pas seulement d'Andrew. L'incident impliquait aussi un enfant. Et la mère de cet enfant », expliqua-t-elle. Elle respira à fond. « Enfin, Marge a dit que c'était très important que je vous raconte, et j'ai confiance en elle. »

L'éloquence tranquille de l'institutrice impressionna Persy. « D'abord, il faut que je vous dise qu'aucune plainte n'a été déposée contre Andrew. Il y a sept ou huit ans, il était l'administrateur de l'école. Il a eu une relation avec notre professeur de musique, dont l'enfant était dans ma classe. Elle est tombée malade. Une dépression. Elle a été hospitalisée. À sa sortie, elle a rompu avec Andrew. Puis plus tard, elle est venue me trouver, bouleversée, et elle a voulu savoir si j'avais remarqué quelque chose d'inhabituel dans le comportement de son fils. C'était un enfant silencieux, et c'est vrai qu'il était devenu encore plus silencieux et nerveux, mais je l'avais attribué à la maladie et à l'hospitalisation de sa mère. Elle m'a confié qu'elle soupçonnait Andrew d'avoir agressé sexuellement son fils. J'en ai immédiatement fait part au chef d'établissement, Joel Fortuin. »

À cet instant, une petite Indienne d'une huitaine d'années à l'air fragile entra en pleurs dans la pièce. Elle courut enfouir sa tête dans les genoux de la maîtresse. Yoliswa lui caressa les cheveux pour la réconforter. « Qu'est-ce qu'il y a, Orlanda ? »

La petite releva la tête, le visage baigné de larmes. « Josh il m'a poussée de la balançoire », répondit-elle avec un accent britannique étonnamment snob.

Yoliswa s'excusa et ramena son élève auprès des autres enfants.

Sa voix caractéristique, chaude et conciliatrice, parvint à Persy à travers le jardin. Puis elle revint, lissant son tablier. « Pardon pour cette interruption, mais Orlanda a tendance à se faire malmener. »

Persy se rendit compte qu'elle aimait bien Yoliswa Xolele. Et, plus important encore, qu'elle avait confiance en elle. Elles reprirent l'entretien au point où elles l'avaient laissé.

« Est-ce que l'école a enquêté sur ces allégations ?

– La mère ne voulait pas infliger à son fils le traumatisme d'un examen médical. Ce qui nous a mis dans une situation délicate : sans aucune preuve, nous n'avions aucune raison de renvoyer Andrew, mais nous avons la charge de plus de deux cents jeunes enfants et nous ne pouvons pas nous permettre de les mettre en danger. Andrew a nié les faits avec véhémence. Il a dit que la professeur de musique avait tout imaginé à cause de sa dépression, et il a demandé la médiation d'un professionnel. Alors j'en ai parlé à Joel Fortuin, et il a fait appel à Marge Labuschagne. Elle a eu un entretien avec Andrew et la maman, séparément, puis ensemble. Son rapport ne permettait pas de trancher. Mais elle recommandait de ne jamais laisser un enfant seul avec Andy. Comme on peut le comprendre, la professeur de musique a démissionné et retiré son fils de l'école.

– Et Sherwood ?

– Ce qu'il y a, c'est qu'il avait un don avec les enfants. Ils l'adoraient. Par la suite, nous nous sommes tout de même arrangés pour qu'il ne reste jamais seul avec un élève. Mais le conseiller juridique de l'école a eu vent de l'histoire. »

L'homme au visage rusé qu'on voyait sur la photo du hall. Le badaud de la plage.

« Gregory Crane ?

– Oui, c'est ça. Je pensais que c'était un ami d'Andy, mais il s'est mis à répandre des allégations sur son compte. Bien entendu, ça s'est transformé en rumeurs. Un mal insidieux, mais impossible à arrêter. Andrew a démissionné. Ç'a été un soulagement. »

Elle respira à fond et regarda Persy.

« Andrew l'a très mal pris. Encore aujourd'hui, je ne connais pas la vérité dans cette histoire.

– Et le nom de la professeur de musique ? »

Yoliswa hésita.

« Il s'agit d'une enquête pour meurtre, lui rappela Persy.

– Elle s'appelle Colette. Colette McKillian. »

22

La main tremblante, Colette McKillian regarda les gouttes rouge brun faire comme des éclaboussures de sang sur le jaune crémeux. Elle ajoutait de l'extrait de vanille à l'œuf battu pour le pain perdu de Jasper. Étendu de tout son long sur le canapé du séjour, son fils regardait MTV en attendant le déjeuner. En règle générale, elle n'était pas pour la télé dans la semaine, mais aujourd'hui, elle ne voulait pas qu'il traîne à la cuisine et remarque l'état dans lequel elle se trouvait. Elle venait d'avoir Yoliswa Xolele au téléphone : l'institutrice lui avait raconté la visite de la policière du commissariat de Fish Hoek.

« Elle voulait savoir pourquoi Andy Sherwood avait quitté l'école. Je suis désolée, Colette, j'étais obligée de le lui dire. »

Le bras de Colette avait fait un bond, comme si elle avait reçu une secousse électrique, et le combiné avait failli lui échapper. « Comment avez-vous pu ? C'est absolument contraire à l'éthique ! Je vais écrire au ministre de l'Éducation ! » s'écria-t-elle, sachant très bien qu'elle n'en ferait rien. S'était-elle déjà montrée capable de se défendre, ne serait-ce qu'une seule fois ? Non, à part cette fois-là, et ç'avait été une catastrophe. Tout ce qu'elle voulait, c'était oublier tout ça. Retrouver le sommeil, la tranquillité d'esprit. La tranquillité d'esprit ! L'avait-elle jamais connue ? Non, même pas avant

Andy, pour être honnête. D'aussi loin qu'elle se souvenait, elle s'était sentie cernée par des murs sombres qui menaçaient de se refermer sur elle. Seules sa vigilance et la prise constante de médicaments l'empêchaient d'être complètement broyée.

Elle avait lancé un regard à Jasper pour s'assurer qu'il n'avait pas entendu son éclat. Il avait beau sembler en permanence à côté de ses pompes, comme tous les garçons de son âge, elle était parfois surprise par sa perspicacité. Souvent, plusieurs semaines après un incident, il faisait un commentaire inattendu qui montrait qu'il était encore le jeune garçon sensible d'autrefois, avant que ses hormones lui embrument la cervelle. Mais ces derniers temps, il avait changé, complètement. Il s'était replié sur lui-même. C'était devenu un inconnu maussade, au visage dur. Quand il se tenait près d'elle, sa seule présence physique la mettait mal à l'aise. Sa haute stature, ses épaules larges, son odeur de mâle. Les mains, autrefois potelées et pleines de fossettes, paraissaient maintenant immenses et brutales, les jointures anguleuses et menaçantes. Quand elle passait devant la porte de sa chambre, bien fermée pour la dissuader d'entrer, elle était décontenancée par la vue de ses chaussures de course abandonnées dans l'entrée, les lacets sauvagement entortillés. Elles avaient l'air faites pour les pieds d'un géant.

Récemment, il s'était mis à porter uniquement du noir et il avait toujours les poignets couverts de bracelets comme en ont les joueurs de tennis, alors qu'il ne pratiquait aucun sport. Il la prenait sans doute pour une imbécile. Elle avait trouvé un cutter dans sa chambre et, une fois, alors qu'il sortait de la douche, elle avait vu les coupures symétriques à ses poignets. Elle s'était renseignée sur l'automutilation. Les enfants s'y livraient quand leur souffrance leur était insupportable. La douleur physique les soulageait d'une douleur affective intolérable. Certains experts pensaient qu'il s'agissait d'une mode ou d'un acte commis par ennui, que les adolescents avaient un besoin effréné d'activités dangereuses en pleine nature, loin des regards indiscrets, que c'était un substitut aux rites de passage. Mais n'était-ce vraiment que ça ? Et n'avait-il utilisé son cutter que pour se couper ? Ou pouvait-on, imaginait-elle quand elle était au plus mal, le soupçonner de s'en servir pour d'autres usages plus meurtriers ?

Charlene Dollery ouvrit la porte au premier coup de sonnette. Elle devait les attendre, se dit Dizu.

« M. Schneider, il est parti promener les chiens. Je vais lui téléphoner pour dire que vous êtes là. »

La petite quarantaine, bien conservée, Charlene avait de gros seins moulés dans un tee-shirt jaune, un maquillage clinquant, et ses cheveux défrisés étaient coiffés au carré. Elle essaya de les laisser sur le seuil, mais Mhlabeni poussa brutalement la porte et elle dut faire marche arrière. Dizu entra à la suite de son collègue.

« On nous a signalé que la maison avait été cambriolée en votre absence.

– C'est vrai. Klaus… M. Schneider, il est resté en ville le week-end. Et alors moi j'arrive, et je vois, tout a disparu, la nouvelle télévision, la chaîne hi-fi, *alles.*

– Vous avez vérifié l'alarme ? » demanda Dizu.

Ils la suivirent à travers la maison en jetant un œil au dispositif d'alarme passive.

« L'alarme elle était allumée. Klaus l'a lui-même réglée. »

La maison était une véritable forteresse, avec des caméras de surveillance dans toutes les pièces.

« Et les caméras ?

– Elles étaient en marche. Mais quand on regarde maintenant, la bande elle est vierge. »

Tu m'étonnes, pensa Dizu.

« Qui connaît les codes ?

– Seulement moi. Et Boniface Osman. Le Malawien. Je lui ai dit à M. Schneider de pas lui montrer les codes. On peut pas faire confiance aux étrangers. »

Dizu trouva que c'était un peu fort, ça, venant de la mère d'un bandit notoire d'Ocean View.

« Ce Boniface Osman, il travaille pour M. Schneider ? demanda-t-il.

– Il dit qu'il est jardinier. Vous connaissez ces gens, ils viennent de la brousse mais ils vous disent qu'ils savent tout faire : la peinture, le jardinage, le ménage… »

Elle renifla avec mépris devant tant de présomption.

« *Ja, ja*, et où est-ce qu'on peut le trouver, ce *kwerekwere* ? » demanda Mhlabeni, ajoutant son propre grain de sel de xénophobie primaire.

« À Vrygrond. À côté de Muizenberg, là. Je sais où il habite, répondit-elle en gribouillant l'adresse sur une feuille du bloc posé près du téléphone.

– Et Sean, il est dans le coin ? » demanda Dizu quand elle lui donna le papier.

Elle lui lança un regard sévère.

« Sean a *fokkol* à voir avec ça !

– Il doit bien connaître les codes. J'ai entendu dire qu'il se sentait ici comme chez lui, fit remarquer Mhlabeni.

– Mon fils s'est acheté une conduite.

– *Ja*, un zéro de conduite, peut-être, rétorqua Mhlabeni.

– Harcèlement policier ! protesta Charlene en s'adressant à Dizu.

– Il est où, ton minet, hein ? insista Mhlabeni.

– Au travail.

– Ah oui, vraiment ? » Mhlabeni prenait son pied. Il se tenait tout près, trop près d'elle. « Et c'est quel genre de "travail" ? »

Dizu sentit son estomac se nouer. Mhlabeni se conduisait-il comme ça avec Persy ?

« On peut jeter un œil à l'étage ? » demanda-t-il pour détourner l'attention de son collègue.

Ils suivirent Charlene dans un escalier en colimaçon et se retrouvèrent dans une salle de séjour meublée de canapés en cuir. Larges baies vitrées coulissantes, murs couverts de disques d'or encadrés. Il y avait aussi tout un tas de petit matériel musical, une batterie, deux guitares électriques, un marimba et des œuvres d'art africain tape-à-l'œil. Un enchevêtrement de fils électriques sectionnés qui avaient dû être connectés au home cinema et à la chaîne hi-fi jonchaient la moquette.

Dizu se tourna vers Charlene :

« J'aimerais vous poser quelques questions, madame.

– Pour quoi faire ? J'ai rien à voir avec ça.

– C'est au sujet d'une autre affaire. Est-ce que Sean connaît un certain Andrew Sherwood ?

– Jamais entendu parler. »

Dizu continua sur le même ton de politesse.

« Où se trouvait Sean vendredi soir ?

– Ici, avec moi, bien sûr, répondit Charlene avec raideur, sur ses gardes. On regardait la télé.

– Oh, il regardait la télé avec maman ! » fit Mhlabeni avec son gloussement sans joie.

Charlene se hérissa. « Vous m'traitez d'menteuse ?

– Pas fameux, comme alibi, remarqua Dizu.

– C'est la vérité, fit Charlene en croisant les bras. Demandez à Klaus.

– Qu'est-ce qu'il en pense, Schneider, d'avoir un *skollie* notoire qui traîne dans sa maison ? demanda Mhlabeni.

– Klaus est content. Je m'en vais lui téléphoner pour qu'il rentre de la plage, répondit Charlene avant de descendre bruyamment l'escalier.

– Elle ment. » Mhlabeni s'était lentement dirigé vers le bar. « C'est la pute de Schneider. Ces Allemands, ils apprécient notre chocolat local. » Dizu préféra ignorer cette remarque vulgaire. Mhlabeni jeta un coup d'œil au bar bien approvisionné qui faisait toute la longueur de la pièce. « Un endroit comme je les aime », déclara-t-il. Il passa derrière le comptoir pour inspecter les bouteilles de whisky sur l'étagère. Il en souleva une, l'examina, puis la reposa d'un air dégoûté. « Le détournement de mineur, c'est pas mon truc. » Il tendit la main vers une bouteille de Laphroaig. « Seulement seize ans d'âge ou plus pour moi. » Il fit un clin d'œil à Dizu, déboucha la bouteille et en but une goulée.

Dizu sortit sur le balcon pour lui échapper. Appuyé sur la rambarde chromée, il admira la vue sur la longue étendue blanche de Long Beach, l'océan au-delà, Chapman's Peak, puis le Sentinel et, encore plus loin, la courbe de Hout Bay. En contrebas, des surfeurs chevauchaient les rouleaux, tandis que, sur la plage, les habitants de Kommetjie promenaient leurs chiens divers et variés à la lisière de l'eau. Un homme, vraisemblablement Klaus Schneider, remontait la plage en direction de la maison avec son doberman qui tirait en bavant tant et plus sur son collier étrangleur.

« Qu'est-ce qu'ils ont tous, les Blancs, avec leurs clebs ? » demanda Mhlabeni derrière lui. Ses mâchoires se contractaient dans un mélange de jalousie et de frustration. « Ils leur donnent de la bouffe meilleure que celle qu'on mange dans les townships. »

Dizu savait que ce n'était pas une exagération, même si ce n'était pas franchement vrai dans le cas de Mhlabeni. Vu la quantité de pots-de-vin qu'il empochait, ses gamins devaient manger comme des rois.

Klaus Schneider était un producteur et un imprésario de rock âgé de quelques décennies de plus que le mec branché pour lequel il continuait de se prendre. Il portait ce qu'il lui restait de cheveux noué en queue de cheval, un tee-shirt Die Antwoord[1] qui mettait en évidence son *boep** et un jean serré qui flottait sur ses jambes ratatinées. Il avait peu d'informations à apporter sur le cambriolage. Il se disait consterné que son arme ait disparu, mais à part ça, il n'avait qu'une hâte, c'était les mettre à la porte de chez lui. Il leur soutira le numéro du rapport de police pour sa déclaration de sinistre. Resta imperturbable quand Dizu aborda le sujet Dollery. « Est-ce que vous confirmez la déclaration de Mme Dollery, comme quoi Sean était ici vendredi soir ?

– *Ja*. Tout à fait. Moi je regardais des DVD dans la chambre avec Charlene, et Sean, lui, il regardait en bas, dans le salon-télé.

– Aurait-il pu quitter la maison sans que vous le remarquiez ?

– Non, je faisais des allers-retours à la cuisine pour prendre à manger, alors je pense qu'il n'a pas pu se passer une heure sans que je le voie. »

Charlene les reconduisit à la porte, l'air très contente d'elle-même. Dizu ne put cacher son exaspération. « Ça fait presque un mois qu'on cherche Sean. S'il n'a rien à cacher, pourquoi est-ce qu'il nous évite ? »

1. Groupe de rap-rave sud-africain originaire du Cap.

Bras croisés sur ses seins énormes, la mère eut un ricanement narquois. « Il est pas idiot, répondit-elle avec un regard entendu. Il sait que vous allez l'arrêter pour des choses qu'il a même pas faites.

– Dites-lui qu'on veut lui parler, reprit Dizu. Il vaudrait mieux qu'il vienne de lui-même, sinon ça ne va pas arranger son cas. »

Charlene ne dit rien et leur ferma la porte au nez.

Commissariat de Caledon Square, le commissariat du centre-ville. Assise dans le Nissan, Persy attendait que Ferial se pointe. Le vent du sud-est faisait entendre un hurlement incessant ; elle avait dû garder les vitres fermées pour se protéger de la poussière, et le *bakkie* était en train de se transformer en fournaise. Elle transpirait dans son tee-shirt et son chino, elle avait les pieds comprimés et gonflés dans ses Puma. Des tongs, voilà qui aurait été bien. Elle se rappela la tête de Titus, le jour où elle avait débarqué en tongs et tee-shirt Bob Marley. Juste pour le charrier.

Son portable sonna. C'était Dizu, qui l'appelait de Fish Hoek pour lui raconter sa visite chez Schneider.

« Aucune trace de Dollery. Charlene et Schneider mentent comme des arracheurs de dents.

– C'est peut-être une arnaque à l'assurance. Pourquoi Schneider couvrirait-il Dollery, sinon ?

– Schneider n'a pas besoin de prendre un tel risque. Il est plein aux as. D'après Mhlabeni, il protège Dollery à cause de Charlene. Et elle, elle fait de son mieux pour tout mettre sur le dos du jardinier malawien.

– C'est le problème, avec les Malawiens, répondit Persy avec ironie. Ils font de si bons boucs émissaires. »

Elle raconta à Dizu sa rencontre avec Yoliswa Xolele.

« Tu crois qu'il y a un rapport avec la mort de Sherwood ? demanda-t-il.

– Pas vraiment. C'est de l'histoire ancienne.

– Pourquoi Marge Labuschagne pense-t-elle le contraire ?

– Aucune idée. »

Persy éprouva une brusque irritation. Pourvu que Dizu ne se mette pas à gober les théories merdiques de Labuschagne. Voilà pourquoi les flics ne devaient pas aller à la fac. Ils perdaient leur instinct, ils avaient trop la tête dans les livres.

« C'est du temps perdu, reprit-elle d'un ton acerbe. Mais ça vaut peut-être le coup de creuser l'histoire de l'incendie. Il y a quelque chose qui cloche là-dedans. »

Quand Dizu eut raccroché, Persy regarda la course effrénée des canettes et des bouteilles en plastique propulsées par le vent tels des missiles. Des feuilles flétries par la chaleur et réduites en confettis s'envolaient en formant des tourbillons et de petites tornades. Des sacs en plastique blancs s'accrochaient aux clôtures, s'épanouissant ici et là en fleurs exotiques. Les fleurs emblématiques de l'Afrique du Sud. Des employés rentraient chez eux, courbés face au vent, les mains serrées sur leurs sacs et leurs paquets, les femmes maintenant leurs jupes en place. Persy vérifia l'heure sur le tableau de bord. Cinq heures vingt.

Toujours aucun signe de Ferial.

Elle avait dû finir le boulot il y a une heure. Elle n'allait pas se dégonfler, quand même ? Persy lui avait proposé de l'accompagner à Caledon, près de son lieu de travail. Mais une fois de plus, on la prenait pour une poire. Son portable sonna. Le numéro de Marge Labuschagne apparut. Pas franchement la personne à qui elle avait envie de causer.

« Vous avez rencontré Yoliswa ?

– Oui.

– Parfait. Retrouvez-moi au Red Herring à sept heures pour votre rapport. »

Elle avait raccroché avant même que Persy ait pu répondre. D'abord, Ferial lui posait un lapin, et maintenant elle était aux ordres de Marge Labuschagne, elle se faisait traiter comme une *meid**, une bonniche censée obéir au doigt et à l'œil à sa Madame blanche. Un nœud dur et serré lui broyait la gorge. De toute façon, qu'est-ce que cette vieille peau recherchait dans cette affaire, hein ?

23

« Ne reste donc pas à cette foutue fenêtre, et occupe-toi de tes affaires.

– La voilà qui ressort. Ça fait une éternité que je n'ai pas vu Ivor Reitz chez elle.

– Sa thérapie a peut-être foiré. »

George tourna la page du *Cape Times.* Il n'était encore question que de cette foutue comète. Qu'est-ce qu'il en avait à fiche ? Pas une ligne sur le braquage de son vidéoclub. La criminalité s'était tellement banalisée que seuls les meurtres semblaient dignes d'un entrefilet. Quant à la police, il ne comptait pas sur elle. Une bande de crétins.

« Où as-tu mis la section Sports, bordel ?

– Leur relation n'a rien de professionnel, crois-moi ! Ils restaient généralement assis là avec une bouteille de vin, à se tordre de rire. »

George Tinkler devait bien admettre que Fiona avait raison. Il les avait vus ensemble. Marge Labuschagne à moitié cachée par les *milkwoods*, Reitz assis au soleil, plein d'assurance, un verre de blanc à la main. Avec ses lunettes de soleil qui avaient l'air hors de prix. Un peu playboy sur les bords, au goût de George. Difficile de savoir s'il fallait mépriser ou jalouser cet enfoiré. Le plus étonnant, c'était que Reitz avait l'air de sincèrement apprécier la compagnie de la psy. De temps en temps, il se penchait en avant, comme absorbé par ce qu'elle disait, et puis il rejetait la tête en arrière et riait de tout son cœur.

« C'est forcément platonique, ça, je peux te l'assurer. Il ne va pas lui courir après alors qu'il a une bombe sexuelle à la maison.

– Le sexe n'est pas tout, tu sais. »

Pour toi, peut-être, pensa-t-il avec amertume, en se rappelant le nombre de fois où sa corpulente épouse se détournait de ses avances.

Aujourd'hui, c'était leur vingt-cinquième anniversaire de mariage. Ce qui le déprimait. Peut-être que s'ils avaient eu deux ou trois gamins, qui auraient été à la fac à l'heure qu'il était, il aurait moins eu l'impression d'avoir gâché sa vie. Ils s'étaient déjà disputés une fois depuis ce matin. Fiona le tannait pour aller boire un petit apéro au Bohemian Rhapsody. Un endroit dont il avait horreur, une arnaque, un repaire de tapettes et d'anciens *rhodies*, comme ils s'appelaient : des retraités fuyant le Zimbabwe qui vivaient chichement et venaient profiter des piñas coladas à prix réduits. En plus, il ne raffolait pas de ce Julian. Fiona l'adorait, bien entendu. Comme la plupart des femmes, ça la flattait de recevoir les attentions d'une pédale. Et puis il ne supportait pas la bouffe marocaine. Cette mixture d'épices peu ragoûtante était bien la dernière chose dont il avait envie. Qu'est-ce qu'il y avait de mal à aller s'enfiler un bon gros steak au Cattle Baron, nom de Dieu ?

« Ivor Reitz l'évite en ce moment. Il a sans doute entendu parler de ce pauvre innocent qu'elle a poussé au suicide.

– Qu'est-ce que tu radotes encore ?

– Rappelle-toi, Theo Kruger. Tu sais, l'histoire que Julian m'a racontée ? Le pauvre homme qui s'est jeté sous un train.

Bonté divine, George, ça rentre par une oreille et ça sort par l'autre, chez toi.

– Je m'en fiche comme de ma première chemise. C'était une pédale, non ? Ils sont tous dérangés. »

Fiona ne décollait pas les yeux de la fenêtre.

« Shamil a dit à Julian de mettre les gens en garde contre elle. Avec un peu de chance, elle va se retrouver sans clients et je pourrai enfin rentrer et sortir librement ma voiture de chez moi.

– Mais c'est qui, ce Shamil ?

– Un maître ascensionné.

– Un quoi ?

– Oh ! peu importe, George, tu ne comprendrais pas. »

Un peu, qu'il ne comprendrait pas ! Encore une connerie sortie du ciboulot de ce charlatan de Crane. Bien sûr, Fiona buvait ça comme du petit-lait. Et comme elle ne savait pas la boucler, l'histoire aurait fait le tour de la péninsule d'ici ce soir. Le cambriolage l'avait secouée, elle n'avait pas trop ouvert la bouche pendant deux ou trois jours, mais elle s'était remise à bavasser de plus belle.

« Ne répète surtout pas ce que je t'ai dit sur Shamil. Les évangéliques de Fish Hoek vont penser que je suis devenue adepte du satanisme ou je ne sais quoi. Tu sais comment ils sont. »

Pour ça, oui ! Et si Gregory Crane ne fricotait pas avec le diable, eh bien, on pouvait se demander qui le faisait. Mais il faut dire qu'il n'y avait pas beaucoup le choix, entre Jésus-Christ et le diable. Ou même Baal, tant qu'à faire ! Toutes les religions étaient ridicules. Il fallait être fou ou stupide pour gober ces boniments superstitieux. Sa lecture de chevet du moment était le livre du biologiste britannique Richard Dawkins, *Pour en finir avec Dieu*.

« Ne t'inquiète pas pour moi, tâche plutôt de la boucler, toi. Labuschagne est du genre à te poursuivre en diffamation. »

Il trouva enfin la section Sports. Les Stormers. Qu'est-ce qu'ils avaient encore, ces couillons, à jouer comme des fillettes ? Il poussa un soupir. Y avait de quoi vous dégoûter du rugby pour la vie.

Persy aperçut l'arrière pas franchement attirant de la tête de Marge Labuschagne dans les confins lambrissés du Red Herring. L'endroit ressemblait à un vulgaire repaire d'étudiants. Pas le genre de lieu où elle se serait attendue à trouver la psychologue. D'un autre côté, c'était à deux pas de Keurboom Street. Elle allait se commander un Coca, avant de la rejoindre et de faire semblant de s'incliner devant l'analyse soi-disant supérieure de son aînée. Marge avait choisi une petite table dans un coin, et elle remplissait une grande partie de l'espace. Non seulement elle portait un caftan d'une ampleur assez imposante, mais elle avait aussi empilé des livres et des dossiers sur la table voisine, ainsi qu'un grand cartable en cuir usé, semblable à ceux dans lesquels les hippies transportaient leurs marchandises de contrebande.

Persy commanda donc son Coca, puis alla se glisser en face de Marge, qui releva brièvement la tête, marquant du doigt l'endroit de la page où elle en était. « Attendez, voulez-vous, je termine le rapport d'autopsie préliminaire de Coombes.

– Mais, comment est-ce que vous vous l'êtes procuré ?

– Phumeza me l'a gentiment envoyé par mail. »

Nom de Dieu !

« Phumeza n'a pas la permission de distribuer les rapports de police à tout le monde ! »

Marge leva les yeux, étonnée. « Oh, ne lui en veuillez pas. C'est Titus qui lui a donné l'autorisation. »

Persy cacha son agacement en repoussant ostensiblement la tasse de café vide et l'assiette où restaient quelques miettes de gâteau, à en juger par les apparences. Il y avait aussi un cendrier avec plusieurs *stompies** écrasés à l'intérieur. Elle avait bien envie de coller une amende à la direction pour infraction aux lois anti-tabac. Son Coca arriva à l'instant où Marge refermait le dossier et la fixait d'un regard perçant.

« Bon. Passons aux choses sérieuses. Qu'est-ce qui vous fait penser que Dollery est responsable de la mort de Sherwood ? »

Persy combattait une irritation croissante.

« Eh bien, pour commencer, on a trouvé ses empreintes partout dans la voiture de la victime, et il n'a pas d'alibi pour vendredi soir.

– Et le mobile ?

– Un deal qui a mal tourné, probablement. Les gens comme Dollery n'ont pas besoin de raisons psychologiques profondes pour agir. »

Marge la fixa d'un regard intense. « Tout le monde a des "raisons psychologiques profondes", comme vous dites. »

Si seulement elles n'avaient pas été enfermées dans ce box étroit ! Persy avait une conscience suraiguë du vinyle craquelé de la banquette contre son dos et de l'obscurité lambrissée des murs.

« Quelque chose ne va pas ? demanda Marge, dont les yeux clairs restaient rivés sur elle.

– On étouffe ici.

– Donc, vous avez parlé à Yoliswa. »

La question d'ouverture de Marge dégénéra en quinte de toux de fumeuse. Persy attendit la fin.

« Ça remonte à sept ans. Je ne vois pas le rapport avec cette enquête. »

Marge secoua la tête d'un air aussi exaspéré qu'exaspérant.

« Un pédophile prédateur ne s'arrête jamais de commettre des délits. Dans l'hypothèse où Sherwood en était un, il y a forcément d'autres victimes, ce qui nous met sur la voie d'un mobile. Ça vaut la peine de creuser, expliqua-t-elle d'une voix rauque en finissant de tousser.

– Yoliswa a dit que vous n'avez pas trouvé de preuves contre Sherwood.

– C'est toujours difficile de découvrir la vérité quand il y a un enfant en cause », répondit Marge en se penchant en avant, épaules voûtées.

Persy n'aimait pas la façon dont elle la dévisageait. Cette conversation provoquait chez elle un malaise indéfinissable, comme si elles parlaient en langage codé. En apparence, il semblait être question de Sherwood, mais dans le fond, il s'agissait d'autre chose.

Marge tapota un paquet de cigarettes écrasé pour en sortir une. Un briquet s'enflamma, allumant un soudain éclat bleu dans ses yeux. La fumée, qu'elle avait recrachée par le coin de la bouche, revint au-dessus de la table où elle resta en suspens. « Les pédophiles prédateurs sont maîtres dans l'art de détourner l'attention de leur déviance, de la travestir ou de la dissimuler. Ils sont parmi les déviants les plus malins. Vous savez pourquoi ? Parce qu'ils ne sont pas convaincus que ce qu'ils font est mal. »

Persy connaissait le refrain. Les sévices sexuels étaient si répandus en Afrique du Sud qu'on aurait cru que c'était un sport national. Cette discussion ne menait nulle part. Un méchant était un méchant. Point. Il n'y avait pas de justification. Pas d'ambiguïté.

Elle réorienta la conversation vers l'enquête en cours.

« Je veux parler à votre ami, M. Reitz, si vous avez ses coordonnées.

– Qu'est-ce qu'Ivor a à voir là-dedans ? » demanda Marge avec un froncement de sourcils. La cendre de sa cigarette se détacha et retomba en un cylindre accusateur sur le rapport d'autopsie.

« Sherwood avait mis ses affaires dans des cartons, dans le garage. On dirait qu'il s'apprêtait à déménager, alors je me demandais s'il en avait parlé à Reitz, étant donné que c'était son propriétaire.

– Si Ivor avait été au courant de quoi que ce soit, je suis sûre qu'il l'aurait dit. »

La psychologue, remarquait-elle, avait la même attitude gênée chaque fois que le nom de Reitz revenait sur le tapis.

« Si on savait où allait Sherwood, ça pourrait nous donner une piste pour remonter à Dollery. »

Marge eut l'air sceptique. « Qu'est-ce que vous avez contre ce Dollery, hein ?

– Je déteste les gangsters, point final. Surtout ceux qui s'attaquent à leur propre communauté. Nous, on n'a pas de clôtures électriques ni de vigiles comme vous autres. »

Sous-entendu, vous autres Blancs. Le coup était bas, mais qu'est-ce qu'elle en avait à foutre ? Elle voulait faire éclater la bulle d'autosuffisance dans laquelle se complaisait Marge Labuschagne.

« Qu'est-ce qui vous a poussée à devenir flic ? » lui demanda l'autre en la dévisageant.

Elle fut prise au dépourvu par le changement de tactique. « Pardon ?

– Il existe une théorie selon laquelle ce sont les gens qui trouvent le monde chaotique qui deviennent flics. Restaurer l'ordre leur donne un sentiment de contrôle. La police attire donc les coupables. Ou les justiciers.

– Ah oui, vraiment ? rétorqua Persy, qui ressentait une tension croissante derrière les yeux. Je ne vois pas de quoi vous voulez parler, ma bonne dame.

– Oh, c'est juste une théorie.

– Une théorie à la con. »

Derrière le nuage de fumée violette, Marge avait l'air d'un mauvais génie. « Je ne voulais pas vous vexer. »

Non, bien sûr que non, se dit Persy, et tout le monde sait que les métis sont trop susceptibles.

Marge écrasa sa cigarette à petits coups secs.

« Je parlerai des cartons à Ivor.

– C'est à moi de le faire, je pense.

– Ivor est un ami. J'obtiendrai beaucoup plus que vous de sa part. »

Persy sentit son cou et son visage s'empourprer. « Tout ce qu'il dira est susceptible d'être présenté au tribunal.

– J'ai mis plus d'assassins derrière les barreaux que vous n'avez pris de petits déjeuners, rétorqua Marge, brusquement impérieuse. Je sais très bien comment conduire un interrogatoire. »

Bon, il n'était pas question qu'elle reste assise sans rien dire à écouter les conneries de Labuschagne ! Elle se glissa hors de la banquette et se leva, le cœur battant à tout rompre.

« Vous n'êtes pas officiellement sur cette enquête, madame, et vous n'êtes pas ma supérieure.

– J'essaie d'aider…

– Foutaises. » Persy baissa les yeux vers la mine interloquée de Marge. « Vous n'aidez pas. Vous vous immiscez dans mon enquête parce que vous êtes obsédée par cette affaire, je ne sais pas pourquoi. Nous avons notre assassin, et mon boulot, c'est de le mettre derrière les barreaux. Si ça ne vous plaît pas, vous n'avez qu'à téléphoner au capitaine et lui tirer sur les ficelles. Comme vous l'avez fait remarquer, c'est vous qui m'avez obtenu cette affaire, alors vous ne devriez avoir aucun mal à me faire débarquer. »

Elle flanqua quelques pièces sur la table. « Pour le Coca », dit-elle, puis elle sortit d'un pas furieux.

Eh bien ! Marge regarda la frêle silhouette de Persy disparaître par la porte. Elle avait appuyé là où ça faisait mal, et l'autre lui avait rendu la pareille. Persy avait vu clair dans son jeu, elle savait que Marge ne courrait pas le risque de perdre cette enquête en allant se plaindre à Titus de sa protégée. La fille était maligne, si on faisait abstraction de son aveuglement au sujet de Dollery. Qu'y avait-il là-dessous ? Marge l'avait soupçonnée de cacher quelque chose dès qu'elle avait vu l'expression méfiante de la jeune femme. Il s'agissait maintenant de découvrir de quoi il retournait, et vite, avant qu'un assassin n'échappe à la justice.

24

Persy la sentait venir depuis le matin, cette tension qui s'accumulait en elle. Elle redoutait de rentrer à l'appartement, de devoir faire face à Donny et à Ferial ; elle en voulait au monde entier, comme si elle était dans une peau qui n'était pas la sienne. La rencontre avec Marge n'avait fait qu'empirer les choses ; elle avait eu furieusement envie de prendre un verre, au Red Herring, ne serait-ce qu'une bière, histoire de se calmer les nerfs, mais elle ne se serait jamais risquée à boire devant la psychologue. Ça non, putain ! L'autre n'attendait qu'une chose, c'était qu'une faille apparaisse dans ses défenses, pour aller trifouiller dans sa tête.

Ces psycho-machins adoraient farfouiller dans l'enfance des gens, alors que les gens, eux, n'avaient qu'une envie : l'oublier.

C'était l'heure entre chien et loup – le début du long crépuscule d'été. Elle aurait pu s'arrêter quelque part du côté de Voortrekker Road, mais elle ne pouvait pas attendre si longtemps. Elle prit la direction de Grassy Park, où elle connaissait un *shebeen*, mais elle y était déjà allée une fois de trop. Les lumières jaunâtres et sulfureuses des lampadaires ressemblaient à des fleurs blafardes au bout de leurs tiges. Elles éclairaient la voiture par flashes tandis que Persy roulait vers le front de mer, traversait le pont sur la lagune et s'engageait dans Prince George Drive, dépassait la marina puis le secteur de bureaux de Capricorn. Partout des signes de densification urbaine. Des maisons « boîtes d'allumettes » en béton aux fondations instables, construites sur des dunes mouvantes. La beauté naturelle du Cap engloutie par l'avidité des hommes. Une fois dépassés les nouveaux lotissements, Persy se retrouva en territoire familier. Lavender Hill. C'est là que vivaient les oubliés de la société, dans leurs immeubles en parpaings, avec leurs cordes à linge, leur vent, leur chaleur et leur sable, leur désespoir. Persy avait de la famille ici. Des gens qu'elle serait heureuse de ne jamais revoir, même si Poppa était resté en contact avec eux. Cette pensée la ramena à la dernière fois qu'elle avait vu son grand-père, deux semaines auparavant. Elle l'avait trouvé assis dans le jardin du foyer pour personnes âgées St Francis, où une religieuse arrosait des géraniums tout en tiges. Le vent du sud-est avait craquelé la terre des plates-bandes. La pelouse battue par le vent était galeuse. Un faux-poivrier poussait tout contre le mur, mais seuls les lauriers-roses, toxiques et indestructibles, se plaisaient ici.

Poppa jouait aux échecs avec une autre patiente du service de soins aux personnes âgées fragiles, Maria Erntzen, avec qui il s'était lié d'amitié. Persy remarqua avec un pincement au cœur que le pull en coton léger qu'elle lui avait acheté chez Woolworths pendouillait encore plus que la semaine précédente. On l'avait prévenue que le cancer aurait cet effet, qu'il le grignoterait de l'intérieur. Sa peau apparaissait parcheminée dans le soleil ; il y avait de nouvelles taches de vieillesse sur sa figure. La main qu'il tendit pour déplacer son fou était aussi légère que la patte d'un oiseau ; la peau, ternie par l'âge et la mauvaise circulation, évoquait du papier de soie violet tout fripé.

Mais il passait une bonne journée : elle l'avait vu tout de suite à la façon dont son regard s'était éclairé en la voyant, et au sourire qui s'était épanoui sur son visage, effaçant brièvement son aspect cadavérique.

« Persephone ! »

Il avait choisi le prénom de sa petite-fille dans la mythologie grecque. Quand elle était enfant, Persy avait écouté, en extase, ses histoires des dieux de l'Olympe, ses récits de la guerre de Troie et des aventures d'Ulysse. Il était le seul de sa famille à savoir lire et écrire, pour avoir fréquenté l'école confessionnelle St Francis, à Simon's Town. Avec plus d'éducation et d'opportunités, qui sait ce que Poppa aurait pu devenir ? Ce que tous les hommes et les femmes de sa génération auraient pu devenir ?

Maria Erntzen leva les yeux de l'échiquier, qu'elle examinait avec attention. « Tu me sauves, mon petit. Ce méchant homme était sur le point de me mettre échec et mat ! »

C'était une femme à la peau foncée et au dos déformé par l'arthrite, qui ressemblait à un oiseau. Elle avait gardé une épaisse chevelure noire, aujourd'hui raidie et lustrée par la laque.

Persy se pencha pour déposer un baiser sur la joue de Poppa, aussi sèche qu'une feuille morte contre ses lèvres.

« Comment vas-tu, Poppa ?

– Bien, ma chérie, très bien. » De sa main frêle, il tapota timidement le bras de Persy. « C'est une si belle journée. »

En l'absence de stimulation, les personnes âgées avaient tendance à se focaliser sur la météo. Ou sur leurs opérations. Mais pas lui : il ne parlait jamais de sa maladie, ne se plaignait jamais. Quand elle essayait d'évoquer les préparatifs de ce qui allait fatalement arriver, c'était toujours la même réponse : « Ne t'inquiète pas, ma mignonne. Jésus veille sur moi. Jésus s'occupe de tout. »

Sa piété faisait enrager la mère de Persy autrefois, elle haïssait les bougies dont les flammes dansaient dans leur verre rouge sur le buffet de leur maison d'Ocean View, le crucifix macabre au-dessus de la télé. Elle trouvait particulièrement à redire au sanctuaire que son père avait élevé à Marie, les yeux empreints de douleur levés vers le ciel. Elle injuriait Poppa, disait que les prêtres étaient des menteurs qui donnaient de faux espoirs. Persy se rappelait à peine sa mère : elle ne gardait d'elle qu'une impression générale faite de sautes d'humeurs et de colères d'ivrogne, noyées dans le brouillard poisseux du désespoir. Et puis sa mère avait disparu. Il n'était plus resté qu'elle et Poppa. Il y avait de grands trous dans ses souvenirs de l'époque où sa mère était partie ; elle avait particulièrement du mal à se rappeler son frère. On aurait dit qu'il se trouvait toujours à la lisière de son champ de vision. Quand elle tournait les yeux pour le regarder en face, son spectre s'évanouissait. Pour elle, le souvenir de son frère était indissociable d'une terreur étrange, des violentes explosions de chagrin de leur mère, de sa haine irraisonnée. Tout ce qu'elle se rappelait de lui, c'étaient ses sandales vertes. Peut-être que l'image lui était restée dans la tête parce qu'elle les avait portées autrefois, avant que son frère en hérite. Des sandales vert pistache en caoutchouc bon marché. Fabriquées en Chine.

Poppa souleva sa frêle carcasse de son fauteuil, les bras tremblant sous l'effort telles des brindilles cassantes agitées par le vent. « Tu veux du thé, ma chérie ?

– J'y vais, Poppa, ne te lève pas. »

Il se laissa retomber, frustré, haletant. La dépendance lui était plus difficile à supporter que la souffrance.

Dans la petite cuisine, sœur Clare faisait la vaisselle. Une sexagénaire forte, énergique, à la peau lisse de fillette. Elle était née en Irlande, mais cela faisait trente ans qu'elle venait en aide aux habitants de Grassy Park.

Persy prépara un plateau en alu, à la peinture écaillée par des années de récurage, tandis que la sœur expliquait à n'en plus finir en quoi Maria Erntzen était une bénédiction pour Poppa. « Ils se sentent si seuls, vous savez. Tout le monde oublie les personnes âgées. »

Persy eut un accès de culpabilité. Elle venait voir son grand-père le plus souvent possible, mais avec ses longs horaires de travail, ses heures supplémentaires, le temps qu'elle mettait à rentrer à Parklands, il était rare qu'elle puisse le voir plus de trois ou quatre fois par mois. Elle posa des tasses et des soucoupes sur le plateau, ainsi que quelques sachets de sucre. Il faudrait se contenter de lait en poudre. Elle déballa un gâteau de son sac en plastique – les sœurs n'avaient pas souvent de sucreries, et le foyer disposait de ressources limitées. Il ne restait pas grand-chose pour les produits de luxe comme les pâtisseries.

« Vous savez qu'il faut vous préparer, mon petit. »

Persy évita le regard bleu, inquiet, de la sœur.

« Il est âgé, mais il est fort.

– Cette maladie n'épargne personne, répondit sœur Clare en posant la main sur son bras. Si vous avez besoin de parler, je suis là.

– Je suppose qu'il faut que je prenne des dispositions.

– Oh, nous nous occuperons de lui, ici. Et il a fait son testament et tout le reste. »

Bien entendu. Poppa n'avait jamais voulu être un fardeau.

« Mais dites-lui tout ce que vous avez à lui dire, mon petit. Tant qu'il peut encore vous entendre. »

Persy prit le plateau dans les mains, la gorge nouée par la peur. Poppa était la seule constante qu'elle ait jamais connue.

S'il s'en allait, tout ce qu'il y avait de réel et de solide dans sa vie lui serait arraché. Un abîme sombre menaçait de s'ouvrir sous ses pieds, une vie de solitude remplie par le travail. Elle emporta le plateau dehors, à l'endroit où les deux vieux étaient penchés sur leur partie d'échecs. Un nuage filant à toute allure dans le ciel voila le soleil, répandant une ombre noire sur le jardin. Persy entendit son grand-père en grande conversation avec Maria Erntzen.

« C'est une bonne, une gentille fille. Pas comme sa mère, qui passait sa vie dans les *shebeens.*

– Et son père ? Un buveur qui couchait à droite à gauche ?

– J'ai été son père, répondit Poppa avec un haussement d'épaules. Et ça a été ma bénédiction. »

Alors qu'elle traversait Muizenberg, Persy se rappela le vieux bar dans le quartier du village. Pourquoi pas ? Personne ne la connaîtrait là-bas, et elle avait déjà vu des métis en sortir, donc la clientèle était mélangée. Elle n'imaginait pas des flics aller y boire un coup. Elle vira, passa outre l'interdiction de faire demi-tour au croisement, en proie à cette sensation de fébrilité familière au creux du ventre, à la terreur rampante qui menaçait de l'engloutir d'un instant à l'autre. Maintenant que l'heure de pointe était passée, Muizenberg était silencieux. La silhouette de l'atroce pavillon de plage des années 1960 se détachait nettement sur le lustre métallique de la mer de plus en plus sombre. Elle se gara dans Church Street puis se dirigea vers le bar au coin de la rue. Une télé à écran panoramique diffusait en beuglant une course de Formule 1. Deux Blancs flanqués de jeunes filles noires, des Rwandaises ou des Nigérianes, jouaient au billard. C'était un vieux bar de quartier, fréquentés par des habitués arrivés avant le soi-disant « rajeunissement » de Muizenberg.

Elle commanda une vodka double avec citron et glaçons. Sur le tabouret de bar à côté du sien, un homme vêtu d'un anorak publicitaire était plongé dans son désespoir. Il lui lança un regard trouble par-dessus quelques verres vides pas très nets et un cendrier plein de *stompies.* Un épais nuage de fumée bleue flottait sous un plafond en métal gaufré jauni par la nicotine. On ne respectait pas la législation anti-tabac, ici. Elle alla s'installer près de la porte avec sa boisson. Dès la première gorgée, elle sentit son angoisse s'apaiser. Elle termina rapidement son verre. Personne ne semblait la remarquer. Tant mieux. Le rugissement de la course de Formule 1 étouffait tous les autres bruits. Elle appela le barman et commanda une autre double vodka. « Vous pouvez mettre un peu moins fort ? » cria-t-elle en montrant la télé. L'autre haussa les épaules d'un air évasif. Un homme grand, assis de l'autre côté de M. Anorak, se leva pour baisser le son. Retourna s'asseoir au comptoir, sans la regarder. Pas loin de la quarantaine, la peau plus foncée qu'elle, la figure légèrement grêlée, en jean serré et tee-shirt noir. L'une des Noires le rejoignit et il enroula nonchalamment le bras autour de sa taille, en habitué. C'était peut-être un mac, mais il n'avait pas la tête de l'emploi. Plus âgé qu'elle ne l'avait cru au début, il avait des cuisses puissantes, qu'il tenait écartées sur le tabouret de bar, et de grosses mains rugueuses. Un maçon, donc, un manuel. Il carburait à la bière, mais il n'était pas trop bourré.

La Black le draguait pour obtenir quelque chose. Est-ce qu'il dealait ? Peu probable, vu que les Nigérians avaient le monopole à Muizenberg. Il sentit que Persy l'observait et croisa son regard par-dessus la tête de sa copine. Ce n'était plus qu'une question de temps. Elle s'était attaquée à son troisième verre quand il l'approcha, un peu défoncé peut-être, les paupières légèrement tombantes, dégageant une forte odeur de fumée comme s'il s'était tenu près d'un feu de bois, et en-dessous, un relent âcre de sueur. Le mâle animal. Qui écumait les bars à la recherche d'une proie. Très bien, autant lui laisser croire que c'était lui, le prédateur.

Il était menuisier et s'appelait Raoul. Il fabriquait des meubles. « Rien que du sur-mesure. » Il présenta les choses comme s'il était le patron, ce dont Persy doutait.

« Et toi ?

– Je suis étudiante. En technologie des produits alimentaires, au Technikon », mentit-elle sans aucune difficulté.

En fait, elle n'avait pas envie de causer, alors elle le laissa jacasser, l'écouta parler de toutes les huiles qui lui achetaient des meubles et du restaurant *laanie* du Waterfront qui lui en avait commandé pour deux cent mille rands.

Il lui offrit un autre verre, puis ils jouèrent au billard, chacun évaluant le corps de l'autre. Il jouait comme une merde, mais elle le laissa gagner. Ensuite, ils firent un double contre un Blanc minable, la cinquantaine, et sa trop jeune copine noire. Raoul se pencha au-dessus de Persy, se colla contre son dos, guida ses coups, ses grosses mains calleuses recouvrant les siennes. Les visages de Marge Labuschagne, de Poppa, de Mhlabeni et de Sean Dollery se dissipaient peu à peu, relégués dans une zone chaude en arrière-plan de ses pensées, emportant ses angoisses avec eux.

La dernière image à partir, comme d'habitude, fut celle de cette petite présence sans visage, dont la voix résonnait comme un reproche au fond de sa tête.

« Attendez-moi, attendez-moi. »

Will se glissa dans la maison aux petites heures du matin du jeudi, à l'heure où le ciel au-dessus de Chapman's Peak commençait à s'éclaircir. Bongo roupillait dans son panier devant la porte d'entrée. Il leva un instant la tête en entendant le bruit de la clé dans la serrure, puis la laissa retomber entre ses pattes avec un gros soupir. Aucun signe de sa mère. Will monta l'escalier à pas de loup jusqu'à sa chambre, espérant ne pas l'alerter en faisant grincer une marche. La veille au soir, il l'avait entendue taper pendant des heures. Elle était pleine d'énergie, presque enthousiaste ; c'était de retravailler sur une affaire criminelle. En fait, elle allait super bien depuis quelques jours. Il se rendit compte que cette semaine chez sa mère ne lui pesait pas autant qu'il l'avait imaginé. Curieusement, il commençait à apprécier sa compagnie ; c'était comme au bon vieux temps. Peut-être que Fleur Brident ne recevrait pas son approbation, mais il était bien forcé d'admettre qu'elle se trompait rarement dans ses jugements. Il aurait aimé lui présenter quelqu'un qu'elle admirerait, pour changer. Comme Persy Jonas. Il voyait bien que malgré leurs différences, sa mère ne pouvait pas s'empêcher d'éprouver du respect pour cette fille. Et Persy était vraiment sexy pour une flic. Dans un genre plutôt discret. Des beaux yeux, même derrière les lunettes, et une jolie petite silhouette.

Elle lui donnerait plus de mal que les autres, mais pourquoi pas, après tout ? Il commençait à en avoir marre des *WASPS* qui fréquentaient les écoles privées.

Peut-être grandissait-il enfin. Au moment où il s'asseyait lourdement sur son lit, il entendit un bruit de moteur qui ne lui était pas familier, celui d'un gros véhicule, tourner au ralenti sous sa fenêtre. Une portière qu'on ouvre, puis l'aboiement caractéristique de Bongo, coupé net par un glapissement de surprise et de douleur. Il bondit sur ses pieds et scruta la rue. Dans la lueur du petit matin, il distingua deux hommes qui luttaient avec un troisième pour le faire entrer de force à l'arrière d'un pick-up blanc. Puis il se rendit compte que le troisième homme n'en était pas du tout un, c'était Bongo, avec une sorte de sac en grosse toile sur la tête. Alors il descendit l'escalier quatre à quatre en hurlant : « Maman ! Maman ! » et ouvrit la porte, déclenchant l'alarme, juste à temps pour voir un homme claquer la portière arrière et sauter sur le siège passager. Tous phares éteints, le véhicule s'ébranla et disparut dans l'obscurité, le bruit de son moteur s'amplifiant quand il tourna dans Oak Avenue, puis il s'éloigna en trombe.

« On a volé Bongo ! »

Persy avait porté son téléphone à l'oreille sans réfléchir, et maintenant, dans la lumière grise naissante, elle avait toutes les peines du monde à s'extirper des derniers vestiges de la nuit pour faire face à un début de gueule de bois, avec douleur lancinante à la tête et bouche desséchée.

« Vous m'entendez ? »

Elle fut déconcertée par la voix râpeuse, vaguement familière, et la vue d'un réveil numérique inconnu à son chevet.

« Je vous ai entendue. » Marge Labuschagne l'appelait-elle vraiment à cinq heures du matin pour un clebs ?

« Will a vu deux hommes l'emmener dans une camionnette ! »

Le corps d'un homme endormi était étendu à côté de Persy : nu, la bite flasque posée sur sa cuisse, les mollets ornés de tatouages samoans. Elle se rappelait à peine leur partie de jambes en l'air, ce n'était plus qu'une impression confuse, halètements et cabrioles, le martèlement cadencé de son crâne contre la tête de lit. Un prénom lui revint confusément à l'esprit… *Raoul.*

« Je sais que ce n'est pas une priorité, mais est-ce que vous pouvez m'aider ? J'ai entendu dire qu'on volait des bergers allemands pour des combats de chiens ! » Marge Labuschagne avait l'air au bord des larmes.

« Je vais voir ce que je peux faire », articula difficilement Persy. Elle raccrocha, puis jura en sentant les premiers effets de sa cuite à la vodka. Ensuite, viendraient les remords. Elle se glissa hors du lit : son jean, son tee-shirt, son slip étaient par terre. Que d'habitude elle suspendait ou pliait bien comme il faut. Les signes d'une de ses « crises », comme elle les appelait. Elle commença à se rhabiller à la hâte, mais sentit une présence dans l'embrasure de la porte. Elle fit volte-face, et elle le vit : debout sur une jambe tel un échassier, quatre ou cinq ans, une bouille toute ronde auréolée de frisettes souples, un short qui lui descendait sous le genou. *Un petit garçon perdu.* Cette vue lui coupa le souffle. « Qu'est-ce que tu veux ? » murmura-t-elle en le dévisageant. La gueule de bois lui faisait l'effet d'un nuage masquant le soleil.

« Salut, Barnabas », fit la voix pâteuse de Raoul derrière elle, et voilà que l'enfant se mit à courir vers elle, la dépassa, puis sauta sur le lit où il se mit à faire des bonds. Ce n'était pas *lui.* Comment cela aurait-il été possible ? Ce garçon était plus âgé, sa peau plus claire, café au lait léger. *Mère blanche*, se dit-elle.

« C'est mon fils. » Raoul la regardait depuis le lit. « Dis bonjour à la jolie dame, Barney. »

Persy enfila son jean, sentit l'odeur rance de sexe et de la sueur de la veille, tandis que les paroles de Poppa lui revenaient en mémoire. *« Pas comme sa mère, qui passait sa vie dans les* shebeens, *qui buvait et qui couchait à droite à gauche. »*

Elle se tira de là. Elle ne voulait plus jamais revoir Raoul, ni le gamin, elle voulait même oublier qu'elle avait posé les yeux sur eux. Plus tard, elle se rappellerait qu'en apercevant le garçon debout sur son unique jambe maigrichonne, son regard s'était dirigé vers son pied nu à la recherche des sandales vertes.

Quand elle arriva à Ocean View, le soleil était déjà levé, mais il y avait peu de signes de vie. Elle traversa Lapland, dépassa le funérarium Nu Destiny avec ses fausses colonnes grecques à l'entrée, puis s'engagea dans les ruelles bordées de bicoques branlantes, aux noms de fleurs ornementales anglaises. Personne à l'horizon. Rien que des chiens, partout, surtout des *brakke**, des bâtards, petits et couleur poussière, certains aimés par leur maître, la plupart sans foyer. La Société de protection des animaux avait beau venir régulièrement procéder à des stérilisations massives, ça ne changeait rien. Ils continuaient à proliférer. Autrefois, il y avait des dealers au coin de ces rues, mais comme leurs affaires prospéraient, ils s'étaient installés plus loin, dans des maisons de location de Ghost Town, près des *spazas*. Comme ça le client pouvait faire toutes ses courses au même endroit. Et pour les vrais ambitieux, il y avait Beverley Hills, et l'une des maisons neuves, plus chic, à l'est du township, avec vue spectaculaire sur l'océan. Une star de la télé originaire d'Ocean View avait fait construire une baraque sur les hauteurs de ces collines. Personne, dans le village de Blancs de Kommetjie, ne pouvait se vanter d'avoir une vue plus splendide. Quand Persy était gamine, Kommetjie était un trou perdu, un tout petit village de pêcheurs avec quelques rares résidences secondaires. Mais par ces temps de frénésie immobilière, les vues sur l'océan étaient tellement prisées que même Ocean View connaissait un petit boom.

Elle arriva à la Marine Primary et s'engagea dans Milky Way, puis dans les *blokke* – les logements sociaux en parpaings, avec leur entrecroisement de cordes tendues entre les bâtiments où le linge claquait au vent. Dollery avait des contacts ici. À l'aube, un jeudi, l'endroit était calme, presque paisible. Trop tôt pour les *hoekstaanders*. Une radio était allumée quelque part. Une femme, seule, étendait sa lessive. Persy s'arrêta à côté d'elle.

« Il est là, Pietchie ? »

Pietchie était l'un de ses mouchards les plus fiables.

« *Nee* », répondit l'autre en secouant la tête. De toute façon elle n'aurait rien dit. Sans le moindre tuyau, Persy ne retrouverait jamais Bongo. Les chiens étaient constamment déplacés ; les combats n'avaient jamais lieu au même endroit.

Elle tourna vers le sud et s'enfonça dans Ghost Town, la Ville Fantôme – ainsi baptisée parce qu'elle était construite à côté et, s'il fallait en croire la mythologie locale, au-dessus d'un cimetière.

Elle repéra les petites huttes en bois perchées sur les pentes supérieures et se dirigea vers elles. Les plus pieux des rastas, les « rastas saints » avaient trouvé refuge dans les collines, loin de la foule déchaînée, où ils pouvaient fumer leurs *zols* en paix et communier avec la nature. La plupart étaient inoffensifs, même s'il y avait aussi des « rastas malfaisants ». Ils formaient une communauté bien organisée, connue pour avoir réussi à intimider certains poids lourds du crime dans le quartier. Les habitants d'Ocean View n'étaient jamais tout bons ou tout mauvais. Ils essayaient de s'en sortir, c'est tout.

Elle s'arrêta au pied d'une piste rocailleuse abrupte, sortit du Nissan et grimpa en direction de la hutte la plus proche. Des relents de *dagga* planaient dans l'air immobile, et on entendait les battements hypnotiques d'un morceau de dub, répercutés par la montagne. Avec le soleil, la température montait rapidement. Un rasta émergea de la hutte, une guitare à la main. Persy reconnut l'homme du Boma Bar. Depuis son nid d'aigle sur la colline, rien ne pouvait lui échapper.

« Duncan, c'est ça ? »

Il plissa les yeux dans sa direction. « *Ja*... Inspecteur... Qu'est-ce que j'ai fait encore ?

– Pas vous. C'est un chien que je cherche. Un berger allemand : mâle, grand, face noire, bien soigné. »

Le rasta gloussa, montrant des dents marron, et fléchit les muscles secs de son bras à son intention. Elle reconnut des tatouages de prison décolorés.

« Je m'disais que vous étiez peut-être après un autre genre de chien.

– C'est-à-dire ?

– Sean Dollery. »

Il la fixait d'un œil perspicace.

« Si vous avez des infos sur Dollery, vous feriez mieux de les communiquer. »

Il fit un clin d'œil.

« *Nick-nack paddywack*, donne un os au chien... », chanta-t-il.

Encore des conneries de camé. Elle en avait sa claque, on lui en avait servi toute sa vie.

Elle l'empoigna. Elle était beaucoup plus petite que lui, mais il fut pris par surprise, sa pipe du matin ayant émoussé ses réflexes. Elle colla son visage contre le sien. Il tressaillit.

« Écoute-moi : je peux te coffrer pendant une heure, puis te laisser repartir. Mais tout le monde à Ocean View pensera que t'as parlé. Y compris Dollery.

– OK, OK. T'énerve pas, *sistah*. Putain... » Elle le relâcha. Il essaya de retrouver un peu de sa dignité perdue en rajustant le col de son tee-shirt cradingue. « J'ai vu Dollery dans la voiture d'Andy vendredi. Avec les deux garçons. »

Elle ressentit une brusque excitation, mais ça ne dura pas. Ce type était si défoncé qu'il débloquait complètement. Il ne fallait pas attacher trop d'importance à ce qu'il disait. « Quels garçons ? »

Duncan se rendit compte qu'il en avait trop dit. Il haussa les épaules, visage fermé, regard vitreux. La fumette l'avait rendu parano. Elle n'obtiendrait plus rien de lui. Il fila vers sa hutte. De l'embrasure, il lui cria : « Si vous cherchez un chien, essayez Samodien, le boucher. À sa boutique, ou alors à sa nouvelle maison de Beverley Hills. » Et il disparut derrière la tenture en lambeaux, où était imprimé le visage de Peter Tosh, qui lui servait de porte.

Elle se rendit à la boucherie et se gara à l'angle. Sortit de la voiture. Aucun frémissement de rideau : la plupart des gens dormaient encore. Elle monta avec légèreté les deux marches menant à l'entrée du magasin et regarda à l'intérieur, derrière la pancarte FERMÉ de la vitrine. Lumières éteintes, boutique déserte, comptoirs lessivés, long présentoir vitré dégarni. Sol en béton peint en rouge, tableau noir avec offres de la semaine écrites à la craie. Bifteck haché et foie. La viande était rangée, à part quelques *boerewors* et un truc qui ressemblait à des tripes. Aucune trace de Samodien. Ni de chiens.

Elle remonta en voiture et roula jusqu'à Beverley Hills. Un nom bien pompeux pour ce que c'était : une poignée de grosses baraques construites à la va-vite, avec des fenêtres en alu mal ajustées, des portes voilées, un mur à moitié construit, un toit où il manquait la tôle. Le tout réalisé pour pas cher par des entrepreneurs du coin, sans plans, sans autorisation de la mairie. Elle avait entendu dire que la nouvelle maison de Samodien était celle qui se trouvait au sommet de l'affleurement rocheux. Vue inégalée, coin plutôt isolé – loin des regards indiscrets. Elle emprunta la voie en terre pentue qui se terminait par un cul-de-sac. Un fourgon réfrigérant déglingué, avec les mots *Boucherie Samodien* peints à la bombe sur la tôle, et une Golf GTi gris métallisé aux vitres teintées étaient garés sur la route. Aucun signe du pick-up blanc que Will avait vu par sa fenêtre. Elle se gara et sortit.

Pour rejoindre la maison, il fallait marcher un peu à travers le veld. Samodien avait visé haut, mais l'argent lui avait manqué. Des feuilles de plastique scotchées aux chambranles des fenêtres sans vitres avaient été détachées par le vent, révélant des murs en briques nues et un escalier inachevé qui ne menait nulle part. Elle escalada les rochers, dépassa un gros boîtier électrique qui émettait un bourdonnement menaçant dans l'air immobile. Elle regarda en contrebas le township et Kommetjie, puis les contours festonnés de la Kom, la plage et, au large, la basse silhouette sombre d'un pétrolier. En approchant du sommet de la colline, elle entendit les chiens et les voix d'hommes étouffées, ponctuées de cris et de jurons. Elle contourna le *braai* et le four à pizza inachevés, et alors elle aperçut un groupe d'hommes lui tournant le dos, accroupis ou debout autour d'un bassin vide, complètement absorbés par ce qui s'y déroulait.

Elle approcha en silence, avec précaution ; c'était se donner beaucoup de mal pour rien : les grognements montant du bassin masquaient tous les autres bruits. L'odeur nauséabonde des chiens et du sang la submergea. Elle dégaina son arme, sachant que c'était une folie d'intervenir seule – ces types avaient vraisemblablement des couteaux sur eux, au minimum, voire des armes à feu, et son seul avantage à elle, c'était la surprise. Mais elle n'avait pas le choix. Si Bongo était là-dedans, il pouvait se faire mettre en pièces d'un instant à l'autre. « SAPS ! » cria-t-elle. Seul Samodien entendit. Il fit volte-face et poussa un cri. Elle reconnut les deux fils Williams, des sales petits vicieux, et un homme qu'elle n'avait jamais vu. Tous les quatre levèrent lentement les mains, mais ils regardaient partout autour, cherchant ses renforts. Tout en les tenant en joue, elle avança petit à petit vers le bassin. Au fond, c'était l'enfer. Deux chiens luttaient corps à corps dans un combat à mort, le poil enduit de bave et de sang. Bongo, quasi méconnaissable, repoussait les assauts d'un boerboel qui lui déchiquetait férocement le cou et les pattes avant. Sur le carrelage du bassin, c'était un déluge d'hémoglobine. La violence de ce spectacle lui fit venir la bile à la bouche et la remplit d'une rage plus forte que sa peur.

Elle braqua son arme sur le boerboel. « Sortez ce putain de chien de là ou je le bute ! » Elle comptait sur le fait qu'ils ne voudraient pas sacrifier leur bête, que l'animal aurait trop de valeur pour qu'ils prennent le risque d'une fusillade.

L'un des deux frères Williams sauta dans le bassin, manquant de glisser sur le sang, sortit une seringue de son blouson et plongea l'aiguille dans le bassin du boerboel. Le chien devint tout mou puis tomba, sonné, des rubans sanguinolents pendillant de ses mâchoires sous l'effet du tranquillisant. Bongo recula, sur ses gardes, le poil du dos hérissé à la verticale. Il tituba puis s'allongea sur le flanc, haletant et parcouru de tremblements. Samodien s'approcha de Persy, les mains en vue. « Je veux pas d'emmerdes, dit-il.

– Alors prends ton clebs et va te faire foutre ! » répondit-elle en levant son arme.

Les Williams avaient réussi à passer un collier étrangleur et une muselière sur le boerboel, et ils traînaient l'animal suffoquant en haut des marches, le portant à moitié. Samodien s'éclipsa en espérant passer inaperçu. Tout le monde disparut au pied de la colline. Elle entendit les véhicules démarrer puis s'éloigner en trombe. Elle était seule. Elle descendit rapidement les quelques marches jusqu'au fond du bassin vide et faillit s'étrangler en respirant la puanteur du sang et des excréments.

Elle avança lentement vers Bongo. Ses côtes se soulevaient sous l'effort qu'il faisait pour respirer. Il était difficile d'évaluer ses blessures. Sa fourrure, imbibée de sang et de bave, était noire. Elle l'appela doucement par son nom. Il la regarda et, bizarrement, parut la reconnaître. Elle s'approcha avec méfiance. Lentement, elle tendit la main et lui caressa le museau. Il roula les yeux en arrière en essayant faiblement de redresser la tête. Ce qui venait d'avoir lieu n'était pas un combat professionnel : il y aurait eu un attroupement, des paris dans tous les sens. Non, le combat avec Bongo était juste un petit entraînement pour le chien des Williams.

Elle contacta la Société de protection des animaux, qui lui déconseilla de toucher Bongo ; on allait lui envoyer le vétérinaire. Ensuite, elle appela le commissariat d'Ocean View. La moitié des flics était sans doute au courant du combat, mais qu'est-ce qu'elle en avait à foutre ? Elle allait leur donner les noms de Samodien et des deux Williams. Toutes les preuves étaient là. Elle verrait bien s'ils avaient le cran de les arrêter.

Il ne restait qu'à appeler Marge. Et à espérer très fort que Bongo s'en sortirait.

25

Assis dans le bureau de Titus, Dizu cherchait la référence du dossier de l'incendie criminel de l'école Logos dans la base de données des archives. Comme s'il n'avait pas assez de paperasserie comme ça ! Le département disposait en tout et pour tout de trois ordinateurs en état de marche, si bien qu'il y avait toujours la queue. Alors Titus les autorisait à utiliser le sien de temps en temps, mais parfois, Dizu se demandait s'il n'aurait pas été plus simple de revenir au papier. Persy avait téléphoné tout à l'heure pour donner des nouvelles du chien de Marge Labuschagne et lui dire qu'elle était chez le vétérinaire.

« Pourquoi est-ce que tu ne m'as pas appelé ?

– Il était quatre heures et demie du matin. »

Comme si ça répondait à sa question ! Seule, intervenir dans un combat de chiens ! Où est-ce qu'elle avait la tête ? Elle ne lui faisait pas confiance, à lui pas plus qu'aux autres, elle cachait son jeu, ne dévoilait jamais rien à personne. Il lui arrivait de penser qu'elle faisait exprès de se mettre en danger, de pousser les choses à leur limite. Elle avait des problèmes, il le savait. Un passé difficile, peut-être, même si elle n'en parlait jamais. Chaque fois qu'il essayait de creuser, elle se refermait comme une huître.

Il trouva l'affaire de l'école Logos. Ça remontait presque à huit ans jour pour jour. Mhlabeni s'en était occupé. Merde, c'était bien sa veine ! Eh bien, il valait mieux aller chercher le dossier dans la salle des archives, en bas. Il descendit les couloirs aveuglants, couleur citron, qui devaient correspondre à l'idée qu'un petit rigolo se faisait d'une police de proximité accueillante. Le SAPS se donnait du mal pour se débarrasser de sa piètre image héritée de l'apartheid : sur les murs, des posters aux couleurs vives chantaient ses louanges en anglais, en afrikaans et en xhosa. Il y avait aussi des dessins rudimentaires, genre BD, sur les violences domestiques, le SIDA et les forums d'échanges avec la police, auxquels on exhortait la population à participer.

Au rez-de-chaussée, l'accueil était calme. Mhlabeni était à l'ordinateur. Sans doute pour télécharger du porno, pensa Dizu avec aigreur. La jeune flic derrière le bureau avait un sourire magnifique mais ne parlait pas un mot d'anglais. Ils se saluèrent en xhosa. Il secoua la tête : encore un exemple de discrimination positive. Bon Dieu ! des fois, il se posait des questions sur le niveau des recrues qui sortaient de l'école de police.

Il savait qu'au commissariat, lui-même faisait l'objet de spéculations. Et de soupçons. Il était régulièrement contacté, à l'insu de Titus, par la hiérarchie, qui voulait le catapulter dans les structures d'encadrement, où il pourrait devenir une icône de la nouvelle police sud-africaine – dans les relations publiques par exemple, ou comme porte-parole. Avec gros salaire et pleins d'avantages sociaux. Un tas de ses copains de fac faisaient un boulot qu'ils détestaient juste pour pouvoir mener la belle vie des *waBenzi* – les nouveaux riches qui roulent en Mercedes. Mais lui, pas question qu'il suive le même chemin. Personne n'arrivait à se faire à l'idée qu'il aimait son travail : il aimait enquêter, il aimait faire sa ronde. Gamin, il regardait *Kojak* et *Colombo* à la télé. Plus tard, quand il crevait d'ennui à la fac de droit, il avait dévoré les romans policiers de Chester Himes, l'écrivain de Harlem, et il avait été transporté par son compatriote James McClure et les aventures de son inspecteur Zondo sous l'apartheid.

Le dossier sur l'incendie de l'école Logos était étonnamment mince. De courtes dépositions de Yoliswa Xolele, de Joel Fortuin, le directeur, ainsi que d'un certain Asha de Groot, présenté comme un « administrateur ». Un homme du nom de Gregory Crane avait assisté à l'entretien pour apporter un éclairage juridique, lisait-on. Les indices relevés par la scientifique n'étaient pas concluants. Le feu avait démarré dans les *milkwoods* séparant le quartier résidentiel du township de Masiphumelele, juste à l'est de l'école. Le dossier contenait d'ailleurs le témoignage d'un habitant du township, Philip Makana, qui déclarait avoir vu des vagabonds faire griller du poisson sous les arbres en fin d'après-midi. Peut-être qu'ils avaient mal éteint les braises du feu pendant qu'ils cuvaient leur boisson. Dans ce paysage desséché, tout pouvait provoquer un incendie. Un fort vent du sud-est, la chaleur. Les bâtiments en bois et en préfabriqué de l'école avaient brûlé comme du petits bois. L'incendie s'étant produit pendant les vacances, personne n'avait été blessé, par miracle, mais les locaux avaient été rasés. On n'avait procédé à aucune arrestation.

Dizu examina les photos. L'école était une ruine fumante. Et comme les bâtiments n'étaient pas assurés, aucun expert n'était venu fouiner pour chercher des failles dans la version officielle. Dizu referma le dossier après avoir noté le nom de Makana. Le rapport ne pesait pas lourd, mais il faut dire que la paperasserie n'était pas le fort de Mhlabeni, on le savait, puisqu'il avait appris le métier à une époque où c'était bien la dernière compétence nécessaire. Pourtant, il obtenait parfois de bons résultats, meilleurs que la plupart de ses collègues. Et puis, il parlait cinq des onze langues officielles du pays. Mais sa réputation restait entachée par ses liens passés avec la *Special Branch*, sous l'apartheid. Symbole du règne de la force brutale. C'était un dur à cuire d'East London. Dizu connaissait les types de son espèce : ils avaient assez souvent harcelé la paroisse de son père. Il évacua cette pensée ; il ne voulait pas penser à son père, à leurs désaccords persistants, à leurs déceptions, à leurs rancœurs. Il fut soulagé qu'un appel de Phumeza, à l'accueil, le distraie de ses réflexions. « J'ai ici deux touristes qui affirment avoir été victimes de l'inconnu de Capri. C'est Cheswin et Persy qui sont chargés de l'enquête, mais aucun des deux n'est là.

– OK... Je m'en occupe. »

Monika Wolff et Olga Berg étaient des filles superbes à tout point de vue. Grandes, bronzées et blondes, vêtues de shorts minuscules. Dizu fut obligé de les diriger presto vers un box privé pour les protéger des regards et des commentaires lubriques des agents en uniforme.

Avec un fort accent, Monika expliqua en anglais qu'elles étaient des étudiantes de Hambourg participant à un échange. Elles louaient une maison à Capri et travaillaient comme bénévoles pour des programmes de développement à Masiphumelele.

Le tourisme humanitaire avait la cote au Cap. La plupart des projets étaient honorables, mais parfois les jeunes Européens qui prenaient des vacances ici aux frais de papa et maman, sous prétexte de « travail social », se concentraient davantage sur le social que sur le travail. Ils fréquentaient des night-clubs selects, se faisaient bronzer à Clifton et mangeaient dans des restaurants de luxe. Puis, quand ils rentraient chez eux, ils se vantaient d'être venus en aide à de « pauvres Africains ».

Dizu soupçonnait Monika et Olga de faire partie de cette catégorie, mais Monica le fixa d'un air si implorant, avec ses yeux bleu clair, qu'il décida d'arrêter de jouer les cyniques. Elle lui expliqua qu'en rentrant, après avoir passé une nuit à faire la fête, Olga et elle avaient découvert qu'on s'était introduit dans leur maison. Aucune trace des intrus. Par contre, en arrivant dans l'une des chambres, elles avaient eu une grosse surprise.

« Un homme dormait dans mon lit, dit Monika. Un pauvre homme à la peau brune. »

Il leur avait dit qu'il était sans domicile et n'avait pas dormi depuis des jours.

« Il n'avait même pas d'argent pour acheter à manger.

– Et aussi, son fils est malade et il a besoin d'une opération qui coûte cher », intervint Olga.

Leur cœur avait fondu en entendant le récit de ses malheurs.

« Nous sommes si désolées pour lui, poursuivit Monika. Nous préparons un grand souper, avec du bon vin. Il prend même une douche.

– Moi, je lui fais aussi un petit peu de réflexologie pour qu'il se détende. » Olga lança un sourire à Dizu. « Peut-être que vous voulez aussi essayer ? »

Naturellement pudique et plutôt timide avec les femmes, Dizu trouvait les deux Allemandes assez déconcertantes.

« Nous lui donnons aussi de l'argent et des habits, et puis il s'en va. »

Olga confirma d'un signe de tête, sans quitter Dizu des yeux une seconde.

« En regardant dans la maison, nous voyons qu'il a pris ma veste en cuir Prada, ma montre, nos deux téléphones, du vin et même notre shampoing !

– Ensuite, nous lisons dans le journal qu'il y a tous ces cambriolages, et nous voyons que c'est un criminel. »

Olga plissa le front avec tristesse.

Bienvenue au Cap, *fräuleins*, pensa Dizu. Le Cap et ses SDF, les *bergies*, ainsi baptisés parce qu'ils élisent souvent domicile dans les montagnes[1]. Avec leurs guenilles, leurs ballots, leurs chariots remplis de carton, ils subsistaient en mendiant et en faisant les poubelles. Une manière de rappeler constamment aux nantis l'existence des déshérités. Forcés à vivre d'expédients, parfois depuis plusieurs générations, de nombreux *bergies* étaient des arnaqueurs chevronnés.

« Vous pouvez me décrire ce type ? demanda Dizu.

– Olga a une photo. »

Olga dégaina un appareil numérique dernier cri d'un beau sac à bandoulière en cuir et parcourut rapidement la carte mémoire.

Puis elle se pencha au-dessus du bureau pour montrer la photo à Dizu, lui offrant un aperçu terriblement attirant de ses seins au bronzage parfait.

Sur la photo, Olga et Monika posaient, souriantes, vêtues de robes qui laissaient peu de place à l'imagination. Confortablement coincé entre ces deux pulpeuses Vénus, un bras affectueux enroulé autour de la taille d'Olga, l'autre levant son verre de vin pour un toast, un *bergie* joyeusement ivre souriait de toutes ses dents.

L'air content de lui comme un chat qui aurait trouvé le pot de crème.

Sean Dollery apprit par Pietchie que Persephone Jonas était venue aux *blokke* pour le chercher. Qu'elle avait parlé avec

1. *Berge* en afrikaans.

le rasta. Duncan avait sans doute lâché le morceau à propos de Samodien. Ce vieux dégueulasse lui aurait mis n'importe quoi sur le dos. Sean le haïssait, mais il préférait laisser les rastas tranquilles : ils avaient beaucoup de soutiens, de plus en plus même, à Ocean View. Et puis ils étaient doués pour s'organiser, ils manifestaient devant le parlement, constituaient leur propre mouvement populaire, exprimaient des revendications politiques. Des fouteurs de merde, ouais, et toutes leurs conneries de discours *peace and love* n'y changeaient rien. Il n'aurait jamais dû accepter de voler le chien de la psy. Encore une des idées à la con de Mhlabeni. *Il fallait toujours qu'il cherche à intimider. Toujours qu'il foute la merde dans les affaires de Sean.* Il aurait dû savoir que cette vieille salope de Blanche remuerait ciel et terre pour récupérer son clebs. Et maintenant Samodien pétait un câble parce que les flics mettaient le nez dans tous ses petits trafics, qu'ils l'avaient emmené au poste pour un interrogatoire. Pourquoi est-ce qu'ils arrosaient Mhlabeni, demandait le boucher, si c'était pas pour nettoyer la *kak* sur le pas de leur porte ? Samodien n'était pas le genre de type qu'on pouvait se mettre à dos. Un des dealers qui traînaient du côté du centre de désintox Phoenix avait entendu dire que les flics relevaient les empreintes dans la bagnole de Sherwood. L'étau se resserrait autour de Sean – et pourquoi est-ce que ce serait lui qui devrait trinquer, bordel de merde ? Persy Jonas foutait son nez partout, elle avait même envoyé Mhlabeni harceler Charlene chez Schneider, ce qui risquait de lui faire perdre son boulot. C'était quoi, son problème ? Mhlabeni disait que Jonas n'obéissait à personne. Elle n'avait pas pigé qu'il fallait lui foutre la paix. Mhlabeni voulait que ce soit Sean qui s'en débarrasse, qui fasse la sale besogne à sa place. Mais Mhlabeni ignorait les allégeances passées d'Ocean View. Les jeunes oubliaient, aussi, il ne restait plus que les vieux pour se rappeler l'époque où ils travaillaient dans les fermes. Poppa par exemple. Poppa, peut-être bien que c'était un salaud avec sa morale supérieure à la con, mais au moins il était *intègre*. Tous les habitants du quartier le respectaient. Voilà un mystère que Sean ne cessait de retourner dans sa tête : comment ça se faisait que lui, Sean, soit obligé d'*acheter* le respect de ces enfoirés, alors que ce vieux pouilleux de pêcheur l'obtenait gratis ? Oh, ça voulait pas dire que Poppa n'avait pas eu sa part d'emmerdes dans la vie. Avec la mère de Persy qui s'était barrée comme ça. Non, les choses n'étaient pas aussi simples entre Sean et Persy, et ça le dérangeait. Elle avait le même truc que Poppa. Elle inspirait le respect, malgré ses airs de gamine. Sean avait comme un remords, et ce remords s'insinuait en lui, le rendait faible. Il était en train de foirer, de se laisser attendrir. Le moment était venu de faire table rase du passé et de se concentrer sur les problèmes présents. Comme l'avertissement que le flic noir *laanie* avait lancé à sa mère. *Dites-lui que le meurtre est un crime grave.* Et maintenant, ils avaient trouvé ses empreintes dans la voiture de Sherwood.

Eh bien, il n'était pas question que Sean Dollery plonge pour les conneries d'un autre, qu'on se le dise.

26

Dizu téléphona à Cheswin April pour lui rapporter le témoignage des Allemandes, puis il se rendit à Masiphumelele. Il localisa facilement Philip Makana, le témoin de l'incendie, dans sa cabane construite sur un doigt de terre avançant dans les marais. Le squatter faisait cuire du *pap*, du porridge de maïs, dans un récipient dont la poignée avait été confectionnée à partir d'un cintre. Makana jouissait d'une vue à se damner sur les marais et, au-delà, sur le Sentinel et Chapman's Peak. Mais c'était bien le seul avantage de son domicile particulier. Des tas d'immondices puants engorgeaient les bras d'eau entourant sa cahute. Sa lessive pendouillait sur une corde : un bleu de travail en loques et un tee-shirt gris. Sa jambe estropiée était enveloppée dans des bandages marron dégoûtants, maintenus en place par des sacs en plastique.

« On appelle cet endroit Robben Island. Peut-être qu'un jour, moi aussi, je serai libre, et que j'habiterai dans une grande maison à Houghton[1] », plaisanta-t-il.

---

1. Robben Island : île, au large du Cap, où Mandela fut emprisonné de 1964 à 1982.

Houghton Estate : banlieue résidentielle huppée de Johannesburg où Mandela avait une maison.

Dizu accueillit la référence à Mandela avec un hochement de tête ironique. Il sentait que Philip Makana, aussi désespérée que soit sa situation, était un homme honnête. Pourtant l'histoire qu'il lui raconta n'avait aucun rapport avec le témoignage que Mhlabeni prétendait avoir recueilli. Il déclarait, catégorique, qu'il avait vu « un homme blanc et un jeune métis » à l'allure suspecte sur le terrain de l'école. Le jeune transportait un bidon d'essence et un sac qu'il avait cachés dans les buissons. Philip l'avait identifié comme un jeune « voyou » qui vendait de la drogue à Ocean View.

« Vous savez comment il s'appelle ?

– Oui… et je l'ai dit à la police. Tout le monde le connaît. Le beau gosse. On l'appelle Dolly. Un truc du genre. »

Le Blanc, Makala l'avait déjà vu à l'école. Et du côté de Fish Hoek.

« Il marche comme ça », dit-il en se levant et en se dandinant comme un canard. « Un manche à balai dans le cul. » Il émit un petit gloussement saccadé. Dizu lui parla de sa déclaration à Mhlabeni, des *bergies* qui avaient fait un *braai* de poisson sous les arbres. Makana nia catégoriquement, protestant qu'il « ne mentait pas ». Abasourdi, Dizu fixa la déposition contenue dans le dossier. Il demanda au témoin de raconter de nouveau son histoire, ce que l'autre fit. Aucune déviation, aucune modification. Soit cet homme était un menteur et revenait sur son témoignage pour une raison ou une autre, soit c'était un témoin-clé doué d'une mémoire époustouflante dont le témoignage n'était jamais parvenu jusqu'au dossier.

Au moment où Dizu quittait Masiphumelele, Cheswin l'appela. Il lui demandait de l'accompagner chez Irene Grootboom. L'inconnu de Capri avait encore frappé, apparemment, et cette fois, avec un sans-gêne inouï.

Whisky, beurre, papier toilette, aspirine, olives. Des tonnes de viande pour Will, qui ne manifestait heureusement pas l'intention de partir tout de suite, du liquide vaisselle et le *Cape Times.* Le centre commercial Long Beach pourvoyait aux besoins d'un échantillon disparate de la population sud-africaine : les habitants d'Ocean View, de Fish Hoek, les classes moyennes inférieures de Sun Valley, les rupins de Noordhoek et, de plus en plus, ceux de Kommetjie. On y trouvait les grandes surfaces habituelles – Mr Price, Pep, Pick n Pay… Mais aussi des boutiques vendant des fées de jardin, une librairie, un traiteur chinois… Ou encore des chaînes de prêt-à-porter proposant des vêtements bon marché aux couleurs flashy. C'était la saison des soldes, les commerçants espérant engranger encore quelques menus profits maintenant que Noël était passé et que les enfants étaient retournés à l'école. Marge faisait un brin de shopping avant de passer voir Bongo au cabinet du docteur Pillay.

« Ça, c'est un chien qui a de la chance, avait dit le docteur Pillay lors de sa précédente visite. Il a été retrouvé juste à temps. »

Le docteur Pillay, la jeune et belle vétérinaire du coin, était spécialisée dans la médecine équine et passionnée de chevaux. On pouvait même dire qu'elle leur ressemblait, avec sa stature imposante, ses jambes musclées et ses grandes dents carrées.

« Vous pouvez dire merci à cette petite inspectrice, elle a du cran. » La vétérinaire, occupée à recoudre un Bongo anesthésié, avait relevé la tête. « Elle aurait très bien pu se faire déchiqueter. »

Plus tard, encore sonné par l'anesthésie, rasé et recousu, Bongo avait pitoyablement léché la main de Marge. « Espèce de gros ballot, va, tu m'as fait une des ce peurs. » Elle n'avait pas pu retenir ses larmes ; elle n'en revenait toujours pas d'avoir paniqué comme ça pour cette satanée bestiole. Elle voulait témoigner sa gratitude à Persy, mais quand elle l'avait appelée, la jeune femme avait laconiquement refusé ses remerciements : « Je faisais mon travail, c'est tout. »

Des foutaises, bien sûr. « Merci quand même. Bongo est un emmerdeur, mais je lui suis extrêmement attachée. »

Marge chassa Persy de ses pensées pour se concentrer sur la journée qui l'attendait. Il fallait qu'elle recueille des signatures pour la pétition contre le projet immobilier de Bellevue. Elle irait la faire signer à Ivor demain et en déposerait une chez Hamish.

Absorbée par ces réflexions tandis qu'elle sortait du supermarché avec son chariot, elle ne remarqua Julian qu'à l'instant où elle lui fonça littéralement dedans.

Il eut l'air très surpris et pas du tout content de la voir.

« Bonjour Julian ! Qu'est-ce qui vous est arrivé, mercredi matin ?

– Oh, bonjour », répondit-il avec un curieux mélange de gêne et d'hostilité, comme s'il avait été surpris en train de faire quelque chose de vaguement honteux. « Je ne suis pas venu parce que j'ai décidé d'arrêter la thérapie.

– Vraiment ? » s'étonna Marge, interloquée.

Julian n'avait jamais montré le moindre signe d'insatisfaction. Au contraire.

« Oui. Je pense que s'il n'y a pas de véritable entente, cela peut faire plus de mal que de bien.

– Pardonnez-moi, mais je croyais que cette entente, nous l'avions…

– En fait, je suis en train de reconsidérer toute la question de la thérapie. » Son attitude était devenue franchement hostile. « Je pense que ça peut avoir des effets dévastateurs.

– Eh bien, voilà qui me surprend beaucoup. Je trouvais que nous faisions de gros progrès. Puis-je vous demander ce qui vous a fait changer d'avis ? »

Il hésita, puis : « Je préfère ne pas en parler. Si vous voulez bien m'excuser, Mustafa m'attend dans la voiture. »

Et sur ces mots, il partit. C'était absolument incompréhensible. Que s'était-il passé dans la semaine écoulée pour le mettre tellement en colère ? S'agissait-il des sentiments pénibles qui commençaient à faire surface ? À moins qu'il n'ait des problèmes d'argent ? Mais elle pouvait toujours trouver une solution, il le savait ! Non qu'elle soit vraiment en mesure de faire la charité à ses clients. En fait, une autre cliente venait d'arrêter sa thérapie sans aucune explication. Deux sources de revenu perdues en un mois. Elle ne savait pas quel mal avait frappé Julian, mais c'était contagieux, apparemment. S'il se désengageait maintenant du processus thérapeutique, il allait passer à côté d'une opportunité. Peut-être devrait-elle exiger une explication. Annuler ses séances sans préavis ni justification, c'était un manque d'égard, de respect. Pas du tout ce à quoi elle se serait attendue de la part d'un homme si bien élevé. Elle poussa son chariot jusqu'à sa voiture. Cette rencontre inattendue l'avait laissée en proie à un sentiment de culpabilité, à la désagréable sensation qu'elle avait été « démasquée ». Parce que la vérité, c'était que la lenteur et la monotonie du processus thérapeutique l'ennuyaient, et qu'elle avait parfois l'impression de ne pas s'impliquer totalement auprès de ses clients. Elle préférait le parcours mouvementé de l'enquête criminelle, la fièvre de la traque, elle avait toujours éprouvé un agréable sentiment d'accomplissement lorsque les coupables se retrouvaient derrière les barreaux et les innocents en liberté. Ce qui l'avait toujours fascinée, et qui la fascinait encore, c'était l'esprit du criminel. Elle était attirée par les transgresseurs, par leurs secrets et leur part d'ombre. Peut-être que Julian n'avait pas tort de se méfier d'elle.

Et Persy Jonas non plus, d'ailleurs.

Quand Cheswin et Dizu arrivèrent à Ocean View, Irene Grootboom attendait au portail de sa maison, entourée de toute sa famille, proche et lointaine. C'était une femme d'allure redoutable dont la moustache ne passait pas inaperçue, chaussées de pantoufles éculées et d'une robe d'intérieur. Elle s'adressa à Cheswin en afrikaans, en faisant comme si Dizu n'existait pas.

Un attroupement se forma, surgi de nulle part. Dizu se rendit compte que la plupart des habitants du coin étaient venus admirer niaisement Cheswin, qu'on pressait de signer de nombreux autographes et ballons ovales pour des gamins. Son éphémère carrière dans l'équipe de rugby Boland était manifestement restée dans les mémoires. Dizu sentait avec acuité qu'en tant que Noir parlant xhosa, il était étranger au monde d'Ocean View, un monde plein de signes et de messages qu'il ne savait pas interpréter.

Irene dirigea tout ce petit monde vers son séjour, et tous ceux qui purent s'y entasser le firent. La pièce était remplie de fauteuils à têtières, de fleurs artificielles et de photos : mariages, bals de promo et confirmations remontant à plusieurs décennies. Les meubles ultra-rembourrés étaient disposés autour du sanctuaire d'un gros poste de télé.

Irene s'installa d'un côté du canapé, face à l'écran. « C'est là que j'étais assise pour regarder *Isidingo*, expliqua-t-elle en tapotant la place à côté d'elle, et j'attendais ma voisine, Elsie. »

Ladite Elsie, mince comme un fil et très visiblement nerveuse, acquiesça d'un vigoureux hochement de tête. « On n'a raté aucun épisode depuis le premier jour. »

Une fillette se faufila en se tortillant entre les jambes de Dizu pour mieux voir la scène, avant de cracher une grosse boule de chewing-gum, qu'elle colla au bout de sa chaussure.

Quand il la remarqua, Cheswin leva son gros bras dans sa direction : « Tu veux une fessée ? *Voetsêk* ! Va-t'en ! »

La gamine détala. Après avoir essuyé son front couvert de sueur avec un grand Kleenex, l'ancien rugbyman évacua le reste des badauds, à l'exception d'Elsie. Dizu était impressionné par ce Cheswin d'un genre nouveau, autoritaire et sûr de lui dans l'univers qui était le sien.

Irene brandit un saladier en plastique vide.

« Les chips, elles étaient dans un saladier comme çui-là, juste à côté de moi, sur le canapé.

– *Ja*, *ja*, la suite ! marmonna Cheswin.

– Moi, je suis assise là, à regarder, quand j'entends un bruit de pas, alors je dis : “Elsie, viens t'asseoir ma vieille. T'es en train de rater le meilleur !” »

Elsie hochait la tête avec une telle véhémence que Dizu eut peur qu'elle se brise la nuque.

« Là, je sens qu'elle s'assoit à côté de moi, et on regarde et je lui raconte ce qu'elle a manqué, mais elle me répond pas. J'entends qu'elle est en train de manger toutes les chips, et que ça mastique, et que ça mastique, alors je tends la main pour en prendre une, sans arrêter de regarder la télé, et c'est là que je sens sa main et je me dis : “Ah, non, ma vieille, ça, c'est pas Elsie !” Je baisse les yeux et qu'est-ce que je vois : une main… Noire comme du charbon, on aurait dit du cuir, avec des longs ongles. Ça me fiche une de ces *skriks** ! Je me tourne et là, assis à côté, il y a le plus gros babouin qu'on ait jamais vu ! Mon vieux, j'ai hurlé si fort, on aurait cru que je me faisais trucider. Je hurle, et lui aussi il se met à hurler, avec des dents comme ça… » Irene retroussa les lèvres, dévoilant peu de dents et beaucoup de gencive. « Ensuite, il a attrapé le saladier, et hop ! il est parti. »

27

L'océan sur sa gauche, Persy dépassa en courant le terrain de golf de Milnerton, ses quelques palmiers desséchés fouettés par le vent et ses détritus coincés ici et là dans sa pelouse rabougrie. Dépassa ensuite le lotissement de maisons à toit pyramidal et la baie dont le vent faisait mousser les eaux. Il était déjà huit heures du soir, mais à l'ouest, le ciel était inondé de lumière. Il ne ferait pas complètement nuit avant neuf heures, et le panorama de carte postale de Table Mountain était encore visible de l'autre côté de la baie. Un tendon à l'arrière du genou lui faisait un mal de chien : elle n'avait pas fait ses étirements après son jogging, récemment. Ça lui semblait toujours être une perte de temps, jusqu'au moment où elle sentait venir les courbatures.

C'était un soulagement d'être sortie de chez elle et d'évacuer par la course les derniers effets de sa gueule de bois, les inquiétudes liées à l'affaire Sherwood, la peur viscérale qui avait failli la submerger lors du combat de chiens. Sans oublier la crainte persistante que Donny pète un câble.

Quand elle était retournée à l'appartement, tout à l'heure, il n'y avait personne, les autres étaient encore au boulot. Après sa douche, elle avait pris deux calmants et dormi une heure ou deux. Toujours aucun signe de Donny ni de Sayeed. Ferial, cloîtrée dans sa chambre, n'avait pas expliqué pourquoi elle n'était pas venue signer l'ordonnance restrictive, et Persy n'avait pas eu l'énergie d'évoquer la question. Il régnait une atmosphère lugubre, pleine de tension et de ressentiment. Impossible de prévoir ce qui allait se passer. À son retour, Donny serait soit contrit, soit vindicatif. Persy espérait, pour Ferial, que la contrition l'emporterait, même si elle n'était pas sûre de pouvoir supporter les larmes de crocodile de son cousin. Le lendemain, tout recommencerait comme avant.

De retour à l'appartement après son jogging, elle courut en haut des marches. Devant la porte, elle reprit son souffle, s'étira. Sortit sa clé et l'introduisit dans la serrure. Avant qu'elle ait pu tourner la poignée, la porte s'ouvrit, et Persy fut traînée à l'intérieur puis plaquée brutalement contre le battant refermé. Les pupilles dilatées de Donny la fixaient. Ivre, l'haleine chargée de l'odeur âcre du *tik.* Ses cinquante petits kilos contre les quatre-vingt-sept kilos de muscles solides de son cousin.

C'était un combat qu'elle ne pouvait pas gagner.

Faiblement, elle entendait les supplications de Ferial. « Laisse-la, Donny, s'il te plaît, ne lui fais pas de mal ! »

Sans lui laisser le temps de comprendre ce qui lui arrivait, Donny enfonça un avant-bras sous son menton, l'attrapa de l'autre main par les cheveux, tirant sa tête sur le côté. Toutes ses forces la quittèrent, ses genoux manquèrent se dérober sous elle. Il colla son visage contre le sien. « Tu crois que tu peux dire à ma nana de demander une putain d'ordonnance restrictive contre moi, espèce de pute de mes deux ? Hein ? Hein ? » éructa-t-il en lui crachant des postillons à la figure.

Il lâcha ses cheveux et enfonça brutalement la main entre ses jambes. Pinça si fort qu'elle faillit s'évanouir. Elle essaya de donner des coups de pied, mais la prise sur sa gorge ne fit que se resserrer. Elle pensait qu'elle allait perdre conscience, quand elle se retrouva propulsée à travers la pièce. Son dos cogna contre la table et la nouvelle télé LCD, renversant la petite table basse avec la lampe Mr Price Home, symboles pitoyables de la vie respectable de Ferial. Où que vous vous enfuyiez, les Flats venaient vous reprendre. Elle roula sur le côté, avantagée par sa petite taille, et rampa dans l'espace entre le mur et le canapé. Quand Donny, lancé après elle, se jeta de tout son poids sur le meuble, elle sut avec une atroce certitude qu'il allait la tuer. Il s'était rué sur une extrémité, mais le dos incliné du canapé lui laissa un petit interstice entre la base et le mur. Sans quoi ses côtes se seraient brisées sous l'impact. Cette prise de conscience provoqua une montée d'adrénaline. Elle s'échappa du côté opposé à Donny à l'instant même où il écartait violemment le meuble du mur, et c'est alors qu'elle vit Sayeed apparaître à l'entrée, l'air tellement terrorisé qu'elle en conclut qu'il ne lui serait d'aucun secours. Elle fonça derrière lui, se servant de lui comme d'un bouclier, mais Donny avait déjà gagné la porte, bloquant sa fuite. Alors elle contourna Sayeed et s'élança vers la salle de bains, en priant pour que la porte peu solide tienne bon quelques secondes. À sa stupéfaction, Sayeed se rua alors sur Donny en poussant un hurlement dans une langue étrange… Puis elle se rappela : il suivait des cours de qi gong ou de je ne sais quoi. Ses mouvements, sans grande efficacité, détournèrent l'attention de Donny pendant les secondes cruciales dont elle avait besoin pour atteindre la salle de bains, claquer la porte et enclencher le fragile verrou.

À genoux, elle chercha à tâtons derrière l'armoire de toilette, arracha le carreau descellé puis s'empara du chiffon qui enveloppait son arme de service. Elle se remettait péniblement debout lorsque Donny se jeta contre la porte. Le chambranle se fendit. Elle battit en retraite dans la cabine de douche, sentant le carrelage froid sur ses côtes, le pistolet levé et la main ferme, prête à l'affrontement. Donny passa la porte et s'arrêta en voyant l'arme. Il avait la figure gonflée ; il lui lança un regard mauvais à travers les fentes de ses yeux. Un animal enragé par le *tik*, que seule une balle arrêterait.

Il lui fallut tout son sang-froid pour ne pas trembler. Dans le couloir derrière Donny, Ferial et Sayeed regardaient la scène, pétrifiés. « Sortez de l'appartement ! » hurla-t-elle. Bon Dieu ! Pourquoi n'utilisaient-ils pas leur cervelle et ne foutaient-ils pas le camp d'ici, bordel ?

Donny se rua sur elle. Elle appuya sur la détente, lui fracassant la rotule. Il ne remarcherait plus jamais comme avant. Elle se plaqua contre le mur du fond tandis qu'il titubait puis s'écrasait contre la porte coulissante de la cabine, faisant voler le verre en éclats, avant de glisser le long de la paroi carrelée, délogeant au passage le robinet et faisant gicler de l'eau partout.

Au moment où elle essayait de l'enjamber pour se mettre à l'abri, il l'empoigna par la cheville. Elle se retourna et lui assena un coup de pistolet sur la tête, entendit le crâne faire comme un bruit de détonation. Il lâcha prise et elle sortit en titubant dans le couloir, le verre brisé craquant sous ses tennis. Elle eut un moment d'absence, puis pensa à récupérer son téléphone dans sa chambre. Elle entendait Donny jurer dans la salle de bains, tenter de se relever. Ses mains tremblaient tellement qu'elle composa deux fois un mauvais numéro avant d'obtenir le commissariat de Milnerton.

Elle attendit la police du secteur dans l'entrée du bâtiment, en compagnie du gardien abasourdi. Elle se sentait étonnamment calme. Assis à côté d'elle, choqué, Sayeed restait silencieux. Ferial était remontée à toute vitesse pour s'occuper des blessures de Donny. Le fourgon mit quarante minutes à arriver. Deux agents en uniforme. Qui n'avaient absolument rien à faire de son témoignage, même quand elle leur eut dit qu'elle appartenait à la police. La sœur de Sayeed vint le chercher.

Les secours descendirent Donny sur une civière. Ferial monta avec lui dans l'ambulance en lui tenant la main. Il avait une entaille à la tête, à l'endroit où Persy l'avait frappé avec le pistolet. Il allait sans doute déposer plainte contre elle ; elle allait devoir prouver qu'elle était en état de légitime défense quand elle avait tiré. Ce serait un long, un interminable casse-tête, et elle allait perdre. Ferial ne voudrait pas témoigner, et Sayeed allait sans doute aussi se rétracter pour éviter les ennuis.

Elle remonta dans l'appartement pendant qu'un des flics relevait les empreintes, prenait des photos et glissait la douille dans un sachet. Puis elle essaya de remettre un peu d'ordre, nettoya le sang. Mit quelques affaires dans un sac et se tira de là vite fait.

28

Persy descendit à la plage de Fish Hoek dans l'espoir d'oublier la nuit pénible qu'elle venait de passer à l'infirmerie du commissariat, où elle s'était tournée et retournée dans son lit jusqu'à cinq heures et demie. La plage était déserte. La lumière du petit matin illuminait les sommets des Hottentots-Holland de l'autre côté de False Bay, tandis que l'océan, rosé à l'horizon, virait petit à petit au bleu-gris près du rivage, où les vaguelettes se brisaient doucement. Il faisait froid, mais elle n'aurait pas supporté de rester une seconde de plus à l'infirmerie, avec ses couvertures à l'odeur infecte et son unique oreiller plein de bosses. Elle avait beaucoup transpiré et passé une nuit agitée, hantée par le souvenir de l'attaque de Donny, qu'elle voyait encore, dans un demi-sommeil, se ruer sur elle à travers la porte fracassée de la salle de bains.

Elle se déchaussa, puis enleva son pantalon chino et son tee-shirt. En dessous, elle portait le maillot Speedo bleu marine fonctionnel qu'elle transportait partout avec elle en été, au cas où elle aurait l'occasion d'aller nager. Ses pieds s'enfoncèrent dans le sable mouillé, qui s'insinua entre ses orteils, froid et crissant. L'air frais, avec son parfum de mer, lui donna la chair de poule. D'ici le milieu de la matinée, le vent du sud-est, le soi-disant « docteur du Cap[1] », se remettrait à souffler, doucement d'abord, puis il prendrait de la vitesse. Mais pour l'instant le silence régnait dans l'air immobile, chargé d'un sentiment d'attente semblable à celui qui précède un murmure.

Avant de perdre courage, elle s'élança, courut dans les eaux peu profondes, bravant le froid causé par le choc des vagues contre ses chevilles et ses jambes, faisant gicler l'eau dans sa course. Quand elle en eut jusqu'aux cuisses, elle se jeta sous la vague qui arrivait. Remonta à la surface, poussa un grand cri, puis s'immergea de nouveau. Une déferlante la renversa et envoya un jet d'eau poivrée dans son nez. Elle se releva en titubant, lutta contre le courant et secoua la tête ; ses cheveux lui fouettèrent la figure et lui piquèrent les yeux. Ensuite, elle avança lentement jusque derrière la ligne où les vagues se brisaient, éprouvant avec plaisir la force de ses bras et de ses jambes, la brûlure du sel au fond de sa gorge. Elle se laissa flotter sur le dos et contempla à travers les traînées d'eau salée le ciel qui se teintait d'un rose rougeoyant, illuminant et ravivant les couleurs de la baie. Le doux bruissement de l'eau dans ses oreilles masquait le grondement plus grave des profondeurs. Elle se fondait dans l'océan, telle une créature marine dans son milieu naturel. L'agression de Donny, le recul de son pistolet de service quand elle avait tiré sur son genou, le regard vide de Ferial à l'arrière de l'ambulance s'effaçaient comme les images d'un film à moitié oublié, et l'angoisse dont ses moindres moments de veille étaient imprégnés s'apaisa.

Elle n'entendit le bruit d'éclaboussure que lorsqu'un bonnet de bain en caoutchouc d'une étrange couleur mandarine fit surface à côté d'elle. Les sourcils de la nageuse, écrasés

1. Le fort vent de sud-est soufflant sur le Cap au printemps et en été a longtemps eu la réputation de purifier l'air de la région, d'où son surnom.

par le bonnet, lui donnaient un petit air de shar-peï. Persy ne la reconnut qu'en entendant le son caractéristique de sa voix râpeuse.

« Il y a deux requins blancs dans la baie ce matin. Je me disais qu'il valait mieux que vous le sachiez. »

Elle resta un instant les yeux dans les yeux de Marge Labuschagne, puis la psychologue plongea sous les vagues et s'éloigna, en effectuant de puissants mouvements de bras, en direction de Sunny Cove.

Persy regagna la plage en marchant, étourdie, prise de vertige. Tomber justement sur Marge Labuschagne ! On pouvait compter sur elle pour gâcher l'ambiance. Il y avait eu récemment une attaque mortelle de grand requin blanc, à cent mètres au large, ici-même. Mieux valait ne pas courir le risque, surtout que les guetteurs n'avaient pas encore pris leur service.

Elle se laissa tomber face contre sa serviette, haletante, savourant les premiers rayons du soleil, qui réchauffaient sa peau et séchaient ses cheveux. Elle tourna la tête d'un côté puis de l'autre ; un petit plop délicieux résonna quand l'eau chaude sortit de ses oreilles. Elle suça avec ravissement le bout salé de ses cheveux. Malgré l'intervention importune de Marge, elle se sentait toujours aussi détendue, comme si l'eau avait emporté avec elle la violence de la veille.

Elle scruta l'océan. Loin derrière la ligne de sécurité, le bonnet mandarine apparut, dansant sur l'eau à un rythme cadencé, s'éloignant étonnamment vite en direction des rochers.

Après s'être douchée dans les vestiaires puant l'eau salée et l'urine, Persy enfila des vêtements propres et sortit au soleil. Elle se percha sur le muret de brique séparant la plage du parking ; elle répugnait à retourner au poste. Il faisait déjà chaud, trop chaud pour porter des tennis. Ah, si elle avait pu aller travailler en sandales ! Elle imagina la tête de Mhlabeni si elle débarquait au boulot avec les sandales argentées à talons qu'elle avait achetées sur un coup de tête mais n'avait jamais eu le cran de porter. Quoique, pour être honnête, c'était plus la réaction de Dizu qui l'intéressait : arriverait-elle à supporter son aimable impassibilité ?

Elle vit Marge avancer avec précaution dans les eaux peu profondes. Crevée par la nage, certainement. Un peu de graisse sur les hanches et les cuisses lui faisait une culotte de cheval, mais à part ça, Persy avait vu des quinquagénaires sacrément plus décrépites. Marge ne faisait pas mémère, elle avait plutôt l'air d'une femme forte et en bonne santé – une sorte de puissante matriarche. Elle avait l'air pleine d'assurance, aussi – de cette assurance confinant à l'agressivité qui perturbait beaucoup Persy.

La psychologue ramassa sa serviette sur le sable et se dirigea vers les sanitaires. Persy voulut détaler pour l'éviter, mais trop tard : elle était repérée. Voilà que Marge faisait un léger détour sur son chemin pour la rejoindre. Mince !

Elle enleva le bonnet de bain couleur mandarine : « Je me sens stupide avec ce truc. » Puis, après avoir secoué sa chevelure poivre et sel coupée au carré, elle s'essuya vigoureusement.

« L'eau était bonne ? demanda Persy, histoire de dire quelque chose.

– Excellente… Mais froide. » Marge esquissa une grimace assez déconcertante, que Persy identifia comme une tentative de sourire. « Je suis contente de pouvoir vous dire merci de vive voix.

– Merci ?

– Pour avoir sauvé Bongo. »

Dans l'esprit de Persy, le sauvetage du chien avait été complètement éclipsé par son affrontement avec Donny. « Ah, oui. Comment va-t-il ?

– Il se remet bien. Grâce à vous. »

Un silence gêné suivit. Quelque chose avait basculé dans leur relation, et aucune des deux ne savait quelle attitude adopter.

« Vous vous êtes levée tôt, remarqua Marge.

– J'ai dormi au commissariat.

– Vous étiez de service ?

– Non, lâcha Persy, j'ai été expulsée de chez moi hier. »

Pourquoi, mais pourquoi le lui avoir dit ? Marge arrêta de s'essuyer et, ses épais sourcils séparés par de profonds plis, posa sur elle un de ses longs regards déstabilisants. « Des ennuis avec votre petit ami ? »

Persy sauta au pied du muret. « Des histoires de famille.

– Quelle semaine vous avez eue ! »

Si vous saviez, ma petite dame, pensa Persy ; mais elle en avait trop dit, elle voulait s'en aller.

« Vous ne pouvez pas loger à l'hôtel de la police ?

– Il est complet. »

Sa légèreté de tout à l'heure s'évanouit à la pensée de ce que la journée lui réservait. Nulle part où dormir, aller chercher ses affaires chez Ferial… et elle n'avait même pas un lit à elle.

« J'ai peut-être une solution, dit Marge. Un des membres de notre Groupe pour l'Environnement de Noordhoek, Hamish McCormac, a besoin de quelqu'un pour garder sa caravane en son absence. Il part faire du surf à Jeffreys Bay. »

Persy avait une aversion innée pour les faveurs de toutes sortes, alors si en plus elles lui venaient de Marge… « Merci, mais ça va aller. Avec quelques coups de fil, ça me prendra une ou deux heures pour trouver un endroit.

– Vous n'allez pas trouver un hébergement comme ça, voyons ! Pas pour ce soir, en tout cas. »

Que c'était agaçant, ce ton de « Madame Je-sais-tout » ! Comme si Persy n'était pas déjà assez anxieuse sans qu'elle en rajoute une couche. L'espace d'un instant, elle se sentit complètement perdue, presque prise de panique. Même si elle n'avait jamais été la bienvenue chez Ferial, au moins elle avait eu une chambre à elle, un endroit où elle pouvait échapper aux pressions de son métier. Les gens n'avaient pas idée de ce que c'était, d'être flic. Toujours à vous tomber dessus, à vous détester. Elle se sentait vaincue, brusquement au bord des larmes. Dingue. Elle détourna les yeux. Marge Labuschagne était bien la dernière personne devant qui elle voulait baisser la garde.

« Je vais contacter Hamish, dit la psychologue avec détermination. C'est une bonne solution temporaire. »

À cet instant, laisser la quinquagénaire s'occuper de tout fut un soulagement.

« Merci », dit-elle gauchement.

Marge lui fit signe qu'il n'y avait pas de quoi. « C'est la moindre des choses. Maintenant, je vais me changer. J'ai horreur qu'on me voie comme ça : vingt kilos en trop, et je continue de grossir. Beurk. »

Un agréable sentiment d'attente s'empara de Marge tandis qu'elle travaillait au potager plus tard dans la matinée. Le soleil lui chauffait le dos, mais une brise fraîche en provenance de l'Atlantique en atténuait la brûlure. Elle allait préparer du steak pour le dîner, le plat préféré de Will, avec une salade verte de son jardin. Les oiseaux s'étaient attaqués aux groseilles à maquereau, ils les avaient picorées dans leurs petits bacs à claire-voie, mais il en restait assez pour le dessert. Elles feraient merveille avec la glace à l'italienne qu'elle avait au congélateur. Elle coupa quelques gerbes de fenouil en fleur pour le buffet du séjour, tout au plaisir réconfortant de sentir qu'on avait de nouveau besoin d'elle, qu'elle était de nouveau celle qui nourrit, veille au bien-être des autres, se consacre aux menus plaisirs de la vie de famille. C'était épuisant, bien sûr, mais comme ça lui manquait !

En appelant le docteur Pillay tout à l'heure, elle avait appris que Bongo se remettait bien, ce qui la fit penser à Persy Jonas. L'intervention courageuse de la jeune femme pour sauver son chien et la vulnérabilité qu'elle avait laissée paraître sur la plage avaient adouci les dispositions de Marge à son égard. Une souffrance à peine avouée, prête à refaire surface à n'importe quel moment, se réveilla en elle. Les amis manquant de tact disaient : « Heureusement que j'ai une fille », ou bien : « Ma fille, c'est la prunelle de mes yeux », ou encore : « Les garçons partent, mais les filles ne te quittent jamais. »

Sa fille à elle, Elizabeth Jane, avait été mise au monde un 25 août, quarante-deux semaines après sa conception, mort-née, après un travail atrocement douloureux. L'ombre de cette enfant la hantait toujours. Quelquefois, elle faisait sentir sa présence à des moments inattendus comme celui-ci – par une matinée ensoleillée dans le potager. Marge ressentit un désir douloureux et familier de cette enfant qui ne serait jamais. Elle se força à se concentrer sur le repas de ce soir tandis qu'elle prenait le chemin de la cuisine. C'est à cet instant qu'elle remarqua un bruit d'eau qui gicle. Avait-elle oublié de fermer un robinet ? Le bruit semblait venir de la rue.

Elle regarda par-dessus la clôture et vit qu'un filet d'eau régulier s'écoulait du jardin des Tinkler pour se déverser sur Keurboom Road. La moitié de la chaussée était inondée. Là, c'était la goutte qui faisait déborder le vase ! C'était le cas de le dire ! Toute cette eau qui coulait nuit et jour, qui asséchait les nappes phréatiques ! C'était égoïste et stupide.

Elle marcha d'un pas décidé jusque chez les Tinkler. Une fine volute de fumée s'élevait au-dessus de leur mur, accompagnée d'un parfum de poisson grillé. Elle navigua entre les épineux de plus d'un mètre de haut plantés par Fiona pour dissuader ses clients de se garer devant le portail et sonna à l'interphone encastré dans le prétentieux petit portique. Lorsqu'elle aperçut les deux bacs identiques de camélias soigneusement taillés, sa fureur atteignit son comble. Qui, mais qui donc avait le temps de faire des trucs pareils ? Y avait des gens qui ne savaient vraiment pas quoi faire de leurs journées.

Fiona Tinkler, boudinée dans son impeccable chemise à rayures, son pantalon blanc et ses mocassins, ouvrit le lourd portail. Ses cheveux striés de mèches blondes étaient savamment coiffés de façon à donner une illusion de volume. Le tout formait un spectacle détestable.

« Bonjour, dit Marge en essayant d'arborer un air aimable.

– Je peux vous aider ? » demanda Fiona.

Sa voix désagréablement sonore et guindée d'ancienne élève de l'école Herschel irrita Marge. Elle avait horreur des écoles privées huppées : elle les considérait comme des *laagers*[1], des bastions âprement défendus de la domination blanche.

« Eh bien, oui. C'est au sujet de votre consommation d'eau.

– Et alors ?

– Votre eau coule nuit et jour. »

Fiona se hérissa. « Pour votre information, sachez que nous avons notre propre trou de sonde.

1. Terme afrikaans désignant un camp défendu par une formation circulaire de chariots. Lors de la bataille de Blood River, en 1838, retranchés dans leur *laager*, les fermiers boers aux prises avec les Zoulous résistèrent à leur assaut et remportèrent même une victoire sanglante.

– Ça n'est pas une excuse pour gaspiller l'eau. Vous asséchez les flux alluviaux en provenance de la montagne. »

La figure déjà rougeaude de Fiona vira au rouge cramoisi.

« Ce que je fais avec mon eau ne vous regarde pas !

– Votre comportement est égoïste, indéfendable...

– Égoïste ! Venant de vous, c'est un peu fort de café ! Vos patients m'empêchent de sortir ma voiture tous les jours, et vous vous en foutez royalement !

– Encore cette vieille histoire ! Lâchez-moi un peu avec ça, OK ? Ça n'est arrivé qu'une ou deux fois... »

Marge se rendit compte, trop tard, que cette imbécile était furieuse.

« Quelqu'un de dangereux comme vous ne devrait pas être autorisé à faire... ce que vous traficotez dans cette pièce. On devrait vous soumettre à une enquête. »

Le sang de Marge ne fit qu'un tour. « Qu'est-ce que vous dites ? »

Fiona s'apprêta à refermer la porte. « Julian Duval m'a raconté que vous aviez poussé un homme au suicide ! Qu'est-ce que vous croyez qu'ils vont en penser, vos patients, quand ils vont l'apprendre, hein ? »

Marge mit son pied entre le battant et le chambranle. « C'est une menace ? »

Fiona essaya de fermer la porte, mais cette fois, Marge coinça son épaule dans l'entrebâillement. Les deux femmes se livrèrent quelques instants à un corps à corps sans aucune dignité.

Puis l'esprit rationnel de Marge reprit le dessus, elle pensa : *Tout ça est ridicule*, et battit en retraite.

Le portail sécurisé lui claqua à la figure.

« Vous ne valez pas mieux qu'un assassin ! » lança victorieusement la voix étouffée de Fiona, de l'autre côté du mur.

29

Le terrain de caravaning Sunny Acres formait barrière entre un ensemble d'habitations à loyer modéré et une vaste pépinière jouxtant Masiphumelele. Des eucalyptus et des palmiers déchiquetés par le vent protégeaient une douzaine de caravanes et de bungalows du vent du sud-est. La caravane d'Hamish ne passait pas inaperçue, ornée qu'elle était de bouées, de carillons, de plantes en pot suspendues, auxquels se mêlaient quelques sculptures vaguement orientales ou africaines. Elle dégageait une étonnante impression de permanence : les roues avaient été enlevées, et une fondation en ciment avait été coulée, qui se prolongeait par un petit *stoep** avec des balustrades en bois.

Plus âgé qu'il n'avait paru au téléphone, Hamish, en short et casquette, avait le teint hâlé et une allure décontractée. Il se décrivit comme un « agriculteur biodynamique » et expliqua qu'il partait surfer à « Jay Bay » jusqu'à la fin de l'été, après avoir fait escale à une grande rave dans les monts Outeniqua. Persy se présenta.

« Marge m'a dit que t'étais flic ? demanda-t-il en souriant de toutes ses dents.

– Inspecteur. »

Il s'étrangla de rire ; à l'entendre, on aurait cru un petit animal qui éternuait.

« Qu'est-ce qu'il y a de drôle ?

– Hé, rien, j'y vois aucun problème, moi ! répondit-il en essuyant ses larmes. Y faut de tout pour faire monde, hein ? »

L'intérieur de la caravane était équipé de lits superposés et d'une petite cuisine avec une gazinière. Hamish la louait *voetstoots*, en l'état, complètement meublée, draps fournis. C'était un petit nid douillet, quoique aussi, clairement, un nid à microbes. Persy savait qu'elle devrait tout récurer de fond en comble si elle voulait pouvoir fermer l'œil. Mais pour l'instant, ça ferait l'affaire. Hamish lui fit visiter son petit jardin de fynbos mal entretenu, plein d'aloès, de protées royales et de pélargoniums, et entouré d'une palissade basse. À la vue d'un chèvrefeuille du Cap en pleine floraison couvert d'abeilles, Persy sentit que son moral remontait. Une odeur de *boerewors* flotta jusqu'à eux en provenance du *braai* auquel s'activaient les habitants des caravanes voisines.

Hamish suivit le regard de Persy et secoua la tête d'un air dégoûté. « C'est le seul truc pénible quand on habite ici. Tous les soirs, cette puanteur de carcasse animale. Je suis cent pour cent végétalien, alors pour moi, c'est une vraie torture. »

Persy décida de ne pas lui dire qu'elle adorait le barbecue et qu'elle avait l'intention d'en faire un dès l'instant où il s'en irait au volant de sa Land Rover. Un chat borgne et galeux se frotta contre ses jambes. Hamish se pencha pour le ramasser.

« Salut, Gaïa. Tu viens saluer la gentille dame de la police ? dit-il en gloussant, toujours hilare à la pensée qu'elle était flic.

– Tu as un chat ? demanda-t-elle, consternée.

– Une chatte, ouais. Tu peux lui donner à bouffer ?

– Je suis allergique, mais je ferai de mon mieux.

– T'en fais pas, elle est super indépendante, Gaïa. Tu lui mets juste à manger là, dans l'arbre, ça lui posera aucun problème. Il y a une chatière sous le lit, mais elle s'en sert jamais. Je lui laisse une fenêtre ouverte. Oh, et fais gaffe aux babouins ! »

Après le départ de la Land Rover cabossée avec sa cargaison de surfs sanglés sur le toit, Persy déballa ses quelques affaires et se rendit à la supérette la plus proche pour faire le plein de produits de nettoyage.

Une fois enfilés des gants en caoutchouc, elle entreprit de récurer à fond la caravane, tout en se reprochant de perdre son temps. Elle ne reprenait son service qu'à deux heures, mais elle aurait dû partir à la recherche de Dollery, se disait-elle. Titus attendait des résultats à l'heure qu'il était. Mais là encore, selon toute vraisemblance, elle perdrait son temps : elle ne retrouverait Sean que si on lui donnait un tuyau, or personne à Ocean View ne le trahirait jamais. Ou alors, ce qui était plus effrayant encore, il était protégé par les mafias chinoises qui troquaient de la pseudoéphédrine et d'autres substances servant à la fabrication du *tik* contre des *perlemoen*. La récolte illégale de ce mollusque protégé s'était répandue comme une épidémie, car c'était un stimulant sexuel très recherché en Chine. Chaque fois qu'elle retournait à Ocean View, elle avait l'impression que de plus en plus de gens qui gagnaient autrefois honnêtement leur vie avaient été entraînés dans le crime organisé. Et tout le monde avait l'air de s'en foutre. Comment ne pas éprouver d'amertume ? *Les métis étaient toujours les perdants de l'histoire.*

Elle chargea ses vêtements dans le lave-linge rouillé de la buanderie en béton, à côté de la réception du caravaning. Elle y ajouta ses tennis neuves, toujours tachées du sang de Bongo.

Quand elle ressortit au volant du *bakkie*, elle ne put s'empêcher de remarquer que la sécurité du terrain laissait à désirer.

À part la barrière de l'entrée, qui restait la plupart du temps ouverte, il n'y avait qu'un mur en béton d'un mètre quatre-vingts surmonté de fil barbelé – tentative de protection optimiste mais vouée à l'échec contre les envahissantes cahutes de Masiphumelele.

Enfin, pour ce qu'il y avait à voler à Sunny Acres… Elle jeta un coup d'œil aux restes d'un camion déglingué posés sur des briques, sur l'emplacement voisin. Dans la cabine sans vitres, un garçon à l'allure sauvage et aux cheveux blond filasse jouait à tourner le volant pour faire pivoter les roues inexistantes. Assis sur les marches de leur caravane décrépite, son père le surveillait, vêtu d'un survêt usé qui pendait de ses épaules décharnées comme d'un cintre métallique, une bière à la main. Il lança un regard noir à Persy quand elle passa au volant du Nissan. Un chômeur blanc qui n'avait plus que la peau sur les os. Ce n'était plus un spectacle inhabituel.

Elle avait rendez-vous avec Cheswin April et Dizu au sujet du cambrioleur de Capri. Une fois n'est pas coutume, la tenue de Dizu n'était pas impeccable : sa chemise était même froissée ! Elle trouva ça touchant. Et lui fut reconnaissante de ne pas remettre le combat de chiens sur le tapis. Elle savait qu'elle avait été imprudente.

Il lui parla des deux Allemandes et de leur rencontre avec le cambrioleur. Pour une raison obscure, cette histoire irrita Persy ; peut-être parce que ses deux collègues s'attardèrent plus que nécessaire sur la photo du « suspect *bergie* » et des deux bimbos, ou alors parce que Dizu se vanta qu'Olga lui avait demandé ce qu'il faisait samedi soir.

« T'es de service samedi, Calata, lui rappela-t-elle, mordante.

– *Ag*, quel dommage ! », déplora Cheswin.

Persy leur prit brusquement la photo des mains. « Je vais appeler le journal local, leur demander d'imprimer la photo et de lancer une alerte, dit-elle. Je vois d'ici les titres : "Des âmes charitables se font entuber par un *bergie*".

– C'est un peu cruel, fit Dizu avec un grand sourire. On est censés encourager le tourisme, après tout. »

Cheswin raconta ensuite à Persy l'intrusion dont Irene Grootboom avait été victime. Elle surprit une lueur malicieuse dans le regard de Dizu. Que c'était agaçant ! Elle n'aurait jamais dû lui parler de son face-à-face avec le babouin chez Dollery.

Heureusement, à cet instant, elle fut appelée dans le bureau de Titus. De la radio s'échappait le faible murmure d'une retransmission de match de cricket.

« Qu'est-ce qui se passe, Jonas ?

– Comment ça, capitaine ?

– Pas de cachoterie avec moi. D'abord, tu te fais attaquer sur la route, ensuite, tu interviens dans un combat de chiens. À chaque fois sans aucun renfort. Mon commissariat n'est pas là pour servir de base à tes opérations en solo, compris ?

– Oui capitaine, je suis désolée. »

Comment expliquer que ce n'était pas elle qui cherchait la merde, mais qu'elle s'était mise à attirer comme un aimant l'énergie négative des autres ?

« Des babouins, des chiens… C'est quoi, ce cirque ? Et Dollery, alors ? Si on arrêtait un criminel humain, pour changer ?

– J'y travaille, capitaine.

– Bien, parce que j'attends un rapport complet dans la matinée, avec des résultats tangibles. Fish Hoek a un fort pourcentage d'affaires résolues, et le chef du *cluster* me met la pression pour que ses stats restent bonnes.

– Je comprends, capitaine.

– J'espère que tu ne vas pas me faire regretter d'avoir parié sur toi, Jonas ?

– Non, capitaine, je ne vous décevrai pas.

– Je veux des résultats, ou alors je confie l'enquête Sherwood à un enquêteur plus gradé. »

Revenue dans leur bureau, Persy relata l'entrevue à Dizu. « Il va falloir qu'on trouve quelque chose, et vite. »

De son côté, Dizu la mit au courant de sa rencontre avec Philip Makana.

« Sa description de l'incendiaire de l'école correspond à Dollery. Un voyou connu dans le coin, métis et "beau gosse", du nom de Dolly. Moi, ça me semble coller pas mal.

– Et le Blanc ?

– Makana l'avait déjà vu à l'école.

– Que dit le rapport de Mhlabeni ? demanda Persy.

– Disons qu'il n'a pas remué ciel et terre. Le dossier est très léger. Il attribue l'incendie à des vagabonds qui auraient fait cuire du poisson en bordure de l'école. Aucun suspect, aucune preuve, aucune arrestation. Et comme l'école n'était pas assurée, aucun expert n'est venu fouiner pour montrer qu'il pouvait s'agir d'un incendie criminel.

– Alors où en est-on ? » demanda Persy en fixant le tableau de l'enquête, un enchevêtrement de pistes de plus en plus inextricable.

« Suspect principal : Sean Dollery, répondit Dizu. Incendiaire, cambrioleur et trafiquant de drogue. Lui et ses deux lieutenants, Pieter "Pietchie" Adams et Quinton "Bandiet" Goliath courent tellement de lièvres à la fois que je suis même étonné qu'il leur reste du temps pour se gratter les couilles. Si tu veux bien me passer l'expression. »

Dizu, éduqué dans une école de mission et titulaire d'un diplôme de droit, parlait un anglais bien supérieur à tous ses collègues et lâchait rarement des grossièretés. « Ensuite, il y a Samodien, leur receleur, et les frères Williams, qui sont impliqués dans les combats de chiens.

– Laisse tomber le reste de la bande. Concentre-toi sur Dollery. On a ses empreintes, on sait qu'il se trouvait dans la voiture de Sherwood à Ocean View vendredi.

– Dollery est le suspect numéro un, d'accord, répondit Dizu en tapotant le tableau avec un marqueur, mais pourquoi est-ce que j'ai l'impression qu'il y a quelque chose qui nous échappe ? Quelque part, je ne sais pas comment, je pense que cette affaire est liée à ce qui s'est passé il y a sept ans : l'incendie, la brouille entre Crane et Sherwood au sujet des projets immobiliers, l'agression sexuelle présumée.

– Comment ça, liée ? demanda Persy avec un froncement de sourcils.

– Marge Labuschagne pense qu'il y a un lien », s'obstina Dizu.

Persy ne put cacher son agacement.

« Marge Labuschagne poursuit son propre intérêt. Elle s'est plantée quand elle a eu affaire à Sherwood professionnellement, et elle n'arrive pas à passer à autre chose.

– Ne la sous-estime pas. Elle a résolu de grosses affaires.

– Autrefois peut-être, mais elle n'est plus au mieux de sa forme. Elle est quasiment à la retraite. Il faut s'appuyer sur les preuves solides dont on dispose, ne pas s'en laisser distraire. Retrouver les deux garçons que Duncan a vus dans la voiture de Sherwood vendredi soir. C'est peut-être eux, le lien entre Dollery et Sherwood.

– Et Gregory Crane, alors ? » Dizu fit basculer sa chaise vers l'arrière, les mains derrière la tête. Détendu, mais décidé à ne pas capituler. « Il en avait après Sherwood. »

Persy ne voulait pas jouer du galon, mais elle en avait vraiment assez. Elle se leva. « Finies les spéculations foireuses, Dizu. Dollery est notre homme. Rassemblons les preuves et arrêtons-le. »

Cheswin April passa la tête par la porte. Il empestait le déodorant.

« Je pars plus tôt cet après-midi. Je te dépose ? »

Il emmenait sans doute sa petite amie faire du shopping. Cette fille lui revenait cher à entretenir.

« Merci. Je n'aurai plus besoin que tu me déposes. Je n'habite plus à Parklands », répondit Persy.

Enregistrant du coin de l'œil la réaction de surprise de Dizu.

« Ça alors ! s'exclama Cheswin, stupéfait. Quand ça ? Qu'est-ce qui est arrivé ?

– C'est une longue histoire. Je te raconterai une autre fois », fit-elle en haussant les épaules.

Elle ne voulait pas entrer dans les détails avec lui.

Après son départ, elle affronta le regard interrogateur de Dizu. Elle allait devoir lui parler de Donny. Comment allait-il le prendre ?

Il devint manifestement de plus en plus tendu à mesure qu'elle lui racontait les événements de la veille.

Quand elle eut enfin terminé, il s'écria : « Pourquoi tu ne m'as pas appelé ? Je lui aurais mis la tête dans le cul, à ce connard ! »

Elle fut décontenancée par cette explosion qui ne lui ressemblait pas.

« J'ai géré le problème, OK ? Je n'avais pas besoin qu'on vole à mon secours. » Comme si elle contrôlait la situation, alors qu'elle savait que tout allait lui retomber dessus, tôt ou tard. Donny, le combat de chiens, l'embuscade sur Kommetjie Road.

« Alors où est-ce que t'as dormi la nuit dernière ?

– Je suis venue dormir à l'infirmerie du commissariat.

– Tu habites à l'infirmerie !

– En fait, rectifia-t-elle, j'ai emménagé dans une caravane. »

Elle lui expliqua qu'elle avait rencontré Marge Labuschagne sur la plage, que la psy l'avait mise en contact avec Hamish.

Une expression étrange, rigide, apparut sur le visage de Dizu. « Eh bien, Persephone, tu es pleine de surprises. »

Son ton acerbe l'énerva. « Pourquoi est-ce que tu fais la gueule comme ça ?

– Parce que je suis ton partenaire. Je travaille avec toi. Je suis là pour surveiller tes arrières. Et toi, tu me court-circuites. »

Elle fut brusquement submergée par l'épuisement. « Oh, lâche-moi un peu, d'accord ? Ça n'a rien à voir avec toi, ni avec le boulot. »

Elle regretta tout de suite ses paroles.

Dizu resta un instant silencieux.

« OK, tu as raison. »

Ils restèrent assis dans un silence pesant et malheureux, s'évitant du regard.

Phumeza entra en coup de vent juste au moment où l'atmosphère commençait à devenir vraiment bizarre.

Elle portait une mini-jupe verte tendue au maximum sur ses énormes fesses, et du vernis à ongles assorti. « J'ai reçu le rapport du Marine Institute, annonça-t-elle à Persy en lui remettant le document. D'après les courants des marées de vendredi, si le corps de Sherwood avait été largué à Kommetjie, il aurait dû s'échouer à Scarborough. »

Persy feuilleta rapidement le rapport. « Mais Scarborough est à l'opposé de Noordhoek.

– Yep. » Phumeza tendit un bout de papier à Dizu. « Et ça, c'est l'adresse que tu voulais. Colette McKillian. »

Persy fit semblant de ne rien remarquer. Et il l'accusait, elle, de le court-circuiter !

Phumeza s'arrêta sur le pas de la porte et lança un regard interrogateur à Persy.

« Cheswin m'a dit que tu avais déménagé ?

– Oui. »

Quelle bande de curieux, tous autant qu'ils étaient !

Phumeza attendit la suite, mais Persy resta résolument absorbée par la lecture du rapport.

« Envoie-moi un mail avec ton adresse complète d'ici ce soir, pour la base de données. C'est les règles de sécurité.

– Je le ferai », répondit Persy en relevant la tête.

Bientôt, tout le monde au commissariat saurait qu'elle habitait dans une caravane à Sunny Acres. Juste à côté de Masiphumelele.

Ça allait plaire à Mhlabeni !

Persy était bien la dernière personne qu'il avait envie de voir s'installer sur le pas de sa porte.

Lorsqu'elle arriva au Bohemian Rhapsody, Marge avait eu le temps de se remettre presque complètement de son altercation avec Fiona Tinkler. Elle était encore assez furieuse pour débarquer tout feu tout flamme dans le restaurant, mais la situation réclamait du doigté, étant donné que Julian avait été son client. De plus, si elle voulait connaître le fin mot de l'histoire, il lui faudrait garder son sang-froid.

Mustafa vint prendre sa commande, passant ses mains dans sa chevelure noire comme du charbon. Une lourde boucle d'oreille en argent luisait contre sa peau mate. « Qu'est-ce que je peux faire pour vous ? demanda-t-il avec le mélange de pitié et de mépris dont il gratifiait tous les clients.

– Je viens voir Julian. »

Il inclina la tête vers la porte fermée par des rideaux qui donnait sur le petit cabaret attenant au bar. « Il est là. La représentation de midi va commencer. »

Les accords de ce qui ressemblait à du Nina Simone filtraient jusqu'à eux. Marge écarta les rideaux et pénétra dans la salle obscure. Des éclats de lumière réfléchis par une boule disco dansèrent sur Julian, ou plutôt Juliana, lorsqu'il entra sur la scène improvisée. Affublé d'une robe « New Look » de Dior, il portait des chaussures à talons, une perruque au carré, des faux-cils et du rouge à lèvres rouge. Image à la fois glamour et vaguement risible. Il interprétait « *I'm Feeling Good* » avec un certain panache et une bonne dose d'ironie. « *Birds in the sky-y-y, you know what I mean.* »

Avec plusieurs verres au compteur en guise de digestif, le public du Rhapsody se sentait d'humeur appréciative, et sa prestation fut suivie d'applaudissements frénétiques. Tandis que les clients regagnaient le restaurant, Juliana disparut derrière un rideau sur le côté de la scène, et Marge le suivit. Elle le trouva assis devant un miroir illuminé, débarrassé de sa perruque, en train de décoller ses faux-cils de danseuse de music-hall. Toute furieuse qu'elle fût, elle devait bien reconnaître que Julian était très bel homme. Et un homme extrêmement sensible, aussi. Elle tenta de l'aborder sur un ton léger.

« Ça doit être l'horreur à porter, dit-elle en indiquant d'un signe de tête les escarpins qu'il venait d'envoyer balader.

– Qu'est-ce que vous faites ici ? répondit-il avec hostilité.

– J'ai été tentée par le tajine à l'agneau.

– J'espère que vous n'êtes pas là pour me harceler. » Il se retourna vers le miroir et finit de se démaquiller. « Il n'y a pas des règles interdisant aux thérapeutes de fraterniser avec leurs clients ?

– Ces règles ne sont plus d'actualité. Puisque vous avez mis fin à notre relation professionnelle.

– Donc je suppose que vous êtes là pour savoir pourquoi.

– Vous pouvez me le dire si vous en avez envie, mais vous n'êtes pas obligé.

– D'accord, je vais être franc. La dernière chose dont j'ai besoin, c'est d'une psychologue homophobe.

– C'est une grave accusation, Julian. Qui plus est, totalement fausse.

– Vous avez menacé de révéler l'homosexualité d'un pauvre *moffie*, ce qui l'a poussé à se jeter sous un train. Je l'ai lu dans le *Cape Times.* »

C'était donc bien Julian qui avait parlé de Theo Kruger à Fiona. « Ce n'est pas toute l'histoire, Julian.

– Mais il était gay, non ? »

Il la regardait dans le miroir.

Elle respira à fond. « J'ai été lavée de toute accusation de faute professionnelle », affirma-t-elle. Ce qui était vrai. Même si ça n'avait pas aidé à effacer sa culpabilité. Rien ne le pourrait. Elle savait à l'époque que Theo Kruger était psychologiquement fragile. « Puis-je vous demander ce qui vous a incité à vous renseigner sur cet incident ? »

Julian hésita. « Shamil. Mon guide spirituel. »

Marge eut sans doute l'air médusée, car il se mit immédiatement sur la défensive.

« Vous pouvez être aussi sceptique que vous voulez, moi aussi je l'étais.

– Où est-ce que vous avez rencontré cette… ce Shamil ?

– Shamil est une entité spirituelle qui se manifeste par le canal de Gregory Crane. »

Comment Julian s'était-il acoquiné avec Crane, entre tous ? L'espace d'un instant, elle oublia son détachement professionnel.

« Vous ne prenez pas ces trucs au sérieux, tout de même ?

– Je savais que vous auriez l'esprit trop étroit pour ce genre de choses, répondit Julian en détournant le regard. Mais je crois que Shamil peut entrer en contact avec mon père. »

Marge était atterrée. La relation de Julian avec son père était justement le problème qu'ils essayaient de résoudre, avec succès pensait-elle, à travers la thérapie. À quoi jouait Crane ?

« Vous n'en avez sans doute pas conscience, poursuivit Julian, mais je sens que vous avez des réserves sur ma sexualité. Pour une raison ou une autre.

– Mais ce n'est pas vrai ! » protesta-t-elle.

À moins que… Après tout, c'est vrai qu'elle avait tiré des conclusions hâtives au sujet de Theo Kruger, pourtant parfaitement innocent. Elle repensa à Persy et à la façon dont elle avait supposé que la jeune policière devait son poste à la discrimination positive. Était-elle en proie à des préjugés ? Le contraire aurait fait d'elle une Sud-Africaine hors normes. Toujours est-il qu'elle devait mettre un terme aux commérages.

« J'irai parler à Gregory Crane, ou à la personne qu'il prétend être, quelle qu'elle soit. En attendant, je dois vous demander de bien vouloir arrêter de répandre des rumeurs avant de m'avoir laissé une chance de m'expliquer. »

Julian haussa les épaules avec impertinence.

« Franchement, ça ne m'intéresse pas. Maintenant, si ça ne vous dérange pas, je dois vous demander de bien vouloir partir.

– Avant que je m'en aille, je vous recommande fortement de continuer une thérapie. Pas obligatoirement avec moi. Il y a beaucoup de bons psychologues dans le coin.

– Merci pour le conseil, répondit-il avec une politesse glaciale. Maintenant, si ça ne vous dérange pas, j'aimerais me changer. »

Marge s'en alla donc, remarquant au passage que Mustafa ne lui rendait pas son signe de la main.

Eh bien, quelle catastrophe ! Julian ne lui faisait plus confiance, il ne suivrait probablement pas son conseil. Et elle avait un sacré problème sur les bras. Fiona Tinkler jetait de l'huile sur le feu allumé par Crane. Elle se rappela son autre cliente qui avait mis fin à sa thérapie sans aucune explication. L'histoire avait-elle déjà fait le tour de la vallée ? Si c'était le cas, ce n'était que le commencement. La campagne menée pour la discréditer ne ferait que gagner de l'ampleur, dans un endroit où tout le monde était au courant des affaires des autres. Il fallait qu'elle arrête Crane dans son élan.

30

Assis dans le Nissan, Dizu écoutait joyeusement les analyses d'un commentateur de foot sur le dernier match des Bucs. Persy et lui étaient tombés d'accord sur le fait qu'il valait mieux qu'elle interroge Colette McKillian seule, de femme à femme.

La maison jumelle de style victorien, située dans Kenilworth, était séparée de la rue passante par un grand faux-poivrier et un mur hérissé de pointes. L'interphone bourdonna, puis Persy pénétra dans un jardin étroit où des pétunias hirsutes et des pieds de lavande dégarnis luttaient contre l'ombre du grand arbre. Les accords ténus d'un morceau de musique classique lui parvenaient de la maison. La porte d'entrée, peinte en bleu lavande pâle, s'ouvrit timidement, et un visage blafard apparut derrière la grille de sécurité, avec de grands yeux écarquillés qui regardaient nerveusement alentour. Persy reconnut tout de suite la femme qu'elle avait vue discuter avec émotion dans la voiture de Gregory Crane, à Fish Hoek, et dont elle avait failli percuter la voiture. Elle avait l'air plus jeune aujourd'hui, avec ses délicates sandales argentées et sa robe de jeune fille en mousseline et velours rose et magenta.

Persy lui montra sa carte professionnelle. « Inspecteur Jonas. Je vous ai téléphoné tout à l'heure.

– Ah, oui. »

Colette se débattit avec la grille, ses mains virevoltant nerveusement tandis qu'elle essayait d'introduire la clé dans la serrure. Quand elle eut enfin réussi à ouvrir, Persy la suivit dans une pièce réunissant une cuisine à l'américaine et une salle à manger où trônait un piano à queue.

« Bel instrument, commenta-t-elle.

– J'enseigne la musique, à l'école de mon fils. » Colette baissa le volume de la chaîne. Le bruit de la circulation dans Rosmead Avenue s'engouffra dans la maison. C'était l'heure de pointe. « Vous jouez ? demanda-t-elle.

– Non », fit Persy avec un sourire poli.

Elle venait d'un milieu où les leçons de piano représentaient un luxe inimaginable. Le piano à queue laqué de noir lui paraissait presque aussi grand que la maison où elle avait vécu avec Poppa. Elle était sans arrêt confrontée à ce genre de remarques irréfléchies de la part des Blancs. C'était comme s'ils vivaient dans un univers parallèle au sien. Colette l'invita à s'asseoir à une table basse sur laquelle des cristaux de quartz roses étaient disposés avec soin. Elle dut tendre l'oreille pour entendre le chuchotement de son interlocutrice.

« J'ai fait ma déposition à l'inspecteur Mhlabeni. Je ne sais rien de plus.

– Je suis ici pour compléter des informations fournies par Yoliswa Xolele. Selon elle, vous avez eu des ennuis avec Andrew Sherwood. À propos de votre fils. »

Colette se figea. « Ces informations sont confidentielles. »

L'institutrice avait évoqué la fragilité psychologique de Colette, se rappela Persy. « Je sais que c'est un sujet sensible, madame. Mais il s'agit d'une enquête pour meurtre, et je ne dois négliger aucun renseignement. Je crois comprendre que vous avez fait certaines allégations. »

Colette n'en finissait pas de tripoter ses bracelets.

« Je n'ai jamais porté plainte.

– Que s'est-il passé, madame ?

– Je… J'ai été hospitalisée, pour… pour des problèmes psychiatriques. Andy s'est occupé de mon fils jusqu'à ce que je sois assez remise pour rentrer à la maison. À mon retour, j'ai commencé à m'inquiéter au sujet de Jasper.

– Pourquoi ça ?

– Il était replié sur lui-même… je crois, mais à vrai dire, je ne me rappelle plus très bien. J'ai parlé de mes… soupçons à Yoliswa. Marge Labuschagne m'a interrogée. Elle a aussi vu Andy. Elle n'a rien trouvé. Depuis, je me suis rendu compte que j'avais exagéré. J'avais des… des problèmes. À l'époque.

– Vous vous êtes trompée, c'est ça ?

– Oui. Et ce serait horrible si mon fils l'apprenait.

– Apprenait quoi ? »

Un adolescent était apparu dans l'encadrement de la porte. Colette se leva en un clin d'œil.

« Jas ! Qu'est-ce que tu fais à la maison ?

– La séance était complète. »

Grand et massif, Jasper McKillian avait le teint pâle, des cheveux hirsutes teints en noir et un piercing à la lèvre supérieure. Le mot « Criminal » et une image de menottes étaient imprimés sur son tee-shirt. Il jaugea Persy du regard, et elle éprouva une bouffée d'attirance troublante.

« Excuse-nous, mon chéri, mais ce que nous nous disons est d'ordre privé », expliqua sa mère.

Il l'ignora et traversa la pièce à pas de loup jusqu'à la cuisine. Il présentait ce séduisant mélange de grâce et de maladresse caractéristique des adolescents. Persy et Colette l'entendirent ouvrir le frigo puis suspendre son mouvement comme s'il attendait qu'elles reprennent la conversation. Colette se pencha sur le bord de son fauteuil, les mains jointes et crispées.

Le bruit de la porte du frigo se refermant leur parvint. Jasper reparut avec une bière à la main.

« Je n'aime pas que tu boives, tu le sais, protesta faiblement sa mère. Tu n'as même pas seize ans. »

Seize ans ! Persy lui en donnait au moins dix-huit.

Il décapsula la canette et but une longue goulée sans quitter Persy du regard. « Vous êtes flic ? demanda-t-il en s'essuyant la bouche d'un revers de main.

– Ouais. »

Il retraversa la pièce en direction de la porte, ébouriffant les cheveux de sa mère au passage. « Relax, m'man », dit-il, avant de s'éloigner dans le couloir d'un pas souple. Il mit la musique à fond, puis claqua la porte, qui fit tinter les cristaux sur la table et assourdit les battements rythmiques. Colette attendit un instant d'être sûre qu'il n'allait pas ressurgir avant de parler. « Je ne veux pas qu'il soit au courant de mes soupçons à l'égard d'Andy. Je me sens stupide dans cette histoire. » Elle passa une main lasse sur sa figure. « Je n'allais pas bien à l'époque. Je suis encore en observation, vous savez. C'est dur d'élever un enfant toute seule. »

Comme si Jasper était encore un petit garçon et non l'homme imposant qu'elle avait vu.

« Vous connaissez Gregory Crane ?

– Greg ? Oui, nous étions amis. » Elle rougit. « J'ai fait l'erreur de me confier à lui au sujet d'Andy. Il a commis des indiscrétions. Nous ne nous adressons plus la parole.

– Pourtant vous l'avez rencontré mardi après-midi. Sur le parking de Fish Hoek. »

Colette écarquilla les yeux. « Il vous a raconté ça ? » Elle se mit à tripoter ses rangées de bracelets, les faisant cliqueter sur ses maigres poignets. « Je… Je l'ai rencontré, oui, je l'ai prié de ne pas ranimer les rumeurs à propos d'Andy et de Jasper.

– Le garage de Sherwood est rempli de cartons pleins. Vous avez une idée de l'endroit où il allait ?

– Non… non, aucune idée, répondit Colette en secouant la tête.

– Dans votre déposition, vous déclarez que vous étiez chez vous vendredi soir.

– Oui, c'est vrai. Avec Jasper. Nous avons passé toute la soirée ensemble. »

Persy dut attendre la fin du débat passionné entre le commentateur sportif et l'animateur. Ce dernier se montrait sceptique sur la composition actuelle de l'équipe des Bucs. « Ce type est un *moegoe*, se plaignit Dizu. Les gars ont fait leurs preuves cette saison ! » En bon fan des Bucs, Dizu leur apportait un soutien sans faille. Lui seul était autorisé à critiquer leurs performances. Quand il eut éteint la radio, Persy lui rapporta son entretien avec Colette.

« Elle fait machine arrière sur son histoire d'agression sexuelle. Elle affirme qu'elle a rencontré Crane pour lui demander de garder le silence sur cette affaire. En gros, elle dit qu'elle n'avait pas toute sa tête quand elle a porté l'accusation.

– Elle sait que si quelqu'un a un mobile, c'est bien elle. En fait, elle est la seule à en avoir un, jusqu'ici.

– Après toutes ces années ?

– Peut-être que quelque chose l'a poussée à agir. Et le garçon ? »

Persy se rappela la démarche féline de Jasper, son regard entendu. « C'est un suspect possible, mais d'après sa mère, il n'est pas au courant de ses allégations contre Sherwood. »

Dizu démarra le *bakkie*. « On n'a qu'à passer chez le jardinier malawien de Schneider, Boniface Osman, sur le chemin du retour. Histoire de voir s'il a une nouvelle télé à écran plat et un appareil numérique dans sa cahute. Et de pêcher quelques infos sur Sean Dollery, tant qu'on y est. »

Vrygrond était caché aux automobilistes de Prince George Drive par de nouveaux lotissements sociaux et les bureaux Capricorn. Les squatters s'entassaient, parfois à dix dans une pièce, dans des cabanes et des maisons en brique décrépites. Des désespérés originaires de toute l'Afrique. Tellement désespérés que même Vrygrond leur semblait mieux que le lieu d'où ils venaient. Le Zimbabwe, le Congo, la RDC, le Rwanda, la Somalie, le Nigeria. Ils avaient fui les guerres, les mutilations, les viols, la mort.

Le crépuscule était tombé, et les rues n'étaient pas éclairées. L'est de la péninsule, du côté de False Bay, plongeait dans l'obscurité plus tôt que la façade atlantique, quand le soleil se perdait derrière les montagnes. Les phares du *bakkie* illuminaient des rues pleines de gens allant et venant à toute allure dans la lumière déclinante : des immigrés clandestins, qui faisaient des petits boulots ou gardaient les voitures sur les parkings des centres commerciaux, et qui rentraient chez eux.

Boniface Osman ne faisait pas mentir son nom : c'était un homme au visage doux et aux grands yeux, vêtu d'un polo propre et d'un jean soigneusement repassé. Sa cabane, qu'il partageait avec un ami, présentait tous les attributs du foyer d'un honnête domestique ou jardinier du Malawi : deux vélos bien entretenus attachés par des chaînes à côté de la masure, deux paillasses bien tenues à même le sol, des vêtements suspendus au plafond sur des cintres métalliques, une chaîne hi-fi taïwanaise flambant neuve équipée de tous les gadgets possibles. Forte odeur de déodorant Axe et de viande frite bon marché. Après les avoir invités à entrer, Boniface leur fit signe de s'asseoir sur une paire de sièges de voiture protégés par des couvertures en nylon.

Il était nerveux, mais c'était un homme lucide et franc. « Oui, je connais le code de l'alarme de M. Schneider. Mais je ne vole pas lui – vous pouvez téléphoner à mon travail. Mme Payne, ma patronne, elle vous dira que je dormais dans sa maison mardi soir. Elle aime que je dors là-bas pour la protéger, quand son mari est absent. »

Mme Payne, qui employait Boniface à son atelier de restauration de meubles, à Wynberg, l'avait elle-même conduit là-bas le lendemain matin. Un alibi en béton, s'il était confirmé. Persy était tentée de le croire.

Il s'occupait du jardin de Schneider le week-end, et quelquefois le vendredi quand on n'avait pas besoin de lui à l'atelier. Persy rebondit sur cette information.

« Vous avez travaillé chez Schneider vendredi dernier ? demanda-t-elle.

– Oui, j'étais là-bas.

– Vous avez vu Sean Dollery à la maison ?

– Je le vois plus tard dans l'après-midi. Il regardait la télé. Et puis je le vois le soir.

– Le soir ? s'étonna Persy.

– Le week-end, je dors chez ma petite amie à Masiphumelele. Le vendredi soir, je vais au café en vélo pour acheter du pain. Là, je vois le fils de Mme Dollery qui me dépasse très vite, dans le 4×4 Toyota blanc de M. Schneider. »

Celui-là même qui avait failli envoyer Persy dans le décor, sans aucun doute.

« À quelle heure c'était ?

– Vers neuf heures, neuf heures et demie. »

Persy et Dizu échangèrent un regard. *Exit* l'alibi de Sean Dollery.

31

La route de montagne sinueuse menant à Scarborough surplombait les plages blanches et l'océan, qui s'étendait vers l'ouest où il se fondait, sans horizon, avec le ciel. Sur ce versant de la montagne tourné vers l'Atlantique, le soleil resterait haut bien après sept heures. La confluence de l'air chaud et du courant d'eau froide engendrait une brume fine qui réfractait et diffusait la lumière aveuglante du soleil, de sorte que chaque détail du paysage brillait d'un éclat quasi hypnotique.

C'était l'un des trajets préférés de Marge, mais aujourd'hui elle redoutait ce qui l'attendait : un affrontement avec Gregory Crane. Elle l'avait appelé pour convenir d'un rendez-vous ; sans lui dire de quoi il s'agissait, car elle ne voulait pas l'alerter.

Le village de Misty Cliffs se composait de quelques petites dizaines de résidences secondaires accrochées au flanc abrupt de la montagne en surplomb de la route. L'allée de Crane était si bien cachée que Marge la manqua et dut manœuvrer en un demi-tour serré. D'un coup d'accélérateur, elle grimpa un chemin raide couvert de dalles et déboucha sur une aire de parking. La Mercedes de Crane, l'air fraîchement lavée, contrastait fortement avec sa vieille Toyota poussiéreuse, où les traces de rouille sous le pare-brise ne présageaient rien de bon. Elle coupa le moteur et leva les yeux vers la villa de style africain au modernisme agressif, avec ses terrasses couvertes d'auvents en roseaux et ses pierres de taille apparentes. Les fenêtres coulissantes étaient flanquées de persiennes en bois dur indigène. Une maison comme on en voyait dans les revues d'architecture sur papier glacé – une monstruosité, à son avis. Tandis qu'elle montait les marches en pierre conduisant à l'entrée, la lourde porte s'ouvrit brusquement et Gregory Crane apparut, vêtu d'un pantalon de yoga vaguement noué à la taille et d'un débardeur mettant en valeur un corps de trentenaire aux muscles fermes et bien dessinés. Seul son visage plutôt cadavérique portait les signes d'un âge qui, d'après les calculs de Marge, était plus proche du sien que de la trentaine. Une odeur âcre d'encens vint à sa rencontre.

« Ça fait plaisir de te voir, Marge. »

Alors qu'elle s'était attendue à un accueil légèrement hostile, voire méfiant, Crane semblait parfaitement détendu et sûr de lui dans son personnage de gourou. Il faut dire qu'il avait toujours été doué pour le travestissement. Et pour dissimuler ses pensées.

« Entre. »

Il la conduisit dans une vaste pièce dotée d'un parquet en bois flottant et d'immenses fenêtres qui ouvraient sur un paysage bleu-vert enivrant, donnant l'impression que la maison était suspendue entre ciel et mer.

« Joli décor, dit Marge.

– Il est adapté à mes besoins.

– Les affaires doivent marcher du tonnerre.

– Je m'en sors bien. Assieds-toi. »

Crane s'installa en tailleur sur l'un des tapis disposés autour de la table basse de style balinais. Marge s'accroupit en face de lui, péniblement consciente de ses kilos superflus et de sa mauvaise condition physique.

« Alors, que puis-je faire pour toi ? Tu viens pour une lecture générale ou une question spécifique ?

– Pour une question spécifique, en fait. Au sujet de Shamil. »

Crane garda une expression aimablement neutre.

« Que voudrais-tu savoir ?

– Qui est-ce, exactement ?

– Shamil est une entité spirituelle qui m'a choisi comme canal de transmission pour communiquer avec certains individus, répondit-il d'un ton suave. Un peu de thé à la menthe ?

– Non, merci. Est-ce que je peux communiquer avec lui ? »

Crane se leva et marcha jusqu'à une table où se trouvaient une théière en argent et des tasses assorties. Il eut un petit rire condescendant tout en versant le thé dans l'une des tasses.

« Cela dépend de tes intentions. On ne peut pas le faire apparaître comme on fait sortir un lapin d'un chapeau. C'est lui qui décide à qui il souhaite parler.

– D'après ton expérience, est-ce qu'il propage des rumeurs diffamatoires sur les gens ? »

Crane s'immobilisa. « Je ne vois pas du tout de quoi tu veux parler. Shamil est une conscience supérieure. Il ne dit que la vérité. »

L'heure était venue pour Marge de jeter le masque. « Excuse-moi, mais c'est de la pure connerie. Cette "entité", ou je ne sais pas quel autre nom tu lui donnes, porte atteinte à ma réputation professionnelle par ses calomnies. En tant que "son canal de transmission", je te considère comme directement responsable. »

Crane revint lentement vers elle, les mains enroulées autour de la tasse en argent comme s'il s'agissait d'un vase sacré. Il reprit sa position en tailleur face à elle et la regarda par-dessus le bord de sa tasse en buvant une gorgée de thé.

« Ne nous laissons pas aller à un antagonisme stérile, ma chère. Shamil existe. Je peux te présenter de nombreuses personnes qui ont fait l'expérience de sa sagesse.

– Il exploite leur vulnérabilité affective, oui ! »

Crane posa sa tasse. Quand il parla, ce fut d'une voix glaciale :

« À ta place, Marge, je ne parlerais pas de ça. Colette McKillian était une de tes patientes et, grâce à toi, c'est aujourd'hui une femme extrêmement perturbée, qui souffre de toutes sortes d'illusions…

– Colette n'a jamais été traitée par mes soins. Je ne l'ai vue qu'une fois. En plus, ce ne sont pas tes oignons.

– Et Andrew Sherwood ? » demanda Crane en la fixant intensément.

Elle n'avait jamais remarqué ses yeux. Ils étaient presque complètement opaques, curieuseusement incolores.

« Il n'a pas été mon patient non plus.

– Je pensais que tu avais fait du bénévolat au Centre Phoenix ?

– Où est-ce que tu veux en venir ? »

Marge se souvint alors que Colette lui avait parlé des problèmes de drogue d'Andrew. Le rapport d'autopsie suggérait qu'il avait abusé de substances toxiques. « Je n'ai pas traité Sherwood pour addiction, si c'est ce que tu veux dire. »

Mais Crane semblait s'être retiré de la conversation. De façon déconcertante, il regardait à la gauche de Marge comme si quelqu'un se tenait juste à l'extérieur de son champ de vision. Il leva une main pour la faire taire. « Silence, s'il te plaît. Nous avons un visiteur. »

Marge fut parcourue d'un frisson.

« Un message qui t'est destiné me parvient », expliqua Crane, d'une voix dont le ton et la hauteur avaient légèrement changé. Il se tenait comme quelqu'un qui écoute, à la fois détendu et sur le qui-vive.

« Cette personne a connu un trépas douloureux, et elle se trouve aujourd'hui dans le monde des esprits. »

Marge eut une vision fugitive de Theo Kruger, accusateur et vengeur, lançant un hurlement solitaire depuis son purgatoire personnel.

Elle repoussa cette pensée ridicule. Elle était bien placée pour savoir qu'il fallait résister aux tentatives grossières de Crane pour la mettre en état d'autosuggestion. Et pourtant elle se surprit à retenir son souffle. Le bruit de l'océan retentissait anormalement fort, comme si les vagues venaient se fracasser contre la maison. Le regard de Crane restait rivé sur le messager invisible à la gauche de Marge.

« Vous n'avez jamais eu l'occasion de vous rencontrer, mais cette personne t'était très proche. »

Le cœur de Marge battait ridiculement vite. Elle avait foncé droit dans le piège.

« Est-ce que tu es en train de parler à Shamil ? demanda-t-elle en s'efforçant, en vain, de maîtriser le tremblement de sa voix.

– Non, dit-il en fixant un point derrière elle. Je parle à un enfant. Un enfant perdu. »

Elle se pétrifia. Si Crane avait fait des recherches sur l'affaire Theo Kruger dans la presse, il était forcément au courant de la disparition de Clyde Cupido.

« Tout ça est de très mauvais goût, c'est le moins qu'on puisse dire…

– Voici le message : je suis en sécurité, et je suis en paix. »

Cette récupération morbide de la mort d'un enfant la révulsa.

« C'est vraiment honteux, arrête ça tout de suite ! »

Crane poursuivit comme s'il n'avait rien entendu. Ses yeux ne cillaient pas, son visage était dénué d'expression. On aurait dit qu'il était en transe. Le silence avait envahi la pièce et, avec lui, une atmosphère de paix et de tranquillité.

« Elle dit : Ne te reproche pas de ne pas être allée à temps à l'hôpital. Ce n'était pas ta faute. Le moment n'était pas venu pour moi d'arriver. Elle dit que tu dois arrêter de la pleurer. Un jour, vous serez réunies dans le monde des esprits. »

Marge fut submergée d'émotion. Elizabeth ! Les larmes affluèrent à ses yeux, des larmes de joie et de soulagement après toutes ces années où elle avait été hantée par le deuil et la culpabilité. Mais sa raison reprit instantanément le dessus. Non, même si elle le désirait plus que tout au monde, sa fille mort-née n'était pas en train de communiquer d'outre-tombe avec elle. Elle se rendit compte alors que l'atmosphère de la pièce avait changé. Une espèce de vide s'était formé, aspirant l'oxygène et la lumière pour ne laisser qu'une sorte de grisaille sourde qui enveloppait tout. La tranquillité paisible de l'instant précédent avait disparu. Une brusque chute de la température la fit frissonner. Crane se mit à tousser, d'abord légèrement, puis avec frénésie, jusqu'à ce qu'il suffoque. Il agrippa son visage comme s'il essayait d'extirper quelque chose de sa bouche. Sa figure bleuissait par manque d'oxygène.

Marge se sentait paralysée : elle avait l'impression de faire un cauchemar dont elle n'arrivait pas à se réveiller.

« Au secours ! fit Crane d'une voix étranglée. Au secours ! »

Luttant contre la terreur paralysante qui s'était emparée d'elle, Marge se leva et tituba jusqu'à lui, puis le frappa fort entre les omoplates. Crane hoqueta bruyamment et aspira une grande goulée d'air. Comme sur un signal, le portable de Marge sonna dans son sac. Elle s'élança dans sa direction, mais Crane lui empoigna le bras.

« Laisse », siffla-t-il.

Elle se libéra de son étreinte, tomba à moitié en avant, rampa vers son sac. Elle le tira vers elle, farfouilla à l'intérieur en priant que la personne au bout du fil ne raccroche pas. Elle trouva le téléphone. Le visage de Will, lumineux comme une flamme, apparut sur l'écran. Elle répondit.

« Maman ? T'es où ? »

Sa voix venait d'un autre monde, un monde de normalité heureuse.

Au prix d'un grand effort, elle réussit à parler : « À Misty Cliffs. »

Crane s'était mis debout, chancelait d'un air hésitant.

Il y eut un silence. « Ça va, m'man ? »

Will, d'habitude tellement à côté de ses pompes, avait senti quelque chose.

Crane quittait la pièce telle une ombre mouvante, emportant la grisaille avec lui, et le vide se remplissait à nouveau des bruits de l'océan, des mouettes, du vent.

La voix désincarnée de Will interrogeait Marge, anxieuse. « M'man, tu m'entends ?

– Je… je vais bien. Je suis en route. »

Elle raccrocha et se remit tant bien que mal debout, les mains agrippées à son sac. Elle était rudement secouée, ses jambes tremblaient.

Elle se sentait à la fois effrayée, plus très jeune, et stupide. Quelle idée, de venir ici toute seule ! Il fallait qu'elle sorte de là.

Crane l'attendait à la porte, immobile comme un serpent prêt à attaquer. Un profond dégoût pour cet homme s'empara d'elle. « Tu ne t'en tireras pas comme ça ! »

Le regard de Crane irradiait une bienveillance imperturbable. Rien ne suggérait qu'il se souvenait du supplice qu'il venait de traverser.

« C'est parfois difficile d'accepter l'idée que les morts nous entourent.

– Ton charabia ne m'intimide pas. Tu as intérêt à arrêter de répandre des rumeurs sur mon compte.

– Pas des rumeurs, ma chère. Des informations publiées. Dans plus d'un journal.

– Je te poursuivrai pour diffamation.

– Pour avoir dit la vérité ? Je ne pense pas, non. Si tu acceptes de rester en dehors de mes affaires, je verrai ce que je peux faire au sujet des rumeurs.

– Tu me fais chanter ?

– Appelle ça comme tu voudras. »

Sur ces mots, il referma la porte.

Sur le trajet du retour, Marge ouvrit toutes les vitres de la voiture et laissa le souffle pur et violent de la mer effacer le souvenir de Gregory Crane. Elle ne doutait pas une seconde que si elle ne renonçait pas à s'opposer au projet immobilier sur Bellevue, il utiliserait l'affaire Theo Kruger pour la discréditer. Il s'était montré plus fort qu'elle sur le terrain psychologique. Il avait intuitivement deviné la culpabilité qui la rongeait : à cause de sa fille mort-née, du suicide de Theo Kruger, de la disparition de Clyde Cupido. Et maintenant de la mort de Sherwood. Tous ces fantômes de la vie réelle qui se pressaient autour d'elle en criant qu'on leur rende justice. Peut-être ne ferait-elle jamais taire sa culpabilité, ni les doutes pesant sur la façon dont elle avait géré l'affaire Theo Kruger. Mais découvrir ce qui était arrivé à Andrew Sherwood serait peut-être pour elle une forme d'absolution. Elle n'allait pas renoncer à s'opposer à cet affreux projet immobilier. Elle ne se laisserait pas intimider par les médisances de Crane. Elle l'avait toujours pris pour un bouffon, au pire pour l'instrument inconscient de l'ambition d'Asha de Groot. Elle se rendait compte qu'elle l'avait sous-estimé. Elle ne croyait pas au paranormal, mais Crane était capable, par instinct ou par ruse, de deviner les peurs et les désirs les plus intimes de ses clients. Pourtant, comme l'avait démontré leur face-à-face, il ne contrôlait pas pleinement les forces auxquelles il faisait appel. Dans cette pièce, elle l'avait vu évoquer ses propres démons. Des démons qui, un jour, n'obéiraient plus à ses ordres.

32

Marge se réveilla d'une nuit agitée, pendant laquelle elle n'avait cessé de revivre sa visite déstabilisante chez Crane. Elle avait été perturbée, certes, mais il n'était pas question qu'elle se laisse effrayer par lui. En fait, il n'avait fait que renforcer sa détermination à réunir le plus de signatures possibles contre ses projets immobiliers. Même si elle n'arrivait pas à oublier les sinistres connotations de chantage et de manipulation affective de leur rencontre.

Au moins Crane lui avait-il révélé une information utile en lui parlant du problème de drogue d'Andrew Sherwood.

Bien qu'on fût samedi, elle téléphona au centre de réhabilitation Phoenix et demanda rendez-vous à Stephen Raubenheimer, le directeur. Elle le connaissait pour avoir travaillé au centre en tant que psychologue bénévole, et il ne posa pas de questions lorsqu'elle lui annonça qu'elle assistait la police dans le cadre de l'enquête sur la mort de Sherwood. Ensuite, elle appela Phumeza et demanda que Titus faxe à Raubenheimer une requête officielle lui demandant de mettre à sa disposition tous les documents qu'elle voudrait.

Alors qu'elle était au téléphone, Will émergea de sa chambre, les yeux ensommeillés, traînant dans son sillage une blonde anémique qu'il lui présenta comme répondant au nom de Fleur. Les deux tourtereaux s'éclipsèrent dans la cuisine, où

Will se mit à préparer le petit déjeuner. Quand son coup de fil fut terminé, Marge les évita. Son fils était toujours hypersusceptible à propos de ses copines, il pensait qu'elle ne les appréciait pas, ce qui était généralement vrai. Elle jugea aussi qu'il valait mieux le laisser dans le vague à propos de sa visite à Gregory Crane. Sans quoi il allait se tracasser inutilement et se demander dans quoi elle s'était embarquée.

Elle les surprit qui sortaient de la cuisine, les bras chargés de mugs de son meilleur café arabica et de tout ce que la maison devait compter d'œufs, brouillés et empilés sur leurs assiettes.

« Will, tu seras là plus tard dans la semaine ? »

– Pas sûr. Pourquoi ? répondit-il d'un air méfiant.

– Je me disais qu'on pourrait peut-être aller observer la comète à Chapman's Peak. »

Will et Fleur échangèrent un regard.

« Toi aussi, Fleur, bien sûr ! ajouta-t-elle.

– Heu... Je vais sans doute rentrer à Woodstock demain ou après-demain, répondit-il.

– Ça vaut le coup de rester pour ça. »

Marge entendit la note implorante dans sa voix.

« La prochaine fois, peut-être, fit Fleur.

– Ça m'étonnerait, vu qu'elle ne reviendra pas avant plusieurs millénaires », rétorqua Marge d'un ton acerbe.

Tandis qu'ils remontaient d'un pas fatigué vers leur nid d'amour, elle entendit Fleur dire : « T'as raison, elle est super coincée. »

Elle se força à ne pas écouter la réponse de son fils.

Sur le chemin du cabinet vétérinaire, où elle allait récupérer Bongo, elle sentit sa gorge se nouer douloureusement. Elle était ridicule. Vraiment ! Elle se répéta qu'il était normal et sain qu'en grandissant, les enfants s'éloignent de leurs parents et ne souhaitent plus passer de temps avec eux.

Bongo se rétablissait bien, si l'on faisait abstraction des plaques roses de peau rasée, barbouillées de Mercurochrome rouge et balafrées de points de suture noirs.

« Il aura du mal à manger solide pendant un moment, alors je vous recommande de lui donner ce supplément alimentaire », expliqua le docteur Pillay en tendant à Marge une paire de boîtes métalliques remplies d'un produit ressemblant à du lait en poudre. Ça n'avait pas l'air donné. « Vous pouvez y mélanger les antibiotiques et les calmants. Un peu d'amour et d'affection, et il retrouvera toute sa gaieté d'avant. »

Mais quelque chose s'était éteint dans les yeux de Bongo. Il se recroquevilla quand elle se pencha pour le caresser, et opposa de la résistance pour monter en voiture. De retour à la maison, il gagna clopin-clopant sa corbeille et y resta allongé, apathique, sans même remuer la queue quand Marge lui donna l'une de ses gourmandises préférées, un sabot de veau, à ronger.

Le centre de réhabilitation se trouvait pile au milieu du village de Kommetjie, sur la route principale menant à Scarborough, face à une petite rangée de boutiques. Il ressemblait plus à un hôtel miteux qu'à un établissement de désintoxication pour alcooliques et drogués, où la journée, selon la rumeur, était facturée à plusieurs milliers de rands. Tandis qu'elle se garait, Marge vit un rasta à l'air défoncé entrer d'un pas nonchalant dans le Boma Bar, avec une guitare en bandoulière par-dessus des dreadlocks qui lui tombaient jusqu'à la taille. « L'endroit idéal pour installer un centre de désintox ! » maugréa-t-elle tout bas.

Quatre jeunes en sweat à capuche et casquette de baseball prenaient le soleil, à moitié affalés sur le muret à côté du centre. Des dealers de troisième ordre, à en croire les apparences. Qui attendaient qu'un pensionnaire craque et sorte en douce pour se procurer de quoi apaiser ses souffrances. Des vautours, pensa Marge. Dans tous les lieux où il y avait de la souffrance, ils étaient là, à rôder.

Le hall d'accueil était une pièce aux murs jaunes et à la décoration chichiteuse : fleurs artificielles dans des vases produits en série, et fausses boiseries. On se serait cru dans une maison de retraite plutôt que dans une clinique. Stephen Raubenheimer, un roux solidement charpenté aux yeux bouffis, avait l'attitude blasée de certains anciens drogués. Il conduisit Marge dans une pièce vitrée et lui indiqua des fauteuils tendus de toile rayée décolorée. « Asseyez-vous. C'est notre salle de divertissement. Je suis désolé, ce n'est pas la franche rigolade chez nous. »

Difficile de le nier. Il n'y avait pour tout divertissement qu'une table de billard au tapis bosselé et une télé mal réglée. Deux ados avec cet air absent caractéristique des convalescents étaient assis, le regard mort, devant une partie de rami.

Raubenheimer prit place en face de Marge. Quelques papiers étaient posés devant lui, sur une table basse en osier. « J'ai retrouvé le dossier de Sherwood. J'ai même le registre des hospitalisations de jour. » Il ouvrit le dossier. « Andy était entré pour addictions multiples. Dope, speed, alcool, sexe. Le cas classique. Les comportements addictifs sont tous liés… Tout dépend des opportunités qui se présentent, au final. »

Malgré le côté massif et pesant que lui donnait sa charpente trapue, Raubenheinmer s'exprimait avec une autorité rassurante. « Les séances de groupe ont été utiles, ne serait-ce que pour modérer certains de ces comportements. Il y a vingt ans, nous ne savions pas tout ce que nous savons aujourd'hui sur l'addiction. En ce sens, Sherwood a été une sorte de cobaye.

– Comment ça, il y a vingt ans ? Il n'est arrivé à Kommetjie qu'il y a sept ans, environ, et il a travaillé à l'école Logos, non ?

– Oh, non ! Andy a participé à toutes sortes de programmes pendant des années. Il a même été l'un de nos premiers patients. Pour être franc, je suis stupéfait d'avoir encore des restes de ce dossier. En général, nous les détruisons au bout de dix ans. Mais nous n'avons pas encore trouvé le temps de numériser les dossiers les plus anciens. Je les ai trouvés dans la réserve, dans des cartons. »

Un soupçon se formait dans l'esprit de Marge, une idée qui prenait de l'ampleur à chaque minute.

« Est-ce que Sherwood souffrait de troubles de la sexualité ?

– J'évite les étiquettes, répondit Raubenheimer avec un froncement de sourcils, mais je suppose que je peux vous le dire. Maintenant qu'il n'a plus d'existence officielle, pour ainsi dire. Désolé, c'était de mauvais goût. Sherwood était bisexuel. Attiré par les hommes comme par les femmes. Enfin, je n'appellerais pas ça un trouble. Mais il avait aussi des problèmes psychosexuels.

– Des mineurs, garçons ou filles ? »

Raubenheimer hésita un instant. « Il en était question parmi les autres patients, mais Sherwood n'a jamais évoqué le sujet pendant les séances. »

Marge éprouvait la même excitation que lorsqu'une avancée décisive se profilait pour un client, lorsque l'inconscient devenait conscient, lorsqu'un motif se faisait jour et qu'une image, jusque-là trouble et tout juste discernée, commençait à se dessiner.

« Et il y a vingt ans… est-ce que Sherwood a reçu une autorisation de sortie du centre pour une journée ? »

Raubenheimer lui lança un regard interrogateur. « Eh bien, voyons ça… comme je l'ai dit, il me reste le registre des hospitalisations à la journée. » Il feuilleta le cahier en question. « C'est marrant, mais c'est plus facile de retrouver des archives quand elles ne sont pas informatisées. Bien, vous avez une date ? »

Marge lui donna la date et regarda ses mains parcourir les pages du registre de haut en bas. Des mains défigurées, violettes et enflées, héritage des piqûres de seringue dans les membranes entre les doigts.

« Ah, voilà ! Tous les patients sont sortis ce jour-là. C'était un jour férié, le seize juin. Le Soweto Day.

– Est-ce qu'il y a moyen de connaître ses déplacements ?

– Non, mais nous encourageons nos clients à faire de l'exercice en plein air. En général, ils vont marcher sur Long Beach, jusqu'à Noordhoek, et ils reviennent. »

À toute vitesse, le cerveau de Marge effectuait des rapprochements, tirait des conclusions. Sherwood était à Noordhoek le jour où Clyde Cupido avait disparu.

Raubenheimer retourna à la consultation des dossiers.

« Quelques jours plus tard, il a signé une décharge et il a disparu.

– Vous savez où il est allé ?

– Non, mais il est revenu à Kommetjie il y a environ douze ans. Il a loué un logement, trouvé du boulot, et il a rejoint notre programme d'hospitalisation de jour. Je pense qu'il se battait pour rester sobre. On l'a intégré à notre système de parrainage.

– Parrainage ?

– Un toxicomane qui est *clean* depuis cinq ans minimum devient votre parrain, et vous faites régulièrement le point avec lui. Comme aux Alcooliques Anonymes. Enfin, Sherwood a laissé tomber son parrain, il y a environ sept ans, si j'en crois mes papiers. Ils ont dû se brouiller. Ça arrive.

– J'imagine que vous ne vous souvenez pas de l'identité de ce parrain ?

– Aussi étonnant que ça paraisse, si, parce que c'était un personnage vraiment étrange. Il s'appelait Gregory Crane. Un juriste, je pense. Drôle de type. Il avait un grave problème de cocaïne, mais il a décroché, puis il est devenu une sorte de gourou de yoga. Ça arrive souvent, les gens qui échangent un comportement compulsif contre un autre. »

Marge se leva. Les pensées se bousculaient dans sa tête. « Merci. Vous m'avez beaucoup aidée. »

33

Finalement, le salut leur vint sous la forme inattendue d'un appel de Fiona Tinkler, en provenance du vidéoclub Fanatix. C'est Dizu qui répondit.

« Le cambrioleur est ici, dit-elle. Je l'ai enfermé dans la boutique. »

Comme Persy et Mhlabeni n'étaient pas de service, Dizu et Cheswin April prirent un fourgon et descendirent en trombe la Fish Hoek Main Road. Fiona Tinkler accourut vers eux, athlétique dans un pantalon bleu marine, un tee-shirt marin rayé et des chaussures bateau. Il n'y avait plus aucune trace chez elle de sa nervosité de l'autre jour. En fait, son face-à-face avec un dangereux criminel semblait plutôt l'avoir rendue euphorique.

« Il est venu louer un film. Quel toupet ! Un culot monstre, il avait. Je l'ai reconnu, même sans ses lunettes de soleil. George est au golf, il m'a demandé de garder le magasin jusqu'à l'arrivée de l'étudiant qui travaille ici, alors j'étais seule. Je n'aurais jamais cru que je serais capable d'appréhender un criminel. En général, je suis une vraie froussarde. » Elle émit un gloussement aigu frisant l'hystérie. « Oh, je ne devrais pas rire, ce n'est pas drôle, si ? Mais je suis tellement fière de moi ! »

Depuis le cambriolage, Tinkler avait renforcé la sécurité du magasin en installant un volet roulant ; il était à présent baissé, et la porte verrouillée. Fiona ouvrit, puis ils la suivirent à l'intérieur. Tout au fond, une grille métallique barrait l'entrée de la section « Réservé aux adultes ». « J'ai attendu qu'il aille voir les trucs porno, et alors j'ai vite fermé la grille, j'ai couru dehors et j'ai fermé la boutique. Histoire de le laisser mariner. »

Dizu le reconnut instantanément. Il avait assez souvent eu sous les yeux les photos des avis de recherche, au commissariat. Des pommettes ciselées, des yeux bridés hérités de son ascendance malaise, qui le fixaient furieusement à travers les barres de métal.

Pris comme un rat. Ou plutôt comme une panthère.

« La communauté chrétienne trouvait à redire à cette section, continuait à jacasser Fiona. Alors George a installé la grille métallique couplée avec une sonnette. Ça dissuade les ados d'aller se rincer l'œil. »

Bénis soient les fervents illuminés de Fish Hoek, amen ! pensa Dizu en attendant que Fiona ouvre la grille.

« Bonjour Sean, dit-il en lui passant les menottes. On te cherchait partout. »

Le cœur de Persy cognait comme un fou dans sa poitrine, et elle avait un goût d'adrénaline dans la bouche. Combien d'années s'étaient écoulées depuis qu'ils ne s'étaient pas parlé les yeux dans les yeux ? Elle respira fort et entra dans la pièce.

S'il n'avait pas eu les menottes et les fers aux pieds, on aurait pu croire que Sean Dollery se trouvait à la salle de gym. Affalé sur une chaise, en tenue de sport grand luxe, bichonné et pomponné.

Elle prit place en face de lui.

Debout près de la porte, Dizu observait, tendu et hyperprotecteur. Persy avait l'air si petite, bon sang, les yeux plissés derrière ses lunettes, ses épaules menues toutes voûtées !

« Bonjour Sean. » Elle semblait maîtresse d'elle-même, si on ignorait le léger tremblement de sa voix quand elle prononça son nom.

Sean la fixa. Ses yeux évoquaient de l'eau noire, insondable et froide.

« On a quelques questions à te poser.

– Je veux parler à Mhlabeni.

– C'est moi qui suis chargée de l'affaire, rétorqua Persy en lui renvoyant son regard, alors c'est à moi que tu vas devoir parler.

– Mhlabeni. Ou mon avocat. À toi de choisir. »

Elle continua. « Un témoin t'a identifié comme l'homme qui l'a braqué lundi au vidéoclub Fanatix.

– C'est une salope de menteuse. Je suis allé là-bas chercher un film, c'est tout. Et elle, elle m'enferme dans une putain de cage. Comme un animal.

– Bien, on en reparlera après la séance d'identification.

– Va te faire enculer, salope. »

Le tressaillement quasi imperceptible de Persy n'échappa pas à Dizu.

« Où étais-tu vendredi cinq janvier entre dix-huit heures et minuit ? »

Sean l'ignora et lança à Dizu un regard de pure haine.

« Demande à ton copain là-bas. Il est venu harceler ma mère. Elle lui a dit que j'étais chez Schneider, là. Toute la journée. Et toute la soirée.

– Alors tu n'as pas vu Andrew Sherwood ?

– Qui ?

– On a des témoins qui peuvent attester ta présence dans sa voiture.

– Quoi !? Qui c'est qui vous a raconté cette histoire à dormir debout ? Oh, je sais ! Votre copain rasta ! s'esclaffa Sean. Ce vieux *daggakop** ! Il s'rappelle même plus la tête de sa mère »

Dizu se demanda un instant comment Sean pouvait savoir que c'était Duncan qui leur avait fourni ce renseignement. Mais Sean avait des yeux à tous les coins de rue d'Ocean View. Les fantassins de son empire en expansion.

« Tu as tué Sherwood, et ensuite tu as largué la voiture quand elle est tombée en panne d'essence », affirma Persy, revenant à la charge.

Sean fit mine de s'offusquer.

« Pourquoi est-ce que j'aurais volé cette vieille caisse ? » Il reporta son attention sur Dizu. « Persephone aime jouer. On jouait aux gendarmes et aux voleurs dans la rue, quand on était *laaities*. Alors qu'est-ce qui a changé, hein ? » Il rit, leva ses mains menottées et fit le geste de tirer sur Persy. « Pan. Pan. » L'expression de son visage se durcit. « Va te faire mettre, et n'essaie pas de m'avoir, salope.

– On a trouvé tes empreintes dans la voiture de Sherwood. »

Persy perdait son sang froid, et ça se voyait. *Du calme, ma vieille*, pensa Dizu.

« Ce qui veut dire : pas de liberté sous caution, intervint-il. T'iras attendre ton procès avec les autres à la prison de Pollsmoor. »

Quelque chose affleura dans le regard de Sean. Ainsi, même lui craignait les cellules remplies de détenus désespérés, dont certains attendaient leur procès depuis des années.

« T'es son petit ami ? demanda le malfrat en se concentrant de nouveau sur lui.

– Laisse-le en dehors de ça, Sean ! » s'écria Persy, les poings serrés sous la table.

Dollery l'ignora. « Je pourrais te raconter des trucs sur elle que t'aimerais bien savoir », dit-il en passant la langue sur les lèvres de façon suggestive.

Persy bondit sur ses pieds. « La ferme, connard ! »

Dizu intervint : « On peut se parler, Persy ? »

« C'est ça, mec : retiens ta chienne, enfoiré ! » leur cria Sean tandis qu'ils quittaient la pièce.

Dans le couloir, Dizu parla d'un ton neutre :

« Qu'est-ce qui se passe, là ?

– Ce salaud s'amuse à foutre la merde dans ma tête.

– Tu trembles, Jonas.

– Je vais bien, OK ?

– Ne le laisse pas te mettre à cran.

– Ça marche dans les deux sens. »

Elle enleva ses lunettes et les frotta sur son tee-shirt. Ses yeux paraissaient brusquement exposés, mis à nu. Comme ceux d'un petit enfant. Une angoisse soudaine s'empara de Dizu.

« Est-ce qu'il y a quelque chose que je devrais savoir à propos de toi et de ce type ? »

Le visage de Persy se ferma sur-le-champ. « C'est quoi ce délire ? Non ! » Le mur s'était dressé.

« Alors laisse-moi prendre le relai. »

Il se prépara à faire face à une éruption. Au lieu de ça, elle s'effondra contre le mur comme si elle n'avait plus de force dans les jambes.

« Merde ! OK, alors. Si tu penses que je suis en train de foirer.

– Mais non, dit-il en lui serrant l'épaule. C'est rien… On est partenaires, tu te souviens ? »

Dizu rentra dans la pièce. Cette fois, Cheswin se tenait à la porte. Dollery était penché en arrière, à cheval sur sa chaise, l'air détendu. Au moment où Dizu s'asseyait en face de lui, il lui demanda : « Tu la baises ? » Un petit sourire sur les lèvres.

Dizu fut atterré par la colère qui le submergea. Il avait envie d'empoigner la tête de Dollery, de la fracasser contre la table, de bousiller sa gueule de beau gosse une fois pour toutes. Il eut une vision de sang sur les murs, sur le sol. Il avait vu ses collègues faire ça, personne n'irait se plaindre.

Il prit une inspiration. *Ressaisis-toi.*

« Voici les faits : on a tes empreintes. On a aussi deux témoins oculaires, dont l'un t'a vu dans la voiture d'Andrew Sherwood vers cinq heures vendredi après-midi, et l'autre dans celle de Klaus Schneider aux alentours de vingt et une heures trente le même jour, sur Kommetjie Road, en direction de Noordhoek. Alors commence par nous dire ce que tu faisais dans la voiture de Sherwood.

– T'es un *laanie*, toi, hein ? Pas un vulgaire *kaffir**. »

Dizu se força à rester impassible. Ah, *kaffir*, ce mot blessant, humiliant et dégradant ! Mais il ne pouvait pas se permettre de mordre à l'hameçon. Il devait se montrer plus fort que sa rage s'il voulait épingler ce connard pour de bon.

Sean haussa les épaules.

« Liberté sous caution. Sinon je dirai *fokkol.*

– Tu risques une inculpation pour meurtre, et on a tes empreintes. Pourquoi est-ce qu'on soutiendrait une demande de liberté sous caution ? »

Dizu avançait à tâtons, il suivait la piste de Persy, jouait sur la peur de Sean. Peur de quoi, précisément ?

« On pourrait te garder ici, au poste, en attendant une audience de libération sous caution, ou alors t'expédier à Pollsmoor en détention provisoire. Et là-bas, ça négocie pas des masses. »

Dollery le dévisageait, calculait ses chances. C'est tout juste si Dizu ne voyait pas son cerveau chauffer. Il bénéficierait certainement d'une protection à Pollsmoor, à moins qu'il n'ait perdu tout appui en jouant les francs-tireurs, auquel cas les gangs de la prison n'auraient guère pitié de lui. Il resterait des semaines coincé dans une cellule bondée, à dormir quand ce serait son tour, au milieu des pires rebuts des Cape Flats. Qui sait quel châtiment l'attendait ? Ou pas. Qui savait ce qui se passait vraiment dans le monde de Dollery, de toute façon ? Dizu le fixa un instant sans un mot, puis se leva, comme s'il perdait patience. « Mais c'est ta décision. Moi, je dois y aller. »

Il marcha jusqu'à la porte, faisant signe à Cheswin de la lui ouvrir.

« C'est bon. J'étais dans la bagnole de Sherwood. Mais je l'ai pas tué. »

Dizu se retourna, regagna la table et se rassit, lentement.

« Un de mes guetteurs, il est venu me dire qu'y avait deux Blancs qui voulaient acheter du côté de la Marine Primary, là, expliqua Sean. J'suis allé voir de quoi ils avaient l'air en me disant que si c'étaient des richards, je pouvais les taxer. Et alors j'ai vu qu'ils étaient dans une vieille Mazda.

– Tu les as reconnus ?

– *Ja.* Y en a un qu'est métis. Le *laaitie* du directeur d'école, Fortuin. Son pote est blanc. Jamais vu avant. Ils voulaient acheter de la beuh avec leur argent de poche. Je leur ai rendu service en les mettant en rapport avec quelqu'un.

– Qui c'est, ce quelqu'un ? »

Haussement d'épaules de Sean.

« Tu veux dire que c'est toi.

– Et alors ? Je leur ai vendu de la *dagga*, mais j'ai tué personne. Essayez pas de me coller ça sur le dos. Maintenant, laissez-moi passer mon coup de fil.

– Pourquoi est-ce que t'es monté en voiture avec eux, s'ils avaient seulement de quoi acheter un peu d'herbe ?

– Ma caisse se faisait refaire la peinture. J'avais besoin qu'on me conduise chez Schneider.

– Écoute-moi bien, Sean. Voilà ce qu'on a contre toi : meurtre, cambriolage à main armée, vol de voiture, possession d'un garage clandestin, trafic de drogue, organisation de combats de chiens, cambriolage de la maison de Schneider… La liste continue. »

Et cette fois, avec un témoin pour le braquage du vidéo-club, Sean aurait du mal à s'en tirer impunément, comme il l'avait fait jusqu'ici en achetant ou en menaçant des témoins, en comptant sur la « perte » des dossiers ou l'indulgence de magistrats véreux. Cette fois, ils avaient quelque chose de solide contre lui, et il était assez malin pour se dire que ce n'était peut-être pas tout. Mais il ne savait pas que ce qu'ils avaient ne pesait pas lourd en réalité. Une identification formelle par Fiona Tinkler, les empreintes sur la voiture de Sherwood et le témoignage de Duncan, pour ce qu'il valait. Sans oublier celui de Philip Makana, qui avait identifié Sean comme l'auteur de l'incendie de l'école Logos, même si ça remontait à sept ans. Et même s'il était probable que Duncan le rasta et Philip Makana se feraient mettre en pièces par un bon avocat. Fiona Tinkler était donc leur seul témoin crédible, mais cela ne garantissait toujours rien. Dizu avait vu assez de criminels repartir libres du tribunal alors qu'il y avait beaucoup plus de preuves contre eux. Toujours est-il qu'ils ne pouvaient pas se permettre de le laisser leur filer entre les doigts. Car sinon, d'ici deux à trois ans, il contrôlerait tout Ocean View.

« Alors, tu leur as vendu la dope. Et ensuite ?

– Ils m'ont déposé chez l'employeur de ma mère, là, Schneider. C'était vers cinq heures.

– On a un témoin qui atteste t'avoir vu dans le *bakkie* de Schneider sur Kommetjie Road à neuf heures et demie vendredi soir. »

Sean ne se laissa pas décontenancer.

« J'allais au McDo à côté du centre commercial, là. Qui dit que c'est illégal, d'acheter un hamburger ?

– Avec le *bakkie* de Schneider ?

– *Ja*, Klaus est un ami », répondit Sean avec un grand sourire.

Dizu ne voulait pas trop réfléchir à la nature de l'« amitié » qui liait Sean et Charlene à Schneider. Il continua de cuisiner Dollery, mais n'en tira rien de plus. Puis il prit méticuleusement sa déposition et la lui fit signer.

« T'as intérêt à ce que ton histoire tienne debout. »

Dizu sortit chercher Persy. Elle faisait les cent pas dans le couloir, visiblement agitée. Il lui raconta l'entretien.

« OK, dit-elle, on n'a qu'à organiser une séance d'identification pour plus tard, et ensuite aller chez les Fortuin, voir si son histoire tient la route. »

Cheswin sortit de la salle d'interrogatoire, emmenant Dollery dans sa cellule. Sean le suivit en traînant les pieds, un léger sourire aux lèvres, puis se retourna vers Persy : « Comment va Poppa ? » demanda-t-il.

Dizu vit Persy se raidir. Une émotion fugitive, indéchiffrable, passa sur le visage de Sean, presque aussitôt effacée.
« N'oublie pas de lui transmettre mes amitiés. »

À cet instant, Dizu aurait juré que Dollery était sincère.

34

Joel et Yasmin Fortuin habitaient dans une rue en arc de cercle assez loin de la plage de Kommetjie, mais d'où on pouvait se rendre à pied chez Sherwood. Persy avait annoncé leur visite par téléphone, et Joel les attendait dans la rue, vêtu d'un tee-shirt rose clair et d'un long bermuda : l'uniforme d'un ado BC-BG, choix vestimentaire peu approprié à un métis d'âge mûr au physique de deuxième ligne de rugby, avec quelques années et beaucoup de kilos en trop.

« Il faut que nous parlions à votre fils, monsieur Fortuin, annonça Persy après avoir fait les présentations.

– Il a des ennuis ? » demanda le directeur d'école avec inquiétude.

Persy expliqua brièvement ce qui les amenait tandis qu'il les conduisait dans le jardinet bien tenu d'une modeste maison à deux chambres de style vaguement mauresque. Un barbecue Weber et une petite piscine trahissaient des aspirations à un mode de vie petit-bourgeois que Joel Fortuin avait sans doute bien du mal à atteindre avec son salaire de directeur d'une petite école indépendante. Une odeur alléchante de *biryani* s'échappait de la maison.

« S'il vous plaît, laissez-moi d'abord parler à mon épouse, dit Joel. Elle est très émotive. Elle va piquer une crise si elle croit que Ryan a des ennuis avec la police. »

Il leur fit faire le tour jusqu'à un grand appentis adossé à la maison. À l'intérieur, c'était une véritable fourmilière. Des femmes d'Ocean View cuisinaient frénétiquement samossas, friands aux saucisses et ailes de poulets en quantités industrielles. Voilà donc d'où la famille Fortuin tirait ses revenus supplémentaires. Une femme ronde coiffée d'un foulard vint vers eux en essuyant la farine de ses mains sur son tablier, un sourire accueillant sur les lèvres. Persy reconnut Yasmin Fortuin, la réceptionniste de l'école Logos.

« Yasmin, commença Joel avec précaution, comme s'il tentait d'apaiser un enfant, ces gens sont de la police. Ils veulent parler à Ryan. »

Yasmin plaqua ses mains sur sa bouche, les yeux écarquillés d'inquiétude. Elle se tourna vers un adolescent fluet qui était en train de sortir un plat de *bobotie** de l'énorme four industriel. « Ryan, qu'est-ce que tu as fait ? » Elle lui donna plusieurs coups de torchon furieux, sa voix grimpant de plusieurs octaves. « Qu'est-ce que tu as fait, Ryan ? Hein ?

– Rien, m'man, j'te jure ! »

Ryan avait quinze ou seize ans et la peau claire. Un bandeau fluo maintenait en place sa volumineuse chevelure coiffée à l'afro. Il avait l'air perdu et apeuré.

« Vous allez l'arrêter ? s'exclama Yasmin. Vous savez ce que les voyous feront à un garçon comme lui ? Hein ? »

Persy suggéra que Ryan sorte avec eux dans le jardin. La mère essaya de les suivre. Son mari la retint fermement par le bras, mais elle se libéra.

« Où est-ce que vous l'emmenez ? Ce n'est qu'un enfant ! »

Persy essaya de la rassurer. « L'un de vous peut assister à l'entretien. Ou les deux. » Ryan chercha le regard de son père et secoua violemment la tête. Alors Joel prit son épouse par le bras et la ramena avec douceur mais détermination dans le garage. « Mon fils vous dira tout ce que vous voulez savoir, cria-t-il à Persy par-dessus la tête de sa femme. Tout, Ryan, tu m'entends ! »

De retour dans le jardin, ils s'assirent autour de la table en plastique, sur le *stoep*. « Vous allez m'arrêter ? » demanda Ryan. Il louchait légèrement, ce qui accentuait son expression d'ahurissement terrifié.

« Pas si tu nous dis la vérité », répondit Persy.

Ryan fixa son regard sur celui de Dizu, qu'il semblait trouver moins menaçant. « S'il vous plaît, ne dites rien à mon père. Il va me tuer. Et ma mère va péter un câble. Elle devient hystérique, genre. Avec elle, à chaque fois, on dirait que c'est la fin du monde. »

Persy se fichait royalement des simagrées de Yasmin Fortuin. « On veut seulement savoir tout ce que tu as fait vendredi dernier. »

Ryan passa nerveusement la langue sur ses lèvres.

« Je suis rentré à la maison vers trois heures. Ensuite Jasper est venu, il devait dormir ici.

– Jasper ?

– McKillian. »

Persy et Dizu échangèrent un regard. Pensant tous les deux : *Le monde est petit.*

« Il était avec moi à l'école Logos, vous savez ? Il est parti quand il avait, quoi, huit ans, mais on est restés potes. Sa mère l'a déposé ici, autour de trois heures. On a piqué des bières et de la vodka à mon père… » Il marqua une hésitation.

« La vérité, Ryan, insista Persy.

– *Ja*, eh ben, on a rencontré ce mec à la plage. Duncan, il s'appelle.

– Le rasta ? demanda Persy.

– Comment vous savez ? fit l'adolescent, surpris.

– Laisse-moi deviner. Vous avez acheté de l'herbe », lança Dizu d'un ton ironique.

Ryan eut l'air soulagé que ce soit sorti. « *Ja*. Pfff ! Elle était super-forte. Ensuite on a commencé à rentrer chez moi à pied. Quand on est passés devant la maison d'Andy Sherwood, Jasper est devenu vachement bizarre. Il a dit qu'il le détestait.

– Pourquoi ? demanda Persy.

– Parce que je lui ai dit qu'à l'école, les élèves racontaient qu'il était parti parce qu'Andy était pédophile et qu'il l'avait agressé sexuellement.

– Quand est-ce que tu lui as dit ça ?

– Il y a deux ou trois mois, peut-être ? Je ne me souviens pas. Ça a fait flipper Jasper.

– Donc, vous êtes devant la maison d'Andy. Et ensuite ? relança Dizu.

– Y avait une vieille Honda Ballade minable, là, et alors Jasper a dit : "C'était la bagnole à ma mère", et après : "Pourquoi on lui ferait pas une petite farce, à Andy ?" Vous savez, en faisant semblant de lui voler sa voiture, histoire de lui foutre un peu les boules, pour rigoler.

– Et ensuite ? » insista Dizu.

Décidément, il fallait lui arracher les mots un à un, à ce garçon. Persy tambourinait sur la table avec impatience.

« On a forcé la portière, et Jas, il a traficoté les fils.

– Quelle heure il était ?

– Quatre heures, quatre heures et demie.

– Simple curiosité : est-ce que l'un de vous sait conduire ? demanda Persy.

– Jasper, oui, mais pas très bien. Il avait un comportement super zarb. Il a dit qu'on devrait aller à Ocean View, acheter plus d'herbe. »

La suite de son histoire corroborait la déposition de Sean Dollery. Les garçons avaient roulé jusqu'à Ocean View. Ils s'étaient arrêtés pour parler à un petit dealer, qui avait appelé Sean. Lequel avait embarqué avec eux, puis, après avoir essayé de leur vendre quelques « cailloux » et du *tik*, s'était désintéressé de l'affaire quand ils lui avaient dit ne vouloir qu'un peu d'herbe. Il leur avait répondu qu'il leur procurerait de la *dagga* s'ils le conduisaient quelque part. Ils avaient accepté. Il était entré dans une maison d'Ocean View, leur avait vendu de l'herbe, puis s'était fait déposer à une « grande maison sur la plage ».

De là, les deux garçons avaient roulé jusqu'au phare, ils s'étaient garés puis avaient emprunté la promenade en bois jusqu'aux rochers près de la Kom, où ils s'étaient défoncés et avaient bu la vodka et les bières.

« Après ça, moi je voulais partir, j'savais que mon père allait flipper, vu qu'il est plutôt strict. Mais la voiture a refusé de démarrer. Je voulais qu'avec Jasper on aille racheter de l'alcool pour remplacer celui de mon père, sinon j'allais être dans la merde. Jasper a dit non, alors on s'est disputés et on s'est séparés. Je suis rentré à pied.

– À quelle heure ça s'est passé ?

– Vers six heures du soir, je dirais. J'ai raconté à mon père que Jasper était resté chez un copain qu'il avait rencontré par hasard au village. Mais il n'est pas rentré. Plus tard, sa mère a appelé et elle a piqué une crise parce que Jasper était pas avec moi. Mon père est parti à sa recherche. Comme j'avais plus de forfait, je pouvais pas l'appeler pour lui dire de rentrer. Écoutez, j'suis vraiment désolé pour la voiture.

Je voulais pas le faire, et après, quand le type a été retrouvé mort, j'avais trop peur pour parler. Je me disais qu'on allait se mettre dans une sacrée merde. »

Soulagé que son fils ne soit pas traîné à Pollsmoor, Joel Fortuin confirma ce qu'il avait dit. Colette McKillian avait déposé Jasper vers trois heures, puis les garçons étaient partis à la plage. Elle était restée prendre le thé avec eux. Elle leur avait raconté qu'elle enseignait la musique dans une école privée chic, à laquelle Jasper était inscrit gratuitement. Elle les avait quittés vers cinq heures. Ryan était rentré aux alentours de six heures et demie, en disant que Jasper était chez des amis qui habitaient non loin de chez eux, et qu'il ne savait pas quand il serait de retour.

Vers dix heures et demie du soir, Colette McKillian avait téléphoné pour contacter Jasper parce qu'il ne répondait pas à son portable.

« Elle s'est mise dans tous ses états quand je lui ai répondu que Jasper n'était pas là. L'après-midi, elle allait bien, elle avait bavardé avec mon épouse, très calme, mais au téléphone, elle est devenue quelqu'un d'autre… C'est une femme très instable, surtout quand il est question de son fils. Alors, j'ai essayé de la calmer et j'ai demandé à Ryan de passer des coups de fil pour retrouver le garçon. Je savais maintenant qu'ils avaient pris du bon temps, parce qu'il manquait un pack de six bières et une demi-bouteille de vodka dans le frigo de mon bar. »

Joel était parti à la recherche de Jasper muni d'une lampe-torche.

« J'ai parcouru Kommetjie en long et en large. Finalement, je l'ai trouvé, inconscient, sur la plage près de la Kom.

– À quelle heure était-ce ? demanda Persy.

– Onze heures, peut-être ?

– Est-ce qu'il vous a dit où il était allé ?

– Non ! Il était ivre. Nom de Dieu, ça m'a fichu en rogne. J'ai appelé Colette pour lui dire que je l'avais trouvé. » Il rit. « Il tenait une de ces *babbelas* le lendemain… il a dormi jusqu'à l'après-midi.

– Est-ce que quelqu'un avait une dent contre Sherwood, à votre connaissance ? demanda Dizu.

– Il y a bien eu des problèmes à l'école, mais ça remonte à des années, quand Andy et Gregory Crane faisaient partie du conseil d'administration. Il y avait De Groot, un homme d'affaires anglais, qui cherchait à faire des investissements immobiliers. Crane et De Groot voulaient vendre le terrain de l'école pour construire un de ces villages sécurisés, vous savez ? Ils soutenaient qu'on pourrait utiliser le profit de la vente pour construire des salles de classe en dur à la place des huttes en bois et des préfas. Le CA était divisé sur le sujet. Le terrain nous a été donné, vous comprenez. Crane pensait qu'Andy voterait pour leur projet, ce qui leur aurait donné la majorité. Or il a voté contre. De Groot est retourné en Angleterre, dégoûté, mais il est de retour, apparemment. Avec femme et enfants. Toujours est-il que Crane était fou de rage, ça, je peux vous le dire ! Andy et lui se sont bagarrés sur le parking de l'école. » Il rit. « De quoi alimenter les ragots chez les parents !

– À propos de ragots, intervint Persy, Jasper semble avoir découvert que sa mère soupçonnait Sherwood de l'avoir agressé sexuellement. »

Joel eut l'air choqué. « Qui vous a dit ça ?

– Votre fils a entendu d'autres élèves en parler, et il l'a rapporté à Jasper.

– Mince alors, Colette se donnait tant de mal pour le lui cacher ! répondit Joel, l'air sincèrement peiné. Elle espérait qu'en quittant Kommetjie et en le mettant dans une autre école, elle pourrait échapper aux ragots. Mais enfin, ça s'est passé il y a plusieurs années, la plupart des gens ont oublié cette histoire. Jasper était trop jeune pour se rappeler quoi que ce soit. »

De retour dans le *bakkie*, Dizu émit une hypothèse : « Il se pourrait que Jasper soit tombé sur Sherwood, vendredi. Il avait un mobile, et ce qui est sûr, c'est qu'il voulait se venger de lui.

– Et Colette savait que Jasper avait disparu à l'heure du meurtre », ajouta Persy.

Dizu la regarda. « Donc, elle lui a donné un alibi. »

Persy se souvint du tee-shirt « Criminal » de l'adolescent. De la façon dont il était allé dans la cuisine, désinvolte et voûté, avant de marquer une pause devant le frigo pour essayer d'entendre sa conversation avec Colette.

« Il est temps de rendre aux McKillian une petite visite surprise. »

35

Colette ouvrit le piano et commença à faire ses gammes. Ensuite elle travaillerait les Lieder de Schubert qu'elle allait donner en concert le week-end prochain. Mais elle n'arrivait pas à se concentrer, à se détendre. Elle se rendit à la salle de bains, ouvrit l'armoire à pharmacie et regarda combien il restait d'anxiolytiques dans la boîte. Avait-elle pris sa dose aujourd'hui ? Elle ne se souvenait plus. De toute façon, ça n'avait pas marché… elle était toujours aussi angoissée. Elle en avala un autre et but une gorgée d'eau dans le verre à dents.

Jasper, perché dans le faux-poivrier devant la maison, écoutait de la musique sur son iPhone. C'était le moyen qu'il avait trouvé pour lui échapper, pour échapper à leur espace vital étriqué, et puis il aimait la vue sur les montagnes. L'arbre était devenu tellement gros qu'il remplissait leur petit jardin. Le propriétaire menaçait sans arrêt de l'élaguer, de peur qu'un jour ou l'autre une de ses branches cassantes ne se détache et n'abîme le toit. Elle l'en dissuadait toujours car Jasper refusait catégoriquement. Il s'était mis à grimper là-haut de plus en plus souvent ces derniers temps, depuis qu'il avait appris. Ryan Fortuin et sa grande gueule. Mais enfin, comment lui en vouloir ? C'était un ado typique. Il avait besoin de partager tout ce qu'il savait avec ses semblables, unis qu'ils étaient en une sorte confrérie secrète dont les adultes étaient exclus. On ne pouvait décidément compter sur la discrétion de personne, tout n'était toujours que rumeurs, insinuations et commérages. Surtout à Kommetjie. Où les gens n'avaient rien de mieux à faire. Elle s'en était enfuie, avait emménagé à Kenilworth, se disant que ça valait la peine de supporter les embouteillages et la monotonie pour échapper à cette mentalité insulaire. À cette communauté en vase clos. Où tout le monde se mêlait des affaires des autres. Mais en fin de compte, les médisances l'avaient rattrapée.

Elle appela Jasper pour déjeuner, mais il ne pouvait pas l'entendre, avec les écouteurs enfoncés dans les oreilles, qui faisaient écran entre elle et lui. Il était silencieux, très silencieux même, depuis quelque temps. Elle sortit dans le jardin. On entendit le cliquettement d'un train sur la voie ferrée. De minuscules oiseaux s'envolèrent des lignes électriques en poussant des cris stridents et tourbillonnèrent telles des particules de cendre dans le ciel gris. Elle fit signe à Jasper d'enlever ses écouteurs. Il les fit sauter de ses oreilles avec réticence.

« Jasper, descends de là, dit-elle.

– Pourquoi ?

– Parce que c'est un comportement antisocial.

– Je descendrai si tu me dis ce que voulait la police. »

Il n'arrêtait pas avec ça, depuis la visite de Persy Jonas. Colette se sentait incapable de répondre. Qui savait ce que voulait la police, ce qu'elle cherchait ?

« T'as menti à la femme flic. » Il la fixait avec les yeux plissés, comme s'il la haïssait.

« Je ne voulais pas leur donner une raison de..., protesta-t-elle lamentablement, de manière peu convaincante.

« Une raison de quoi ? »

Il était perché dans l'arbre, penché en avant comme s'il s'apprêtait à fondre sur elle. « Une raison de quoi ? » Il lui criait presque dessus. « Dis-moi la vérité, maman, ou alors c'est moi qui te la dis. À moins que tu veuilles pas l'entendre ? »

Il avait l'air si grand et menaçant vu sous cet angle, avec ses larges épaules qui débordaient du tee-shirt.

« Je ne fais que veiller sur toi, Jasper, c'est tout !

– C'est bidon et tu le sais. C'est moi qui dois veiller sur toi ! Parce que je ne sais jamais quelle chose complètement folle t'es sur le point de faire ! »

Le mot la fit s'étrangler. *Folle.* Jasper avait le regard légèrement vitreux.

« Tu as bu ?

– Quel rapport, maman ? Je te parle de la police, moi ! Qu'est-ce que tu leur as dit ? Réponds-moi ! »

Elle ne supportait pas sa colère. Ça la faisait paniquer, ça lui embrouillait les idées.

« Je ne leur ai rien dit, Jasper. » Elle avait parlé d'une voix plus douce pour s'efforcer de le calmer. Elle ne devait pas montrer qu'elle avait peur de lui, des idées qui lui traversaient l'esprit. « Ne t'inquiète pas, mon chéri, s'il te plaît ! » Elle leva le bras pour le toucher, le rassurer. « Tout ira bien. »

Il eut un mouvement de recul, comme s'il allait se brûler à son contact. « Ne me touche pas ! »

Elle entendit le craquement de la branche qui se détachait de l'arbre. Il ne tomba pas de haut, un mètre cinquante au plus. Mais à la façon dont il tomba, tout tordu, et dont il resta étendu… En le voyant, elle eut l'affreuse certitude qu'il ne se relèverait pas.

Titus vivait dans une petite maison de style années 1940 à Kuils River, dans une rue habitée surtout par des policiers. Une solide bâtisse en brique, mais rien de luxueux, sur une parcelle de trois cent cinquante mètres carrés avec un pin solitaire et quelques lauriers-roses en bordure. Tentative avait été faite puis abandonnée de paver l'allée. Des mauvaises herbes avaient poussé entre les quelques dalles posées ; le reste était empilé près du portail. Typique d'une maison de flic, pensa Marge : les choses à moitié faites, à moitié entretenues. Parce qu'on était toujours appelé au milieu d'une activité, que les tâches domestiques arrivaient en dernier sur la liste.

À l'intérieur, par contre, dans le domaine de Letitia, on aurait pu manger à même le sol, tout était reluisant de propreté. Déco africaine pour petits budgets, grosse télé, beaucoup de citations bibliques encadrées, d'images de mains jointes pour la prière et de croix ornementales. Letitia avait beau être une femme discrète et effacée, Marge ne doutait pas qu'elle avait un caractère bien trempé. Rester mariée vingt-cinq ans à un policier exige une certaine force d'âme. Elle avait d'abord été simple infirmière à l'hôpital de Groote Schuur, puis infirmière-chef. Elle exerçait désormais l'activité légèrement plus confortable d'infirmière pédiatrique libérale. Elle était suprêmement compétente, elle cuisinait, soignait les enfants, travaillait dur. Elle représentait tout ce qu'il y avait de bien et de bon dans le monde, le monde réel, le monde que Titus protégeait en mettant en jeu sa propre vie.

Leurs filles Melinda et Charné, dix-sept et vingt ans, s'affairèrent autour de Marge, remplirent son verre de vin pétillant débouché pour l'occasion et empilèrent sur son assiette petits pains blancs, oignons frits et *coleslaw*. Puis Titus rentra du jardin avec tout un plat de saucisses.

« Ce n'est pas pour rien qu'on m'appelle le Baron des *boerewors*, dit-il. Même avec ce vent, j'arrive à préparer une bonne petite *wors*. » Il flanqua le plat de saucisses épicées au milieu de la table. « Bon, qui est-ce qui dit le bénédicité ? »

Après le repas, Letitia et les filles allèrent à l'église pour l'office du soir, laissant Marge et Titus seuls avec le catch à la télé.

« Désolée d'avoir débarqué à l'improviste dans ta petite famille », s'excusa-t-elle.

Installé sur le canapé, Titus détonnait vaguement au milieu des monceaux de coussins en satin bien rembourrés. Il arracha son regard de l'écran, sur lequel un fou furieux aux muscles hypertrophiés vêtu d'une combinaison moulante en peau de zèbre donnait des coups de pied bien ajustés sur la tête de son adversaire.

« Oh, c'est un soulagement, je te dis. Les femmes ! Elles n'arrêtent jamais de parler. Je suis absent de si longues heures qu'elles me soûlent de paroles quand je suis là… Tu sais ce que c'est. » Il eut un large sourire satisfait.

Marge éprouva une sensation de vide dans la poitrine, comme si son cœur avait disparu l'espace d'un instant. « Ça file sacrément vite, dit-elle. Un jour, tu te retrouves tout d'un coup à te dire que tu n'aurais pas dû passer une seule seconde loin de tes gamins.

– *Ja*, je me plains, mais c'est pour elles que je me lève tous les matins. »

Il se redressa et éteignit la télé à l'aide de la télécommande, un peu à contrecœur, pensa Marge.

« Bon, alors, qu'est-ce que tu me racontes au sujet de Sherwood et de l'affaire Clyde Cupido ? »

Marge lui rapporta rapidement son entretien avec Raubenheimer. « J'ai découvert qu'il y a vingt ans, Sherwood était en cure de désintoxication au Centre Phoenix. Pendant sa thérapie, certains troubles psychosexuels ont été identifiés. »

Titus resta perplexe. « Où est-ce que tu veux en venir, Marge ?

– Patience. »

Elle revint sur l'affaire Cupido. « Clyde dormait dans la maison, sa mère repassait dans la cuisine, sa sœur aînée jouait dans le jardin. Personne n'a rien vu. Il s'est volatilisé ! Le même jour, à la même heure, Sherwood avait une autorisation de sortie du Centre Phoenix pour la journée. Il marche sur Long Beach, de Kommetjie à Noordhoek, puis revient. » Elle essaya mentalement de situer la maisonnette des Cupido. Elle se trouvait quelque part à l'ombre de Chapman's Peak, entourée d'épaisses broussailles, non loin de la plage. Mais elle n'arrivait plus à la situer avec précision, à cause de tous les nouveaux lotissements. « Noordhoek était sauvage à l'époque, il y avait peu d'habitations. L'endroit idéal pour enlever et assassiner un enfant. »

Titus l'écoutait avec attention.

« Peu de temps après, Sherwood signe une décharge, quitte la clinique et s'en va. Personne ne sait où. Douze ans plus tard, il est de retour à Kommetjie. Commence à travailler dans une école du coin. Il a une relation avec une des enseignantes, qui l'accuse d'agression sexuelle envers son fils. On a fait appel à moi pour discuter avec les deux parties, essayer de voir s'il y avait un fondement à cette histoire.

– Jonas l'a écrit dans son rapport, remarque Titus avec un froncement de sourcils, mais elle ne trouve pas l'info pertinente. »

Marge fut transportée en arrière, dans la pièce sombre et chaude de l'école où elle avait interrogé Sherwood et Colette McKillian. Le visage blafard et les cheveux blond-roux de l'homme se détachaient dans la pénombre. Plus il protestait de son innocence, plus Colette semblait se fondre dans l'obscurité.

« Sherwood avait le profil. Personnalité passive-agressive, manque de confiance en soi, plutôt solitaire, recherchant le contact des enfants dans son travail et sa vie privée, etc. Il niait les faits avec véhémence, ce qui, là encore, n'est pas inhabituel chez les pédophiles. Mais il se montrait très persuasif. En plus, la mère avait subi un traitement psychiatrique. Au final, même si certains signes suggéraient que l'enfant avait été victime d'abus sexuel, ce n'était guère concluant. Comme tu peux l'imaginer, je n'arrêtais pas de penser à Theo Kruger. J'étais terrifiée à l'idée de répéter la même erreur.

– Ça arrive, Marge. Nous accusons les innocents. Nous faisons confiance aux coupables. Tout ce que nous pouvons faire, c'est assumer nos erreurs et passer à autre chose. »

Marge secoua la tête. « Ce n'est pas si facile. Après avoir découvert le corps de Sherwood, je me suis sentie affreusement coupable. Être accusé d'avoir abusé d'un enfant alors qu'on est innocent, ce doit être l'enfer. Mais depuis ma rencontre avec Raubenheimer, je ne suis plus si sûre de son innocence. Et si Sherwood avait été un pédophile prédateur ? »

Titus eut brusquement l'air très las. « Je veux découvrir ce qui est arrivé à Clyde Cupido autant que toi, Marge. Mais il n'y a pas le début d'un commencement de preuve reliant Sherwood à sa disparition. Ni à l'agression sexuelle dont aurait été victime le fils McKillian. »

Marge savait qu'il avait raison. Mais elle n'arrivait pas à se débarrasser de l'idée que les deux affaires étaient liées. Ce qui était frustrant, c'était que le « comment » lui échappait autant qu'à Titus. La solution était là, mais elle n'avait pas encore eu le déclic. « Et la mère de Clyde ? Elle a peut-être vu Sherwood ce jour-là.

– Gloria Cupido a sombré dans l'alcool et disparu. Je ne pense pas qu'elle ait été une mère dévouée, pour commencer. »

Marge se rappela l'odeur âcre de transpiration et d'alcool qui régnait dans la pièce au plafond bas, et le désintérêt affiché par Gloria Cupido pour la petite fille qui tirait doucement sur sa manche.

« Marge, nous cherchons l'assassin de Sherwood. Nous n'avons pas le temps de rouvrir des enquêtes qui lui sont peut-être liées, ou pas. L'inspecteur Jonas pense que l'affaire Sherwood est plutôt limpide. »

Il ne s'agissait pas d'une rebuffade, mais il n'y avait pas à discuter.

Marge se raidit.

« Ah, oui, Persy. Une fille intéressante.

– C'est un bon flic. Têtue, mais elle a une bonne éthique de travail, et elle est très maligne.

– Qu'est-ce qu'on sait d'elle ?

– Elle est catholique. Scolarité dans un bon établissement – la Star of the Sea, à St James. Reçue avec mention très bien à l'école de police. Elle a obtenu les meilleures notes au module "Processus d'enquête".

– Et sa famille ? »

Titus haussa les épaules. « Je ne sais pas. C'est quelqu'un de secret. Je sais qu'elle est proche de son grand-père, qui a un cancer. »

Marge se fit la réflexion qu'elle ne savait presque rien de la jeune femme.

« J'ai horreur de jouer les psys à la con, Paul, mais je suis obligée d'aborder le sujet, parce que ça a des conséquences sur l'enquête. En tant que psychologue, je pense que Persy Jonas souffre d'un grave trouble post-traumatique. Elle en présente tous les symptômes. Pas étonnant, vu ce qu'elle a traversé cette semaine, mais à mon avis, c'est plus profond que ça. »

Titus se frotta le visage avec lassitude. « Elle n'est pas la seule, Marge. Tu pourrais dire la même chose de tous les membres de mon unité. »

Et la plupart d'entre eux ne bénéficieraient jamais de thérapie, étant donné qu'il n'y avait qu'un psychologue pour cinq mille flics. Tous les membres de la police travaillaient sous une pression intolérable. Il en découlait divorces, meurtres de proches et suicides.

Marge s'en alla avant dix heures, refusant une tasse de café, sentant qu'elle était déjà restée trop longtemps. Au moment où elle entamait le long trajet du retour vers la péninsule, elle se mit à réfléchir à ses problèmes relationnels avec Persy Jonas. Qu'est-ce qui les empêchait de surmonter leur antipathie réciproque et leurs projections névrotiques ? Et si elles n'en étaient pas capables, comment arriveraient-elles à élucider l'affaire Sherwood et à traduire son assassin en justice ?

36

L'Alphen House College se dressait à côté de la plus grosse prison du Cap. Une façon d'assurer la discipline, plaisanta Dizu. L'architecture des bâtiments reprenait de vagues éléments du style du Cap, mais l'effet était quelque peu gâché parce qu'ils étaient coincés entre la prison, un terrain de golf sécurisé, l'ambassade américaine et un ensemble de bureaux doublé d'un centre commercial sans originalité. La mentalité de caserne ambiante avait déteint sur l'établissement d'enseignement, où les élèves étaient emprisonnés par de hauts murs, des clôtures électriques et des barrières à l'entrée.

L'intérieur de l'école puait le privilège et le nouveau riche, avec ses terrains de sport bien entretenus et un point de vente d'une chaîne de produits diététiques hors de prix en guise de cafét'. Dans leurs chinos kakis et leurs polos, les élèves avaient l'air de jeunes cadres sup participant à un séminaire destiné à renforcer la cohésion du groupe.

« On dirait un centre d'affaires pour gamins réservé aux Blancs », observa Persy tandis qu'elle et Dizu se dirigeaient vers l'accueil, tôt le lundi matin. Des rideaux de chintz savamment drapés encadraient une femme à la mise très soignée, assise derrière un bureau en noyer face à un ordinateur. Elle avait l'air d'une employée de société de courtage. Eh bien, ce genre d'établissement scolaire n'était rien d'autre que ça, auraient dit certains : un investissement dans l'avenir de son enfant. Entre Alphen et l'école Logos, Persy aurait sans aucune hésitation choisi Yoliswa Xolele et son jardin. Mais qu'est-ce qu'elle y connaissait, après tout ? Elle n'avait pas de gamins. L'école dans laquelle on mettait ses enfants était la plus claire indication de nos vraies valeurs, avait dit Poppa, un jour.

La réceptionniste arborait un sourire professionnel impeccable. « Puis-je vous aider ? »

Persy fit les présentations et lui montra sa carte.

« Nous cherchons Colette McKillian. »

Le visage de la femme revêtit une expression inquiète. « Je crains qu'elle ne soit encore à la clinique Constantiaberg. »

Persy dut avoir l'air perdue, car elle ajouta :

« Vous n'êtes pas au courant ? Son fils Jasper s'est cassé la colonne vertébrale ce week-end en tombant d'un arbre. » Elle paraissait réellement préoccupée. « C'est dramatique. Apparemment, il se peut qu'il reste paralysé. Sans compter que c'est une grosse perte pour l'équipe de water-polo, juste avant le match contre les Bishops. Le coach est anéanti. »

Le coup de fil arriva au moment où ils quittaient l'accueil du lycée. C'était Phumeza. « Il vaudrait mieux que vous reveniez au commissariat : Dollery s'est fait la belle avec l'aide d'un complice. »

Persy en eut le souffle coupé. « Qu'est-ce qui s'est passé, bordel ?

– Cheswin s'est fait assommer par-derrière en lui apportant à manger. Titus est furax. Il exige une enquête approfondie.

– Qui était de garde ? demanda Persy.

– Mhlabeni. Il dit qu'il n'a absolument rien vu. »

Ils allèrent patrouiller dans Ocean View à la recherche de Sean Dollery, sachant très bien qu'ils perdaient leur temps.

Dizu conduisait, tandis que Persy enrageait silencieusement à côté de lui. Ils avaient arrêté Dollery par un coup de bol extraordinaire. L'occasion ne se représenterait probablement pas. Ils se rendirent ensuite chez Schneider, à Kommetjie, mais la maison était vide. À présent, ils passaient au peigne fin toutes les ruelles du village.

Ils tournèrent en direction de la mer et se retrouvèrent dans un cul-de-sac au bout duquel s'étendait la Kom.

« Tiens, tiens ! Regarde donc qui fait un peu de braconnage ce matin », fit Dizu en coupant le contact.

En relevant les yeux, Persy vit Duncan hisser un grand sac en toile du fond d'un petit bateau à moteur. Ses dreadlocks se découpaient sur la surface étincelante de l'eau.

« Tu crois qu'il bosse pour le gang des *perlemoen* ? demanda Dizu.

– Non. Pas assez d'envergure. En plus, il est complètement barré. Je ne vois pas les pros se servir de lui. Par contre, je parie que la question n'a pas de secret pour lui », répondit Persy tandis qu'ils marchaient vers lui, leurs pieds crissant sur la plage jonchée de coquillages.

Elle cria : « Bonjour Duncan ! »

Duncan n'était pas content de les voir.

« *Ja*… Inspecteurs ! Qu'est-ce que j'ai fait cette fois ?

– On noie des chatons ? demanda Dizu en indiquant le mouvement révélateur qui soulevait le sac de toile.

– J'ai un permis, protesta le rasta.

– Montre-le-nous alors », fit Dizu en tendant la main.

Duncan se livra à une petite pantomime, fouillant dans ses poches et claquant la langue avec agacement. « J'ai dû l'oublier chez moi. »

Dizu ouvrit le sac. À l'intérieur, des antennes et des pattes gris-vert cliquetaient dans tous les sens.

« Ouah ! Y a bien cinq fois le quota de pêche à la langouste là-dedans, l'ami !

– Qu'est-ce que je vous ai fait pour que vous veniez me harceler pour quelques petits crustacés ? se plaignit Duncan.

– T'as vendu de la drogue à des mineurs, pour commencer, répondit Dizu en refermant le sac sur les langoustes.

– Je ne vends pas. Je partage l'herbe sacrée. C'est ma religion.

– T'as vu Dollery récemment ? demanda Persy.

– Y s'approche pas de moi, fit Duncan en secouant la tête. Il a trop la trouille. » Il émit un gloussement, dévoilant ses dents marron. « J'ai failli le tuer une fois », reprit-il en contractant les muscles de son bras maigre portant les tatouages de prison décolorés. « Je n'avais pas encore trouvé Jah à l'époque.

– Pourquoi t'étais en bisbille avec lui ? demanda Persy.

– À cause d'Andy, en fait. Andy Sherwood. Y avait des gars, à l'école, des gros richards. Asha de Groot. » Duncan frotta le bout de ses doigts l'un contre l'autre pour indiquer la profusion de billets qu'Asha de Groot avait à sa disposition. « Ils voulaient construire sur le terrain de l'école, mais Andy les en a empêchés. La terre d'Afrique, elle est pour nous tous, *sister*. Seul Jah possède la terre. Andy ne voulait pas les laisser s'en emparer. Alors ils ont envoyé Dollery faire leur sale boulot.

– C'est-à-dire ? » demanda Dizu.

Duncan se racla la gorge puis cracha dans l'herbe. Il avait les yeux injectés de sang mais semblait relativement lucide. « Ils l'ont tué, répondit-il en secouant la tête. C'est triste. Andy était un type intègre. Un vrai. »

Persy n'arrivait pas à savoir s'il y avait une once de vérité dans ce que disait le rasta, et ses divagations lui faisaient rapidement perdre patience.

« Pourquoi tu ne m'as pas dit que tu connaissais les gamins qui étaient dans la voiture avec Dollery ? »

Duncan prit un air évasif. « Je les connais pas ! »

Dizu mit son grain de sel : « Ils ont dit qu'ils t'avaient acheté de la *dagga* sur la plage vendredi après-midi.

– Le Blanc est un suspect. Il avait disparu quand Andy a été assassiné vendredi soir. »

Duncan la regarda bouche bée, singeant la stupéfaction. Puis il rit et secoua la tête : « *Sister*, il aurait pas pu tuer un cafard, ce môme. Il est tombé dans les vapes juste ici, vendredi soir, expliqua-t-il en pointant le doigt vers les sanitaires. Une demi-bouteille de vodka et de la *ganja* très forte, il avait dans le corps. Je suis resté assis sur la plage et j'ai joué de la guitare, j'ai veillé sur lui. Quand le maître d'école vient, je file avant qu'il me voie. »

Persy et Dizu le dévisagèrent, puis elle demanda : « T'étais avec lui tout le temps ? »

Duncan prit un air outré. « Je ne laisserais pas un *laaitie* tout seul sur la plage comme ça. Il aurait pu se faire tuer. » Il tendit une paluche crasseuse vers le sac. « Maintenant est-ce que vous pouvez me rendre mes langoustes ? Il faut bien vivre, et Jah dit que tout ce qui vient de la mer est gratuit. »

Jasper était étendu, immobile, sur le lit d'hôpital, le corps emprisonné dans un plâtre qui recouvrait aussi son cou et sa tête. Seuls ses yeux bougeaient, pour les regarder. Colette était effondrée, épuisée, à son chevet ; son visage apparaissait comme un triangle blafard au milieu du châle noir de sa chevelure. Une veuve pleurant ses morts.

« Nous aimerions dire deux mots à Jasper, madame McKillian, annonça Persy. Vous pouvez rester si vous le souhaitez. »

Jasper réussit à articuler d'une voix rauque : « Va-t'en, m'man. S'il te plaît. »

Elle ne protesta pas. Quand elle s'en alla, on aurait dit qu'une ombre quittait la pièce. Persy prit sa place au chevet de son fils tandis que Dizu restait debout à la porte.

Avec le visage dégagé et sans son anneau à la lèvre, l'adolescent avait l'air beaucoup plus jeune. Rien n'indiquait qu'il avait déjà commencé à se raser. Immobilisé comme il l'était, il avait une présence physique moins impressionnante. Ce n'était qu'un enfant, pensa Persy.

« Je suis désolée d'avoir à te parler maintenant, mais c'est très important.

– C'est rien, murmura-t-il.

– Ryan nous a raconté ce que vous avez fait vendredi soir. »

Jasper se lécha les lèvres, sèches et gercées.

« Est-ce que tu as revu Sean Dollery après que Ryan et toi vous vous êtes séparés sur le parking du phare ?

– Non. Je n'ai vu personne. Je suis allé à la plage. » Il parlait d'une voix râpeuse et respirait faiblement, car il souffrait trop pour remplir ses poumons. « Je me disais que j'allais jeter un œil à la comète. J'ai bu la vodka du père de Ryan, la moitié d'une bouteille environ, fumé un peu d'herbe. Je voulais juste me vider la tête, vous savez.

– Alors tu n'étais pas avec ta mère ?

– Pourquoi ? C'est ce qu'elle vous a dit ? Ne l'écoutez pas. Elle a des idées plutôt bizarres quand elle ne va pas bien. » Il commençait à s'agiter. Persy l'aida à boire un peu d'eau avec une paille. Cet effort l'épuisa, et les traits de son visage se plissèrent brusquement. « Elle pense que j'ai tué Andy. » Des larmes s'échappèrent du coin de ses yeux et coulèrent sur ses joues, mouillant l'oreiller. « C'est complètement tordu...

j'ai même cru que c'était elle qui l'avait fait, vous savez ? C'est pas *dingue*, ça ? »

Il se mit à pleurer. Persy tendit la main et lui essuya les joues, en se faisant la réflexion que la courte vie de Jasper était déjà une longue litanie de malheurs. Il y avait des jours où son boulot lui donnait la sensation d'être un monstre.

« Ma mère est une super pianiste, vous savez, chuchota l'ado. Elle sera célèbre un jour… quand elle ira mieux. »

Dans le couloir, Colette était recroquevillée sur une chaise couverte de vinyle, un gobelet en polystyrène rempli de café entre les mains. Persy s'installa à côté d'elle. Dizu garda ses distances en restant hors de portée de voix.

« Pourquoi est-ce que vous m'avez dit que Jasper était avec vous vendredi soir ? »

La mère paraissait livide sous les néons de l'hôpital. Elle n'arrêtait pas de tourner son gobelet dans ses mains. Ses ongles étaient sales et rongés jusqu'au sang.

« Je vous dirai tout ce que vous voulez savoir. Tout ce que je veux, c'est que mon fils puisse remarcher. C'est tout ce qui m'importe.

– Vous pensiez qu'on allait soupçonner Jasper d'avoir assassiné Sherwood, c'est ça ? C'est pour ça que vous avez menti.

– Non ! s'exclama Colette d'un air terrifié. Pourquoi est-ce que j'aurais pensé une chose pareille ?

– Parce que vous avez découvert qu'il était au courant des accusations portées contre Sherwood. Et parce qu'il avait disparu au moment où celui-ci a été tué. »

La lèvre inférieure de Colette était prise d'un tremblement incontrôlable. Elle porta une main à sa bouche pour la masquer.

« C'est… le choc de la mort d'Andy. J'étais désorientée, rien de plus.

– Jasper n'est pas suspect dans cette affaire, madame. Il avait perdu conscience sur la plage à l'heure du crime. Nous avons un témoin qui se trouvait avec lui. »

Colette la dévisagea. Puis elle se couvrit le visage. « Oh, mon Dieu ! murmura-t-elle à travers ses doigts. Mon Dieu ! »

Une fois sorti de l'hôpital, Dizu secoua la tête d'un air incrédule. « La mère pensait que le fils était coupable, et le fils croyait que c'était sa mère ! *Haai*, quel gâchis, j'te jure !

– Des fois, tu ne peux pas dire la vérité aux personnes qui te sont le plus proche », répondit Persy d'une voix tendue.

Dizu se demanda si elle voulait parler des McKillian ou de tout autre chose.

37

Long Beach n'était jamais la même d'un jour sur l'autre. Entre le matin et le soir, le paysage changeait. C'était la première fois que Marge y retournait depuis qu'elle avait découvert le corps de Sherwood, plus d'une semaine auparavant. Depuis, de fausses accusations avaient surgi, des soupçons avaient germé et de mauvaises décisions s'étaient rappelées à son souvenir. La police n'était pas plus avancée dans sa recherche de l'assassin, et le suspect principal s'était évadé pendant sa garde à vue.

En cette fin d'après-midi, la mer était très basse, révélant des kilomètres de plage submergée de varech. Il n'y avait aucune trace des flaques de marée dans lesquelles le corps de Sherwood avait été pris au piège. Les rochers paraissaient échoués au milieu d'un désert de sable blanc. Combien de temps restait-il avant que cette étendue vierge ne soit défigurée par les mêmes horreurs immobilières qu'à Hout Bay ? Marge leva les yeux vers Chapman's Peak et les hautes silhouettes familières des palmiers de Bellevue, dressées au-dessus des broussailles comme pour lui rappeler le projet de résidence de Crane.

Au-delà du brise-lames, un jeune surfeur s'entraînait dans la lumière de fin de journée, le corps aussi lisse et brillant dans sa combinaison que celui d'un phoque tandis qu'il se contorsionnait, en communion avec l'eau chatoyante et bouillonnante, en perpétuel mouvement. Ça aurait pu être Will deux ans plus tôt.

La plage était parsemée de gens promenant leur chien et de cavaliers, au loin, profitant des derniers rayons de soleil. Deux chiens gambadaient dans la lagune d'eau salée laissée par la précédente marée haute ; ils étaient trempés et s'ébrouaient, les oreilles couchées en arrière de plaisir. L'un des maîtres lança un bâton, et son jack russell s'élança à sa poursuite en faisant gicler des gouttes d'eau argentée.

Une jeune femme bronzée en haut de maillot de bain passa en courant, une serviette enroulée autour de la taille, les cheveux mouillés plaqués vers l'arrière. Un garçon de neuf à dix ans, la peau hâlée et les cheveux décolorés par le soleil, trottinait à côté d'elle en jacassant d'une voix aiguë. Marge et Will avaient été pareils autrefois, unis par la même complicité tranquille, l'amour avait librement coulé entre eux comme la lumière ou l'oxygène. Au-delà de la mère et de son fils, à une certaine distance, une silhouette familière se précisa. Une auréole frisottante de cheveux teints en roux, une longue jupe à motif cachemire, des bras filiformes sortant d'un débardeur. Renuncia Campher. Elle reconnut Marge et se mit à faire des moulinets avec les bras, tout en marchant dans sa direction.

« Bonjououour Marge ! roucoula-t-elle.

– Où étais-tu passée ? » demanda Marge, d'une voix plus cassante qu'elle ne l'avait voulu.

Renuncia écarquilla les yeux, inquiète.

« Pas besoin de prendre cet air terrifié. Je voulais juste te parler d'affaires touchant le GEN, expliqua Marge.

– Oh ! fit Renuncia d'un air coupable. Eh bien, en fait j'ai eu quelques problèmes de santé. J'essayais de limiter ma consommation d'alcool », avoua-t-elle, toute penaude.

Marge regretta aussitôt le ton accusateur sur lequel elle avait parlé. La malheureuse avait l'air encore plus au bout du rouleau que d'habitude. « Oh, désolée, ma pauvre. Je ne veux pas te mettre la pression.

– C'est urgent ? » Renuncia frotta ses bras fluets et constellés de taches de rousseur comme si elle avait froid.

Marge fouilla dans son fourre-tout à la recherche de sa paperasse. « Je voulais te faire signer ça. » Elle trouva la pétition toute froissée au milieu de ses cigarettes, de ses clés, d'emballages de barres chocolatées et de plusieurs paires de lunettes. « C'est pour protester contre la proposition de Gregory Crane de construire un complexe résidentiel à Bellevue.

– Ah ! » Renuncia s'empourpra. « Ce serait hypocrite de ma part de la signer, Marge. C'est moi qui m'occupe de la vente. »

Voilà qui n'aurait pas dû la surprendre ; c'était Renuncia tout craché. Une imbécile pleine de bonnes intentions qui ne comprenait pas quand il y avait conflit d'intérêts, et ne voyait aucune contradiction entre le fait d'être une gardienne de l'environnement et celui d'en faciliter l'exploitation par les promoteurs cupides. Mais elle manquait tant de subtilité qu'il était difficile de se mettre en colère contre elle.

« Ça me fait tellement de peine pour Ivor Reitz, dit-elle. Ma parole ! Il avait vraiment envie de Bellevue pour son projet de protection de la montagne. Toutes les complications autour du bail jouaient en sa faveur, et puis voilà qu'Andy est mort. » Elle se couvrit la bouche. « Bon sang, c'est horrible ce que j'ai dit !

– Quelles complications autour du bail ? demanda Marge, déconcertée.

– Tu n'aurais pas une clope pour moi, par hasard ? Désolée de te demander, mais je crève d'envie de fumer. »

Marge laissait en général ses cigarettes à la maison quand elle sortait marcher, elle se récompensait à son retour, mais aujourd'hui il se trouvait qu'elle les avait sur elle. Elle sortit le paquet. Renuncia alluma sa cigarette d'une main tremblante. Combien de temps allait-elle réussir à ne pas boire ?

« Tu te souviens d'Eva Szabó ? La propriétaire de Bellevue ? »

Marge se rappela vaguement une vieille femme plutôt excentrique à l'accent incompréhensible. « Hongroise, folle à lier, accro aux médocs ?

– Oui, c'est ça.

– Comment est-ce que tu t'es retrouvée sur l'affaire ?

– La mine de kaolin, sur la montagne, avait causé une érosion de terrain au-dessus de Bellevue, alors Eva redoutait des coulées de boue au moment des pluies d'hiver. » Renuncia tirait furieusement sur sa cigarette. « J'ai supervisé le remblayage pour elle. Ça fait presque vingt ans maintenant. Je suis toujours restée son agent depuis.

– Qu'est-ce qu'Ivor et Crane ont à voir là-dedans ?

– Quand Eva m'a demandé de vendre Bellevue, je suis directement allée trouver Ivor, parce que d'aussi loin que je me souvienne, il a toujours eu des vues sur cette propriété. Il était toujours à raconter comment il allait réhabiliter cette partie de la montagne. Il a fait une offre raisonnable, qu'Eva était en train d'étudier. Tout baignait dans l'huile jusqu'à ce que Gregory Crane ait vent de l'affaire. Il a fait une offre stupéfiante par l'intermédiaire d'Asha de Groot. Bien sûr, Eva l'a acceptée.

– Ça a dû être un coup dur pour Ivor.

– Il était affreusement contrarié, mais il ne pouvait pas proposer le même prix. Enfin, l'histoire ne s'arrête pas là. »

Marge fut légèrement agacée de voir Renuncia se servir une autre cigarette – elle conservait jalousement sa ration quotidienne de dix.

« Et voilà qu'Andy lâche sa bombe comme quoi il a un bail pour Bellevue et qu'il va y emménager. Il s'avère que lui et Eva Szabó aimaient lever le coude ensemble autrefois, expliqua Renuncia avec un sourire contrit. Des compagnons de beuverie. J'en connais un rayon là-dessus, crois-moi. Bref, un soir qu'ils étaient bourrés, Eva a insisté pour qu'Andy accepte un bail ridicule de dix ans sur Bellevue en échange d'un loyer quasi nul. Marché gravé dans le marbre dès le lendemain matin avec un notaire. Elle se disait qu'Andy ferait un bon "gardien" en son absence. Le moins qu'on puisse dire, c'est que c'est une vieille excentrique. Un vrai cauchemar pour les gens qui doivent faire affaire avec elle. Au départ, je ne pense pas qu'Andy avait la moindre intention d'occuper les lieux. Il voulait juste faire plaisir à la pauvre femme.

– Mais enfin, un bail de ce type ne doit pas avoir de valeur contraignante !

– Oh si ! Dans notre pays, les locataires sont protégés par la loi, surtout s'ils exercent une activité basée dans le logement, or Andy soutenait qu'il utilisait Bellevue comme atelier pour fabriquer des jouets en bois ou je ne sais quoi. On ne peut donc pas vendre la propriété, sauf si le nouveau propriétaire est prêt à honorer le bail, ou si le locataire accepte de déménager. Eva était furieuse, mais Andy n'en démordait pas. Il disait qu'il leur faudrait patienter dix ans que le bail expire. Crane a pété les plombs. Il a dit qu'Andy avait toujours été du genre à faire de l'obstruction et qu'il faisait ça pour se venger. J'ai eu le sentiment qu'ils avaient une vieille querelle à régler. Ivor Reitz était ravi, bien sûr. Il pensait que Crane allait retirer son offre et qu'Eva allait lui vendre la propriété. Le bail ne l'inquiétait pas. Ça lui allait très bien qu'Andy habite là-bas. Même si Andy n'en avait pas du tout l'intention ; il voulait juste contrarier les projets de Crane. Mais Crane a convaincu De Groot de lui faire une proposition ridiculement attrayante pour qu'il renonce à son bail.

– Il l'a acceptée ?

– Il a dit qu'il y réfléchirait. Je pense qu'Andy prenait plaisir à tenir Crane à sa merci, mais ce n'était pas juste pour le pauvre Ivor, qui ne savait pas sur quel pied danser. Et puis juste après, j'ai appris qu'Andy était mort. »

Renuncia aspira une longue et intense bouffée, puis écrasa sa cigarette dans le sable. « Bizarre, non ? »

38

Sean Dollery attendait Mhlabeni dans une petite clairière, à l'écart de la route traversant le marais derrière Masiphumelele. Il était en train de se faire bouffer par les moustiques ; il détestait traîner aux abords de ce township. Tout allait bien dans le coin jusqu'à l'arrivée des Noirs, surtout des étrangers. Certains s'étaient même mis à empiéter sur son business. Drogues. Armes.

Cet enculé de Mhlabeni, toujours en retard. Il n'avait accepté de le rencontrer que parce qu'il lui était redevable : le flic l'avait aidé à se tirer de sa cellule du commissariat de Fish Hoek. Oh, pas pour ses beaux yeux, non ; juste parce que ce salaud ne voulait pas tuer la poule aux œufs d'or, et rien de plus. Tant que chacun des deux avait tiré son épingle de leurs petits arrangements, c'était OK, mais ces derniers temps, Sean avait de plus en plus l'impression d'être la boniche de Mhlabeni, à se faire expédier ici et là comme un pantin suspendu à un fil. Le truc, c'était qu'il détestait être enfermé, il ne supportait pas. Autrefois son père l'enfermait dans la remise, pendant des jours parfois, il le laissait mariner en attendant sa raclée. L'attente était pire que la rossée elle-même. Un jour, il avait surpris une conversation entre son père et les autres hommes dans la cour ; ils parlaient de la disparition de Clyde Cupido. Son vieux disait que le garçon avait certainement été enlevé par des types qui lui faisaient des trucs. Sean ne pouvait pas se représenter ce que c'était, mais à les entendre, ça avait l'air honteux et terrifiant. Dans ses pires cauchemars, Clyde était exhumé d'un trou creusé dans la terre noire et on lui faisait mal d'une manière terrible. Ces pensées le mettaient au désespoir. Cette conversation qui ne lui était pas destinée avait marqué un tournant dans sa vie. À cet instant, il s'était juré qu'il avancerait dans le monde par la force, en répandant la peur, de façon à ne plus jamais en être victime. Mais ces images de Clyde n'étaient pas si faciles à effacer. Depuis, il avait la phobie des petits espaces, il était terrifié à l'idée de suffoquer dans le noir, d'être enterré dans un lieu que personne ne connaîtrait.

Quand il s'était retrouvé enfermé dans sa cellule au commissariat, tous ces vieux souvenirs et ces vieilles terreurs avaient ressurgi en force. Mhlabeni avait senti la puanteur de la peur chez Sean. Il avait su qu'il ne pouvait pas courir le risque de le laisser là, que Sean raconterait n'importe quoi à Persy et à Dizu Calata pour pouvoir sortir.

Il entendit le fourgon de police descendre lentement le chemin et s'arrêter sur le bord. Tous ses sens étaient en alerte : un animal des rues est entraîné à remarquer tous les changements de son environnement, même les plus infimes. Les phares s'éteignirent et la portière claqua. En entendant le pas lourd et le joyeux sifflotement, il sut que Mhlabeni était venu se faire payer le service qu'il lui avait rendu, et Sean savait précisément comment.

Allongé dans l'herbe à la tombée du soir, Will écoutait le vrombissement lointain d'une tondeuse, avec en arrière-fond le bruissement soporifique de la mer. De temps en temps un insecte passait en bourdonnant. Bongo boitillait jusqu'à lui en remuant faiblement la queue et lui donnait un petit coup de truffe humide dans la figure, ou alors laissait tomber un caillou avec un bruit sourd à côté de sa tête dans l'espoir qu'il allait le lui lancer. Non que cette espèce de gros ballot soit en état de courir après pour l'instant. Pauvre vieux Bongo.

Will était un peu défoncé et il avait bu deux bières ; il levait un peu le pied après une semaine d'excès, qui avait débuté par une rave à Clanwilliam, où une nouvelle variété de champis génétiquement modifiés lui avait complètement niqué la cervelle, avant de se poursuivre à travers une série de petites villes sur le chemin du retour au Cap, avec de l'exta, de l'herbe à gogo et des flots de Jack Daniels. C'était un soulagement de se retrouver chez sa mère, où il pouvait se reposer et se remettre un peu avant de retourner à son mémoire. À travers ses paupières mi-closes, la lumière mourante se teintait d'une transcendance rosée. Il se sentait agréablement moite et légèrement excité. Ses pensées se tournèrent vers Persy, la fille de la police. Il y avait quelque chose, chez elle, un côté non conformiste et intrépide, qui l'attirait. Et une sorte de vulnérabilité irrésistible qui contrastait de façon excitante avec son attitude bagarreuse. Et puis son corps – du moins ce qu'il pouvait deviner sous ses fringues de mec – avait l'air beaucoup mieux roulé qu'on ne l'aurait pensé. Poursuivant dans cette veine gentiment érotique, il revit la petite brune sexy vêtue d'une fine robe à fleurs qu'il avait repérée quelques jours plus tôt à l'université du Cap. Il faisait des recherches sur l'histoire des blanchisseurs zoulous du Witwatersrand dans les années 1900 quand elle avait franchi, poitrine généreuse la première, le tourniquet de la bibliothèque. Il s'imagina nichant la tête contre ces seins, sentant le contact des mamelons sous sa bouche. Il lui vint à l'esprit qu'il pourrait aller se branler quelque part en vitesse, puis il sentit une ombre planer au-dessus de lui. En ouvrant les yeux, il découvrit une paire de Crocs couleur pêche.

« Salut maman ! fit-il en regardant sa mère, les yeux plissés. Tu rentres tôt.

– Il est presque huit heures… Je croyais que tu allais faire du feu. »

Elle parlait de ce ton légèrement accusateur que détestait son père.

Dès l'âge de six ans, Will avait su discerner les tensions entre ses parents. Il les entendait se disputer quand ils le croyaient endormi, il avait l'impression que ses oreilles devenaient immenses quand il détectait les accents caractéristiques de leurs querelles. Leurs disputes s'intensifiaient pour se terminer par un silence misérable, une absence de communication glaciale qui lui soulevait l'estomac. C'est à ce moment-là qu'il avait acquis sa réputation de « rêveur » « à côté de ses pompes ». Mais c'était juste une façon de s'abstraire du silence pour entrer dans un monde de rêves éveillés, de lieux qui avaient existé il y a très, très longtemps, de gens qui avaient vécu dans l'histoire, d'exploits et de prodiges.

« Relax, maman, il est encore tôt.

– Eh bien, je meurs de faim. Tu as donné à manger à Bongo ?

– Non, j'y comprends que dalle à ce milkshake à la con.

– Ah ! pour l'amour du ciel, Will, tu es trop vieux pour parler comme un ado attardé de *Délire Express.* »

Sa mère savait comment s'y prendre pour qu'il se sente stupide, et ensuite il jouait le rôle. « *Délire Express* fut, et reste, un classique intemporel.

– Alors tu l'allumes, ce feu, ou je dois le faire ? »

Il la regarda disparaître dans la maison, puis se leva à contrecœur et se dirigea sans se presser vers le coin du garage où se trouvait la réserve de bois pour le *braai*. Il commença par charger ses bras de quelques morceaux avant de se rendre compte qu'à ce rythme, il en aurait pour la nuit. Il entra dans l'abri de jardin : il aurait juré qu'il y avait une brouette ici autrefois. Ah ! elle était là, sous de vieux sacs à pommes de terre et des pots de plantes en plastique vides couverts de poussière et de toiles d'araignées. Il la sortit. Depuis quand sa mère n'était-elle pas venue ici ? On aurait dit que personne n'avait pris la peine de nettoyer depuis le départ de son père. Il eut un bref accès de culpabilité. Bien sûr, il aurait dû profiter de ce qu'il était là pour faire tous ces trucs : nettoyer l'abri de jardin, désherber le potager, reprendre la piscine en main. Comme un bon fils. C'était Matt qui aurait dû s'occuper de leur mère, c'était lui l'aîné, mais il était parti depuis longtemps. De toute façon, Will avait toujours été plus proche d'elle : ils aimaient tous les deux la nature et la plage, l'histoire, la musique, les bouquins. Mais ça, c'était avant que ses parents se séparent. Le lendemain de la fête de ses vingt et un ans. Merci papa ! À croire que son père avait tenu bon jusqu'à ce jour-là pour pouvoir accomplir le dernier de ses devoirs paternels.

Sa mère passa la tête à la porte.

« Mais qu'est-ce que tu fabriques ?

– Je voulais prendre la brouette pour transporter le bois jusqu'au *braai*. »

Elle mit la main sur sa hanche, exaspérée. « Il est trop tard maintenant, non ? Je ne sais pas, toi, mais moi, j'aimerais bien manger avant minuit. »

Il comprit, trop tard, que la brouette était une idée foireuse de mec défoncé. Et voilà, il avait encore tout foutu en l'air avec sa mère. Il ressentit de la colère ; c'était mieux que de se sentir idiot. Il essuya ses mains poussiéreuses sur son jean.

« C'est toi qui m'as pris la tête pour que je fasse un *braai*.
– Laisse tomber. J'ai foutu des lasagnes surgelées au four.
– Pourquoi t'es en colère comme ça ? »

Il la suivit tandis qu'elle rentrait d'un pas furieux dans la maison, puis dans la cuisine. Impuissant. Comme il s'était toujours senti en présence de ses parents quand ils se faisaient la guerre. *Je ne peux pas arranger les choses.*

« Rien. Je croyais qu'on s'était mis d'accord pour que tu prépares le *braai* assez tôt, c'est tout. On aurait peut-être pu marcher jusqu'à Chapman's Peak pour voir si la comète McNaught est déjà visible. »

Encore cette foutue comète, nom de Dieu ! Elle faisait toujours tout un plat de tout, à stresser comme pas possible à propos des horaires des repas ou de projets communs pour lesquels il ne se souvenait jamais d'avoir donné son accord, pour commencer !

« Je ne savais pas que c'était si important, OK ? Ne t'en fais pas pour le dîner, alors. J'irai bouffer une pizza avec Dave et Liam au Red Herring. »

Dave et Liam étaient deux vieux copains de surf de Noordhoek.

Sa mère claqua la porte du frigo. « C'est ça ! Bonne idée ! »

Elle passa au salon avec un bac à glaçons à la main. Il la suivit. Il se sentait stupide et malheureux.

« J'ai comme l'impression que je ne suis plus le bienvenu ici.
– Vraiment ? Qu'est-ce qui te donne cette idée ? »

Elle était en train de batailler avec le bac pour essayer d'en extraire des glaçons.

« Laisse-moi faire, m'man », dit-il en le lui prenant des mains.

Elle s'effondra sur le canapé, envoya valser ses Crocs et replia les jambes sous elle dans sa position habituelle. Bongo la rejoignit en boitant pitoyablement et posa son museau sur ses genoux. Elle lui caressa les oreilles avec douceur. Will éjecta les glaçons un à un d'une main habile. Ils tintèrent dans le bol en céramique. Sa mère poussa un gros soupir et leva les yeux vers lui.

« Désolée, mon grand. C'est à force de vivre seule. On finit par oublier comment s'adapter aux autres. »

Il lui servit un grand scotch dans son verre préféré, y fit tomber une paire de glaçons et le lui apporta.

« Oh, je ne sais pas : tu t'en es pas mal tirée pour t'adapter à nous pendant toutes ces années. À ta manière autocratique bien particulière, bien sûr, ajouta-t-il avec un large sourire. Mais bon, la politique, c'est l'art de contrôler son environnement, comme aurait dit Hunter S. Thompson.

– C'est tout moi, ça. Une vieille conne qui contrôle tout. Toujours à pomper l'air de quelqu'un. » Elle lui sembla brusquement triste et délaissée. Will était toujours étonné de découvrir que sa mère, cette femme dure, aux manières pragmatiques et abruptes, se débattait comme tout le monde avec une foule de complexes.

« Est-ce qu'il y a autre chose qui te ferait plaisir ? »

– Non, c'est bien comme ça », dit-elle après avoir bu une grosse gorgée de whisky.

Elle leva la tête et lui sourit, faisant mine d'avoir retrouvé toute son assurance coutumière. « Allez, vas-y ! Je suis éreintée. J'ai besoin d'une soirée seule. »

Il était en train de sortir la moto de l'allée quand il vit George Tinkler s'arrêter de l'autre côté de la rue. Raciste, sectaire, misogyne, homophobe, tous les défauts imaginables, George les avait. Et pourtant, Will aimait bien le vieux. Il le soupçonnait d'avoir gardé un œil paternel sur lui, de loin, après le départ de son père. Sa mère avait craqué à l'époque. Elle avait arrêté de faire tout ce qu'elle aimait, elle s'était laissée aller, elle était souvent trop déprimée pour quitter la maison. Will était resté deux ans de plus, il avait fait quotidiennement le long trajet jusqu'à la fac, il avait supporté le désagrément que ça représentait, s'était privé de la vie sociale du campus, parce qu'il ne voulait pas la laisser seule.

À l'époque, ça avait été plus facile de rejeter la faute sur sa mère que de regarder en face ce qu'il ressentait au plus profond de lui comme la véritable raison du départ de son père : à savoir que lui, Will, le mordu d'histoire, le « fils à maman », l'avait énormément déçu, et qu'il l'avait fait fuir.

Il fit démarrer sa moto d'un coup de pédale. La lumière s'alluma dans le bureau de sa mère. Il eut un serrement de cœur en repensant à leur relation d'autrefois, à l'enfant qu'il ne serait plus jamais. Peut-être qu'il aurait dû retourner la voir et jouer au poker avec elle, un truc qu'ils aimaient tous les deux, boire plein de scotch et dire des conneries. La faire rire comme avant. Elle était encore la personne la plus intéressante qu'il connaisse. Mais il ne savait plus comment combler le fossé qui les séparait.

Il enclencha une vitesse et partit en trombe dans un crissement de pneus. Sur la mer, le soleil lança un dernier éclair atomique avant de disparaître à l'horizon.

Persy se prépara un petit *braai*, savourant la présence de la lune pleine et basse dans le ciel, qui revêtait le caravaning d'un éclat argenté et lui donnait presque un air de fête. Après deux nuits passées ici, elle se sentait chez elle. Appréciait la solitude, le fait de ne pas avoir à être sur ses gardes, puisqu'il n'y avait personne d'autre. Rien que la chatte, Gaia, qui s'était éclipsée. Marge avait téléphoné tout à l'heure pour lui raconter un truc comme quoi Sherwood avait un bail de dix ans sur Bellevue, et la presser de contacter Gregory Crane. Une histoire tirée par les cheveux. Elle avait appelé chez Crane et sur son portable, mais elle était tombée sur son répondeur, un enregistrement de ses intonations traînantes et suaves sur fond de tintements et de sonorités flutées d'une musique New Age. Quel *poephol**, celui-là ! Elle s'en occuperait demain matin. Pour l'instant elle n'était pas en service. Mhlabeni avait envoyé une patrouille à la recherche de Sean Dollery. Elle ne comptait pas trop là-dessus.

Elle essaya de faire un peu de paperasserie dans la caravane, mais il faisait chaud et on manquait d'air. Elle avait besoin de se coucher tôt. Elle entrouvrit la petite fenêtre coulissante, retenue par un loquet de sécurité, et laissa le store levé pour pouvoir voir la lune depuis son lit. Elle essaya de relire les rapports, mais s'écroula presque immédiatement de sommeil, tout habillée, avec le clair de lune sur le visage.

Quelque chose la réveilla, une masse atterrissant brusquement sur ses jambes – Gaia la chatte !

Elle entrait rarement dans la caravane. Après avoir bondi sans un bruit sur le sol, l'animal gagna la fenêtre, aux aguets. Persy jeta un œil aux chiffres fluorescents sur sa montre. Onze heures. Elle n'avait pas dormi une heure. Malgré l'interruption de son sommeil, elle était hyperéveillée. Ce qui la gênait, c'était l'absence de bruit. Puis elle entendit : une allumette qu'on gratte. Ce n'était pas la chatte – Gaia était prête à s'enfuir, les yeux luisants dans la nuit. Le même bruit, encore. Ça venait de la fenêtre. Elle chercha ses lunettes à tâtons, les mit, et la fenêtre lui apparut avec netteté. Quelqu'un avait fait sauter le loquet et la faisait coulisser, lentement. À travers les stores vénitiens, elle discerna juste un profil.

Sean Dollery.

Elle tendit la main vers son arme à l'instant où quelque chose de brillant fendait l'air, illuminant brièvement l'intérieur de la caravane. La boule en feu heurta le sol dans un éclair, et des flammes en jaillirent. Une odeur suffocante emplit l'air.

De l'essence.

Les flammes léchèrent la traînée de liquide répandue, s'élançant rapidement le long des surfaces en contreplaqué : la caravane faisait un parfait incinérateur. Elle vit que les deux fenêtres étaient en feu, les rideaux en tergal se recroquevillant avec un grésillement de plastique fondu. Elle fonça jusqu'à la porte, attrapa la poignée de sa main gauche, serrant Gaia sous son bras droit, mais on avait barricadé la porte de l'extérieur. Elle retira vite sa main du métal bouillant ; trop tard pour ne pas sentir une brûlure fulgurante. Elle laissa tomber Gaia, qui s'élança sous le lit avec un hurlement de protestation. La chatière ! Persy suivit la chatte sous le lit et sentit un courant d'air frais bienvenu. Gaia avait disparu par une trappe ouverte dans le sol, juste assez grande pour laisser passer un petit enfant.

Le feu vidait l'air de ses poumons. Une odeur de cheveux cramés emplissait ses narines : ses dreads, ses sourcils et ses cils avaient roussi. La brûlure à sa main gauche la lançait. Elle n'avait pas le temps de faire des calculs. Elle rampa sous le lit et passa tant bien que mal la tête à travers l'ouverture étroite, soupirant brusquement quand l'air frais s'engouffra dans ses poumons brûlants. Elle enleva ses lunettes et les jeta dehors en premier, puis lança son arme, avant d'introduire péniblement son épaule et son bras droit dans la trappe. Pour la première fois de sa vie, elle ne regrettait pas d'être si menue. Mais elle ne l'était pas assez. Son autre bras pouvait à peine passer, la pression exercée sur sa poitrine était insupportable. Chacune de ses côtes lui rentrait dans le diaphragme – elle n'avait plus la place de respirer, plus d'air pour appeler à l'aide, elle se dit : *Je vais brûler vive !* Les miaulements éperdus de Gaia montèrent vers elle, elle eut envie de lui dire : *La ferme, ça ne sert à rien, je vais mourir*, quand tout à coup des mains puissantes agrippèrent ses avant-bras et tirèrent. Elle faillit s'évanouir de douleur tandis que son corps se disloquait. Puis son bassin émit un dernier hurlement de protestation et elle jaillit de la chatière tel un bébé du ventre de sa mère, avant de s'écraser sur le sol humide. Les bras puissants la remirent debout. « Ça va, mademoiselle ? » demanda l'homme. Il lui tendit ses lunettes.

Quand elle les eut remis, les contours du monde se dessinèrent avec clarté. Elle reconnut le visage soucieux et démoralisé du Blanc qu'elle avait vu l'autre jour sur les marches de sa caravane. « *Ja.* Merci… merci. » Elle haleta, se plia en deux pour forcer l'air à entrer dans ses poumons.

« Ils ont appelé les pompiers », commença l'homme, mais elle avait ramassé son arme et s'éloignait déjà en direction de l'entrée du caravaning, puis se mit à courir en boitant quand elle sentit ses poumons se dégager, serrant les dents de douleur à cause de sa main. La barrière du portail était verrouillée et cadenassée.

Ce n'est pas par là qu'il était entré.

En se retournant vers la caravane, elle vit l'incendie qui se propageait, léchant avec un crépitement la pergola bricolée par Hamish. Les gens accouraient de partout, en pyjama pour la plupart, criant, transportant de l'eau dans des seaux et toutes sortes de récipients. Le gérant du camping surgit de son bureau en traînant un extincteur. Trop tard : le ciel s'illumina dans un bruissement retentissant, dorant les visages des spectateurs choqués d'une lueur rougeoyante, et toute la caravane s'embrasa.

Persy contourna le feu d'enfer et les badauds en état de choc, puis se glissa dans la laverie. Elle attrapa un de ses tee-shirts dans le sèche-linge, l'imbiba d'eau froide dans l'un des bacs en béton et l'enroula autour de sa main brûlée, dont les élancements étaient devenus insupportables. Elle enfila ses tennis humides, heureuse qu'elles ferment par des Velcro plutôt que par des lacets, coinça son pistolet dans la ceinture de son pantalon et courut jusqu'au mur d'enceinte jouxtant Masiphumelele. S'il était entré, c'était forcément par ici.

Elle porta son attention sur le mur, pliée en deux, se déplaçant lentement, à la recherche de la brèche, levant sa main bandée dans l'air frais.

Ah, c'était là.

Un trou de la taille d'un homme, creusé au point le moins profond des fondations. Les murs électrifiés, tu parles d'une protection ! Elle se faufila tant bien que mal et se retrouva tout au bout des marécages, pas loin de l'endroit où Dizu avait situé la cabane de Philip Makana. Elle discernait les contours des cahutes à travers un petit bosquet, et elle entendait des bruits lointains de radios et de télés.

Elle se fraya un chemin en pataugeant dans la boue, transpirant dans son jean et son tee-shirt. Ses côtes lui faisaient mal et elle ne pouvait pas s'empêcher de tousser à cause de la fumée âcre qui lui brûlait encore les poumons. Les arbres et les buissons se détachaient nettement dans le clair de lune argenté. La nuit résonnait du tintamarre des grenouilles, des grillons, du bourdonnement strident des moustiques.

Heureusement, elle avait une bonne vision nocturne, et ne tarda pas à distinguer le sentier étroit sous la pleine lune. Les tiges cassées et l'herbe écrasée montraient que c'était par ici qu'il avait pénétré dans le caravaning et qu'il en était ressorti. En suivant ce sentier, elle serait sur sa piste. Elle connaissait bien cet endroit, mais Sean aussi. Ils y avaient passé de longues heures ensemble dans leur enfance. Il n'y avait nulle part ailleurs où aller, à part entrer dans l'eau. Elle donna une tape sur son bras, qui avait déjà enflé et la démangeait. Elle était en train de se faire dévorer par les insectes. Il lui faudrait se déplacer avec prudence. Les marécages étaient aussi pleins de serpents et de nappes de vase dangereuses.

Elle l'entendit avant de le voir, dans un bruissement de feuilles et le craquement de son blouson en cuir. Il sortit de sa cachette et elle décela le bruit sec et doux de la balle, sentit la douille ricocher près de sa chaussure. Il utilisait un silencieux. Une arme destinée à tuer. Elle se laissa tomber et roula sur elle-même, filant se mettre à l'abri derrière des buissons, sans se redresser pour que sa silhouette ne se découpe pas sur le ciel éclairé par la lune.

« Police ! cria-t-elle. Jette ton arme ! »

Elle entendit la deuxième balle, puis une autre. Trois coups. Elle était devenue une cible. Elle rampa jusqu'à un arbre tombé à terre et se retrouva dans l'eau jusqu'aux genoux. Elle se déplaça en quête d'un meilleur abri, mais s'enfonça jusqu'aux cuisses. Un bruit d'éclaboussure – il était aussi tombé dans l'eau. Il était près, si près qu'elle pouvait presque le sentir. Tous ses sens étaient en alerte. Il y avait une chose qu'elle savait : elle était plus rapide. Elle se hissa sur le tronc d'arbre, sentit le raclement de l'écorce et des branches brisées, puis prit appui pour envoyer ses jambes sur la terre ferme, se remit debout tant bien que mal et s'élança au pas de course sur le sentier, baissant la tête et zigzaguant, prenant pas mal d'avance sur lui. Son cœur battait la chamade, son souffle était irrégulier. L'adrénaline se répandait dans son corps, lui donnait vitesse et concentration, atténuait la douleur dans sa main. Quelque part derrière elle, elle l'entendit grogner tandis qu'il se hissait sur le tronc. Elle se retourna. L'arbre tombé s'enfonçait sous son poids. À cet instant, il était clairement visible. Elle leva son arme, visa et tira, sentit le recul se propager le long de son bras. Elle l'entendit heurter la surface de l'eau, puis se débattre.

Puis le silence. L'avait-elle touché, ou avait-il laissé tomber son arme dans l'eau ? Elle se dirigea avec précaution vers le tronc, prête à tirer, tous ses sens à l'affût du moindre bruit ou mouvement. Elle tendit l'oreille pour distinguer d'autres sons que le bavardage des insectes nocturnes et les grognements des grenouilles, teintés du bruissement des roseaux. Un souvenir éclair lui revint, surgi de nulle part. Sean petit, attrapant des poissons au bord de l'eau. La façon dont les ondulations se reflétaient dans ses yeux quand il la regardait. Un oiseau poussa un cri strident au loin, décolla de la surface argentée de l'eau, et le souvenir s'envola. Elle contourna tout doucement l'arbre couché. Aucune trace de Sean. De retour sur le sentier, elle vit la piste de gouttes argentées, tel du mercure dans le clair de lune. Du sang. Elle l'avait eu, ça, c'était sûr. Il fallait bien qu'il soit quelque part dans le marais.

Elle suivit la piste, mais elle se termina brusquement au bord de l'eau. D'une manière ou d'une autre, il avait disparu dans les marécages.

Comme un animal qui va mourir, seul.

Dizu ne reçut le message qu'à minuit, par un appel sur son portable en provenance du commissariat. Il partit tout de suite, sans attendre le rapport complet, en maudissant l'agent de service de ne pas l'avoir prévenu plus tôt.

Persy, victime d'une attaque au cocktail Molotov.

Il vit la fumée depuis la route et entra dans le caravaning, qu'il trouva rempli de véhicules de pompiers. Ils étaient arrivés trop tard pour sauver la caravane d'Hamish. Il ne restait qu'un tas de débris noircis, fumants, accroché à une armature en métal toute tordue. Persy, vêtue d'un jean et d'un tee-shirt boueux et couverts de suie, avait l'air secouée, mais c'est tout. Les secours étaient là, et elle avait la main recouverte d'un pansement.

« Qu'est-ce qui est arrivé à ta main ?

– Je me suis brûlée, mais ça va, les secours m'ont soignée et m'ont donné des calmants. La brûlure est superficielle, apparemment. »

Elle récapitula avec lui les événements de la soirée, rapidement et de manière étonnamment cohérente.

Dizu ne put cacher sa consternation. « Bon sang, Persy, pourquoi est-ce que tu es partie seule à la poursuite de Dollery ? Il aurait pu te tuer !

– Je n'ai pas eu le temps de réfléchir, répondit-elle en haussant les épaules. Je savais que sinon, j'allais le perdre. »

Il regarda son petit visage barbouillé de poussière et de suie. Ses dreads roussies, ses lunettes de travers. Il était stupéfait par son cran et sa détermination. Il lutta contre l'envie soudaine de la serrer dans ses bras. Une colère sourde et insistante contre Dollery grandissait en lui.

« Le salaud !

– Je vais bien. Vraiment. Mhlabeni était là à mon retour. Il est tout de suite parti avec une équipe de recherche.

– Mhlabeni ! C'est sans doute lui qui a aidé Dollery à mettre les bouts !

– Ça, on ne le sait pas, dit-elle avec un haussement d'épaules.

– Qui est au courant que tu as emménagé ici ?

– Tous ceux qui ont accès aux fichiers. C'est-à-dire à peu près tout le monde au commissariat. J'ai donné mes nouvelles coordonnées à Phumeza.

– Qu'est-ce qu'il y avait dans la caravane ?

– Quelques articles de toilette. Et mon portefeuille. Mes fringues étaient à la laverie, et ma carte d'identification et mes affaires perso dans le coffre du commissariat. Mon portable est foutu. Mais au moins, j'ai récupéré mon arme. »

Dizu repensa à l'incendie de l'école Logos, à deux pas de là. Deux incendies en périphérie de Masiphumelele. Tous deux visant des cibles précises. Dollery était-il le dénominateur commun, celui qui avait mis le feu ? Dizu regarda autour de lui les visages choqués, noircis par la fumée, des résidents du caravaning : des enfants en pyjama, des femmes avec des bigoudis dans les cheveux. Dieu merci, il n'y avait pas eu de vent, sans quoi le feu se serait vite propagé. Ces structures temporaires de pacotille, inflammables, étaient particulièrement vulnérables. Son téléphone sonna.

« Comment va-t-elle ?

– Elle a la main brûlée, mais ça va », répondit-il avant de passer le portable à Persy. « C'est pour toi. »

Persy prit l'appareil, se demandant qui était au bout du fil.

« Dizu m'a raconté. » Elle reconnut la voix de Marge Labuschagne. « J'appelle pour vous dire que je vous ai préparé un lit. »

C'était la dernière personne à laquelle elle se serait attendue.

« Je peux dormir au commissariat.

– Ne dites pas de bêtises, j'ai plein de place. »

Elle décela quelque chose dans la voix de Marge. Quelque chose qu'elle reconnut vaguement. *Elle se sent seule.*

« Et j'ai un très bon reste de lasagnes au four. »

Persy ne pourrait rien avaler, mais en s'entendant offrir un lit et un repas maison, elle se retrouva au bord des larmes pour la première fois ce soir-là.

« Bon, d'accord. Merci. » Elle raccrocha.

Crane avait passé une soirée très agréable. Il avait fait trois heures de yoga ashtanga intensif, puis s'était récompensé par un plat de thon rouge et une salade asiatique. Il avait terminé par une tisane « tranquillité » tout en contemplant, debout à côté des baies vitrées ouvertes, la lune pleine qui se levait sur la mer. Tout à l'heure il avait vu des mouettes descendre en piqué et des dauphins sauter. Il devait y avoir un banc de petits poissons dans les parages. Il se sentait comblé. Ça, c'était la belle vie. Il la méritait. Il méritait tout. Il était minuit passé, son moment préféré de la journée, et il savourait la perspective des heures obscures qui allaient suivre.

Il gagna son grand bureau à cylindre, en sortit les plans et les cartes topographiques, et les étala sur la longue table en bois de hêtre. Il examina avec satisfaction les maquettes d'illustrations pour le « Village Cinq Étoiles Sécurisé Bellevue ». Un complexe haut de gamme : ardoise, verre et bois, un peu de fynbos pour amadouer les défenseurs de l'environnement et, bien sûr, l'élément indispensable pour des profits maximums : la sécurité, la sécurité, encore la sécurité. Palissades, clôtures électriques, gardiens vingt-quatre heures sur vingt-quatre, caméras de surveillance et écrans derniers cris, détecteurs, tout le tremblement. La peur était un puissant moteur économique : les gens qui ont peur paieraient n'importe quoi pour se sentir à l'abri. Ils avaient soif de sécurité personnelle. Ils recherchaient aussi le secours des dieux et s'en remettaient à celui qui saurait les apaiser et leur assurer une protection spirituelle. Dans ces cas-là, les conseils qu'il prodiguait n'avaient pas de prix. Certes, certains chrétiens illuminés de Fish Hoek l'avaient catalogué comme « sorcier » et prévenaient leurs amis que les entités spirituelles avaient parfois des intentions malveillantes. Voilà qui le faisait bien rigoler. S'il était vraiment un sorcier, alors il était un sorcier très sophistiqué, à la clientèle sélect.

Il reporta son attention sur les maquettes. Bellevue n'était en fait que la première étape de la vision grandiose qui l'animait : faire de Noordhoek le nouveau Camps Bay, avec ses cafés, ses boutiques et ses hôtels de luxe, voire un terrain de golf descendant majestueusement jusqu'à la plage. Plus de vilaines petites cabanes ensevelies sous les *milkwoods*, ni de vieilles résidences secondaires délabrées comme celle de Marge Labuschagne. Les écolos pouvaient hurler tout ce qu'ils voulaient, le progrès et le développement étaient inévitables, et il n'y avait qu'à tendre la main pour récolter de gros profits. La pensée de Marge Labuschagne lui fit ressentir une douleur au niveau des tempes. Il valait mieux qu'il prenne des médocs avant que l'algie faciale ne s'installe. Une de ces migraines atroces qui lui faisaient entendre les « voix », qui l'obligeaient à rester allongé dans le noir pendant des jours. Il ressentit la tension familière dans la nuque et, avec elle, le besoin compulsif de se distraire.

Attiré une fois de plus par son passe-temps favori, il sortit son ordinateur portable du coffre-fort. C'était la première chose qu'il avait faite en emménageant ici : installer le coffre. Il ne faudrait pas que quelqu'un tombe sur son ordinateur ! Il le démarra. Il y avait un « portfolio » secret qu'il savourait depuis des semaines. Le suivi en temps réel d'une séduction : le grooming d'un délicieux innocent connu seulement sous le nom de « Raphael ». Un ange, en effet.

Au moment où il se connectait, il fut traversé d'une curieuse inquiétude à propos du site, la sensation que quelqu'un était témoin de ses transgressions. Oh, pas Shamil ni les autres soi-disant « guides » qu'il évoquait à l'attention de ses clients ! Non, il s'agissait des voix désincarnées qui s'étaient d'abord manifestées à lui au foyer, après que Lance l'avait « choisi ». Au début, elles n'étaient venues à lui que dans les situations de grande détresse, mais elles étaient de plus en plus présentes, et encore plus quand il essayait de les repousser. Elles surgissaient n'importe quand. Il n'y avait pas moyen de les contraindre ni de raisonner avec elles. Elles représentaient le prix qu'il lui fallait payer pour avoir accès à d'autres mondes, pour avoir une conscience supérieure au Duchnock moyen, qui traversait la vie sans se rendre compte de rien. Il ne viendrait jamais à l'idée de la plupart des gens qu'on pouvait modeler sa vie en contrôlant et en façonnant les impulsions spirituelles par la seule force d'une volonté raffermie. N'en était-il pas la preuve vivante ? Il n'y avait pas si longtemps, il louait une arrière-salle infecte à Sun Valley et conduisait une Corolla dont la rouille avait rongé le coffre et tout le tour du pare-brise.

Pendant que son ordinateur chargeait, il se leva et regagna la baie vitrée. La lune était basse au-dessus de la mer, qui semblait à peine bouger dans l'air immobile. Il baissa les yeux vers l'allée devant sa maison ; la Mercedes brillait dans le clair de lune. Surgie de nulle part, il sentit une présence à ses côtés. Il en allait toujours de même, elles semblaient surgir du néant, ces présences, tantôt plaintives, tantôt insupportablement volubiles, cacophonie vibrante dans sa tête. Cette nuit, c'était l'une des plus mauvaises. Un miasme d'effroi l'enveloppa telle une membrane fœtale, l'étouffant et le glaçant jusqu'à la moelle. Les voix lui rappelaient qu'il y aurait un prix à payer pour ses transgressions. Elles commençaient toujours doucement, comme un simple murmure, mais elles ne tardaient pas à devenir plus fortes, puis elles hurlaient à lui faire éclater la cervelle ; elles venaient le chercher et il ne pouvait rien contre elles. Il se boucha les oreilles, en vain – elles étaient dans sa tête. Elles ne le laisseraient jamais en paix, les migraines étaient devenues omniprésentes. Elles empiraient, même. Ce qu'il craignait le plus, c'était la folie. Finir comme Colette McKillian, dans une clinique, ligoté comme un gigot et gavé de médicaments.

Il se figea. Il y avait quelqu'un avec lui dans la pièce. Il se retourna. Du coin de l'œil, il aperçut une ombre glisser le long du mur.

« Qui est là ? » Il entendit la note de terreur dans sa voix.

La silhouette fit une embardée dans sa direction. Des gestes saccadés comme ceux d'une marionnette, et une odeur fétide.

« Comment êtes-vous entré ? murmura-t-il, paralysé d'horreur.

– Je peux entrer n'importe où. Tu devrais le savoir. »

Il éprouva un immense soulagement. Sean Dollery ! Il était *humain*, au moins ! Mais quand Dollery s'approcha, que Crane vit la loque ensanglantée autour de son épaule et son regard halluciné, il sut immédiatement que sa soirée allait mal finir.

« Qu'est-ce qui vous est arrivé ? » Toujours cette douleur lancinante dans les tempes.

« Cette salope de Jonas a tiré sur moi. J'ai appelé Pietchie, il m'a déposé de l'autre côté de Slangkop, et je suis venu en passant par la montagne, derrière Ocean View. Ils ont lâché les chiens après moi. Il me faut une voiture. Et de l'argent. »

Dollery, mouillé et fangeux comme une bête sauvage. Crane ne put réprimer un frisson de dégoût. Comment Dollery osait-il faire entrer les problèmes de son ghetto pouilleux ici, dans son intimité !

« Je vous ai dit de ne jamais venir ici.

– Va te faire foutre, Crane. Je t'ai rendu assez de services quand ça t'arrangeait.

– Qu'est-ce que vous voulez de moi ?

– Donne-moi tes clés de voiture.

– Vous savez que c'est absolument hors de question. »

Sean avança d'un air menaçant. Crane savait qu'il ne devait pas rester là, mais quelque chose l'avait vidé de toute volonté. Des pointes d'acier brûlant lui transperçaient le crâne. Les voix devenaient toujours plus fortes, elles lui remplissaient la tête. Il était au supplice. Il aurait voulu crier : « Au secours ! » Mais personne ne pouvait lui venir en aide maintenant. Sean le menaçait, exigeait les clés, avançait, l'acculant contre les baies vitrées, vers l'à-pic en-dessous. Il sortit les clés de voiture de sa poche et les lança à Sean, mais l'autre continua à approcher. Les voix dans sa tête grondaient aussi fort que l'océan, *boum, boum, boum* !

Il sentit le contact de l'air frais sur son dos, puis il tomba, tomba, tomba à travers l'espace, et une étoile de douleur explosa dans sa tête.

39

Il était plus d'une heure du matin lorsqu'on déposa enfin Persy chez Marge Labuschagne. Elle éprouva une inquiétude passagère en voyant les lumières allumées entre les *milkwoods* à moitié cachés. Un îlot de normalité. Et si l'invitation de Marge n'avait été qu'un réflexe poli ? Si elle se heurtait à un accueil consterné, à l'incompréhension ? Où irait-elle ? Après la montée d'adrénaline de tout à l'heure, elle tremblait de faim et d'épuisement. Elle ouvrit le portail, et son cœur faillit s'arrêter quand Bongo avança vers elle en boitant, remuant timidement la queue. Je suis à bout de nerfs, se dit-elle en se penchant pour le caresser.

Marge ouvrit la porte avant qu'elle ait eu le temps de frapper et lui prit le sac en plastique contenant ses habits humides roulés en boule.

La psychologue jaugea les bandages sur sa main. « Je n'ai jamais vu quelqu'un l'échapper belle autant de fois en une semaine », commenta-t-elle d'un ton bourru mais doux.

Persy revit l'éclair du cocktail Molotov, sentit l'odeur de plastique brûlé. « Ça m'a cramé les dreads, dit-elle en portant la main à ses cheveux d'un air contrit.

– Si c'est le plus grave, vous pouvez vous estimer très heureuse. »

Elles entrèrent dans une grande cuisine à l'américaine, un entassement chaotique d'ustensiles, de vieux livres de recettes et de casseroles en tout genre. Marge chargea les vêtements de Persy dans le sèche-linge. Puis elle leur servit à toutes les deux un généreux verre de vin.

« Euh, non merci, dit Persy. De l'eau, ça ira. » L'alcool combiné aux calmants, là, maintenant, lui ferait perdre la boule. Elle ne voulait pas courir le risque de piquer une de ses crises.

« Ça en fera plus pour moi, alors. » Marge lui servit les restes de lasagne et de la salade. « J'espère que vous n'êtes pas végétarienne ni un truc idiot du même genre. » Elle avala une grande gorgée de vin. Persy essaya de manger, mais ne parvint qu'à jouer avec la nourriture dans son assiette. La psy fit mine de ne rien remarquer.

« Une idée de l'endroit où pourrait se trouver Dollery ?

– Non. N'importe où. »

Persy pensait que s'il arrivait à gagner Ocean View, il se dirigerait vers les montagnes. Il connaissait ce coin comme sa poche. Mais après, où irait-il ?

« Et où en est le reste de l'enquête ? » demanda Marge.

Persy lui raconta la virée de Ryan Fortuin et Jasper McKillian dans la voiture volée à Sherwood, le soir de son assassinat. Puis elle lui annonça l'accident dont Jasper avait été victime.

Marge fut manifestement choquée. « Pauvre gamin, c'est affreux. Je plains sa mère. Elle en a vu de toutes les couleurs. »

Plus tard, Marge la conduisit à l'étage. « J'ai fermé la porte pour empêcher les chats d'entrer. »

Elle s'était donc souvenue de son allergie. « Je suis en train de revoir mon opinion sur les chats, en fait », répondit Persy. Elle devait sans doute la vie à Gaia, après tout.

La psychologue ouvrit une porte sur le palier. « La salle de bains est là-bas. Will est là, mais sa chambre est de l'autre côté. Vous serez tranquille ici. »

La lueur chaude d'une lampe de chevet baignait le lit une place : la couette était prête à l'accueillir, une serviette pliée était posée tout au bout. Des fleurs fraîches ornaient la commode. Cette chambre ressemblait au rêve d'enfance de Persy ; elle pensait qu'on n'en voyait qu'à la télé ou dans les magazines. Marge ouvrit les rideaux. « Vous avez vue sur la montagne. » Elle aperçut la lune au-dessus de la silhouette massive de Chapman's Peak. Plus haute que quand elle pourchassait Dollery dans le marécage. Était-il encore là-bas ?

« Vous avez vu la comète ? » La voix de son hôtesse fit irruption dans ses pensées.

« Non. » Elle sourit faiblement. Elle voulait dire merci, merci pour tout, mais se retrouva incapable de parler. Quand les mots lui vinrent enfin, Marge était partie.

Marge était en train de fermer la maison pour la nuit quand elle se rappela qu'elle n'avait pas mentionné le séjour de Sherwood au centre Phoenix ni son lien possible avec l'affaire Clyde Cupido. Même si Titus avait mis un frein à ses hypothèses les plus extravagantes, il restait la question du bail de Sherwood sur Bellevue. Ivor serait en mesure de les renseigner. Elle emmènerait Persy chez lui demain. Elle ouvrit les rideaux. Loin, au-dessus de la vallée, les lumières d'un avion scintillaient dans le ciel. Elle imagina les passagers, bercés par le ronronnement des moteurs, qui dormaient dans l'éclairage tamisé de la cabine, inconscients de la trajectoire de la comète et de sa traînée de glace sublimée brûlant sur un million et demi de kilomètres à travers la galaxie. Elle se coucha et éteignit la lumière. Sans qu'elle sache pourquoi, le sourire timide de Persy lui revint en mémoire. C'était la première fois qu'elle la voyait sourire. Elle était toujours si sérieuse. Ça lui avait donné l'air terriblement jeune, et étonnamment féminine. Ce n'est qu'une enfant, se dit Marge. Mais une enfant qui avait besoin de plus qu'un bon vrai repas. Qui avait besoin d'un soutien affectif. Elle repensa à la fille qu'elle n'avait pas eu la chance de connaître, mais dont l'ombre était pourtant toujours présente, petite fille fantôme entre Matthew et Will. Elle aurait eu vingt-cinq ans. Le même âge que Persy. Aurait-elle été comme elle ? Courageuse, indépendante, vulnérable ? Marge sentit les larmes monter – pour la fille qu'elle n'aurait jamais et ses fils qui s'étaient éloignés d'elle, pour Louis, le mari dont elle était séparée, pour la famille qu'ils avaient formée autrefois. Elle passa le reste de la nuit entre la veille et le sommeil, à rêver de comètes zébrant le ciel et du doux faisceau lumineux du phare de Kommetjie balayant l'océan. La dernière image qu'elle vit avant de sombrer définitivement la réconforta : Bongo, entré en douce dans la maison, couché à sa porte, la tête entre les pattes, les yeux fermés. De temps en temps, un gémissement heureux s'échappait de lui et ses pattes remuaient, comme s'il rêvait qu'il courait sur la plage.

40

Les oiseaux, la lumière du couchant… À moins que ce soit l'aube ? Sean n'en savait rien, mais il sentait la chaleur quitter son corps. La chaleur, et l'eau, et l'air : les trois éléments quittaient son corps pour s'enfoncer dans la terre. Il avait fini par arriver, mais il avait dégusté. Cette salope l'avait touché en plein dans l'épaule, lui avait mis les os et les nerfs en compote. Il pouvait bouger le bras, mais la moindre secousse le faisait atrocement souffrir. Il avait été forcé de couper à travers le marécage, dans la boue et l'eau trouble, en évitant Ocean View et Masiphumelele où il y aurait peut-être des barrages sur les routes. Il s'était retrouvé à l'extérieur du complexe sécurisé de luxe, sur la zone humide à côté d'Imhoff Farm, et là, il était resté tapi dans le noir comme un chien tremblant de peur, à écouter le vrombissement et le cliquetis d'insecte fou de la clôture électrique en attendant Pietchie.

Pietchie avait la trouille des flics et il avait refusé de l'emmener plus loin que l'embranchement pour Misty Cliffs. De là, Sean avait dû marcher jusque chez Crane. Cette baraque craignos. Pleine de revenants et de trucs qu'il valait mieux pas savoir quoi.

Une nausée lui brûlait la gorge chaque fois qu'il repensait au hurlement strident de Crane au moment où il était tombé par la porte vitrée, comme si le diable en personne avait été à ses trousses. Sean avait pris la Mercedes et déguerpi le plus vite possible. Et il était venu ici, le seul endroit où il avait jamais ressenti quelque chose proche de la tranquillité, avant que sa vie parte en vrille. Un endroit où il pouvait se cacher de son père. Un monde secret à la fraîcheur des arbres. Ici, dans le grenier, avec son odeur de bois humide, où le visage de Persy rayonnait dans le chatoiement des grains de poussière, ses sourcils pareils à des ailes de papillons de nuit sur le fond brun de sa peau. Quel âge avaient-ils à cette époque ? Six, sept ans ? Ils étaient des *laaities.*

Les oiseaux faisaient de plus en plus de bruit à mesure que la pièce s'éclaircissait. Persy en connaissait tous les noms. Grâce à Poppa. Ce jour-là, elle lui avait montré des souï-mangas qui se nourrissaient sur les protées, quand ils avaient suivi le sentier sortant des *milkwoods.* Son état de faiblesse actuel lui rappelait péniblement son enfance. « Une mauviette », l'avait appelé son père. Il était souffreteux, devait sans arrêt lutter pour ne pas se laisser distancer par Persy, il avait honte de son souffle d'asthmatique laborieux et bruyant. Il avait toujours une de ces trouilles dans la montagne : trouille des serpents, des babouins, des échos ; mais il ne lui disait jamais parce qu'elle aurait ri, elle l'aurait défié de ses yeux noirs, avec ce regard franc et ouvert qu'elle avait. Elle lui aurait donné des coups avec ses petits coudes pointus, elle lui aurait dit : *« Mais pourquoi ? Hein, pourquoi ? »*

Sa voix moqueuse suggérant qu'il restait une issue, la possibilité d'une autre vie, si seulement il arrivait à comprendre. Peut-être qu'il aurait pu l'avoir, si les choses avaient tourné autrement. Une vie hors du ghetto, loin de la violence, de la pauvreté, de la saleté. Autour de lui, tout parut s'effacer jusqu'à ce qu'il ne reste plus que le son de la voix de Persy : *« Pourquoi ? Pourquoi ? »*, mêlé au bruit des oiseaux qui se réveillaient, mais lui ne dormait toujours pas, non, il attendait, car il savait qu'elle finirait par venir.

41

À son réveil, Persy trouva la maison vide. Un mot de Marge l'attendait dans la cuisine, disant qu'elle était à la poste et que Persy devait s'occuper de son petit déjeuner. Et en post-scriptum : *Nous déjeunons avec Ivor Reitz.* La veille, l'accueil chaleureux et la compassion de son hôtesse avaient apaisé Persy. Cette note lui rappelait l'exaspérante manie qu'avait la psychologue de prendre en charge l'enquête.

Seule dans la maison, Persy avait l'impression d'être une intruse dans le monde des Blancs, un monde spacieux qui respirait les privilèges innés. Ce monde, où elle n'avait jamais pénétré, lui faisait envie, mais il l'intimidait aussi. Elle appela le commissariat. L'équipe de recherche n'avait trouvé aucune trace de Dollery. La brigade canine était repartie à l'aube, mais elle avait perdu la piste dans le marécage. Persy prépara du café, puis marcha tranquillement jusqu'au séjour. Même si Marge était absente, sa présence se faisait sentir partout, à travers les nombreuses photos d'elle et de sa famille : Will, l'air toujours avenant ; un garçon maussade plus âgé qui devait être son frère ; et, tapi en arrière-plan ou légèrement en dehors du groupe, un homme plus vieux à l'allure négligée, portant des lunettes, au regard intense. L'ex-mari, sans doute.

Les chats somnolaient sur les fauteuils. Des bouquets de fynbos se desséchaient en perdant leurs feuilles sur des meubles poussiéreux. La pièce donnait une impression de confort douillet, si on faisait abstraction du désordre. Pour ça, on ne pouvait pas accuser Marge Labuschagne d'être une fée du logis. Des livres et des magazines tombaient à moitié de la table basse ; il y avait une théière et deux tasses sales sur un plateau, des miettes et des traces de beurre sur une assiette. Plusieurs CD n'avaient pas été remis dans leurs boîtiers. Persy les passa en revue. Du classique, des étrangers en smoking et nœud pap'. Et aussi des rééditions d'albums des années 1980, à en juger par les couvertures. Un livre était ouvert à l'envers sur la table. *Trauma et Mémoire.* Sur la couverture, une illustration noir et blanc d'une jeune fille recroquevillée dans un coin, avec des barreaux de lumière qui lui tombaient dessus. Comme les barreaux d'une prison. Persy retourna le bouquin. Les mots lui sautèrent à la figure : *Les caractéristiques du déni, Comportement obsessionnel compulsif, Cauchemars, Flashbacks, Hypervigilance.* Elle ferma le livre d'un geste brusque. *Des conneries de psychologue.* L'espace d'une fraction de seconde, elle revit le profil de Sean à la fenêtre de la caravane, sentit la chaleur du feu, entendit les cris des oiseaux dans le marécage. La douleur lancinante à sa main la ramena au présent. Elle avait besoin d'un autre calmant. Le désordre de la pièce, qui ne l'avait pas dérangée jusqu'ici, la remplit d'horreur. Elle ressentit un besoin irrésistible de nettoyer : comment pouvait-on vivre comme ça ? Dans ce chaos ! Elle se mit à empiler soigneusement les livres, puis entreprit de remettre les CD dans leurs boîtiers et de les ranger avec les autres sur les étagères, le tout sans cesser de se reprocher amèrement d'avoir accepté l'invitation de Marge. Elle avait été vulnérable après l'incendie, elle avait baissé la garde. L'hospitalité de la psychologue n'était peut-être qu'une couverture pour un dessein plus sombre et sinistre. C'est ce que le livre semblait confirmer. Marge voulait farfouiller dans sa tête, cherchait un vilain truc à déterrer. C'était ce que Persy avait toujours soupçonné. Pour Labuschagne, elle était une sorte de cas type.

Marge conduisit Persy chez les Reitz en fin d'après-midi. Un bruit affreux montait du pot d'échappement. Dieu sait où elle allait trouver l'argent pour le réparer, ou acheter une nouvelle voiture ! Quand elle avait appelé Ivor à propos du bail de Sherwood, tout à l'heure, il avait paru étonné qu'elle trouve l'information pertinente. Il n'avait certes jamais été très communicatif, mais ces derniers temps, il était devenu plus impénétrable et inaccessible que jamais. Elle avait dû exercer une certaine pression pour qu'il accepte de rencontrer Persy. Puis, comme pour se faire pardonner son manque d'empressement, il les avait invitées à déjeuner.

Ce qui irritait Marge, c'est qu'à en juger par son comportement dans la voiture, Persy avait l'air de trouver elle aussi que ce rendez-vous était une perte de temps.

« On a notre suspect, il faut juste remettre la main dessus.

– Qu'est-ce que vous avez réellement contre Dollery ? contra Marge. Il a justifié la présence de ses empreintes dans la voiture de Sherwood. Il ne vous reste donc que le jardinier de Schneider, qui l'a vu passer en voiture devant Masiphumelele vendredi soir. Pour aller acheter un hamburger. Un peu juste, comme preuve.

– On a une vision d'ensemble des activités de Dollery, contrairement à vous. Ça fait longtemps qu'on le traque. »

Voilà que leur susceptibilité et leur rivalité refaisaient surface, comme si la détente de la veille n'avait rien été de plus qu'une éphémère cessation des hostilités.

« Je trouve qu'il faut toujours garder l'esprit ouvert, pendant une enquête », rétorqua Marge. Sur quoi Persy se retrancha dans un silence maussade. Marge mit de la musique. Les Kalahari Surfers, *Hopes Fade for Finding Survivors*[1]. Un nouvel album qu'elle et Will appréciaient tous les deux.

La propriété des Reitz, située à l'écart de Chapman's Peak Drive, s'étendait sur plusieurs hectares d'épais fynbos jusque dans l'ombre de la montagne. Elles passèrent un portail en fer forgé ouvragé qui ouvrait sur une allée de gravier bordée de chênes, le long de laquelle plusieurs enclos étaient soigneusement démarqués. Des chevaux broutaient doucement, leur robe luisant et ondulant chaque fois qu'ils passaient dans l'ombre pommelée des arbres. Marge baissa la musique. « Ivor a rétabli le fynbos de montagne d'origine sur toute sa propriété. Spectaculaire, non ? » C'est pas vrai, maintenant elle se mettait à parler comme une groupie possessive ! *Passe à autre chose, ma vieille*, se dit-elle.

La maison était une authentique gentilhommière du dix-huitième siècle de style Cape Dutch, aux épais murs blanchis à la chaux surmontés de pignons, et aux fenêtres à battants dotées d'un seul volet. Persy fixa intensément la bâtisse mais détourna aussitôt les yeux, comme choquée par cette vision. Quelle étrange petite créature ! La veille on aurait dit une enfant fatiguée, maintenant elle était murée dans un silence d'adolescente mélancolique. Marge se gara à côté de la Range Rover d'Ivor, à laquelle un van était attaché. De l'autre côté se trouvait la voiture de sport à deux places de Morgana.

La gouvernante des Reitz apparut sur le *stoep*, tout en haut des marches incurvées, vêtue de l'uniforme des domestiques : la blouse, le tablier et l'omniprésent foulard, ou *doek*. Elle

1. « L'espoir de retrouver des survivants s'amenuise. »

les introduisit dans une salle de réception fraîche et haute de plafond. Les dalles sous leurs pieds luisaient dans le soleil de fin d'après-midi, tout comme la lourde table en ébène du dix-septième siècle, sur laquelle un vase en cuivre rutilant contenait une composition tape-à-l'œil d'hortensias. Marge aimait cette maison, mais elle trouvait ridicule la décoration prétentieuse de Morgana. À cet instant, la maîtresse de maison apparut au sommet de l'escalier et descendit à leur rencontre. Elle portait un jodhpur, une chemise blanche impeccable et des bottes. Son regard survola Marge, puis se posa sur Persy. « Vous devez être l'inspecteur Jonas. » Elle décocha ce qu'elle imaginait sans doute être un sourire irrésistible. « Je suis Morgana Reitz. Entrez donc, Ivor est dans le séjour. »

Suivie par Marge et Persy, elle pénétra d'une démarche indolente et provocatrice dans un séjour meublé dans le style traditionnel Cape Dutch. Un style austère, qui jurait avec les canapés moelleux et les tapis à motifs. La musique d'ambiance était assurée par un adagio pour cordes. Marge trouva que la scène manquait autant de naturel qu'un décor de film, avec Morgana dans le premier rôle, bien sûr.

« Chéri, la police est là », annonça la star, puis, comme si ça lui revenait après-coup : « Et Marge. »

Ivor était assis sur le canapé, devant un ordinateur portable posé sur la table basse. Il se leva. « Ah, oui ! Bonjour Marge. » Il tendit la main à Persy. « Ivor Reitz. »

Après une hésitation, Persy serra gauchement la main tendue. « Inspecteur Persy Jonas. »

Le regard d'Ivor passa rapidement sur sa main bandée.

« Qu'est-il arrivé à votre main ?

– Un petit accident.

– Vous feriez mieux de surveiller… Je me disais que ce serait bien de manger dehors, suggéra-t-il. Profiter d'un après-midi sans vent. »

Marge avait oublié la prévenance charmante dont il était capable.

« Bonne idée. » Elle avait furieusement envie d'une cigarette, or Morgana interdisait qu'on fume à l'intérieur.

La terrasse était ombragée par une pergola ployant sous un lourd bougainvillier violet. Un seau à glace avec du vin était posé sur la table. Il y avait aussi des corbeilles de petits pains et des plats d'olives, de fromage et de salades variées. Au milieu desquels trônait un grand saladier de raisin noir luisant. Marge alluma sa cigarette, passant outre le froncement de sourcils réprobateur de la maîtresse de maison.

« Quelque chose à boire, Marge ? Inspecteur ? demanda Ivor.

– Je vais goûter ce chardonnay.

– Un verre d'eau », répondit Persy.

Marge avait remarqué que la jeune femme était mal à l'aise depuis l'instant où elles étaient arrivées. Mais bon, la maison des Reitz aurait impressionné n'importe qui. La gouvernante apporta une carafe d'eau glacée avec du citron et de la menthe sur un plateau pour Persy, tandis que Morgana passait à la ronde de grands bols de fruits secs et d'olives qu'elle s'abstenait ostensiblement de manger. La lumière éclatante du jour faisait ressortir les boules que le Botox formait sous sa peau. Marge se servit une grosse poignée de noix de cajou et mastiqua bruyamment. Ivor déboucha la bouteille de vin d'un geste adroit : « C'est affreux, cette affaire Sherwood. » Il versa un généreux verre à Marge. « En quoi puis-je aider ?

– Monsieur Sherwood était votre locataire, je crois », dit Persy.

Marge fronça les sourcils en entendant le ton glacial de la jeune femme. Elle but une lampée de vin.

« Oui, répondit Ivor en se rasseyant avec son verre d'un air décontracté. Il habitait une de mes petites propriétés de Kommetjie. Depuis sept ou huit ans.

– Nous ne savons pas grand-chose sur lui. Est-ce qu'il vous a donné des références ? »

Ivor rit avec condescendance. « Je n'ai pas le temps de me préoccuper de ce genre de détails, j'en ai peur. Je laisse ça à mon agent immobilier, Renuncia Campher. »

Les lèvres de Persy se pincèrent. Curieux, ça : Marge n'avait encore jamais remarqué l'attitude hautaine de son ami.

« Il recevait un revenu modeste mais régulier d'un fonds en fidéicommis, et un salaire de l'école Logos. Apparemment, il a connu des problèmes d'addiction à une époque, pauvre vieux ! Il s'est très sérieusement acquitté de son loyer pendant un moment ; puis il a eu une déception sentimentale et il s'est retrouvé au chômage du jour au lendemain. Il s'est mis à boire beaucoup, je crois. Il a commencé à fabriquer des jouets en bois et à les vendre sur les marchés, il a fait un peu de jonglage et ce genre de choses dans des fêtes pour gamins et des kermesses. Il lui est arrivé deux ou trois fois de ne pas payer son loyer – mais je répugne toujours à expulser les gens. »

Ivor pouvait se permettre d'être magnanime. Il ne risquait pas de manquer d'argent, même si Marge avait entendu dire que son capital avait fondu avec la récession.

Est-ce pour ça qu'il n'avait pas pu surenchérir sur l'offre de De Groot ? Mais après tout, qu'est-ce qu'elle en savait ? Elle n'avait jamais fait un seul investissement de sa vie.

« Sherwood détenait un bail de dix ans sur la propriété que vous espériez acquérir, je crois, reprit Persy.

– Oui, et j'ai dit à Sherwood que ça me convenait très bien qu'il reste à Bellevue si j'en devenais propriétaire. Marge vous a certainement dit que je suis un fanatique de la protection de l'environnement. La montagne au-dessus de Bellevue, poursuivit-il, enthousiasmé par son sujet, a été dégradée par l'exploitation de la mine de kaolin. La carrière a été en grande partie remblayée il y a une vingtaine d'années. Je voulais réintroduire le fynbos d'origine sur ce site. Malheureusement, Gregory Crane est arrivé avec une offre plus élevée.

– Mais le bail de Sherwood ne bloquait-il pas cette vente ?

– Eh bien, si...

– Mais seulement s'il occupait les lieux ?

– Je crois que c'est cela, oui.

– Est-ce que ça a un rapport avec notre sujet ? » demanda Morgana en consultant ostensiblement sa montre.

Persy cligna les yeux derrière ses lunettes.

« Donc il aurait été dans votre intérêt de pousser Sherwood à emménager à Bellevue.

– Je ne suis pas sûr de voir où vous voulez en venir...

– Sherwood s'apprêtait à déménager de votre maison de Kommetjie.

– Vraiment ? Je n'en avais aucune idée.

– Et vous saviez que Crane lui avait proposé de l'argent pour renoncer à son bail ? »

Ivor parut embarrassé. « Non, mais ça ne me surprendrait pas. »

Persy balaya du regard le paisible jardin. « Avez-vous fait une contre-proposition à Sherwood ? Peut-être l'avez-vous payé pour qu'il s'installe à Bellevue, et essayer de déjouer ainsi les manœuvres de Crane ?

– Attendez un peu ! » s'exclama Morgana.

Marge était interloquée. Persy traitait Ivor comme un suspect. Il devait s'agir d'une conversation informelle autour d'un déjeuner, pas d'un interrogatoire ! Quelle grossièreté impardonnable !

« Si vous voulez suggérer que j'avais un mobile, je trouve cela scandaleux, fit Ivor, dont le masque de politesse était en train de tomber. Sherwood haïssait Crane pour des raisons personnelles, je crois. Aucune somme d'argent au monde n'aurait pu l'inciter à renoncer au bail. » Il avait parlé d'un ton indiquant clairement que le sujet était clos.

Mais Persy ne se laissa pas décourager. « Peut-être que Sherwood vous jouait l'un contre l'autre, Crane et vous, pour obtenir un maximum d'argent. Peut-être que quand vous l'avez découvert, vous avez décidé de le tuer.

– C'est ridicule ! s'esclaffa Ivor avec incrédulité.

– Ivor n'a rien à voir là-dedans ! » protesta Morgana.

Sans grande conviction, pensa Marge.

Mais Persy n'abandonnait pas comme ça. « Où étiez-vous tous les deux vendredi soir ? »

Ivor luttait pour rester cordial malgré l'hostilité affichée de la policière. Marge ne savait si elle devait être impressionnée ou atterrée. Décidément, la jeune femme ne cessait de la surprendre.

« J'étais chez moi. J'avais prévu d'aller sur Chapman's Peak pour voir si la comète était visible, mais mon travail m'en a empêché. J'ai travaillé au rez-de-chaussée jusque vers minuit, ensuite je suis allé me coucher.

– Admirer les étoiles, ou observer les oiseaux, ce n'est pas trop mon genre », répondit Morgana, incapable de dissimuler une pointe de sarcasme. Visait-elle Marge ? Certainement pas. La déesse, menacée par Marge ? Quelle rigolade ! « Non, j'avais un gros rhume, alors je me suis couchée tôt », poursuivit-elle en bondissant sur ses pieds dans un tourbillon de cheveux parfumés. « Et maintenant, si vous voulez bien m'excuser, j'ai un cours d'équitation. »

Elle fila. Persy se leva. « Nous devons y aller, nous aussi. » Elle lança un regard éloquent à Marge, qui fit mine de ne pas le remarquer. Qu'elle laisse perdre un bon verre de chardonnay ? Pas question, surtout au moment où la situation commençait à devenir intéressante ! Mais Ivor et Persy se dirigeaient déjà vers la sortie. Elle les rejoignit sur le *stoep*, sous le pignon de la façade. Si sa mémoire était bonne, Marge n'avait encore jamais admiré la propriété des Reitz sous cet angle, mais la vue sur les enclos, les écuries et le fynbos lui paraissait vaguement familière.

Comme si elle lisait dans ses pensées, Persy se tourna vers Ivor : « Depuis combien de temps possédez-vous cette terre ? », demanda-t-elle d'une voix tendue. Marge lui jeta un rapide coup d'œil. La jeune femme, pâle, ouvrait grands ses yeux sombres.

« J'ai hérité de la maison, mais j'ai fait l'acquisition du terrain il y a une vingtaine d'années », répondit Ivor en essayant de retrouver son affabilité de tout à l'heure.

Persy désigna les dépendances. « Est-ce qu'il n'y avait pas des petites maisons, là ?

– Si, c'est vrai. Nous les avons démolies pour construire les écuries. Vous connaissez cet endroit ?

– Mon grand-père vivait ici. Dans une petite ferme.

– Vraiment ? Comment s'appelait-il ?

– Les gens l'appelaient Poppa, dit-elle d'une voix toujours aussi tendue.

– Poppa Jonas ? Je m'en souviens bien ! Un vrai gentleman à l'ancienne. Mais alors vous devez être…

– Persephone Jonas. Le nom de famille de ma mère était Cupido. »

Marge était perdue. De quoi parlaient-ils donc ?

« Persephone ? s'étonna Ivor, manifestement décontenancé. Mais bien sûr ! Comment ai-je pu oublier ? Enfin, la dernière fois que je vous ai vue, c'était il y a bien longtemps… Vous deviez avoir…

– Sept ans. Et Clyde, cinq. »

Marge sentit sa peau se couvrir de chair de poule.

« Clyde Cupido, votre frère, bien sûr. Cette… cette terrible tragédie… »

Ivor n'acheva pas sa phrase, à court de mots.

Marge sentit le sol se dérober sous ses pieds : Clyde Cupido, le frère de Persy ? Cette fillette qui tirait doucement sur la manche de Gloria Cupido, que le grand-père éloignait… C'était Persy, *ça* ? Tout ce qu'elle croyait savoir sur Persy Jonas, sur Clyde Cupido et Theo Kruger, toutes ses suppositions devaient brusquement être réévaluées à la lumière de ces révélations.

Marge réalisa tout juste qu'elles prenaient congé et retournaient à la voiture. Elle mit le contact puis s'éloigna lentement.

Persy était assise telle une statue à côté d'elle, les poings serrés. Au bout d'un moment, elle ne put s'empêcher de rompre le silence : « Je ne me doutais pas du tout que Clyde Cupido était votre frère. »

Persy fixa le paysage sans sortir de son mutisme glacial.

« Il faut que je vous dise que j'ai enquêté sur sa disparition. Avec Titus. »

Elle entendit Persy retenir son souffle. « Nous étions tous les deux jeunes et sans expérience à l'époque, et je me suis vraiment plantée… Je suis désolée. » Elles restèrent un moment silencieuses. Marge éprouvait le besoin d'alléger la tension insupportable qui régnait dans la voiture. « Je ne vous aurais jamais emmenée ici… Je ne me doutais pas. Ça a dû vous faire un choc terrible, surtout après la semaine que vous avez passée. »

Persy regardait droit devant elle comme si elle n'avait rien entendu.

Marge revit le tableau de tout à l'heure sur le *stoep*, le visage ahuri d'Ivor. « Je crois que vous avez pris Ivor par surprise. »

Alors Persy se tourna vers elle, le regard flamboyant de colère dans son visage empourpré. « J'en ai rien à foutre d'Ivor Reitz ! Il a construit des écuries pour ses chevaux de riche sur la terre de mon grand-père ! cracha-t-elle, littéralement. Poppa y cultivait des légumes et des fleurs, et son père aussi avant lui. Reitz a eu cette terre pour une somme dérisoire. Ça a brisé mon grand-père : c'était un homme très fier. Ensuite, il a été obligé de réparer des filets de pêche et de faire des petits travaux pour survivre, pendant que cet enculé roule en Range Rover et déguste du vin sur son *stoep* !

– Je suis désolée, protesta faiblement Marge. Je ne sais pas quoi dire.

– Déposez-moi au commissariat, s'il vous plaît. »

La fureur de la jeune femme rendait vain tout espoir de poursuivre la conversation.

Marge était submergée de honte. Une effroyable injustice avait été faite à Persy et à sa famille. Quant à Ivor, elle l'avait admiré et elle avait été attirée par lui. C'était difficile de concilier l'image de l'homme qu'elle connaissait avec l'archétype du Blanc rapace et sans cœur. Elle trouvait douloureux d'assumer la responsabilité morale du passé. L'apartheid était comme un caillou dans la chaussure dont on n'arrive pas à se débarrasser. De vieilles histoires se chevauchaient et entraient en résonance, prêtes à exploser dans le présent.

Le silence s'installa dans la voiture, chargé de non-dits, tandis que l'abîme racial s'ouvrait entre elles. Marge s'accrocha au volant, s'efforçant de se concentrer sur la route alors que les questions se bousculaient dans sa tête. Les soupçons qui avaient germé pendant qu'elle était chez les Reitz, d'abord lentement, à la périphérie de ses pensées, envahissaient maintenant son esprit, et elle avait du mal à penser à autre chose. Persy n'avait dit à personne que Clyde Cupido était son frère. Et si elle avait été au courant des accusations portées par Colette contre Sherwood avant même sa rencontre avec Yoliswa Xolele ? Si elle avait découvert que Sherwood avait eu une autorisation de sortie du centre Phoenix le jour où Clyde avait disparu ? Ça lui aurait été facile de le savoir. Facile aussi de maquiller la mort de Sherwood et de mettre ce crime sur le dos d'un suspect évident comme Sean Dollery.

Marge déposa Persy devant le commissariat de Fish Hoek. « Je vous attends chez moi tout à l'heure ? » demanda-t-elle.

La jeune femme se contenta de hocher la tête et sortit de voiture.

Elle regarda la petite silhouette s'éloigner à la hâte, les épaules voûtées, la tête baissée.

L'inspecteur Jonas cachait quelque chose. C'était là, dans son comportement impulsif, sa peur du désordre, sa façon d'être sur la défensive. Elle souffrait peut-être même d'une forme d'amnésie causée par un traumatisme. Quoi de plus traumatisant que la disparition brutale d'un frère ou d'une sœur ? Plus Marge réfléchissait à la détermination avec laquelle Persy cherchait à la tenir à l'écart de l'enquête, et à sa traque obsessionnelle de Dollery, plus il lui semblait que la jeune femme essayait de détourner les soupçons. Marge connaissait parfaitement les signes de la culpabilité et de la honte. Persy se punissait pour avoir transgressé.

Et si sa transgression était un meurtre ?

42

« Il a dû errer et se vider de son sang quelque part dans les marais. Son corps finira par réapparaître. » Dizu spéculait à voix haute sur le sort de Sean Dollery en buvant sa troisième tasse de thé chai – un breuvage épicé qui avait fait pas mal pouffer les autres enquêteurs.

« C'est terrible de mourir comme ça. Seul. Dans le noir, dit Persy, penchée sur une pile de dossiers, les épaules contractées.

– Je ne vais pas pleurer. Pas pour un voyou qui gagnait sa vie en volant et en vendant du *tik* aux écoliers.

– Il avait une mère qui l'aimait. Et il était papa d'un petit enfant. Tu vas leur dire, à sa mère et à sa femme, qu'il n'était qu'un voyou et un malfrat ? »

Dizu trouvait ridicule cette toute nouvelle posture moralisatrice. Il ne résista pas à la tentation de mettre Persy en boule.

« Tu serais plus à ta place dans le social, Jonas.

– Et la police de proximité, mon vieux, t'en as entendu parler ? rétorqua-t-elle, la voix tendue.

– Qu'est-ce qui te prend ? Je croyais que tu détestais Dollery.

– Il n'a pas eu beaucoup de chance dans la vie. Son père le battait comme c'est pas possible… »

Dizu fut stupéfait de voir des larmes dans ses yeux.

« Ça va ?

– Pourquoi ça n'irait pas ? fit-elle d'un ton brusque en baissant la tête sur sa paperasse pour cacher son visage.

– Et ta main ?

– Ça va. Je prends des calmants.

– Il s'est passé quelque chose avec Reitz ? »

Elle le regarda, le visage dénué d'expression.

« Non. Il nous a juste parlé du bail et ce genre de conneries. »

Elle lui fit le résumé de l'après-midi où elle avait interrogé Reitz en prenant soin de rester brève, directe et précise. Il voyait bien qu'il y avait autre chose, mais le mur était dressé. Il persévéra.

« Donc, le bail de dix ans de Sherwood représentait un obstacle au projet immobilier de Crane. Et on sait que Dollery faisait son sale boulot. »

Persy leva sa main bandée d'un air fatigué. « On n'a aucune preuve d'association de malfaiteurs, mais oui, va interroger Crane. Vois ce que t'arrives à dénicher. »

Persy s'en fichait peut-être, mais ils n'avaient aucune chance de clore l'enquête au point où ils en étaient, même s'ils retrouvaient le corps de Dollery. Trop de questions restaient sans réponse.

« J'ai essayé d'appeler Crane, j'ai laissé des tas de messages. En pure perte. Mais j'ai une adresse. J'irai là-bas demain. Au fait, t'as entendu ce qui est arrivé hier soir ? »

Elle le regarda sans comprendre.

« La police de la route surveillait les courses sauvages sur Fish Hoek Main Road. Ils ont donné la chasse à une Polo qui faisait du cent soixante-dix à l'heure en direction de Kommetjie. Le gamin a perdu le contrôle près du kiosque de fruits et légumes qui se trouve sur la gauche et il a fait un tonneau. Il s'en est sorti. Un jeune de Belhar, dix-neuf ans.

Légère commotion, quelques coupures et des ecchymoses. Celui qui a eu moins de chance, c'est le SDF qui s'était abrité dans le kiosque pour la nuit. Retrouvé tout ce qu'il y a de plus mort. Mais ce n'était pas un vulgaire *bergie*, en fait. Il avait un iPhone, et il portait une veste en cuir Prada et une montre en or pour dames à son poignet.

– Le cambrioleur de Capri ?

– Ouais. Les empreintes digitales correspondent à celles retrouvées chez les *Fräuleins*. Le hic, c'est qu'il avait quinze coups de poignards dans le corps. Il était mort bien avant que le jeune pilote le percute. »

C'est tout juste si Persy semblait l'avoir entendu.

« Hé… t'es avec moi, là ?

– Mmmm. Désolée, je suis claquée. »

Bon sang, Dizu, tu vois pas qu'elle est épuisée ? Elle avait passé une semaine infernale. Pas étonnant qu'elle soit crevée.

« Comment ça se passe avec Marge Labuschagne ? demanda-t-il.

– Ça ne fonctionne pas.

– Je pensais que la glace avait fondu.

– Elle n'arrête pas de fourrer son nez partout. »

L'avertissement valait pour lui aussi : *Défense d'entrer.*

« Tu n'es pas obligée de rester chez elle. Tu es la bienvenue chez moi. C'est rudimentaire, mais… »

Un silence embarrassé emplit la pièce, le ronronnement des ordinateurs et le bourdonnement du ventilateur électrique résonnèrent brusquement très fort.

« Dizu, écoute, je ne suis pas prête pour… »

La main de Dizu se crispa sur son bureau.

« Bon sang…

– Il n'y a pas de place pour ce genre de trucs dans ma vie. »

Il y eut un long silence pesant. Dizu avait l'impression d'avoir reçu un coup de poing dans le ventre. Quand il parla, ce fut d'une voix tendue et gênée : « Tu m'as mal compris. Je ne suis pas en train de te draguer, Persephone. » Il se leva de son bureau et enfila sa veste. « Écoute, je ne sais pas ce qui te fait flipper. Mais je suis ton ami, si tu as besoin de moi un jour. »

Sur ces mots, il sortit.

43

Dans un grincement d'embrayage et de métal, la machine s'avançait vers elle. Aucun moyen de lui échapper. Une malveillance implacable la faisait avancer. Cette fois, c'était son tour. Elle ne courrait jamais assez vite pour fuir son destin : le châtiment était inévitable. C'était plus facile de se retourner, de regarder en face, d'accueillir le sommeil qui viendrait sous la terre froide et noire plutôt que de se battre et de suffoquer en cherchant l'air et la lumière.

Persy se réveilla en haletant, terrorisée : par Donny, par l'horrible grincement du 4×4 à double cabine, par le pare-buffles du véhicule qui lui rentrait dedans, la boule de feu explosant dans l'espace exigu de la caravane. Mais le pire, c'était l'horreur plus sombre, plus profonde ressentie la veille chez Ivor Reitz, montant en elle comme une eau noire, suintant des profondeurs où elle avait longtemps attendu. Pourchasser l'assassin de Sherwood, c'était comme pourchasser une partie perdue d'elle-même, s'enfoncer toujours plus dans ces ténèbres. Elle avait presque complètement oublié la petite ferme sur laquelle elle avait grandi, mais dès l'instant où elle avait posé les yeux sur la maison des Reitz, avec ses pignons caractéristiques, des visions et des bribes de souvenir lui étaient revenus par flashes. D'Ivor Reitz lui-même, elle ne se souvenait pas, mais elle se rappelait que Poppa parlait du

*Kleinbaas** Ivor, le fils du *baas** de la grande maison, qui voulait posséder toute la montagne. Qui avait harcelé Poppa pour qu'il lui montre les titres de propriété de sa ferme, puis, comme Poppa ne pouvait pas, lui avait proposé une somme dérisoire pour l'acheter. Et Poppa savait que c'était beaucoup plus que ce qu'il obtiendrait ailleurs, et de loin, parce que les métis n'étaient pas censés vivre dans cette partie de la péninsule, de toute façon. Ça faisait longtemps qu'elle avait été marquée comme territoire réservé aux Blancs.

Les Dollery, sur la parcelle voisine, avaient été les premiers à s'en aller. Persy avait regardé partir Sean, assis au milieu des meubles à l'arrière du pick-up déglingué de son père. La pensée du père de Sean lui remit une autre image en mémoire : Sean soulevant sa chemise pour qu'elle puisse passer les doigts sur son maigre torse sillonné de cicatrices, un legs des raclées paternelles. Un souvenir qui était resté enfoui jusqu'à maintenant.

Quant à Marge et à Titus, elle ne se les rappelait pas du tout. Mais il faut dire que de cette journée, et de ce qui avait suivi, il ne restait qu'un vide, un vaste trou noir dans lequel Clyde était tombé. Une nuit il dormait à côté d'elle, on n'entendait dans la chambre que son souffle léger et les hululements de la chouette. Le lendemain il avait disparu, sans lui laisser aucun souvenir de son visage ni de sa voix. Rien que la photo que Poppa conservait cachée dans un tiroir, une photo qui était autrefois posée sur le manteau de cheminée de leur maison. La photo d'un inconnu. Il se passait de longues périodes où elle se disait que Clyde était le fruit de son imagination, qu'elle n'avait jamais eu de frère. Mais les cauchemars revenaient toujours, remontant des profondeurs d'un passé lointain. Un détail, une odeur, un son, un flash, surgissait à la limite de sa conscience, puis l'angoisse le refoulait. Ce qu'elle se rappelait, c'étaient les conséquences : sa mère en deuil titubant, bredouillant et dormant des heures, même le jour ; elle avait fini par partir à Jo'burg, pour ne jamais revenir. Il ne restait plus que Poppa. Poppa, qui avait caché son chagrin et qui était toujours là pour la réconforter, un roc auquel s'accrocher pendant les mois sombres qui avaient suivi leur emménagement à Ocean View, où ils avaient péniblement reconstruit leur vie. Rien que tous les deux.

À moitié réveillée, frissonnant sous l'effet de la sueur qui séchait sur sa peau, elle fut désorientée par le lit inconnu, la chambre qu'elle ne reconnaissait pas, éclairée par une petite lumière laissée dans le couloir. Elle chercha ses lunettes à tâtons et les mit. Les contours de la pièce se dessinèrent. Les rideaux entrouverts de la fenêtre encadraient une masse montagneuse noire qui n'attendait que de l'écraser et de l'enterrer. Elle se rappelait maintenant. Elle avait été obligée de passer la nuit chez Marge Labuschagne, dans le ventre de la bête : elle n'avait nulle part ailleurs où aller. Et dire qu'elle s'était imaginé cette maison comme un abri, et que Marge Labuschagne lui offrait refuge ! Marge, avec sa curiosité indiscrète, sa recherche obstinée des motivations cachées. Demain, elle ferait son sac et s'en irait le plus loin possible.

Elle éprouva un besoin compulsif de se laver : elle se sentait transpirante, crasseuse, souillée par le cauchemar. Elle se glissa hors du lit et sortit en titubant sur le palier. Elle était certaine qu'il y avait une salle de bains à l'étage, mais les portes du couloir semblaient s'être multipliées, chacune avait l'air identique à toutes les autres. Elle craignait d'entrer à l'aveuglette dans un labyrinthe de pièces, de réveiller les dormeurs, de s'exposer à être vue dans cet état. Elle se rappela la salle de bains du rez-de-chaussée et descendit à tâtons l'escalier, qui lui parut dangereusement raide dans le noir.

Elle se retrouva dans la cuisine. Les lampes étaient allumées au minimum, ce qui donnait un air menaçant aux énormes casseroles rutilantes accrochées au-dessus de la cuisinière. Les couteaux luisaient sur leur barre magnétique, tranchants comme des scalpels. Elle tituba jusqu'à l'évier pas très propre, rempli des restes du repas de tout à l'heure. Elle frémit à la vue des traînées de saleté, trouva le liquide vaisselle et ouvrit le robinet, attendant que l'eau devienne bouillante, s'imaginant verser le savon dans les paumes de ses mains et les frotter à fond avec une petite brosse à vaisselle, frotter, frotter, frotter encore, et elle imagina le soulagement qu'elle éprouverait à mesure que sa terreur s'écoulerait par le trou avec les bulles chaudes. Mais avant qu'elle puisse commencer, un élancement dans sa main gauche lui rappela le bandage sur sa brûlure, l'incendie, la caravane calcinée. Avec lenteur, elle referma le robinet, comme si elle se réveillait d'une transe. Et alors elle eut une illumination. Elle savait où était Sean.

Le *seul* endroit où il pouvait être.

Marge vit passer Persy dans l'entrée, remarqua le pistolet coincé dans son dos, dans la ceinture de son pantalon, puis elle entendit la porte d'entrée se refermer avec un léger clic. Ça lui avait fait un choc de la voir armée. Plus tôt dans la matinée, debout dans la cuisine, le visage fermé, le regard méfiant derrière ses lunettes, la jeune femme lui avait annoncé qu'elle partait.

« Pour aller où ? »

L'autre avait haussé les épaules.

« Quelque part, je ne peux pas rester ici. »

Marge l'avait dévisagée, essayant de reconnaître la fillette qu'ils avaient interrogée chez les Cupido, cachée derrière les jambes de son grand-père, fixant Marge de ses étranges yeux sombres. À l'époque, elle s'était demandé s'il n'y avait pas quelque chose qui clochait chez cette enfant, si elle n'était pas autiste, ou muette. Elle refusait de parler, sauf par l'intermédiaire de son grand-père. Elle avait l'air si petite pour ses sept ans. Clyde s'était évaporé de sa chambre, où il faisait sa sieste. Pour la première fois, il vint à l'esprit de Marge qu'ils ne s'étaient pas intéressés de près aux membres de la famille dans l'affaire Cupido, ce qui montrait à quel point ils manquaient d'expérience. Dans neuf affaires de meurtre sur dix, le coupable faisait partie de la famille. Ils n'avaient pas soupçonné Gloria Cupido parce qu'elle était anéantie et montrait déjà des signes d'alcoolisme. Mais il y avait le grand-père, Poppa. Il ne pouvait pas avoir plus de cinquante ans à l'époque. Elle gardait le souvenir d'un homme maître de ses émotions, plein de dignité. Un ouvrier agricole au physique maigre et nerveux, fort comme un bœuf. Où était-il au moment de la disparition de Clyde ?

44

Le trajet en voiture de Kommetjie à Misty Cliffs, dans la montagne, était d'une beauté presque hypnotique. Aujourd'hui, pourtant, le ciel sombre couvrait le paysage d'un voile lugubre et menaçant. L'air s'était épaissi et la masse glacée de l'océan ondulait à peine ; cela renforçait l'inquiétude de Dizu à propos de Persy. Il se demandait pourquoi elle avait réagi de façon aussi excessive, hier. Même s'il se sentait attiré par elle, il n'aurait jamais cherché à tirer avantage de leur relation professionnelle. Il était blessé et furieux, mais aussi préoccupé : son instinct lui disait que Persy filait un mauvais coton. Elle était fragile comme du cristal. On aurait dit qu'un bruit violent pouvait la faire voler en éclats. Il avait l'intuition que cette fragilité avait des racines plus profondes que les épreuves de la semaine passée. L'avis de Marge Labuschagne lui aurait été utile, mais Persy considérerait n'importe quelle discussion entre la psy et Dizu comme une trahison pure et simple.

Il faillit manquer la maison, tellement elle était bien cachée de la route. Aucun signe de voiture. Il gara le Nissan et sortit dans l'air humide, la chemise collée à son dos. Il leva les yeux vers la maison. Très *laanie*. Ce Crane avait du fric, apparemment. Une baie vitrée faisant toute la hauteur d'un étage était grande ouverte sur la mer. On devait avoir une sacrée vue de là-haut. Crane était donc là, il ne prenait simplement pas la peine de répondre au téléphone.

Dizu grimpa les marches en pierre menant à l'impressionnante porte sculptée de motifs africains et sonna à l'interphone. Pas de réponse. Il donna quelques coups insistants sur les boutons. Poussa légèrement la porte. À sa surprise, elle s'ouvrit sous sa main. Il appela : « Monsieur Crane ! C'est l'inspecteur Calata, du SAPS ! » Silence. Un carillon tinta quelque part dans la maison.

« J'entre ! » Il avança dans le couloir, la main sur son arme. Un parfum épicé, écœurant, emplissait l'air. Des losanges de lumière tombaient d'une série de fenêtres de toit couvertes par un plafond en roseaux. Quelle baraque ! Le couloir ouvrait sur une vaste pièce qui se terminait par les immenses baies vitrées qu'il avait remarquées depuis le parking. Le doux bruissement de l'océan en arrière-fond était apaisant, et une fraîcheur marine entrait dans la pièce, bienvenue après le parfum suffocant du couloir. La pièce était dépourvue de mobilier, à l'exception de quelques coussins et petits tapis sans doute pas donnés sur le parquet immaculé. Il aimait l'ambiance africaine, s'imaginait bien vivre ici, à contempler l'océan en écoutant les sonorités veloutées de Lira ou de Femi Kuti en arrière-plan. Un ordinateur portable était posé sur une table basse, contre le mur. L'économiseur d'écran représentait des mouvements d'astéroïdes à travers l'espace. Dizu cliqua sur la souris, une page Web s'ouvrit. D'abord, il crut qu'il avait sous les yeux des photos de Crane avec son fils. Un gamin mignon d'une huitaine d'années. Il s'agissait d'images sombres avec de forts contrastes, et il lui fallut un moment pour piger ce qu'ils faisaient. Son premier instinct fut de fermer le portable pour effacer les images de son esprit, mais il savait qu'il devait le laisser ouvert pour pouvoir remonter à la source des documents. Il avait beau savoir que certaines personnes étaient excitées par les gamins, il ne l'avait jamais vu par lui-même. Et il aurait voulu ne jamais le voir. Maintenant les images étaient gravées dans son esprit et, avec elles, une partie de lui-même était souillée. Il sortit son téléphone, tout en se dirigeant vers la fenêtre ouverte pour avoir de l'air. Son cœur battait la chamade et il était perturbé. La pièce ne lui faisait plus la même impression qu'avant – une menace, palpable et troublante, semblait rendre l'air plus épais.

C'est à cet instant qu'il vit ce qui ressemblait à des éclaboussures de sang sur le tapis clair et le parquet de bois sombre. Il les suivit jusqu'à la baie vitrée. La vue était presque irréelle, la maison semblait suspendue entre le ciel et l'océan. Il sentit le vertige l'assaillir et, craignant de tomber, baissa les yeux pour tenter de s'arrimer au sol ferme. Et alors, il vit la forme gisant sur la pente rocheuse, les bras et les jambes bizarrement écartés comme ceux d'une poupée désarticulée.

45

Persy avançait sur le chemin menant aux écuries des Reitz, où se trouvait autrefois la masure de Poppa. À partir de là, il lui fut étonnamment facile de retrouver la petite route de montagne. Envahie par la végétation et complètement invisible depuis la maison, mais aussi familière que si elle l'avait empruntée la veille. Des mauvaises herbes se frayaient un passage à travers les fissures du bitume décoloré par le soleil. La route servait autrefois à la compagnie exploitant la mine de kaolin, désaffectée depuis longtemps. Elle la suivit jusqu'à ce que le bitume laisse place à la terre et continua sur sa trajectoire abrupte. Surplombée par un nuage noir, la montagne se dressait, proche et oppressante. L'effort de l'ascension la mit bientôt hors d'haleine. Dans la chaleur humide, l'air était devenu épais et moite, ce qui rendait sa respiration difficile et ralentissait sa marche.

Le tunnel de *milkwoods* s'ouvrait droit devant elle. Elle y entra et la voûte noire familière se referma sur elle. Ses pas ne faisaient aucun bruit sur la terre humide et molle. Le grondement profond de l'océan était assourdi. De temps en temps, la lumière filtrait à travers les feuillages par un morceau de ciel découpé comme une pièce de puzzle.

Ici, dans la montagne, personne ne pouvait la voir, ni elle ni Sean. Ils pourraient disparaître sans que personne s'en aper-

çoive. Ils montaient ici à la moindre occasion, pour échapper aux regards des adultes. Ce matin, Poppa leur avait dit de ne pas aller de ce côté à cause de la machine. Ils auraient de gros ennuis si quelqu'un les voyait...

Un souvenir de Clyde lui revint brusquement en mémoire. Sa voix fit irruption dans le présent, un cri d'oiseau perçant, aigu, clair, de plus en plus proche : « *Attendez-moi !* »

Il était en train de dormir quand ils s'étaient éclipsés. Il avait dû les entendre partir et les avait suivis. Il suivait Persy partout, ne la laissait jamais tranquille.

« Rentre à la maison ! dit-elle. Tu ne peux pas venir avec nous ! »

Il avait juste cinq ans, mais il tenait tête avec une obstination exaspérante. Ses yeux paraissaient immenses dans son petit visage. Accusateurs. « Voetsêk ! *Va-t'en ! » Persy cria et leva la main, comme pour frapper. « Je te préviens, dit-elle en prenant son air le plus menaçant. Rentre à la maison ! »*

Mais il continua d'avancer, activant ses petites jambes, la lèvre inférieure tremblante. À cet instant, elle le haït. Parce qu'il accaparait l'attention de leur mère, parce qu'il se comportait comme un gros bébé, parce qu'il ne la laissait jamais, jamais tranquille. Quand il fut à sa portée, elle le poussa. Brutalement. Il perdit l'équilibre et bascula les quatre fers en l'air, comme un scarabée couché sur le dos, réduit au silence par le choc.

Elle s'élança après Sean, le dépassa sur le chemin, cria : « Viens, vite ! », et tous les deux s'éloignèrent en courant sous les feuillages noirs qui masquaient le ciel. Le cri plaintif les suivit à travers les arbres. « Attendez-moi ! Attendez-moi ! »

Aussi brusquement qu'il était arrivé, le souvenir s'évanouit. Le hurlement d'abandon, qui résonnait encore, se confondit avec le cri d'une mouette. Persy continua, pressant le pas, s'efforçant de dominer la panique qui montait en elle, cherchant la fin du sombre tunnel formé par les arbres. Une lumière tamisée commença à percer à travers le feuillage. Elle émergea dans une clarté aveuglante. Elle se trouvait dans une énorme dépression circulaire, comme un grand lac peu profond envasé puis envahi par la végétation. Les paroles d'Ivor Reitz lui revinrent à l'esprit : « *La carrière a été remblayée il y a une vingtaine d'années.* »

L'endroit servait de décharge : morceaux de bois, vieilles poutres, un ressort de matelas rouillé, boîtes de peinture vides et bouts de câble entortillés jonchaient le sol. Il y avait des sièges de voiture renversés dans les buissons. Le caoutchouc-mousse échappé de leurs housses en vinyle évoquait les algues qu'on trouve à la surface des étangs. Elle se fraya un chemin à travers les broussailles épaisses pour éviter une poutre métallique pointue qui bloquait le passage. À partir de là, la piste était creusée d'ornières et recouverte par la végétation, puis elle se perdait dans un fourré de lataniers et de tagètes. Elle s'y enfonça et ressortit, couverte d'égratignures et de petites graines noires d'herbe à aiguilles, au sommet d'une série de terrasses. Droit devant elle, s'élançant vers le ciel, se dressaient les neuf palmiers.

Ils s'étaient tenus ici, à cet endroit précis, les yeux à hauteur de la cime des arbres. En vingt ans, les palmiers étaient devenus plus grands que les autres arbres. À travers les néfliers, les cyprès et les eucalyptus proliférant sur les terrasses en contrebas, elle pouvait distinguer le toit en tôle ondulée rouillée de la maison, où des fougères poussaient entre les murs et les gouttières. Une vue si familière qu'elle se demanda comment elle avait réussi à l'effacer complètement de sa mémoire.

Lentement, elle se mit à descendre vers Bellevue.

Mhlabeni et Cheswin April arrivèrent chez Crane avec une équipe et se mirent à la recherche d'empreintes. Dizu essaya de contacter Persy en téléphonant chez Marge.

« Nous ne nous sommes pas quittées en bons termes ce matin, rapporta Marge. Si j'ai des nouvelles, je lui dirai de vous appeler. » Donc Persy s'en était d'abord pris à Marge, puis à lui. *Tu peux courir, Persephone, mais tu ne peux pas te cacher*, pensa-t-il, accablé par une inquiétude croissante.

Il annonça à la psychologue qu'il se trouvait chez Crane et lui expliqua ce qui s'était passé.

Elle eut l'air choquée.

« Vous pensez qu'il a sauté ?

– Rien n'indique qu'il s'agit d'un suicide. Il n'y a pas de lettre. Il faudra attendre l'autopsie. Il y a des taches de sang dans la maison mais, à en juger par ses blessures, ce n'est pas celui de Crane. »

Il se rappela le site de pornographie enfantine exposé à la vue de tous, puis la voiture qui avait disparu. L'image de Dollery, blessé, lui traversa l'esprit. Le sang pouvait-il être le sien ? Mais comment serait-il arrivé jusqu'ici ?

Il parla à Marge des images porno qu'il avait trouvées sur le portable de Crane.

Après un long silence, elle fit doucement : « Colette McKillian avait donc raison. Jasper a bien été victime d'agression sexuelle. Mais c'était Crane le coupable.

– Sale pervers. » Dizu fut surpris d'éprouver tant de rage et de dégoût. « Et maintenant, il a échappé à la justice. Heureusement que je ne suis pas arrivé en premier, sinon je l'aurais peut-être poussé moi-même. »

Il descendit l'allée jusqu'au *bakkie* : l'atmosphère de la maison était trop perturbante. La voiture de Mhlabeni était garée à côté du Nissan, le coffre ouvert. Il jeta un coup d'œil au passage. Et là, au milieu de l'attirail habituel des scènes de crime, il aperçut un bidon d'essence, des boules de chiffons – et des allumettes. Un kit d'incendiaire. Voilà donc comment Dollery s'était procuré le matériel pour attaquer Persy au cocktail Molotov. Mhlabeni trempait jusqu'au cou dans cette merde et leur mettait des bâtons dans les roues depuis le début. Il était sans doute aussi responsable de l'évasion de Dollery. Même si Dizu ne pouvait rien prouver, bien sûr. Dollery l'homme de main, Mhlabeni le ripoux, Crane le bailleur de fonds. Et pédophile. Ça donnait envie de vomir. Il éprouva un sentiment d'impuissance écrasant. Ça servait à quoi de combattre la corruption, hein ? Un raz-de-marée de fange déferlait sur le pays. Il leva les yeux juste au moment où Mhlabeni le rejoignait.

« C'est quoi, ça ? » demanda-t-il.

Mhlabeni regarda le coffre puis fixa le visage de Dizu, sachant parfaitement ce qu'il avait vu, mais passant outre, pas troublé pour un sou.

« La Brigade de protection des mineurs va arriver », dit-il en claquant le coffre.

Les images de la caravane calcinée, de la main brûlée de Persy, de ses yeux agrandis par le choc derrière les lunettes revinrent à l'esprit de Dizu et ne firent qu'ajouter à sa fureur noire.

Au moment où Mhlabeni se retournait, il le frappa. Il sentit avec satisfaction l'os céder sous son poing. Quelle que soit l'issue du conseil de discipline, ça en valait la peine.

La porte de la cuisine se trouvait à côté d'un pêcher accroché au mur de pierres croulant de la terrasse. Des abeilles bourdonnaient furieusement. Des effluves de pêches pourries flottaient dans l'air. Persy poussa la porte et pénétra dans la chaleur moite de la pièce. Les fenêtres avaient été condamnées, l'évier arraché au mur, le linoléum qui couvrait le sol présentait des trous aux contours déchiquetés. L'odeur de poussière, de bois humide et d'océan fit tressaillir sa mémoire, déclenchant comme une décharge électrique dans sa tête.

« Attendez-moi ! » La voix stridente d'un enfant terrorisé.

Un petit garçon abandonné dans la forêt, comme dans un conte de fées. Elle fut submergée par la nausée. Elle était glacée malgré la chaleur. Son arme lui rentrait dans le dos, le métal dur et brûlant contre sa colonne vertébrale.

Elle traversa l'ancienne cuisine pour entrer dans une pièce intermédiaire. Sur un long établi étaient posés des tours à bois, des scies sauteuses et d'autres outils, ainsi qu'un éléphant en bois inachevé, juste assez grand pour une main d'enfant. Des blocs de bois étaient empilés sur le sol. La pièce sentait le renfermé, une odeur écœurante de décomposition qui semblait de plus en plus forte. Elle se dirigea vers une paire de portes vitrées restées ouvertes, en quête d'air frais. Elle se retrouva sur un long *stoep* dégagé. Noordhoek s'étendait en contrebas, les toits de ses maisons à moitié cachés par les *milkwoods.* Au-delà s'étalaient la bande blanche de Long Beach, les marécages scintillants et, tout au bout, il y avait Kommetjie et le grand pic du phare de Slangkop. Le ciel couvert écrasait le paysage. Le grondement de l'océan et le doux susurrement des palmiers au-dessus de la maison ne faisaient que rendre l'atmosphère plus oppressante. Des traces d'occupation humaine étaient visibles dans la pièce – des canettes de bière écrasées et une bouteille de vodka vide, un ballon en plastique décoloré par le soleil. Un siège de voiture recouvert de vinyle, le jumeau de celui qu'elle avait vu dans la décharge, était appuyé de guingois contre le mur. Il y avait un journal ouvert dessus. Elle le ramassa. Le *Mail and Guardian* de vendredi dernier. Le jour où Sherwood avait été tué. Quelqu'un s'était récemment assis ici, avait bu quelques coups en lisant les nouvelles. Elle aperçut un portable sur le siège. Caché sous le journal.

Trois messages non consultés, plus beaucoup de batterie. Elle le mit dans sa poche et rentra dans la maison, remarquant au passage que l'une des fenêtres avait été arrachée, sans doute par des vandales intéressés par le cadre. Des briques tombées du mur croulant jonchaient le sol. L'une d'elles, un peu à l'écart des autres, était légèrement plus foncée. Un œil moins exercé ne lui aurait pas accordé un second regard, mais Persy s'accroupit, intriguée. Du sang et des cheveux agglutinés. Cette brique avait servi d'arme. Persy se redressa, observa attentivement le reste de la pièce. Maintenant qu'elle les cherchait, elle voyait partout – éclaboussures sur le mur, sur le sol – les signes indubitables qu'un meurtre sanglant avait été commis ici. L'odeur écœurante s'expliquait tout à coup parfaitement.

Une lame de parquet grinça au-dessus de sa tête.

Il y avait quelqu'un là-haut.

Elle sortit son arme et avança silencieusement jusqu'à l'escalier, à l'affût du moindre bruit.

Silence.

Elle monta lentement les marches, consciente des battements sourds et réguliers de son pouls. Ses tennis amortissaient le son de ses pas. Elle atteignit le palier. Une porte ouverte lui faisait face. La sueur perla à son cou et à son visage. Il faisait beaucoup plus chaud ici. Elle hésita sur le seuil, sachant très bien ce qu'elle allait trouver. Un grenier avec de petites lucarnes à châssis métallique dans l'avant-toit. Elle entra, testant timidement le plancher sous ses pieds. Les poutres et les panneaux du plafond avaient été presque systématiquement défoncés. Toutes les vitres étaient brisées. Les restes d'une sous-couche de moquette couvraient une partie du parquet. Une tension palpable, comme un bourdonnement électrique intense, emplissait la pièce.

Les souvenirs affluèrent.

Ils contournèrent la carrière et dépassèrent la machine au repos, énorme insecte mort aux pinces métalliques dressées, sans se faire remarquer des ouvriers qui prenaient leur déjeuner sous les arbres. Ils atteignirent les terrasses. En voyant les palmiers et le toit de tôle ondulée de la maison, ils s'arrêtèrent une minute pour reprendre leur souffle. Puis ils dégringolèrent les marches deux par deux, jusqu'à l'arrière de la maison. Sean lui souleva la fenêtre et se faufila derrière elle. Ils traversèrent la cuisine et montèrent l'escalier pour rejoindre leur coin secret. Ici, tout en haut de la maison.

Elle se dirigea petit à petit vers la lucarne à l'autre bout de la pièce. Détecta trop tard un mouvement derrière elle. Un bras s'enroula autour de son cou, rejetant sa tête vers l'arrière. On lui tordit brutalement le bras droit dans le dos. Une douleur fulgurante envahit sa main, elle lâcha prise, et on lui prit son arme. Le canon froid s'enfonça dans sa gorge.

« Je savais que tu viendrais », fit la voix râpeuse de Sean dans son oreille. L'odeur de sueur et de sang lui retourna l'estomac.

Il commença à manœuvrer pour l'entraîner vers la lucarne. Sachant ce qui l'attendait, elle freina des quatre fers, résista de toutes ses forces. Mais Sean la força, se collant à elle, brûlant tout contre son dos, ses fesses, ses cuisses. Étroitement enlacés, traînant les pieds, ils exécutèrent quelques pas d'une danse oblique sur le parquet.

Il la poussa jusqu'à la fenêtre. La vitre était brisé. Il ne restait que des éclats.

« Jette un coup d'œil », chuchota-t-il d'une voix rauque.

Elle se débattit pour ne pas tourner la tête de ce côté, *pour ne pas voir*, elle avait l'impression que sa nuque allait se briser sous l'effort.

« Regarde par la fenêtre, Persephone. » Il la força à tourner la tête en appuyant avec le canon de l'arme. Elle se contorsionna. Le bras se resserra autour de son cou.

Les souvenirs la submergèrent.

Ils coururent à la fenêtre, en rigolant, à bout de souffle, pour voir si Clyde les avait suivis. Ils regardèrent en bas, et il était bien là. Éclairé par un rayon de soleil comme par le flash d'un appareil photo, jambes écartées sur le sentier, petit démon au visage rouge sillonné de larmes, il levait les yeux vers la maison, les cherchait du regard. Le rire des ouvriers monta jusqu'à la fenêtre ; ils remballaient leur déjeuner et s'apprêtaient à reprendre le travail.

Persy essaya de se concentrer sur les éclats de verre de la vitre cassée, sur la toile d'araignée dans le coin, tout, pour empêcher son regard de se laisser attirer par la route en contrebas, mais le filtre fissuré et distordu de la vitre ne pouvait pas bloquer le souvenir de ce qu'elle avait vu il y a vingt ans depuis l'endroit même où elle se tenait aujourd'hui.

Clyde les a repérés à la fenêtre. Sa bouche s'ouvre tout grand, s'apprête à pousser un hurlement indigné. Et alors la machine trépide et se ranime avec un rugissement assourdissant, comme une bête qui se secoue à son réveil.

Persy crie : « Cours ! Cours ! »

Clyde se retourne lentement pour regarder la machine. Il est si petit, pas plus grand qu'une poupée, ses jambes ressemblent à des bâtons enfoncés dans les sandales vert vif. Tout là-haut dans la cabine, le chauffeur et son collègue ne peuvent pas le voir. La machine avance vers lui avec des gestes saccadés, mécaniques. À côté d'elle, Sean crie mais elle ne l'entend pas. La pince en métal géante se dresse avec son fardeau de terre noire dégoulinante. Persy est incapable de bouger, de penser. La pince bascule. Une pluie de terre noire se met à tomber et Clyde disparaît.

Les jambes de Persy se dérobèrent sous elle. Elle s'affaissa lourdement, et l'étreinte de Sean autour de son cou se desserra. Aussitôt elle rabattit de toute sa force la main qui tenait l'arme sur le bord déchiqueté de la fenêtre. Il poussa un cri. Elle entendit le pistolet tomber par terre avec fracas. Se libéra. La main sanglante de Sean s'élança vers elle pour l'empoigner, manqua son but. Elle s'écrasa contre le mur derrière lui. Persy attrapa l'arme et la braqua sur lui. Elle tremblait, le pistolet faisait des bonds au bout de son bras.

« Debout ! » ordonna-t-elle d'une voix rauque, la gorge en feu. Au prix d'une douleur atroce, il se releva, sans la quitter des yeux. C'était la première fois qu'elle le voyait de près depuis qu'elle l'avait interrogé au commissariat. Il était torse nu sous un blouson en cuir ouvert, avec un bras ballant. Un tee-shirt déchiré en guise de garrot autour de son épaule gauche. Le sang s'égouttait en continu de sa main droite sur le parquet.

« Demi-tour ! »

Il lui tourna le dos, les bras appuyés de part et d'autre de la lucarne pour se soutenir, les jambes écartées. L'arme toujours braquée sur lui, elle le fouilla : remonta le long de ses cuisses avec la main gauche, palpa les poches de son jean, suivit le contour de ses fesses et s'enfonça sous le blouson, sentant l'enchevêtrement de ses cicatrices d'enfant sur sa peau nue. Sous sa main, la cage thoracique de Sean se soulevait au rythme des sanglots silencieux qui le déchiraient.

46

Dizu ne se souvenait pas comment il était arrivé à Bellevue, il avait conduit trop vite. La maison grouillait d'employés de la scientifique. Titus vint à sa rencontre.

« Elle va bien. Elle est chez Marge Labuschagne.

– Et Dollery ?

– On l'a emmené au Victoria Hospital avec une blessure à l'épaule et une vilaine coupure à la main. Il était à peine conscient, il a perdu beaucoup de sang. La Mercedes de Crane était garée sous des arbres. Il y a du sang qui pourrait être le sien sur le siège. Dollery a peut-être tué Crane, avant de voler sa voiture et de venir ici. Persy a retrouvé le portable de Sherwood. On l'a envoyé à l'analyse. On a aussi retrouvé un sac contenant les papiers d'identité de Sherwood, son permis de conduire et quelques vêtements à lui dans la maison. On va mettre la scientifique dessus, mais on dirait bien qu'il a été tué ici. Persy a trouvé du sang et des cheveux sur une brique. Il se peut que ce soit l'arme du crime.

– Vous pensez que Dollery a tué Sherwood ?

– Ça m'en a tout l'air, mais il faut attendre les résultats des tests.

– Comment le corps de Sherwood a-t-il atterri sur la plage ?

– On a trouvé du sang dans un vieux funiculaire en train de rouiller dans les sous-bois.

– Un funiculaire ?

– Un petit wagon entraîné par des câbles à flanc de montagne. Un genre d'ascenseur à l'ancienne qui gravit la pente sur des rails. On s'en servait pour transporter des trucs jusqu'à la plage, dans le temps. Il est rongé par la rouille, mais toujours en état de marche. Il arrive près de Chapman's Peak Drive. De là, on pourrait facilement faire passer un corps par-dessus bord pour l'envoyer dans la mer. »

Dizu leva les yeux vers la maison, vers les longs palmiers courbés dans le vent sur le fond de plus en plus sombre du ciel.

« Alors Persy avait raison, dit-il. Elle a toujours dit que c'était Dollery. »

Il faisait noir dans la maison, le vent se levait et faisait claquer les volets, la pluie n'allait pas tarder. Assise dans le bureau de Marge, Persy était roulée en boule comme un enfant, enveloppée dans une couverture, tournant le dos à la fenêtre. Son visage n'était qu'une tache insondable dans l'obscurité. Le vent secouait les *milkwoods* dans le jardin, les branches basses craquaient l'une contre l'autre et faisaient bruire leurs feuilles noires et coriaces.

« Je veux que vous m'écoutiez. C'est votre métier, non ? dit Persy d'une voix douce, à peine audible dans le bruit du vent.

– Oui. Si vous voulez que je vous écoute. »

Marge se leva pour allumer la lampe.

« Non, s'il vous plaît. C'est plus facile dans le noir. »

Ce qu'elle avait pris pour de la curiosité indiscrète, jusque-là si pénible, de la part de Marge, Persy le voyait maintenant comme une sollicitude professionnelle mais pleine de compassion. La psychologue allait être le témoin impartial et silencieux de son histoire. Elle commença lentement, de façon hésitante, à parler, sans trop savoir si ce qu'elle racontait avait un sens, ni d'où venaient les mots, sachant seulement qu'il fallait qu'elle les dise avant qu'elle ne se brise en mille morceaux.

Marge regagna enfin Bellevue, la veste trempée par la pluie fine ; elle avait laissé Persy endormie chez elle, sous l'effet d'une forte dose de calmants. Le ciel s'était tellement assombri qu'on n'y voyait presque rien dans le sous-bois. La police avait installé des lampes à arc alimentées par un générateur, ce qui donnait à la scène un air irréel de plateau de tournage.

Coombes arriva avec son équipe et passa la zone au peigne fin, dégageant avec précaution les broussailles autour du funiculaire. Marge se sentit envahie par une immense lassitude. Elle s'inquiétait pour Persy. La jeune femme allait dormir des heures, Will était resté avec elle, mais comment savoir dans quel état elle allait se réveiller ?

Les nuages crevèrent et il se mit à pleuvoir à verse. Marge alla se réfugier avec Titus dans la voiture de ce dernier. Il l'écouta raconter ce que Persy lui avait confié.

Son visage ondulait dans la lumière liquide des projecteurs réfléchie par le rideau de pluie couvrant le pare-brise.

« Je ne me doutais pas du tout que Persy était la sœur de Clyde Cupido, dit-il après un long silence.

– Je l'ai découvert hier seulement, quand on est allées chez Ivor Reitz. Sa famille possédait une partie des terres qui sont à lui aujourd'hui. Retourner sur les lieux a dû tout faire remonter à la surface.

– Pourquoi n'ont-ils rien dit à personne ?

– Les jeunes enfants ont recours à la pensée magique pour faire face aux situations difficiles. À cet âge, ils ne saisissent pas complètement la notion de mort. Ils ont peut-être cru que ça n'était pas réellement arrivé, que Clyde allait revenir. Persy, qui était plus jeune, a complètement enfoui ce souvenir. Même s'il n'a jamais tout à fait disparu… Cette affaire l'a fait ressurgir.

– Est-ce qu'elle va s'en remettre ?

– Dans les cas de mémoire refoulée, il faut que le patient intériorise le traumatisme, puis qu'il l'intègre à une sorte de récit, pour pouvoir ensuite lui donner un sens. C'est un processus lent et douloureux. »

Marge revit une fois de plus la fillette glisser sa main dans celle de sa mère, et se faire brutalement rejeter par elle. Persy avait porté son terrible secret pendant vingt ans, elle l'avait caché à tous, y compris à elle-même. Ce secret avait entraîné le suicide de Theo Kruger, l'abandon de sa fille par Gloria Cupido, peut-être même la mort de Sherwood.

« Elle guérira si elle arrive à se pardonner, reprit-elle.

– Elle n'est pas la seule, répondit Titus en la regardant, l'air grave. Toi aussi, tu dois surmonter la mort de Theo Kruger. »

Marge sentit sa gorge se serrer.

« Persy était une enfant. Elle n'était pas responsable de ce qui est arrivé. Moi, je savais ce que je faisais.

– Tu avais deux petits garçons, Marge, et tu enquêtais sur le meurtre d'un enfant par un individu soupçonné de pédophilie. Nous manquions tous les deux cruellement d'expérience. Theo Kruger était psychologiquement fragile. C'était une méprise, elle a été fatale, mais on ne peut pas retourner en arrière. Tout ce qu'on peut, c'est demander le pardon. La rédemption est toujours possible, même pour les pires d'entre nous. Toi qui as travaillé pour la Commission Vérité et Réconciliation, tu devrais le savoir. »

Marge aurait aimé pouvoir croire dans le Dieu miséricordieux de Titus. Mais c'était impossible. S'il y avait quelque chose que la Commission lui avait montré, c'étaient les limites du pardon. Certaines choses ne pouvaient pas, et ne devaient pas, être pardonnées.

À cet instant, Cheswin April tapota la vitre.

Titus la baissa. Elle crut un instant que Cheswin pleurait, mais il avait seulement les joues dégoulinantes de pluie.

« On a trouvé quelque chose », annonça-t-il.

47

Les os étaient insupportablement petits.

« Un enfant. Entre trois et quatre ans, je dirais. Sexe masculin. »

Vêtu d'une chemise foncée à carreaux et d'une veste imperméable, Coombes avait l'air inhabituellement sombre.

« C'est Clyde Cupido. Un garçonnet de cinq ans. Il a disparu dans cette zone il y a vingt ans. »

La voix tendue de Titus trahissait son émotion. Je ne suis pas la seule à avoir été hantée par cette affaire, pensa Marge.

« Tant que je n'ai pas les échantillons ADN, j'en suis réduit aux hypothèses, répondit Coombes. Mais d'après ce que je peux voir ici, la période approximative et la taille du squelette, c'est fort possible. »

Sur la scène de crime, l'équipe de la scientifique s'était tue et poursuivait sa tâche d'un air lugubre. Tout le monde avait horreur de trouver un enfant. Marge frissonna en revoyant le visage de Theo Kruger. *« Oui, j'aime les enfants. Depuis quand est-ce que c'est un crime ? »* L'idée que Kruger était innocent la heurta de plein fouet, comme pour la première fois. Le vent projetait de la poussière sur leur peau, il soufflait de plus en plus fort, la pluie tombait de plus en plus drue. Il leur faudrait agir vite pour protéger la scène avant que les indices éventuels ne disparaissent.

À côté du squelette, qu'on avait recouvert, une petite sandale verte isolée était posée sur une bâche en plastique.

« C'est ce qui nous a poussés à creuser là. Elle dépassait à moitié de l'une des terrasses inférieures », expliqua Coombes.

Marge l'identifia immédiatement.

« Elle appartenait à Clyde Cupido. Il avait ces sandales aux pieds le jour de sa disparition. J'avais une photo de lui où il les portait. Dans mon dossier.

– Je ne peux pas vous dire comment il est mort, dit Coombes. On ne voit aucune trace de traumatisme sur les os.

– Il a été enterré vivant. Quand ils ont remblayé la carrière. »

Un roulement de tonnerre sourd monta de la plage, et un éclair illumina l'océan. Les gouttes d'eau grossissaient, tombaient sur le sol avec un floc, brillaient comme des perles un instant avant de s'enfoncer dans la terre. Muni d'une lampe-torche, Titus rebroussa chemin avec Marge à travers les *milkwoods.* Sous leur voûte, l'atmosphère était fraîche mais oppressante, le grondement des vagues leur parvenait assourdi.

« Il vaut mieux que j'aille prévenir Persy », dit-il d'un ton accablé. Il avait la tête rentrée dans les épaules, comme un vieillard.

« Laisse-moi faire », dit Marge.

Il s'arrêta.

« Merci. »

Puis il se couvrit quelques instants les yeux de ses mains. Ils regagnèrent la voiture en silence.

48

Le prieuré St Norbert se trouvait tout en haut de Rubbi Road, dernière rue avant la montagne surplombant Kommetjie. Les cyprès encadraient une vue du village et de l'océan aux allures d'éternité, avec Chapman's Peak et le Sentinel de Hout Bay rompant l'horizon.

La chapelle était pleine pour la messe de funérailles. Persy était assise au premier rang. Marge juste derrière elle, présence solide et rassurante. Poppa à côté d'elle, immobile comme une statue. Qu'avait-il compris au juste ? Elle n'aurait su le dire. Il savait seulement qu'on avait retrouvé le corps de Clyde. Un jour elle lui raconterait toute l'histoire. Elle ne devait pas tarder, elle le savait.

Les habitants d'Ocean View qui connaissaient Poppa étaient là, surtout des personnes âgées. Il y avait aussi des collègues à elle – Titus, Cheswin April, Phumeza. Et Dizu, bien sûr, qui se tenait respectueusement debout à l'arrière : toutes les places assises étaient prises.

Les hommes, pas habitués à l'église, paraissaient mal à l'aise, toussaient ou se penchaient en avant d'un air gêné, épaules voûtées. Le cercueil était posé devant l'autel, une simple petite boîte en pin avec une gerbe de lis de Saint-Joseph dessus. Clyde, l'autopsie terminée, dont les petits os avaient été préparés pour l'enterrement. De nouveau. Au moins, ils savaient où il était, maintenant. Ils n'avaient pas réussi à localiser Gloria Cupido. Ils avaient perdu sa trace à Johannesburg, à la dernière adresse connue de Poppa. Elle ne savait pas qu'on avait retrouvé son fils. Peut-être était-elle arrivée à un point où cela lui était égal, peut-être n'était-elle plus en vie.

Persy avait souvent assisté à la messe ici, aux côtés de Sean. Souvent, le dimanche, elle avait examiné les statues de Marie et de Joseph dans leurs petites niches bleues de part et d'autre de l'autel, et la lumière rouge toujours allumée au-dessus des fonts baptismaux. Les bas-reliefs représentant les douze stations de la croix lui étaient aussi familiers que les images d'un livre d'histoires. Quand elle était enfant, ce récit des souffrances endurées pour la laver de ses péchés lui avait été d'un grand réconfort, mais depuis la fin de l'adolescence, l'atmosphère douloureuse de la chapelle la rebutait, et elle n'y était plus revenue jusqu'à aujourd'hui.

L'endroit lui paraissait tellement plus petit ! Le Christ en marbre dominant le monde avec la croix et la bannière ne la convainquait plus que la vertu allait triompher. Personne n'était chargé de redresser les torts ici-bas, il n'y aurait pas de jugement dernier lors duquel tous ceux qui faisaient le mal seraient condamnés, pas de châtiment pour les méchants ni de salut pour les bons.

Il n'y avait de justice que celle rendue par l'homme, au petit bonheur la chance dans le meilleur des cas. Persy laisserait à Titus le confort que lui procurait sa version évangélique de la foi chrétienne, la conviction qu'il menait le combat du bien. Sa mission à elle était sinistre. Seul l'homme pouvait réellement infliger un châtiment. Un châtiment imparfait, oui, mais c'était mieux que rien.

Après l'enterrement, quand tout le monde fut parti, elle s'attarda dans le jardin de méditation, à côté de la nouvelle sépulture. Les cyprès se dressaient comme des crayons d'un noir profond contre l'azur du ciel. Un jour Clyde aurait une jolie pierre tombale avec un petit géranium rouge dans un pot, bien entretenue par les frères. On lirait sur l'inscription : *Ici repose Clyde Benjamin Cupido. Fils bien-aimé de Gloria et Ashton Cupido, Petit-fils de Henry « Poppa » Jonas et Mary Eleanor Jonas, Frère bien-aimé de Persephone.*

Gloria, sa mère disparue, Ashton Cupido, le père qu'elle n'avait jamais connu. Bientôt elle enterrerait Poppa aux côtés de Clyde. Un mausolée familial fouetté par les vents et la pluie des tempêtes qui contournaient la péninsule du Cap, ou desséché et craquelé par un soleil sans pitié. Elle entendit des chiens qui aboyaient dans le lointain et les voitures qui repartaient par Kommetjie Road. Les bruits étaient assourdis par l'air chaud et dense, saturé du parfum aromatique des pélargoniums et des buchus. Elle s'assit sur un petit banc en pierre dédié à M. Rubbi, l'homme qui avait fait venir du marbre d'Italie pour construire cette église à la pointe de l'Afrique.

Elle entendit quelqu'un descendre les marches de la terrasse. « Je pensais bien que tu serais là. » Dizu. Il était resté après tout le monde.

« Oh, ouais. Une bonne petite catholique. » Elle appréhendait de le revoir, mais maintenant qu'il était là, ça allait.

Il regarda au loin en direction du Sentinel. « Sacrée vue.

– Ouais. On a fait notre confirmation ici. Sean Dollery et moi. Il avait l'air d'un ange à l'époque. »

Dizu s'assit à côté d'elle. « Comment est-ce que tu vas ?

– Je prends un jour à la fois, répondit-elle, exaspérée par le tremblement de sa voix. Marge Labuschagne m'a indiqué quelqu'un, un psychothérapeute. J'ai quand même atterri chez un psy, au final. Qu'est-ce que tu dis de ça, hein ? » Jouant les dures, alors qu'elle se sentait à vif, comme si elle n'avait pas de peau, toujours au bord des larmes ou de la colère. « Il me dit que ça prend du temps. Je suis censée demander un congé longue durée, mais je veux me remettre au boulot. Pour me changer les idées. Et au commissariat, quoi de neuf ?

– Mhlabeni a laissé tomber sa plainte pour agression contre moi. Il sait qu'il vaut mieux ne pas ouvrir la boîte de Pandore. Au fait, tu sais, l'enquête à propos de l'indic de Mhlabeni ? Le petit voyou qui s'est fait poignarder dans les toilettes du tribunal quelques minutes après avoir été libéré sous caution ? Le rapport a été transmis à la direction du *cluster*. Elle a ouvert une enquête dans le département. Bref, maintenant, on sait : on connaît la grande gueule qui a mouchardé sur Mhlabeni.

– Et alors ?

– Cheswin April.

– Sérieux ? » Persy rit. « Un bon point pour lui ! Je ne pensais pas qu'il en était capable. Peut-être que Mhlabeni me détestera moins, maintenant qu'il sait que je n'y étais pour rien.

– Tu ne le verras pas pendant un bon bout de temps. Il a été muté. À Delft, pour emmerder quelqu'un d'autre. Si c'est pas balayer la poussière sous le tapis, ça !

– Et Dollery ?

– On ne peut pas l'inculper du meurtre de Crane. Il prétend que c'était un accident, et on n'a aucune preuve du contraire. On peut le coincer pour le cambriolage du vidéoclub et l'attaque de ta caravane à Sunny Acres. Il va tomber.

– Mais on ne sait toujours pas qui a tué Sherwood ?

– Non. On sait qu'il a été assassiné à Bellevue, mais on n'a aucune correspondance pour les empreintes retrouvées sur la brique qui a servi à le tuer. » Il lui tendit une canette de Coca à moitié vide. « Désolé, c'est tout ce que j'ai à offrir. »

Elle but une gorgée. Éventée et chaude.

Elle lui rendit la canette.

« Au fait, c'est pas vrai.

– Quoi ?

– Que tu n'as rien d'autre à offrir. »

Le regard de Dizu croisa le sien, mais il ne dit rien. Ils restèrent assis côte à côte sans parler, au milieu des fleurs et des herbes aromatiques, à contempler l'océan, tandis que les abeilles bourdonnaient paresseusement dans la chaleur.

Le portable de Dizu sonna. Il écouta, puis raccrocha.

Il se tourna vers elle.

« C'était Titus. Sean Dollery veut passer aux aveux. »

49

Colette lisait du Murakami à Jasper. Son auteur préféré du moment. En l'écoutant, il fixait le faux-poivrier devant la maison comme s'il aurait voulu y remonter, revenir en arrière d'une manière ou d'une autre. Les jours passaient lentement, et elle essayait de ne pas trop penser. Parfois, alors qu'elle vaquait à une occupation quelconque, elle se demandait comment elle était arrivée là.

Elle avait appris la mort de Gregory Crane et se demandait ce qui était arrivé. Elle avait du mal à ressentir quoi que ce soit depuis l'accident. Elle avait verrouillé quelque chose dans sa tête et n'arrivait pas à le récupérer.

Jasper s'était assoupi. Bien. Il avait besoin de prendre des forces pour l'opération. Le chirurgien orthopédiste pensait que ses chances étaient bonnes.

Elle alla dans la cuisine lui préparer à déjeuner – une soupe de lentilles nourrissante avec du pain turc et une salade de tomates au basilic. Ryan Fortuin allait venir ; il valait mieux lui sortir un bol. C'était la première visite que Jasper recevait à la maison depuis son retour de l'hôpital. Elle n'avait pas vu Ryan depuis le jour de la mort d'Andy, quand elle avait déposé Jasper chez les Fortuin. Quel après-midi charmant elle avait passé ! Ça lui paraissait si loin. Les garçons étaient partis à la plage pendant qu'elle restait bavarder avec Yasmin et Joel sur leur terrasse, autour d'une boisson fraîche. Des gens très gentils, surtout Joel.

Sur le chemin du retour, elle roulait sur Kommetjie Road quand elle avait vu l'autostoppeur. Elle s'était dit : *Bizarre, ça fait des années que je n'ai pas vu un Blanc faire du stop.* En ralentissant pour mieux le voir, elle s'était aperçue qu'il s'agissait d'Andy. Elle s'apprêtait à poursuivre sa route, mais il l'avait reconnue et lui avait fait signe de s'arrêter. Sur un coup de tête, elle ne comprenait toujours pas pourquoi, elle s'était arrêtée un peu plus loin et l'avait regardé courir vers elle dans le rétroviseur latéral. Il avait dit : « Salut, Colette ! Tu peux me conduire à Noordhoek ? On m'a volé ma voiture. » Comme si rien ne s'était jamais passé entre eux, comme s'ils étaient amis et qu'ils s'étaient vus la semaine précédente, alors qu'en réalité elle ne l'avait pas revu depuis au moins sept ans. Et voilà que tout d'un coup, il se retrouvait dans sa voiture. L'air fatigué, le crâne un peu dégarni, mais égal à lui-même. Un homme doux, à la voix tout aussi douce. Quelqu'un à qui on faisait instinctivement confiance.

À qui un enfant faisait instinctivement confiance.

C'est alors qu'il lui vint à l'esprit que leur rencontre était écrite par le destin. C'était une chance. Une chance de faire taire ses démons. D'accéder à la vérité. Ils discutèrent, tout en roulant vers Noordhoek. Elle voyait qu'il avait bu, mais il n'était pas bourré. Elle lui parla de son travail au lycée de Jasper, lui dit qu'elle apprenait à jouer le *Voyage d'hiver*, et combien elle aimait Schubert. Lui, de son côté, parlait sans s'arrêter de la comète. « Je vais avoir une vue sensationnelle sur la comète McNaught. Sans exagérer ! Vraiment ! Il y a seulement deux endroits, sous nos latitudes, d'où on pourra la voir. Quelque part en Nouvelle-Zélande, et ici, au Cap.

Et dis-moi, qui a envie de se faire chier à aller en Nouvelle-Zélande, hein ? »

Colette rit et secoua la tête.

« Bien ! Le meilleur endroit pour la voir, c'est pile ici. Sur Chapman's Peak, à Noordhoek. Où moi, Andy Sherwood, j'ai l'intention d'aller habiter. Avec la vue la plus géniale du monde !

– Tu as quitté Kommetjie ? »

Il posa les doigts sur ses lèvres : « Chut ! C'est un secret. Personne n'est encore au courant. »

Il l'invita à venir boire un verre pour se rendre compte par elle-même, et elle accepta. Rétrospectivement, c'était absurde, mais sur le moment ce n'était pas ce qu'il lui avait semblé. Le destin dans toute sa splendeur. « Le karma », disait Gregory Crane. Vous rencontriez une personne, un lien se nouait entre vous, et vous n'arrêtiez pas de reproduire les mêmes erreurs jusqu'à ce que l'un des deux soit mort.

Bellevue était en ruine. La maison aurait dû être condamnée. Des bouts de mur s'étaient effondrés et des briques jonchaient le sol. Andy avait monté son matériel pour travailler le bois, mais il ne donnait pas l'impression de travailler trop dur. Il dormait sur une vieille banquette de voiture. Il disait que toutes ses affaires étaient emballées, il attendait qu'une société de déménagement les apporte.

Il l'emmena à côté de la maison pour lui montrer le funiculaire. On aurait dit une version miniature à l'ancienne du téléphérique de Table Mountain. Il raconta avec une multitude de détails de quoi il s'agissait et comment il marchait. Il avait toujours été fasciné par tout ce qui était mécanique. Il expliqua qu'il y avait très longtemps de ça, le funiculaire servait à transporter des trucs en bas de la montagne. Il était rouillé, mais Andy lui fit une démonstration de son fonctionnement.

De retour à l'intérieur, ils burent pas mal ; c'était formellement déconseillé à Colette à cause de ses médicaments, mais ça la faisait planer et elle trouvait ça agréable. Andy était ivre, très ivre, et puis, tout à coup, elle aussi. Au début, tout allait bien, ils passaient un bon moment tous les deux, ils riaient. Elle avait oublié à quel point Andy pouvait être *drôle.*

Plus tard, après la tombée de la nuit, ils virent la comète, étincelante au-dessus du phare de Slangkop, avec sa traîne gazeuse. Ensuite, sa vue se brouilla, parce qu'elle avait mélangé les médocs et l'alcool. Elle n'avait pas remarqué que l'humeur d'Andy avait changé. Il bredouillait, il se vantait qu'il serait bientôt un homme riche s'il jouait bien ses cartes. Que son proprio et Gregory Crane se battaient pour lui donner de l'argent. Il allait se venger de Crane, il disait, pour la merde dans laquelle il l'avait foutu, pour tous les mensonges qu'il avait répandus. Il la regarda fixement et ajouta : « Les mensonges que tu as répandus, toi. »

Elle passa la langue sur ses lèvres, devenues très sèches. Elle se sentait étourdie, prise de vertige, et regrettait d'être venue. Tout se mélangeait dans sa tête et elle perdait le nord.

« Je veux que tu fasses une déclaration publique, dit Andy d'une voix basse et pleine de colère.

– Quoi ?

– Une déclaration publique. Pour dire que je ne suis pas un putain de pédophile.

– Oh ! je… je ne sais pas, Andy. »

Le visage d'Andy avait changé. C'était un masque. Un masque impassible et insondable.

L'instant d'après, il titubait à travers la pièce, déchaîné, ses bras faisaient des moulinets, sa bouche crachait des postillons. Il criait, il crachait, il jurait qu'elle avait fichu sa vie en l'air, qu'à cause d'elle il avait perdu son travail, les gens le haïssaient. Elle sentit sa nuque se raidir, elle n'arrivait pas à respirer. Elle était paralysée par toute la haine qui émanait de lui. Ses paroles étaient des lames de poignard brûlantes, s'enfonçaient dans sa chair.

Un battement, comme si un muscle vibrait dans sa tête, ne la laissait pas en paix. Elle avait beau savoir qu'il ne fallait pas poser la question, pas laisser les mots sortir de sa bouche, elle n'avait pu s'en empêcher.

« Mais est-ce que tu l'as fait ? Est-ce que tu as abusé de Jasper ? »

Il se leva en tanguant de la banquette, bouteille de bière à la main.

« T'as pas entendu un mot de ce que j'ai dit ? T'es folle ! T'es complètement maboule ! Ils auraient jamais dû te laisser sortir de l'asile ! »

Elle était revenue, la voix moqueuse d'autrefois qui la faisait douter de toutes les pensées qu'elle avait jamais eues. Andy se dressait au-dessus d'elle comme un géant du conte qu'elle avait lu à Jasper, une fois. *Jack le tueur de géants.* Il approchait, il devenait de plus en plus grand.

« Si tu dis pas la vérité, je vais te tuer, espèce de cinglée ! »

Elle était terrorisée, plus qu'elle ne l'avait jamais été. Il allait la tuer, elle le savait. Elle lui ordonna de ne plus s'approcher, mais sa voix venait de très loin. Elle se regardait de très haut, elle planait au-dessus de son propre corps. Elle se regarda ramasser la brique détachée du mur. Quand il la vit dans sa main, il éclata de rire. *« T'es complètement folle ! Ils devraient te prendre ce gamin avant que tu fiches sa vie en l'air ! »*

Elle se rappela Jasper à l'âge de huit ans, la façon dont il l'avait regardée à son retour de l'hôpital. L'air sur ses gardes, vigilant. Elle visa Andy. La brique sembla ricocher mollement sur sa tempe, mais elle vit du sang couler sur sa figure. Il chancela en arrière, elle ramassa vite la brique avant qu'il contre-attaque et le frappa encore, lui balança la brique dessus de toutes ses forces. Et puis encore et, cette fois, il s'effondra. C'était atroce ! Abominable ! Il n'arrêtait pas de lui attraper les jambes en criant : « *Tu es dingue ! Complètement dingue !* »

Il fallait qu'elle le fasse taire, pour ne plus entendre cette voix odieuse ! Elle le frappa, frappa, frappa encore. Elle voyait du sang partout, ses vêtements en étaient couverts.

Au bout d'un moment, il resta immobile. Debout avec la brique à la main, elle écouta le grondement de l'océan emplir la pièce et, à force de l'écouter, la tension à l'intérieur de son crâne devint insupportable. Des pensées et des images tournoyaient dans sa tête, les épaves de la folie. Elle arpenta la pièce en marmonnant tout bas, évitant le corps inerte d'Andy. Il fallait faire quelque chose, mais elle ne trouvait pas quoi. Il n'y avait qu'une personne qui comprendrait, une personne vers laquelle se tourner dans cette situation. Elle composa le numéro de Gregory Crane. Elle se disait qu'il allait peut-être se fâcher, mais il resta très calme. Il lui posa des tas de questions, lui demanda si elle avait été vue en compagnie d'Andy. Il lui dit de ne pas bouger, il allait envoyer un certain Sean pour tout remettre en ordre.

Elle attendit sur les marches de la maison. Une demi-lune flottait au-dessus de Chapman's Peak. Andy avait raison, la vue était magnifique. Si seulement elle avait pu arrêter de trembler ! La comète avait disparu en laissant son image gravée dans son esprit : la tête d'épingle de lumière vive, suivie de la courbe pâle de sa queue. Elle n'arrêtait pas de se dire : *C'est l'un des rares endroits au monde d'où on peut la voir.*

Une demi-heure plus tard, un *bakkie* double cabine blanc arriva lentement sur la route en contrebas, tous phares éteints, et se gara sans un bruit sous les arbres. Sean, un jeune métis, prit les choses en main. Il alla jeter un coup d'œil à Andy, puis revint lui dire qu'ils devaient bazarder le corps, mais en faisant attention que personne ne les voie de la route. Alors elle lui montra le funiculaire et expliqua son fonctionnement. Il se comporta de manière très professionnelle, enfilant des gants, se déplaçant rapidement. Elle, au contraire, avait l'impression de marcher au ralenti ; elle accomplissait chacun de ses gestes comme si elle était engluée dans la boue. Elle fit le guet sur Chapman's Peak Drive pendant que Sean traînait le cadavre du funiculaire jusqu'au bord de la route et le poussait dans le vide. Ensuite, elle le suivit jusqu'à la maison à travers les épaisses broussailles et rentra chez elle en voiture, mais elle n'avait plus aucun souvenir du trajet.

Une fois rentrée, elle enleva ses vêtements ensanglantés, les mit dans la machine, puis alla prendre une douche chaude. Ensuite, elle appela Joel Fortuin et demanda à dire bonne nuit à Jasper. Quand elle apprit que son fils avait disparu, elle paniqua, elle cria, terrifiée à l'idée qu'il lui soit arrivé malheur. Qu'Andy l'ait trouvé et dirige toute sa haine contre lui ! Puis elle se souvint. Andy ne ferait plus jamais de mal à personne.

Dans les moments les plus sombres depuis la chute de Jasper, elle se demandait s'il n'était pas en train de payer pour ce qu'elle avait fait. À d'autres moments, elle se disait qu'ils étaient plus heureux et plus proches que jamais. Chaque fois que des souvenirs ou des sentiments pénibles perçaient à travers l'épais brouillard des médicaments, elle se consolait en se disant qu'elle avait évité à une autre mère, à un autre enfant de tomber aux mains d'Andy Sherwood.

50

Quelques personnes s'étaient déjà installées sur Chapman's Peak Drive lorsque Marge arriva, après le coucher du soleil. Certaines avaient apporté leur pique-nique et du vin. Une ou deux scrutaient de temps à autre le ciel avec des jumelles. Il y avait surtout des familles. Des enfants excités. Il régnait une ambiance bon enfant, tout le monde parlait de la comète McNaught, de la distance qu'elle avait parcourue ces derniers jours. C'était sans doute la dernière fois qu'on pourrait la voir au-dessus du Cap. On aurait peut-être encore une chance de l'apercevoir, là-bas en Nouvelle-Zélande, mais ensuite elle disparaîtrait. Les hypothèses allaient bon train et, de temps en temps, un Monsieur Je-sais-tout faisait profiter les autres de son savoir. Marge salua les gens qu'elle connaissait, déterminée à se défaire de l'attitude bougonne qu'elle affichait en général envers ses voisins. Après tout, que gagnait-elle à adopter une position de supériorité morale ? Mieux valait se mêler aux autres, retirer un peu de réconfort du tourbillon de la vie. Ils avaient tous eu leur part de blessures et de déceptions. À cette pensée, l'image du petit visage grave de Persy lui vint à l'esprit : ses yeux clignant derrière les lunettes, son menton farouche. Un processus long et douloureux attendait la jeune femme, le temps qu'elle assimile le traumatisme de la mort de Clyde et qu'elle l'intègre à un récit. L'entreprise serait périlleuse. Mais elle avait le courage de le faire.

Et Marge serait là pour l'aider.

Un petit vent se mit à souffler en rafales. Les enfants se plaignirent que l'air s'était refroidi. Marge n'avait pas apporté de pull ni de veste, mais si c'était la dernière chance d'apercevoir la comète avant qu'elle disparaisse pour dix mille ans, pas question qu'elle se laisse décourager par un peu de fraîcheur ! Sur la plage, en contrebas, un rayon de soleil mettait en lumière des cavaliers sur le sable argenté, avec l'océan derrière eux, masse sombre et mouvante. Cette vue lui rappela Ivor Reitz. Il était passé chez elle la veille dans l'espoir d'un verre de vin et d'un brin de conversation. Elle l'avait repoussé poliment en prétextant qu'elle avait déjà un engagement. Quand il était reparti, elle ne l'avait pas regardé s'éloigner dans l'obscurité ; elle avait refermé la porte d'un geste décidé, comme on referme un livre à la fin d'un dernier chapitre décevant.

Elle sentit une présence derrière elle.

« Alors, elle est où, cette fameuse comète ? »

Un blouson encore tout chaud tomba sur ses épaules.

Elle se retourna et vit Will. Il avait l'air très grand, les yeux brillants comme des étoiles. *C'est un homme*, constata-t-elle. *Il est temps de le laisser partir.*

Ils restèrent silencieux un moment, le regard perdu dans le ciel gagné par l'obscurité. D'abord, la comète ne fut qu'une tache de lumière à peine perceptible. On aurait presque dit une illusion d'optique : s'ils se concentraient sur elle, elle disparaissait, mais s'ils déplaçaient légèrement leur regard, elle ressurgissait. Un scintillement à sa tête, suivi d'une traîne nébuleuse incurvée. Will retint son souffle. « Waouh ! » fit-il doucement.

Ils fixèrent le ciel, en extase, conscients de leur insignifiance, de leur petitesse dans un univers insondable.

Le vent tomba jusqu'à n'être plus qu'un bruissement ténu dans les broussailles, les étoiles sortirent et le fynbos exhala son parfum dans la nuit naissante. En dessous d'eux, l'océan se transforma en une vaste nappe miroitante de mercure. Les chevaux et leurs cavaliers quittèrent lentement la plage, se faufilant entre les dunes. La comète disparut à l'horizon. Il y eut un instant de silence, puis les curieux commencèrent à se disperser.

« On y va ? fit Will. Je meurs de faim. »

Marge resserra son blouson autour de ses épaules, et ils suivirent les familles qui chargeaient leurs enfants et leur pique-nique dans les voitures.

« Où est-ce que tu vas ce soir ? demanda-t-elle.

– Nulle part. Je me disais que j'allais rester tranquillos à la maison. Si tu n'as rien à faire. »

Elle parla d'un ton désinvolte, mais elle avait le cœur léger : « Non, je n'ai rien à faire. »

Une volée de mouettes descendit en piqué avant de se disperser avec des cris de plus en plus faibles. Will lui offrit son bras et, ensemble, ils marchèrent jusqu'à la voiture.

Assise sur le siège en bois éraflé, Persy faisait une pause en attendant la reprise de l'audience dans la salle 14B du tribunal de Wynberg. Elle reconnut certains de ses collègues dans les couloirs. Ils avaient l'air résignés : ils savaient qu'une partie de leurs efforts ne servirait à rien. À cause d'un magistrat corrompu, victime d'intimidation, ou tout simplement fainéant. Certains continuaient pourtant à faire leur boulot à fond, visant avec entêtement la condamnation des coupables.

La sentence de Dollery serait prononcée après la pause. De sérieux chefs d'accusation avaient été retenus contre lui : cambriolage à main armée, tentative de meurtre, incendie criminel. Le fait qu'il avait avoué sa complicité dans l'assassinat de Sherwood jouait en sa faveur, mais il allait probablement écoper de longues années de prison.

Colette McKillian avait été admise à Valkenberg, l'hôpital psychiatrique public, où un examen devait déterminer si elle était en état d'être jugée, oui ou non, pour le meurtre d'Andrew Sherwood. Persy se disait qu'il y avait peu de chances que la réponse soit positive.

Jasper, qui avait retrouvé l'usage de ses jambes, habitait maintenant chez Joel et Yasmin Fortuin.

Personne au commissariat ne savait comment Clyde était mort, à part Titus et Dizu. Marge était au courant, bien sûr. À son instigation, cette partie des débats avait eu lieu à huis clos. Parce que certaines parties concernées étaient mineures au moment des faits, mais aussi parce que l'affaire pouvait compromettre la carrière de Persy et avoir un effet délétère sur sa famille. Elle avait aussi invoqué l'âge et la maladie de Poppa, et le fait que personne ne savait où se trouvait la mère de la jeune femme. Persy lui en était reconnaissante. Elle n'aurait surtout pas voulu que son histoire soit étalée dans les journaux, que Poppa tombe dessus. Elle lui avait raconté. Enfin. C'était la chose la plus difficile qu'elle ait jamais faite. Il n'avait pas trop réagi sur le coup, alors elle s'était demandé s'il avait vraiment bien compris. Sœur Clare avait dit : « La vieillesse, comme l'enfance, sait comment se protéger. » Mais depuis, il avait baissé très vite, c'est tout juste s'il semblait encore présent.

Sean Dollery écopa de quatorze ans. Cinq pour le cambriolage à main armée du vidéoclub. Deux pour avoir retenu un fonctionnaire de police en faisant usage de la force, pour l'avoir menacé avec une arme et lui avoir tiré dessus. Sept pour s'être rendu complice d'un meurtre en assistant l'assassin dans l'élimination du corps de sa victime. Il effectuerait sans doute les deux tiers de sa peine avant de pouvoir prétendre à une mise en liberté conditionnelle – il passerait donc dix ans minimum en prison.

Debout au soleil sur les marches du tribunal, Persy regardait les fourgons arriver, déverser leurs prisonniers, puis repartir avec d'autres. Le flot ininterrompu des âmes perdues et des criminels invétérés.

Il lui semblait qu'une part d'elle-même avait poursuivi l'affaire Sherwood afin qu'elle puisse se rappeler ce qu'elle s'était donné tant de mal pour oublier. Pour faire émerger la lumière des ténèbres. Des strates du passé sous lesquelles étaient enfouies les douleurs de l'enfance : la perte de Clyde, de sa mère, de la terre de Poppa. Sean et elle, les dépossédés. Elle s'en était sortie ; lui non. Il faut dire qu'elle avait eu Poppa. Alors qu'il n'y avait jamais eu dans la vie de Sean une personne, une seule, pour défendre ce qu'il y avait de meilleur en lui. Elle repensa à la jeune fille qui lui avait ouvert la porte au 20, Carnation Road. Cette fille, ça aurait très bien pu être elle, avec le bébé de Sean suspendu à son sein.

Maintenant, il fallait qu'elle recolle les morceaux. Elle était dérangée, comme Colette McKillian. Mais avec le temps et la psychanalyse, elle aurait moins peur, elle serait moins parano. Elle dormirait mieux, elle pourrait se rapprocher des autres. Enfin, s'il fallait croire les assurances que lui avait données Marge Labuschagne. La psy lui avait expliqué que la façon dont l'esprit humain parvenait à se protéger, par l'oubli ou le mensonge, tenait du miracle. Mais maintenant, cette protection avait disparu. Il lui faudrait apprendre à vivre avec ce qui était arrivé à Clyde. Un jour à la fois.

Un fourgon sortit de la cour, en route vers la prison de Pollsmoor. Une voiture de flic devant, une derrière. Un convoi de prisonniers haute sécurité. Elle aperçut le profil de Sean à travers l'épais grillage. À cet instant, elle reconnut le garçon qu'il avait été autrefois.

Quand il ressortirait, tout ce qu'il restait en lui de cet enfant aurait disparu.

Elle lui rendrait visite. Elle lui devait au moins ça. Elle leva la main pour le saluer, puis la laissa retomber alors que le fourgon se mêlait à la circulation, avant de disparaître.

GLOSSAIRE

Baas : le patron, en afrikaans ; généralement un Blanc
Babbelas : gueule de bois
Bakkie : pick-up
Bergie : vagabond du Cap
Blokke : surnom donné à des immeubles de logements sociaux d'Ocean View
Bobotie : spécialité culinaire sud-africaine (préparation de viande hachée épicée recouverte d'une sorte de flan et gratinée)
Boep : bedaine
Boerewors : saucisse traditionnelle épicée
Boetie : diminutif de « frère » en afrikaans, terme d'adresse familier employé pour un ami
Bosberaad : réunion de travail qui se tient en général dans un endroit isolé du *bush*
Braai : barbecue
Brakke : chien bâtard
Bru : surnom affectueux (raccourci de brother)

Dagga : marijuana
Daggakop : drogué à la marijuana
Dashiki : vêtement coloré traditionnel d'Afrique occidentale
Dronkgat : ivrogne

Fokkol : rien, que dalle

Hoekstaander : dealer, voyou de troisième ordre

Kaffir : terme péjoratif pour désigner les Noirs
Kak : merde
Kwerekwere : étranger (terme péjoratif)

Laaitie : enfant ou adolescent (le plus souvent de sexe masculin)
Laanie : Blanc (terme péjoratif), mais aussi : chic, snob
Lekker : délicieux, super

Meid : domestique
Milkwood : sideroxylon inerme, espèce d'arbre côtier endémique à l'Afrique méridionale, au feuillage sombre et dense
Moegoe : personne stupide, naïve, ou faible
Moffie : pédé, tapette
Muti (du zoulou) : médecine africaine traditionnelle, et par extension, remèdes, potions magiques

Ouens (pluriel de *ou*) : hommes, types

Perlemoen : ormeaux
Poephol : trou-du-cul

Shebeen : bar n'ayant pas de licence pour vendre de l'alcool, dans les townships
Skaam : gêné
Skat : chéri
Skollie : petit criminel
Skrik : peur, frousse
Slaps : frites « molles », en général servies imbibées de vinaigre
Snoek : espèce de poisson de mer
Snotneus : mioche, gosse
Spaza : petit commerce informel de proximité
Stoep : véranda
Stompie : mégot de cigarette

Tik : méthamphétamine en cristaux

Vetkoek paleis : petit restaurant vendant des *vetkoek*, genre de beignets servis avec une garniture sucrée ou salée

Vlei : marais

Voetsêk ! : fiche le camp !

Zol : joint (marijuana)

REMERCIEMENTS

Je suis immensément reconnaissante à ma famille, à Warrick, Ruby et Noah, pour leur patience et leur soutien sans faille.

Je suis également redevable au professeur Mark Behr pour les précieux conseils qu'il m'a prodigués et la sensibilité dont il a fait preuve dans la supervision de mon manuscrit, ainsi qu'à mon amie, l'écrivain Melissa Siebert, pour ses lectures attentives et ses encouragements permanents.

Je suis extrêmement sensible à la gentillesse et à la générosité de mes amis, notamment Caroline Menell, Merle Payne et Trish Urquhart, ainsi que Bibi Black. C'est chez elle, à Noordhoek, que j'ai commencé à concevoir cette histoire. Merci aussi à Denise Cruse, dont les « salons » réunissent périodiquement toute une classe d'auteurs talentueux dont l'agréable compagnie est à la fois un stimulant et un réconfort.

Je souhaite remercier mon agent Jane Gregory, de Gregory & Company, et Stephanie Glencross, pour son apport éditorial. J'exprime ma reconnaissance à Alison Lowry, de chez Penguin, pour sa réaction enthousiaste, et à Jane Bowman pour son ultime et méticuleux travail d'édition. La lecture attentive et les commentaires de Joanne Hichens ont également profité à ce livre.

Et enfin, Stephen Watson, à qui je n'ai jamais pu dire merci.

Composition Nord Compo
Impression CPI Bussière en février 2016
Éditions Albin Michel
22, rue Huyghens, 75014 Paris
www.albin-michel.fr
ISBN : 978-2-226-32096-4
N° d'édition : 21200/01. – N° d'impression : 2018166
Dépôt légal : mars 2016
Imprimé en France